Tourne la page pour découvrir ton poster !

Pour Comprendre

Toute la 6^{e}

Français
Isabelle de Lisle

Maths
Michèle Blanc

Anglais
André Michoux

Histoire-Géographie
Enseignement moral et civique
Pierre et Catherine Reynaud

Sciences et technologie
Sébastien Dessaint
Malorie Gorillot

Dictées
Isabelle de Lisle

Dépliant d'histoire-géographie
Catherine de Crémiers

hachette
ÉDUCATION

Sommaire

Mode d'emploi ... 4
Dictées ... 213

À DÉTACHER

- Le Guide Parents avec :
  - des conseils et les programmes expliqués
  - tous les corrigés
- Un Poster des repères en Histoire-Géographie

Français

Orthographe – Grammaire

1 L'orthographe des mots courants ... 8
2 Le féminin des noms, des adjectifs qualificatifs et des participes passés ... 10
3 Le pluriel des noms, des adjectifs qualificatifs et des participes passés ... 12
4 Les confusions à éviter ... 14
5 Les principales classes (natures) de mots ... 16
6 Les constituants du groupe nominal ... 18
7 Les accords au sein du groupe nominal ... 20
8 Le sujet et l'attribut du sujet ... 22
9 L'accord du verbe avec son sujet ... 24
10 L'accord de l'attribut et du participe passé employé avec *être* ... 26
11 Les compléments d'objet : le COD et le COI ... 28
12 Les compléments circonstanciels ... 30
13 Les niveaux de langue, les types et les formes de phrases ... 32
14 La phrase simple ... 34
15 La phrase complexe ... 36

Conjugaison

16 La conjugaison du verbe : les principes ... 38
17 Le présent de l'indicatif ... 40
18 Le futur de l'indicatif et le présent du conditionnel ... 42
19 L'imparfait et le passé simple ... 44
20 Les difficultés des verbes du 1er groupe ... 46
21 Les temps composés ... 48
22 Les modes personnels et impersonnels ... 50

Lecture – Écriture

23 Les caractéristiques des genres littéraires ... 52
24 Étudier un texte ... 54
25 Comprendre et utiliser la ponctuation ... 56
26 Écrire un récit au passé ... 58
27 Écrire un dialogue ... 60
28 Écrire une description ... 62
Bilan ... 64

Maths

Nombres et calculs

1 Nombres entiers ou décimaux ... 66
2 Rangement des nombres sur une droite graduée ... 68
3 Comparer, arrondir les nombres décimaux ... 70
4 Addition et soustraction ... 72
5 La multiplication ... 74
6 La division avec quotient entier ... 76
7 Multiples et diviseurs ... 78
8 La division avec quotient décimal ... 80
9 Multiplier ou diviser par 10, 100 ou 1 000 ... 82
10 Les fractions ... 84
11 Calcul mental ... 86

Organisation et gestion de données

12 Grandeurs proportionnelles ... 88
13 Proportionnalité, pourcentages, échelles ... 90
14 Organisation de données ... 92

Géométrie

15 La droite et le segment ... 94
16 Position de deux droites ... 96
17 Le cercle ... 98
18 Les angles ... 100
19 Les triangles ... 102
20 Symétrie axiale ... 104
21 Axes de symétrie d'une figure ... 106
22 Figures symétriques ... 108
23 Quadrilatères particuliers ... 110
24 Le parallélépipède rectangle ... 112
25 Solides particuliers ... 114

Grandeurs et mesures

26 Périmètre et aire ... 116
27 Calcul de périmètres et d'aires ... 118
28 Les volumes ... 120
Bilan ... 122

ISBN : 978-2-01-722378-8 www.parascolaire.hachette-education.com

Anglais

1 Conjugaison de *Be* / *This* et *that* 124
2 Noms – Articles – Adjectifs 126
3 Questions-Réponses 128
4 Les adjectifs possessifs et le cas possessif 130
5 La localisation : *dans*, *sur*, *entre*, *devant* 132
6 *Have got* / *How many* / Question-tags 134
7 *There is* – *There are* / *Some* – *Any* – *No* 136
8 La date et l'heure 138
9 Le présent simple 140
10 Pronoms personnels / Comparatif de supériorité / Impératif 142
11 Le présent en *be* + *V-ing* 144
12 Pouvoir (*can*) et devoir (*must*) 146
13 L'expression du futur 148
14 Le prétérit (le passé) 150
Bilan 152

Histoire-Géographie-EMC

Histoire

1 Les débuts de l'humanité 154
2 Premiers États et premières écritures 156
3 Le monde des cités grecques 158
4 Rome, de la naissance à l'Empire 160
5 La naissance du monothéisme juif 162
6 Des chrétiens dans l'Empire 164
7 L'Empire romain et les autres mondes anciens 166

Géographie

8 La répartition de la population mondiale 168
9 Habiter une métropole d'un pays développé 170
10 Habiter une métropole d'un pays émergent 172
11 Habiter un espace à fortes contraintes naturelles 174
12 Habiter un espace agricole 176
13 Habiter les littoraux 178

Enseignement moral et civique (EMC)

14 La solidarité 180
Bilan 182

Sciences et technologie

1 Outils et méthodes scientifiques 184
2 La cellule, unité structurale du vivant 186
3 Évolution des organismes vivants 188
4 Production d'aliments et micro-organismes 190
5 La conservation des aliments 192
6 Plantes vertes et production de matière 194
7 Le devenir de la matière organique 196
8 Paysages et phénomènes géologiques 198
9 L'aménagement du territoire par l'Homme 200
10 Matériau et objet technique 202
11 Énergie et mouvement 204
12 L'eau et ses propriétés 206
13 Corps purs et mélanges 208
14 La Terre dans le système solaire 210
Bilan 212

Pour comprendre toute la sixième !

Dans cet ouvrage, parfaitement conforme au programme officiel de la 6 ᵉ, vous trouverez tous les outils pour bien accompagner votre enfant tout au long de l'année, en appui du cours dispensé en classe ou comme support des révisions de vacances.

1 Les doubles pages types dans chaque matière

Chaque double page présente **tout ce que l'enfant doit savoir et savoir faire** sur chaque **notion fondamentale** du programme.

Encadrés « Mot-clé », « Attention ! », « À savoir »
Des définitions, conseils ou compléments de cours, pour aider l'enfant

Comment faire ?
Tout pour savoir appliquer le cours dans les exercices : des explications pas à pas, systématiquement illustrées par des exemples.

Bien prononcer (piste audio)
En anglais, tous les exemples de cours sont à écouter sur le site www.hachette-education.com : téléchargement gratuit du fichier AUDIO MP3.

Retiens l'essentiel !
Un résumé de cours que l'enfant devra bien connaître.

QUIZ-TEST
Un test rapide pour vérifier que l'enfant a bien compris le cours.

S'entraîner
Des exercices gradués (faciles : ★ à plus difficiles ★★★) pour un entraînement progressif.

2 Les dictées

Vous trouverez aux pages 214 à 216 un ensemble de **dictées de phrases** conçues pour clore les révisions des leçons de français portant sur l'orthographe.

Cartouche Dictée
Ce cartouche vous indique que la leçon donne lieu à une dictée-bilan.
Il vous renvoie à la page où se trouve cette dictée.

Dictée-bilan
Cette dictée de phrases aidera l'enfant à consolider les apprentissages de la leçon.

3 Le Guide Parents détachable

Le Guide Parents vous propose :

- **des conseils pratiques** et le détail **des programmes** ;
- **tous les corrigés détaillés** des exercices de l'ouvrage.

4 Le poster détachable

Le poster, ou dépliant détachable, vous présente les **dates et cartes-clés** du programme d'histoire-géographie.

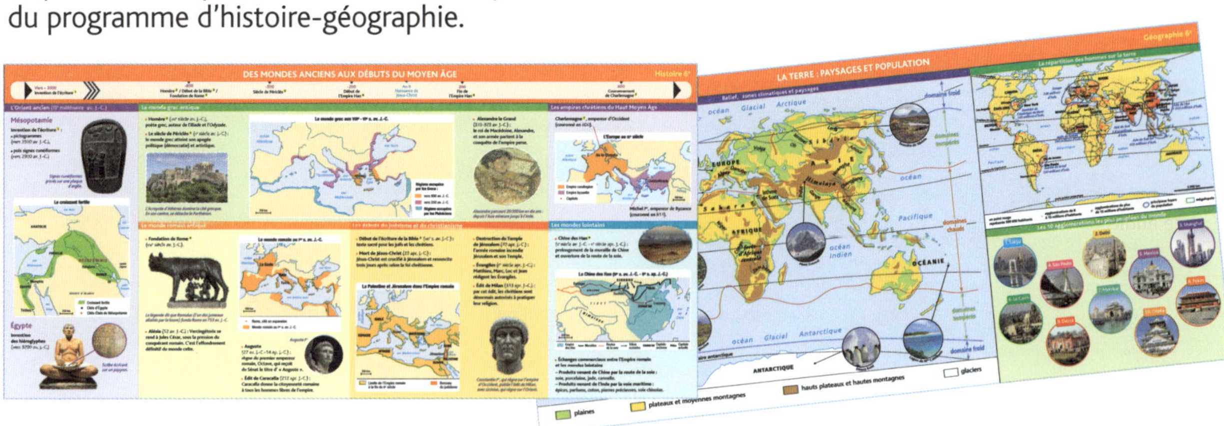

5 Les tableaux de référence en maths, français et géographie

En fin d'ouvrage, retrouvez des savoirs de référence en maths (tables de multiplication, tableaux de conversion...), en français (conjugaisons) et en géographie (carte du monde).

Tables de multiplication

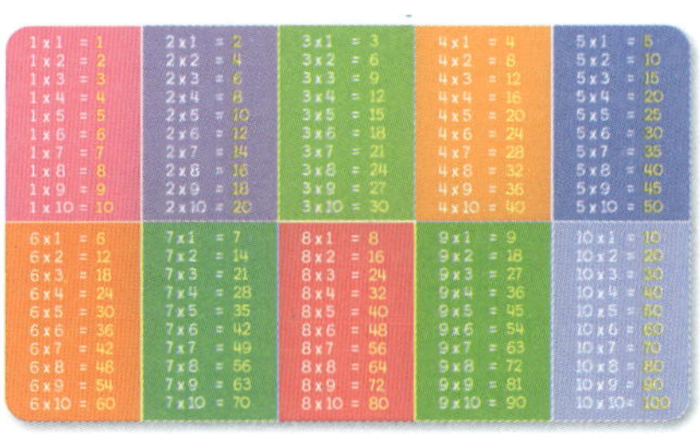

1 x 1 = 1	2 x 1 = 2	3 x 1 = 3	4 x 1 = 4	5 x 1 = 5	6 x 1 = 6	7 x 1 = 7	8 x 1 = 8	9 x 1 = 9	10 x 1 = 10
1 x 2 = 2	2 x 2 = 4	3 x 2 = 6	4 x 2 = 8	5 x 2 = 10	6 x 2 = 12	7 x 2 = 14	8 x 2 = 16	9 x 2 = 18	10 x 2 = 20
1 x 3 = 3	2 x 3 = 6	3 x 3 = 9	4 x 3 = 12	5 x 3 = 15	6 x 3 = 18	7 x 3 = 21	8 x 3 = 24	9 x 3 = 27	10 x 3 = 30
1 x 4 = 4	2 x 4 = 8	3 x 4 = 12	4 x 4 = 16	5 x 4 = 20	6 x 4 = 24	7 x 4 = 28	8 x 4 = 32	9 x 4 = 36	10 x 4 = 40
1 x 5 = 5	2 x 5 = 10	3 x 5 = 15	4 x 5 = 20	5 x 5 = 25	6 x 5 = 30	7 x 5 = 35	8 x 5 = 40	9 x 5 = 45	10 x 5 = 50
1 x 6 = 6	2 x 6 = 12	3 x 6 = 18	4 x 6 = 24	5 x 6 = 30	6 x 6 = 36	7 x 6 = 42	8 x 6 = 48	9 x 6 = 54	10 x 6 = 60
1 x 7 = 7	2 x 7 = 14	3 x 7 = 21	4 x 7 = 28	5 x 7 = 35	6 x 7 = 42	7 x 7 = 49	8 x 7 = 56	9 x 7 = 63	10 x 7 = 70
1 x 8 = 8	2 x 8 = 16	3 x 8 = 24	4 x 8 = 32	5 x 8 = 40	6 x 8 = 48	7 x 8 = 56	8 x 8 = 64	9 x 8 = 72	10 x 8 = 80
1 x 9 = 9	2 x 9 = 18	3 x 9 = 27	4 x 9 = 36	5 x 9 = 45	6 x 9 = 54	7 x 9 = 63	8 x 9 = 72	9 x 9 = 81	10 x 9 = 90
1 x 10 = 10	2 x 10 = 20	3 x 10 = 30	4 x 10 = 40	5 x 10 = 50	6 x 10 = 60	7 x 10 = 70	8 x 10 = 80	9 x 10 = 90	10 x 10 = 100

Conjugaisons

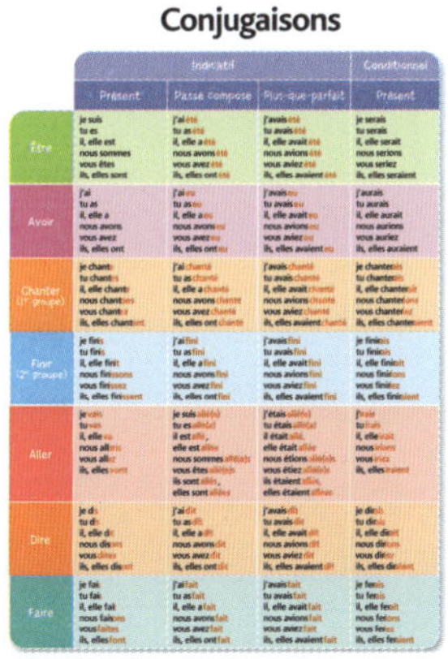

Français

Orthographe – Grammaire

1 L'orthographe des mots courants ... 8
2 Le féminin des noms, des adjectifs qualificatifs et des participes passés ... 10
3 Le pluriel des noms, des adjectifs qualificatifs et des participes passés ... 12
4 Les confusions à éviter ... 14
5 Les principales classes (natures) de mots ... 16
6 Les constituants du groupe nominal ... 18
7 Les accords au sein du groupe nominal ... 20
8 Le sujet et l'attribut du sujet ... 22
9 L'accord du verbe avec son sujet ... 24
10 L'accord de l'attribut et du participe passé employé avec *être* ... 26
11 Les compléments d'objet : le COD et le COI ... 28
12 Les compléments circonstanciels ... 30
13 Les niveaux de langue, les types et formes de phrases ... 32
14 La phrase simple ... 34
15 La phrase complexe ... 36

Conjugaison

16 La conjugaison du verbe : les principes ... 38
17 Le présent de l'indicatif ... 40
18 Le futur de l'indicatif et le présent du conditionnel ... 42
19 L'imparfait et le passé simple ... 44
20 Les difficultés des verbes du 1er groupe ... 46
21 Les temps composés ... 48
22 Les modes personnels et impersonnels ... 50

Lecture – Écriture

23 Les caractéristiques des genres littéraires ... 52
24 Étudier un texte ... 54
25 Comprendre et utiliser la ponctuation ... 56
26 Écrire un récit au passé ... 58
27 Écrire un dialogue ... 60
28 Écrire une description ... 62

Fais le bilan ! ... 64

1 L'orthographe des mots courants

Voir aussi dictée p. 214

Retiens l'essentiel

1 Les consonnes doubles

- Une consonne peut être doublée entre deux voyelles, entre une voyelle et la lettre *l*, entre une voyelle et la lettre *r*.
  Ex. : un pommier, une application, approuver.
- Les mots commençant par *app-* prennent souvent deux *p*.
  Ex. : approuver, apprendre, un appartement, un apprenti.

Quelques exceptions : **ap**aiser, **ap**ercevoir, s'**ap**itoyer, **ap**latir, l'**ap**éritif, l'**ap**ostrophe.

- Les mots formés avec les préfixes *ir-*, *il-*, *im-*, *in-*, doublent la consonne quand le radical du mot débute par *r*, *l*, *m* et *n*.
  Ex. : irrésistible, illimité, immobile, innombrable.
- Les mots commençant par *ad-*, *ab-* et *am-* ne doublent pas le *d*, le *b* et le *m*.
  Ex. : une adresse, une abréviation, l'amitié.

Quelques exceptions : un a**bb**é, une a**bb**aye, une a**dd**ition, a**dd**itionner.

2 Les accents

L'accent aigu se prononce « é » *(la télévision)*, les accents grave et circonflexe se prononcent « è » *(la crème, une crêpe)*. Le tréma indique qu'en les prononçant on doit dissocier les deux voyelles *(la naïveté = la na/iveté)*.

Attention !

- Le son [f] peut s'écrire *f* ou *ph*.
  Ex. : la fatigue, la pharmacie, la phrase.
- Le son [s] peut aussi s'écrire [t].
  Ex. : l'attention, une intention, une péripétie.

Attention !

On ne met pas d'accent devant une consonne double, un *x* et, souvent, deux consonnes qui se suivent.
Ex. : une assiette, j'appelle, un exemple, s'exercer, l'espoir, un festival.

Comment faire ?

Chercher des mots de la même famille

Les mots de la même famille peuvent aider à :
– trouver l'orthographe d'un mot ;

Ex. : pour écrire *chevaleresque*, on peut penser au nom *cheval* inclus dans le mot. De même, pour écrire *héroïque*, on se rappelle que *héros* commence par un *h*.

– connaître la dernière lettre d'un mot.

Ex. : Pour connaître la dernière lettre de *tapis*, on pense à *tapisserie*, un mot formé à partir de *tapis*.

Pour écrire les adjectifs au masculin, on peut les mettre au féminin et deviner ainsi la dernière lettre : *grande* → *grand*.

Comprendre la composition d'un mot

→ Le préfixe s'ajoute à un mot pour en former un nouveau.

Ex. : prendre : apprendre, comprendre, surprendre.

→ Le suffixe s'ajoute à un mot pour en former un nouveau.

Ex. : gentil : gentiment, gentillesse.

→ Certains mots ont à la fois un préfixe et un suffixe.

Ex. : dés | agréable | ment.
préfixe – radical – suffixe

Utiliser le dictionnaire

Place sur ton bureau un petit dictionnaire que tu pourras consulter facilement.

Corrigés → livret, p. 9

S'entraîner

QUIZ-TEST

Coche la (ou les) bonne(s) réponse(s).

1 Le(s) mot(s) correctement orthographié(s) est (sont) :

a) apporter. ☐
b) apercevoir. ☐
c) innommable. ☐

2 Le(s) mot(s) correctement orthographié(s) est (sont) :

a) un estuaire. ☐
b) un éxamen. ☐
c) des jumelles. ☐

3 ★ Consonnes simples

Ajoute la consonne qui manque dans chaque mot.

a) Aimez-vous les gau...res à la con...iture ?

b) Voulez-vous des crê...es au choco...at pour le goûter ?

c) Les en...ants se sont je...és sur les bonbons.

d) Soyez pa...ients et faites atten...ion.

4 ★★ Consonnes simples ou doubles

Double la consonne en rouge si nécessaire.

a) Prends cette bros...e pour te coif...er.

b) As-tu ap...orté ton ap...areil phot...o ?

c) Hier soir, nous avons invité nos vois...ins à un ap...éritif.

d) J'ai ap...erçu ton frère sur le quai de la gar...e.

e) C'est un vac...in ef...icace contre la grip...e.

5 ★★ Consonnes simples ou doubles

Complète les mots :

a) **avec m ou mm :** l'a...itié – une co...ande – un bonho...e – les a...arres – une co...ission – la conso...ation – une a...ande – un i...euble.

b) **avec p ou pp :** une a...arition – un com...ortement – l'a...rentissage – un a...el – une é...ave – une na...e – une o...inion – l'a...robation.

6 ★★ Accents

Ajoute les accents nécessaires.

a) la necessite
b) l'exportation
c) la verite
d) un inspecteur
e) la boulangere
f) une chienne
g) une forteresse
h) une journee
i) une gaufrette

7 ★★ Lettre finale

Pour chacun des mots suivants, donne un mot de la même famille qui explique la lettre finale.

a) l'univers : ....
b) le riz : ....
c) un sursaut : ....
d) un bavard : ....
e) un sanglot : ....
f) le vent : ....
g) un tas : ....
h) le parfum : ....

8 ★★ Ajouter un préfixe

Donne le contraire de chaque mot en ajoutant les préfixes suivants : in-, im-, il- ou ir-.

a) mobile : ....
b) limité : ....
c) attentif : ....
d) patient : ....
e) expressif : ....
f) légal : ....
g) vérifiable : ....
h) respirable : ....

9 ★★★ Utiliser le dictionnaire

Écris les mots suivants par ordre alphabétique.

un apiculteur – une opinion – opaque – un apport – apitoyer – une opération

....

....

2 Le féminin des noms, des adjectifs qualificatifs et des participes passés

Voir aussi dictée p. 214

À savoir

Le genre des noms

- Seuls les noms des êtres animés (êtres humains, animaux) peuvent changer de genre.
Ex. : un infirmier → une infirmière, un ours → une ourse.
- Les noms des choses ont quant à eux un genre bien défini.
Ex. : un salon : nom masculin ; une chaise : nom féminin.

Attention !

Les noms et les adjectifs terminés par un *-e* au masculin ne changent pas au féminin.
Exemples :
un ministre/une ministre, aimable/aimable, efficace/efficace.

Retiens l'essentiel

1 Le féminin des noms

- Certains noms sont semblables au masculin et au féminin.
Ex. : un enfant/une enfant.
- D'autres noms sont totalement différents au masculin et au féminin.
Ex. : un cheval/une jument, un oncle/une tante, un neveu/une nièce.
- Certains noms prennent simplement un *-e* au féminin.
Ex. : un cousin/une cousine, un employé/une employée.
- Pour certains noms, la terminaison est modifiée au féminin.
Ex. : un boucher/une bouchère, un lion/une lionne, un jumeau/une jumelle.

2 Le féminin des adjectifs

- En règle générale, les adjectifs qualificatifs prennent un *-e* au féminin.
Ex. : vilain/vilaine, gourmand/gourmande, mûr/mûre.
- Dans certains cas, la terminaison est modifiée :
– doublement de la consonne. *Ex.* : gras/grasse, ancien/ancienne, net/nette.
– modification de la consonne. *Ex.* : neuf/neuve, joyeux/joyeuse, vif/vive.
– modification de la terminaison. *Ex.* : nouveau/nouvelle, moqueur/moqueuse, cher/chère, fou/folle, vieux/vieille, dominateur/dominatrice.

3 Le féminin des participes

Les participes se terminent par un *-e* au féminin.
– Verbes du 1er groupe : chanté/chantée.
– Verbes du 2e groupe : fini/finie.
– Verbes du 3e groupe : parti/partie, pris/prise, écrit/écrite, fait/faite.

Comment faire ?

Mettre un nom ou un adjectif au féminin

→ On ajoute un *-e*.

Ex. : un délégué → une déléguée, pointu → pointue, vert → verte.

Si le nom ou l'adjectif se termine par une consonne, on double la consonne.

Ex. : un chien → une chienne, violet → violette, immortel → immortelle.

→ Les noms et adjectifs terminés par *-er* se terminent par *-ère* au féminin.

Ex. : un boulanger → une boulangère, cher → chère.

→ Les noms et les adjectifs terminés par *-eur* ou *-eux* se terminent par *-euse* au féminin.

Ex. : un chanteur → une chanteuse, heureux → heureuse.

L'orthographe des adjectifs et des participes passés

Pour mettre l'adjectif ou le participe au féminin, il faut le faire précéder de « elle est ».
En les mettant ainsi au féminin, on peut connaître leur terminaison au masculin.

Ex. : elle est contente → il est content, elle est écrite → il est écrit.

Corrigés → livret, p. 9

S'entraîner

QUIZ-TEST

Coche la (ou les) bonne(s) réponse(s).

1 Le féminin du nom *bijoutier* est :

a) bijoutiaire. .... ☐
b) bijoutierre. .... ☐
c) bijoutière. .... ☐

2 Le féminin de l'adjectif *merveilleux* est :

a) émerveillée. .... ☐
b) merveilleuse. .... ☐
c) merveilleure. .... ☐

3 ★★ Les noms qui ne changent pas de genre

Entoure les noms qui ne peuvent pas changer de genre. Pourquoi ?

un ordinateur – un blessé – une table – un élève – une princesse – une étoile – un ruban – un gardien – un tapis – un sentiment – un jeu – une infirmière

....

4 ★ Les adjectifs qui ne changent pas au féminin

Entoure les adjectifs qui ne changent pas au féminin. Pourquoi ?

amical – gentil – agréable – intelligent – rouge – timide – violent – sage – rapide – étonnant – lointain – rose

....

5 ★★ Le féminin des noms

Écris les noms au féminin.

a) un poissonnier : ....
b) un Parisien : ....
c) un voyageur : ....
d) un électeur : ....

6 ★★ Le masculin des noms

Donne le masculin des noms suivants.

a) une louve : ....
b) une épouse : ....
c) une nièce : ....
d) une vendeuse : ....
e) une belle-mère : ....

7 ★★ Le féminin des adjectifs

Remplace le nom en gras par celui entre parenthèses et écris le groupe nominal.

a) un **pull** écossais (chemise) : ....
b) un **chien** peureux (chienne) : ....
c) un beau **jardin** (pelouse) : ....
d) un **sirop** amer (boisson) : ....

8 ★★ Le féminin des adjectifs

Accorde les adjectifs au féminin en les faisant précéder de « elle est ».

a) agressif : ....
b) faux : ....
c) affreux : ....
d) naturel : ....
e) sot : ....

9 ★ Le féminin des participes passés

En utilisant la formule « elle est », donne au féminin le participe passé des verbes.

a) comprendre : ....
b) ranger : ....
c) applaudir : ....
d) traduire : ....

3 Le pluriel des noms, des adjectifs qualificatifs et des participes passés

Retiens l'essentiel

Voir aussi dictée p. 214

1 Le pluriel des noms

- En règle générale, les noms prennent un *s* au pluriel.

Ex. : un collégien/des collégiens, une boutique/des boutiques.

Quelques exceptions : des pneus, des bleus, des landaus...

- Les noms en *-al* ont leur pluriel en *-aux*.

Ex. : un animal → des animaux.

Quelques exceptions : des bal**s**, des carnaval**s**, des chacal**s**, des festival**s**...

- Les noms en *-ou* et en *-ail* prennent un *s* au pluriel.

Ex. : des clous, des trous, des éventails.

Quelques exceptions :

– des pou**x**, des bijou**x**, des hibou**x**, des chou**x**, des genou**x**, des joujou**x**, des caillou**x** ;

– un corail → des cor**aux** ; un travail → des trav**aux** ; un vitrail → des vitr**aux** ; un émail → des ém**aux**...

Attention !

Il y a des exceptions. Certains mots ne suivent pas les règles des adjectifs terminés par *-al* : banal (banals, banales), bancal, fatal, glacial, natal, naval.

2 Le pluriel des adjectifs qualificatifs

- De manière générale, les adjectifs prennent un *s* au pluriel.

Ex. : aimable/aimables, verte/vertes, joli/jolis.

- Les adjectifs terminés par *-eau* prennent un *x*.

Ex. : beau/beaux, nouveau/nouveaux.

- Les adjectifs terminés par *-al* se terminent par *-aux* au pluriel.

Ex. : national/nationaux, vertical/verticaux.

3 Le pluriel des participes passés

Les participes passés prennent un *s* au pluriel.

– Verbes du 1er groupe : chanté(e)/chanté(e)s.

– Verbes du 2e groupe : fini(e)/fini(e)s.

– Verbes du 3e groupe : parti(e)/parti(e)s ; voulu(e)/voulu(e)s ; fait(e)/fait(e)s ; écrit(e)/écrit(e)s.

Comment faire ?

Bien repérer la chaîne des pluriels

→ Lorsque tu écris, repère les **déterminants au pluriel** (*les*, *des*, *mes*, *plusieurs*...) : ils seront suivis d'un **nom au pluriel** (qui doit se terminer par *-s*, *-x*, *-aux*...).

→ Ce nom au pluriel peut être accompagné d'**un ou plusieurs adjectifs** qui, eux aussi, doivent se mettre **au pluriel** (*-s*, *-x*, *-aux*...).

→ Ce nom est peut-être le sujet d'un **verbe** qui prendra également la marque du **pluriel** (*-ent* le plus souvent au présent de l'indicatif).

Ex. : Ces (dét.) mystérieuses (adjectif) et gigantesques (adjectif) planètes (nom) gravitent (verbe) autour d'une étoile.

Corrigés → livret, p. 9

S'entraîner

QUIZ-TEST

Coche la (ou les) bonne(s) réponse(s).

1 Au pluriel, la (les) forme(s) correcte(s) est (sont) :

a) des rivaux. ☐
b) des évantaux. ☐
c) des chapeaux. ☐

2 Le pluriel de l'adjectif *départemental* est :

a) départementals. ☐
b) départementaux. ☐
c) départementeaux. ☐

3 ★ Pluriel des noms

Mets les mots suivants au pluriel.

a) un château : ....
b) un feu : ....
c) un parfum : ....
d) un aveu : ....
e) un agneau : ....

4 ★ Pluriel des noms en *-ou*

Mets les mots suivants au pluriel.

a) un verrou : ....
b) un bijou : ....
c) un voyou : ....
d) un hibou : ....
e) un caillou : ....

5 ★★ Singulier et pluriel identiques

Souligne les noms qui sont identiques au singulier et au pluriel.

des tapis – des morceaux – des jouets – des souris – des joujoux – des prix – des liens – des puits

6 ★★ Pluriel des adjectifs

Mets les adjectifs entre parenthèses au pluriel.

a) des livres (neuf) : ....
b) des effets (spécial) : ....
c) les (beau) étés : ....
d) des combats (naval) : ....

7 ★ Singulier et pluriel identiques

Souligne les adjectifs identiques au masculin singulier et au masculin pluriel.

confortables – heureux – accueillants – nouveaux – peureux – véritables – faux – rouges – gris – vieux

8 ★★ Pluriel des participes passés

En utilisant les formules « elles sont » puis « ils sont », donne au féminin pluriel et au masculin pluriel le participe passé des verbes.

a) récompenser : ....
b) saisir : ....
c) dominer : ....
d) détruire : ....
e) entendre : ....
f) surprendre : ....

9 ★★ Singulier et pluriel identiques

Souligne les participes passés identiques au masculin singulier et au masculin pluriel.

soulignés – regardés – applaudis – compris – traduits – voulus – peints – promis – endormis – permis

10 ★★★ Accord du groupe nominal

Mets les expressions suivantes au pluriel.

a) le pneu usé : ....
b) un éventail original : ....
c) le nouveau vitrail : ....
d) un chacal peureux : ....
e) un hibou banal : ....

4 Les confusions à éviter

Voir aussi dictée p. 214

Retiens l'essentiel

1 Les homophones grammaticaux

▸ Les homophones grammaticaux sont des mots qui se prononcent de la même manière mais qui n'ont pas la même classe grammaticale (nature) et qui ne s'écrivent pas de la même façon.

▸ Pour savoir quel mot choisir entre deux homophones grammaticaux, il faut trouver sa classe grammaticale et chercher si on peut le remplacer.
Ex. : Il a (avait) rangé le livre à sa place.

2 Comment ne pas confondre les homophones grammaticaux

Il ne faut pas confondre :

▸ **a** et **à** *Ex.* : Il a (avait) rangé le livre à sa place.

▸ **et** et **est** *Ex.* : Marie est (était) partie acheter un cahier et (et puis) une équerre.

▸ **ou** et **où** *Ex.* : Voulez-vous des pommes ou (ou bien) des poires ?
Où as-tu mis les poires ?

▸ **ce** et **se** *Ex.* : Ce matin, il se lève (je me lève) de bonne heure.

▸ **ces**, **ses**, **c'est**, **s'est** et **sait**
Ex. : C'est lui qui sait (savoir) où s'est caché Pierre.
Ces planètes (celles-ci) gravitent autour du Soleil.
Ses cheveux (les siens) sont mouillés.

▸ **ni** et **n'y** *Ex.* : Il n'est ni malade ni fatigué. Je n'y crois pas.

▸ **si** et **s'y** *Ex.* : Il était si (tellement) effrayé ! Il s'y croit !

▸ **sans** et **s'en** *Ex.* : Elle écrit sans faute. Elle s'en moque.

▸ **ont**, **on** et **on n'** *Ex.* : Nos joueurs ont (avaient) remporté la finale ! On (il) entend le vent. On (il) n'entend plus le vent.

Attention !

Le pronom personnel *se* est toujours placé **devant un verbe**.
Ex. : Il se lève de bonne heure.

N'oublie pas !

on n' est le pronom personnel **on** accompagné de la négation *n'*.
on n' est toujours employé dans une phrase négative.
Ex. : On n'entend plus le vent.

Comment faire ?

▸ **Bien écrire sa dictée**

→ Il faut être **bien concentré** sur ce que dit le professeur.

→ Si tu hésites sur un mot, que cela ne t'empêche pas d'écrire la suite du texte. Contente-toi de souligner ce mot au crayon, tu réfléchiras ensuite.

▸ **Bien relire sa dictée**

→ Lorsque le professeur relit le texte, ne cherche pas à corriger des fautes ou à réfléchir sur des accords ; tu n'écouterais plus le professeur. Il faut au contraire que tu écoutes attentivement afin de **vérifier que tu n'as oublié aucun mot.**

→ C'est pendant la relecture silencieuse de ta dictée que tu peux **corriger tes fautes.** Veille systématiquement aux confusions possibles (*à/a*, *et/est*...) et aux accords : vérifie d'abord, par exemple, tous les verbes, ensuite tous les adjectifs, tous les homophones, etc.

→ Il ne faut pas se contenter de relire, il faut **chercher méthodiquement les fautes** dues à l'oubli d'une règle grammaticale.

Corrigés → livret, p. 9

S'entraîner

QUIZ-TEST

Coche la (ou les) bonne(s) réponse(s).

1 Dans la phrase « Tom n'...... pas vu ...... j'ai mis mon classeur. », il manque :

a) a, ou. ☐
b) a, où. ☐
c) à, où. ☐

2 Dans la phrase « Léa ...... demande si ...... bottes-là lui vont. », il manque :

a) se, ces. ☐
b) se, ses. ☐
c) ce, ces. ☐

3 ★ *et ou est*

Complète les phrases par et ou est.

a) Paul .... Max sont partis au marché.

b) Cette histoire ....-elle vraie ? Je la trouve incroyable .... je pense que tu l'as inventée.

c) Veux-tu du beurre .... de la confiture ?

4 ★ *ou ou bien où*

Complète les phrases par ou ou où.

a) Es-tu allé à la montagne .... à la mer ?

b) Il ne sait plus .... il a rangé son compas.

c) Veux-tu une tortue .... un poisson rouge ?

d) .... est-il donc passé ?

5 ★ *ce ou se*

Complète les phrases par ce ou se.

a) .... document est illisible.

b) Il faut éviter de .... coucher trop tard.

c) .... clavier sans fil est très pratique.

6 ★★ *ces, ses, c'est, s'est, sais ou sait*

Complète par c'est, s'est, ces, ses, sait ou sais.

a) .... Édith qui m'a donné .... crayons-là.

b) Le savant .... enfermé dans son bureau pour consulter .... documents.

c) L'archéologue .... où se trouve le trésor.

d) Je ne .... pas qui a apporté .... paquets.

7 ★★ *ni ou n'y*

Complète les phrases par ni ou n'y.

a) Allumez la lumière, je .... vois rien.

b) Nous n'avons plus .... pêches .... melons.

c) .... Lucas .... Sarah ne savent nager si loin.

8 ★★ *si ou s'y*

Complète les phrases par si ou s'y.

a) .... je t'invite, viendras-tu ?

b) Sa chambre est .... en désordre qu'il ne .... retrouve pas.

c) Cette vie sportive ne lui convient pas ; il ne .... fait pas.

9 ★★ *sans ou s'en*

Complète les phrases par sans ou s'en.

a) Je ne peux pas lire .... lunettes.

b) Il doit suivre un régime .... sel.

c) Il me prête son vélo car il ne .... sert pas.

10 ★★ *on ou on n'*

Complète les phrases suivantes par ont, on ou on n'.

a) .... est arrivé en retard.

b) Nos lapins .... rongé le canapé !

c) .... oubliera pas de vous écrire.

d) .... entend le train au loin.

e) .... entend plus rien à présent.

5 Les principales classes (natures) de mots

Mot-clé

Classe grammaticale

On regroupe dans une même classe les mots qui présentent les mêmes caractéristiques. Tous les mots appartiennent à une classe grammaticale déterminée.

Ex. : un mot est soit un nom, soit un verbe, soit un adjectif…

Quelle que soit la phrase dans laquelle on trouve un mot, ce mot garde la même classe grammaticale (ou nature).

Attention !

Certains mots peuvent appartenir à plusieurs classes grammaticales.

Ex. : Ce goûter est délicieux.
goûter : nom

Je vais goûter.
goûter : verbe

Retiens l'essentiel

1 Classes de mots variables et de mots invariables

- **Un mot variable** est un mot qui peut se mettre au féminin, au pluriel ou à une autre personne.

Ex. : une table/des tables, je chante/tu chantes.

- **Un mot invariable** n'a ni genre, ni nombre.

Ex. : toujours, jamais, puisque, dans.

- Il existe **cinq classes de mots invariables** (adverbes, prépositions, conjonctions de coordination, conjonctions de subordination et interjections) et **cinq classes de mots variables** (verbes, noms, pronoms, déterminants, adjectifs).

2 Les noms

- **Les noms communs** sont en général précédés d'un déterminant.

Ex. : un livre, ce cheval, mon crayon.

- **Les noms propres** désignent un élément unique (personne, lieu).

Ex. : Sandra, Lyon, la Bretagne, les Alpes.

3 Les déterminants

Les déterminants accompagnent le nom avec lequel ils s'accordent.

Ex. : C'est un stylo. C'est mon stylo. C'est mon nouveau stylo. (*voir page 18*).

4 Les adjectifs qualificatifs

Les adjectifs précisent le nom ou le pronom auquel ils se rapportent.

Ex. : C'est mon nouveau stylo. C'est un film passionnant. Je suis timide.

5 Les pronoms

- Les pronoms peuvent désigner la personne qui parle ou celle qui l'écoute.

Ex. : Je suis là ; tu habites à côté de chez moi ; je te parle.

- Les pronoms peuvent aussi remplacer un autre mot.

Ex. : Pierre est arrivé ; il est là. Je lis ce livre, puis je te le prête.

Comment faire ?

Ne pas confondre déterminant et pronom

Le déterminant précède le nom auquel il se rapporte.

Ex. : C'est mon (*déterminant possessif*) livre,
ce n'est pas le tien (*pronom possessif*).
Le (*déterminant : article défini*) train s'en va ;
je le (*pronom personnel*) suis des yeux.

Identifier les différents pronoms

→ **Pronoms personnels** : je, tu, me, te…

Ex. : Je lui parle ; nous la regardons.

→ **Pronoms possessifs** : le mien, le tien, le sien…

Ex. : Ce n'est pas mon crayon, c'est le tien.

→ **Pronoms démonstratifs** : ce, celui, celle, ceux.

Ex. : Voilà ce qui compte. Je prends celui-ci.

Corrigés → livret, p. 9

S'entraîner

QUIZ-TEST

Coche la (ou les) bonne(s) réponse(s).

1 Le nom est :
a) courir. ☐
b) course. ☐
c) rapide. ☐

2 Les déterminants:
a) accompagnent les noms. ☐
b) accompagnent les verbes. ☐
c) remplacent un nom. ☐

3 ★ Mémoriser les classes grammaticales

Relève l'intrus et justifie ta réponse.

pronom – nom – verbe – conjonction de coordination

....

4 ★★ Distinguer les mots variables et invariables

Indique si les mots soulignés appartiennent à une classe de mots variables ou invariables.

a) Ton frère est très serviable.

b) Le médecin est venu et il a délivré une ordonnance.

c) Ce joueur est vraiment performant.

Classes de mots variables : ....

....

Classes de mots invariables : ....

....

5 ★ Repérer les noms

Entoure les noms. Pour les repérer, place devant chacun le, la ou l'.

étude – regarder – utile – suivre – clavier – souris – magnifique – comme – puisque – maître – papier – gouvernement – bleu – jalousie – démarche – habitude

6 ★★ Distinguer les noms et les adjectifs

Entoure les noms en rouge et en bleu les adjectifs.

a) La petite sœur de Noémie sera vétérinaire.

b) Le cuisinier du collège a préparé un déjeuner extraordinaire.

c) Les nageurs sont prêts à plonger.

7 ★★ Distinguer déterminants et pronoms

Entoure les déterminants en rouge et en bleu les pronoms.

a) Mon chat est bien plus affectueux que le tien.

b) Je leur ai demandé s'ils avaient apporté leur ballon ou si nous allions jouer avec le nôtre.

c) Ma note d'histoire est meilleure que celle que j'ai obtenue la semaine dernière.

d) Ces produits sont dangereux ; je préfère que vous utilisiez ceux-ci.

e) Je jette un œil sur cette revue et je te la prête ensuite.

f) Mon oncle est content de nous montrer sa collection.

g) Les coureurs ont faim ; ils voudraient déjeuner.

8 ★★★ Les différents pronoms

Indique la classe des pronoms en gras. Entoure ceux qui désignent celui qui parle ou celui qui écoute.

a) **Je** prends ta gomme car j'ai oublié **la mienne**.

....

b) **Tu** colories ta carte comme **moi**.

....

c) Ce crayon est cassé ; prends **celui-ci**.

....

d) Je **te** conseille ce film : **l'**as-tu vu ?

....

6 Les constituants du groupe nominal

Retiens l'essentiel

1 Groupe nominal minimal et groupe nominal enrichi

▸ **Le groupe nominal minimal** comprend un nom et son déterminant.
Ex. : C'est un film. C'est mon ami. Voici le collège. Ce film m'a plu.

▸ **Le groupe nominal enrichi** comprend des éléments qui peuvent être supprimés :
– un adjectif en fonction d'épithète (près du nom). *Ex.* : C'est un bon film.
– un complément du nom. *Ex.* : C'est un film d'aventures.
– une subordonnée relative. *Ex.* : C'est un film qui te plaira.

2 Les principaux déterminants

▸ **Les articles définis** : le, la, les. *Ex.* : le livre.

▸ **Les articles indéfinis** : un, une, des. *Ex.* : des histoires.

▸ **Les déterminants possessifs :** mon, ton, son, ma, ta, sa, mes, tes, ses, notre, votre, leur, nos, vos, leurs.

▸ **Les déterminants démonstratifs** : ce, cet, cette, ces.

3 Les adjectifs qualificatifs

▸ L'adjectif précise une qualité ou une caractéristique du nom auquel il se rapporte et avec lequel il s'accorde.

▸ Quand il fait partie du groupe nominal, la fonction de l'adjectif est **épithète** du nom auquel il se rapporte.
Ex. : Je préfère les pommes bien rouges. → rouges : épithète du nom *pommes*.

4 Le complément du nom

▸ Quand l'adjectif est séparé du mot qu'il complète par un verbe, il est attribut.
Ex. : Ces pommes sont bien rouges.
attribut du sujet pommes

▸ Le complément du nom (CdN) apporte des précisions sur le nom auquel il se rapporte. Il est le plus souvent **introduit par une préposition** (à, de, en, par, pour, sur, sans, avec...).
Ex. : C'est une chemise [en] coton. C'est un recueil [de] contes.
CdN

À savoir

Déterminants

Les déterminants sont des petits mots qui précèdent les noms.
Ex. : le chapeau, un écureuil, ton bonnet, cet arbre.

Mot-clé

Articles définis élidés ou contractés

1. le et **la** peuvent perdre leur voyelle. C'est l'article défini élidé **l'**.
Ex. : ~~la~~ école → l'école.

2. le et **les** peuvent se contracter au contact d'une préposition :
– **de** + **le** → **du** ;
– **de** + **les** → **des** ;
Ex. : le bord ~~de le~~ chemin → le bord du chemin.
– **à** + **le** → **au** ;
– **à** + **les** → **aux**.

Comment faire ?

▸ **Ne pas confondre les déterminants et les pronoms personnels**

Ex. : le sport, la voile.
déterminants (*articles définis*) placés devant un nom

Ex. : Je la regarde.
pronom personnel (*remplace un nom*)

▸ **Distinguer complément du nom et COI**

Ex. : Il profite de ses vacances. → ses vacances = COI du verbe *profiter*.
Il nous fait le récit de ses vacances. → ses vacances = CdN *récit*.

Corrigés → livret, p. 10

S'entraîner

QUIZ-TEST

Coche la (ou les) bonne(s) réponse(s).

1 Le groupe nominal minimal est :

a) cet été. ☐
b) Antoine. ☐
c) un beau matin. ☐

2 Dans le GN « mon voisin », *mon* est :

a) un déterminant possessif. ☐
b) un déterminant démonstratif. ☐
c) un article défini. ☐

3 ★ Le groupe nominal minimal

Barre les éléments qui peuvent être supprimés pour trouver le groupe nominal minimal. Entoure le nom qui est le noyau de ce groupe.

a) Une bonne initiative de votre part.
b) Ce délicieux gâteau au chocolat et aux amandes.
c) La dernière chanson de mon chanteur préféré.
d) Le petit chien joueur et affectueux de nos voisins.

4 ★ Le groupe nominal enrichi

Mets les mots dans l'ordre pour constituer un groupe nominal enrichi. Souligne le nom noyau.

a) équipe / joueur / le / notre / meilleur / de
b) une / décisive / natation / compétition / de
c) conseil / les / municipal / décisions / du
d) mathématiques / un / de / petit / exercice

5 ★ Les déterminants possessifs

Souligne les déterminants possessifs et relie-les au nom qu'ils déterminent.

a) Le frère de Valentin est plus âgé que moi, mais sa sœur est plus jeune.
b) Mes affaires de classe sont bien rangées.
c) Il n'aime pas changer ses habitudes.
d) Vous trouverez notre maison au bout de la deuxième rue à votre droite.

6 ★ Les déterminants démonstratifs

Souligne les déterminants démonstratifs et relie-les au nom qu'ils déterminent.

a) Ce dictionnaire est neuf.
b) Cette école a été inaugurée en 2022.
c) Cette fois-ci, nous avons pensé à tout !
d) Celui qui découvrira ce secret pourra trouver le trésor.

7 ★★ Les articles

Indique la classe des articles en gras.

a) Nous avons adopté **un** petit chien.
b) Je donne **des** croquettes **au** chat.
c) **Le** chant **du** rossignol est célèbre.

8 ★ Le complément du nom

Complète les groupes nominaux avec les prépositions et entoure les CdN.

un voyage ... avion – une histoire ... fin – un vêtement ... mesure – un vol ... Miami – une machine ... coudre – un club ... tennis – une carte ... identité – un yaourt ... des fruits – un sirop ... la toux.

7 Les accords au sein du groupe nominal

Voir aussi dictée p. 214

Cet/cette

- **Ce** + nom masculin commençant par une consonne ou un *h* aspiré.
  Ex. : ce livre, ce héros.
- **Cet** + nom masculin commençant par une voyelle ou un *h* muet.
  Ex. : cet abricot, cet habit.
- **Cette** + nom féminin
  Ex. : cette histoire.

Bel/belle

Devant un nom masculin singulier commençant par une voyelle ou un *h* muet, les adjectifs *beau* et *nouveau* deviennent *bel* et *nouvel*.
Ex. : un **bel** été, le **nouvel** an, un **bel** homme, un **nouvel** hameçon.

Retiens l'essentiel

1 L'accord des déterminants

▸ Les déterminants s'accordent en **genre** (masculin/féminin) et en **nombre** (singulier/pluriel) avec le nom auquel ils se rapportent.

Ex. : un collège, le collège, ce collège, mon collège → masculin singulier
des collèges, les collèges, ces collèges, mes collèges → masculin pluriel

une proposition, la proposition, cette proposition, ma proposition
→ féminin singulier
des propositions, les propositions, ces propositions, mes propositions
→ féminin pluriel

▸ Devant un nom masculin singulier commençant par une voyelle ou un *h* muet, le déterminant démonstratif est *cet*.
Ex. : cet arbre, cet habit.

2 L'accord de l'adjectif qualificatif

L'adjectif s'accorde en **genre** (masculin/féminin) et en **nombre** (singulier/pluriel) avec le nom auquel il se rapporte.

Ex. : le bon stylo → masculin singulier ;
les bons stylos → masculin pluriel

la bonne idée → féminin singulier ;
les bonnes idées → féminin pluriel

Comment faire ?

▸ Mettre ou non un nom au pluriel

→ Le nom se met au **singulier** quand il ne désigne qu'un seul élément. Il se met au **pluriel** quand il désigne plusieurs éléments. La plupart du temps, le déterminant permet de savoir si le nom est au singulier ou au pluriel.

Ex. : **Ce** mouton → un seul mouton ; **mon** frère → un seul frère ; **mes** frères → plusieurs frères.

→ Il arrive que le nom ne soit pas précédé d'un déterminant : il faut alors réfléchir au sens de l'expression.

Ex. : une oreille de mouton → un seul mouton.
un troupeau de moutons → plusieurs moutons.

▸ Effectuer des accords en chaîne

Ex. : J'aime beaucoup ces légendes passionnantes et pourtant très souvent racontées.

① Je repère le déterminant *ces* : le nom est au pluriel → *légendes*.

② Je cherche les mots qui se rapportent à *légendes* (féminin pluriel) : des légendes comment ?
→ passionnantes (féminin pluriel) et racontées (féminin pluriel).

Corrigés → livret, p. 10

S'entraîner

QUIZ-TEST

Coche la (ou les) bonne(s) réponse(s).

1 Les groupes nominaux correctement orthographiés sont :

a) une nouvelle année. ☐
b) un bel automne. ☐
c) les bels saisons. ☐

2 L'expression correctement orthographiée est :

a) ces beaux ciels d'été. ☐
b) ces beau ciels d'été. ☐
c) ces beaux ciels d'étés. ☐

3 ★ L'accord des déterminants démonstratifs

Complète les phrases avec cet ou cette.

a) .... personne vous attend.

b) Connaissez-vous le nom de .... arbre ?

c) .... poupée parle et marche toute seule.

d) .... exercice porte sur les déterminants.

e) Je vous conseille .... potion magique.

4 ★ L'accord des déterminants

Barre les déterminants qui ne conviennent pas.

a) J'ai oublié (mon – ma) trousse, (mon – ma) livre de maths et (mon – ma) écharpe !

b) Est-ce que tu as vu (ton – ta) erreur ?

c) Sur (son – sa) île déserte, le naufragé aperçoit (un – une) voile à (le – la – l') horizon.

d) J'aimerais bien essayer (ce – cet) nouvel ordinateur.

e) (Ton – Ta) idée est excellente !

f) Tu n'as pas encore (le – la – l') habitude de (ce – cet) genre de projet.

5 ★ L'accord des adjectifs

Barre l'adjectif en rouge qui ne convient pas.

a) Sa cousine parle avec un accent **anglais/anglaise**.

b) Boris a vécu dans la banlieue **lyonnais/lyonnaise**.

c) Il existe de **nombreux/nombreuses** possibilités mais une **seul/seule** réponse **exact/exacte**.

d) Cette histoire **bref/brève** et **mystérieux/mystérieuse** est **original/originale** ; les dernières pages sont **étonnants/étonnantes**.

6 ★★ L'accord des adjectifs

Barre les deux adjectifs mal accordés et réécris les groupes nominaux corrects.

a) Une délicieuse odeur de chocolat.
b) Un très bonne anniversaire.
c) Ces chaussures de sport très usés.
d) Un pompier courageux.
e) Une victoire spectaculaire.

....

....

7 ★★ Le complément du nom

Complète si nécessaire la terminaison des noms.

a) une paire de gant ......

b) le premier jour de l'hiver......

c) un groupe de collégien......

d) un délégué de classe......

e) un trousseau de clé......

f) un recueil de conte......

g) un tas de caillou......

h) un roman d'amour......

8 ★★ Le complément du nom

Barre le groupe nominal mal orthographié et réécris-le.

a) une trompe d'éléphant
b) un clavier d'ordinateur
c) une meute de chien
d) les dents d'alligator

....

8 Le sujet et l'attribut du sujet

À savoir

Les fonctions essentielles

Le sujet et l'attribut du sujet sont des fonctions essentielles : on ne peut pas les supprimer.

À savoir

Les verbes attributifs

L'attribut se construit avec un verbe attributif. Le verbe *être* et les **verbes d'état** (*paraître, sembler, devenir, rester, demeurer*...) sont les principaux verbes attributifs.

Ex. : La chenille (sujet) deviendra (verbe attributif) *papillon* (attribut du sujet).

Retiens l'essentiel

1 Le sujet

▸ Le sujet commande la terminaison du verbe. Le plus souvent, il fait l'action exprimée par le verbe.

Ex. : Laura et Jules (sujet) jouent au tennis (prédicat). Tu joues, ils jouent.

▸ Le sujet est principalement :

– un nom ou un groupe nominal ; *Ex.* : Le petit chat dort dans son panier.
– un pronom ; *Ex.* : Elle joue de la flûte à bec.
– un verbe à l'infinitif ou un groupe infinitif. *Ex.* : Relire est utile.

2 L'attribut du sujet

▸ L'attribut du sujet se rapporte au sujet par l'intermédiaire d'un verbe.

Ex. : La nuit, tous les chats (sujet) sont gris (attribut du sujet). → *gris* caractérise *tous les chats*.

▸ L'attribut du sujet est principalement :

– un nom ; *Ex.* : Son père est médecin.
– un pronom ; *Ex.* : Cette idée géniale est la mienne.
– un adjectif ; *Ex.* : En automne, les nuits sont froides.
– un participe passé. *Ex.* : Baptiste nous semble fatigué.

Comment faire ?

▸ Bien repérer le sujet

Il faut trouver l'élément qui répond à la question : « **Qui est-ce qui ?** » posée à partir du verbe.

Ex. : Le vent chasse les nuages.
Qui est-ce qui chasse les nuages ? *Réponse* : le vent (sujet du verbe *chasser*).

▸ Éviter les pièges

→ Le sujet n'est pas nécessairement placé juste à côté du verbe.

Ex. : Notre chat, que nous avions perdu, a été retrouvé.
Qui est-ce qui a été retrouvé ? *Réponse* : notre chat (sujet du verbe *retrouver*).

→ Le sujet peut être **inversé**.

Ex. : Quand parut l'aube, Ulysse décida de reprendre son voyage.
↑ sujet inversé du verbe *paraître*

▸ Ne pas confondre l'attribut du sujet et le COD

Ex. : Les chats chassent les souris. (*les chats* ≠ *les souris*) → Le COD subit l'action exprimée par le verbe.
Tous les chats sont gris. (*les chats* = *gris*) → L'attribut du sujet exprime une caractéristique du sujet.

Corrigés → livret, p. 10

S'entraîner

QUIZ-TEST

Coche la (ou les) bonne(s) réponse(s).

1 Dans la phrase « Sur le stade, les joueurs s'entraînent », le sujet est :

a) Sur le stade. ☐
b) les joueurs. ☐
c) Sur le stade, les joueurs. ☐

2 Dans la phrase « Nathan sera notre délégué. », l'attribut du sujet est :

a) un verbe. ☐
b) un groupe nominal. ☐
c) un adjectif. ☐

3 ★ Repérer le sujet

Entoure le sujet des verbes en gras.

Dans *Les contes de ma mère l'Oye* de Charles Perrault, beaucoup de personnages **se ressemblent**. Ainsi, Cendrillon est belle et bonne ; la Belle au bois dormant est aussi pourvue de toutes les qualités possibles. À la fin des deux contes, les deux jeunes filles **sont récompensées** : elles **épousent** toutes les deux un prince charmant. Sans doute **peut**-on ajouter que Peau d'Âne ressemble également à ces jeunes filles. Pourquoi, en effet, épouse-t-elle un prince à la fin du conte ? Elle **se marie** magnifiquement parce qu'elle **doit** être récompensée, comme Cendrillon, de sa gentillesse et de sa patience.

4 ★★ Les pronoms personnels sujets

Remplace les sujets des verbes en rouge par le pronom personnel qui convient.

a) La Cigale et la Fourmi **sont** deux personnages d'une fable de La Fontaine. → ……………………

b) Le Loup, l'Agneau, le Lièvre, la Tortue **participent** aussi aux fables de La Fontaine. → ……………………

c) Pierre et toi **devez** aller voir le professeur de français. → ……………………

d) Sophie, Thomas et moi **désirons** chanter dans une chorale. → ……………………

5 ★★ Inverser le sujet

Réécris les phrases suivantes en inversant le sujet.

a) Le directeur cria : « Vite, vite ! Plus vite ! »

……………………

b) Tu ne veux pas aller te promener avec nous ?

……………………

c) Alors un énorme chien surgit du jardin pourtant entouré de grilles. ……………………

……………………

6 ★ Repérer les verbes d'état

Dans les phrases suivantes, entoure les verbes qui peuvent être remplacés par le verbe *être*.

a) Marie joue du violon.

b) Vous paraissez satisfaite.

c) Louis semble intéressé.

d) Nous construisons un château de sable.

e) Ils deviennent raisonnables.

7 ★★★ Repérer l'attribut du sujet

Dans les phrases suivantes, souligne les attributs du sujet et indique à chaque fois le sujet auquel ils se rapportent.

Ex. : Marion est malade.
→ Attribut du sujet *Marion*.

a) Le cheval que tu vas monter est un magnifique pur-sang. → ……………………

b) Ce château passe pour hanté depuis des générations.
→ ……………………

c) Si tu ne fais pas d'efforts, tu resteras un élève médiocre. → ……………………

d) L'été fut particulièrement chaud et sec cette année-là. → ……………………

9 L'accord du verbe avec son sujet

Voir aussi dictée p. 214

Retiens l'essentiel

1 Le verbe s'accorde avec son sujet

▸ La terminaison du verbe est commandée par le sujet. Le sujet est principalement un nom, un groupe nominal, un pronom ou un verbe à l'infinitif.

Ex. : Les élèves (GN) disput**ent** un match ; ils (pronom) espèr**ent** tous gagner.

▸ Quand le sujet est un groupe nominal, le verbe s'accorde avec le noyau du groupe.

Ex. : **Les élèves qui se sont entraînés au collège** disput**ent** un match.
Le sujet est *les élèves qui se sont entraînés au collège* et le verbe s'accorde avec le noyau qui est *les élèves*.

Attention !
Quand le sujet est un infinitif, le verbe est toujours au singulier.
Ex. : Participer à toutes les activités **est** l'essentiel.

2 La place du sujet

▸ Le sujet est le plus souvent placé juste avant le verbe ; mais le nom noyau peut être éloigné.

Ex. : **Ces animaux qui sont nés au zoo** ne connaiss**ent** pas leur pays d'origine.

▸ Le sujet peut être placé après le verbe : on parle alors de **sujet inversé**.

Ex. : Pourquoi voul**ez**-vous vous inscrire ?
Alors éclat**a** un orage.

3 Quelques accords particuliers

▸ Quand le verbe a plusieurs sujets au singulier, le verbe se met au pluriel.
Ce bleu et ce rose s'accordent bien.

▸ Lorsque le sujet est *la foule* ou *le monde*, le verbe est au singulier.
La foule est innombrable. Tout le monde est là.

▸ Le verbe se met au pluriel quand le sujet est *la plupart*, *beaucoup*, *plusieurs*, *certains*...
Certains ne connaissent pas ce film mais la plupart l'ont vu.

Attention !
Léa et moi (=nous) all**ons** à la piscine.
Luc et toi (=vous) all**ez** à la piscine.
Toi et moi (=nous) all**ons** à la piscine.

Comment faire ?

▸ **Repérer le sujet**

Pour trouver le sujet d'un verbe, on pose la question « qui est-ce qui » suivie du verbe.

Ex. : Notre cathédrale que **visitent** de nombreux touristes **est** un joyau de l'art gothique.
Qui est-ce qui **visitent** ? Les touristes → verbe au pluriel
Qui est-ce qui **est** ? Notre cathédrale → verbe au singulier

▸ **Attention au pronom qui précède le verbe**

Le pronom qui précède le verbe n'est pas toujours son sujet.

Ex. : Nous vous admir**ons** ; vous nous admir**ez**, je les admir**e** → Les pronoms en vert ne sont pas les sujets des verbes.

Mes amis chantent ; je les écout**e**. → *les* est un pronom complément.

Corrigés → livret, p. 10

S'entraîner

QUIZ-TEST

Coche la (ou les) bonne(s) réponse(s).

1 La phrase correctement orthographiée est :

a) Le lièvre et la tortue courent ensemble. ☐
b) Le lièvre et la tortue cours ensemble. ☐
c) Le lièvre et la tortue court ensemble. ☐

2 La phrase correctement orthographiée est :

a) Je les regardes jouer. ☐
b) Il les regardent jouer. ☐
c) Tu les regardes jouer. ☐

3 ★ Accorder le verbe avec un pronom personnel

Complète les phrases avec le pronom personnel qui convient. Il peut y avoir plusieurs possibilités.

a) .... relis ton devoir.

b) .... se promène sur la plage.

c) Pourquoi courez- .... ainsi ?

d) .... vous proposons une sortie à la patinoire.

e) .... me lève de bonne heure.

f) Quand rentrent-............... du cinéma ?

4 ★★ Choisir la bonne personne

Mets les verbes au présent de l'indicatif en les accordant avec le sujet entre parenthèses.

a) Préparer un exposé (nous) ....

b) Faire un gâteau au chocolat (Noémie et toi) ....
....

c) Assister à un match (vous) ....

d) Observer les étoiles (tu) ....

e) Regarder un film (Julie et moi) ....

5 ★★ À chaque verbe son sujet

Relie chaque sujet au verbe qui lui correspond.

sujets	*verbes*
a) La grenouille •	• 1. descend.
b) Le chameau •	• 2. croassent.
c) Nous •	• 3. blatère.
d) Les corbeaux •	• 4. coasse.
e) La mer •	• 5. joues.
f) Tu •	• 6. nageons.

6 ★ Accorder le verbe avec un groupe nominal

Mets les verbes entre parenthèses au présent après avoir souligné le noyau du groupe nominal sujet.

a) (proposer) Le délégué des élèves de 6^{e}4 .... un dîner de classe.

b) (tourner) Les poissons rouges de ma tante .... en rond dans leur bocal.

c) (impressionner) La rapidité des autruches nous ....

d) (sembler) L'écran des derniers ordinateurs me .... plus agréable.

e) (poser) L'accord des verbes ne me .... plus de problème.

7 ★★ Accorder le verbe dans des situations délicates

Barre le verbe en rouge qui ne convient pas et souligne le sujet.

a) À l'horizon **commence/commencent** à apparaître un navire.

b) Voici mes ciseaux, je te les **prête/prêtes/prêtent**.

c) Une foule se **précipite/précipitent** vers la sortie.

d) Un groupe de badauds se **forme/forment** sur le marché.

e) Le public **découvre/découvrent** les comédiens et les **admire/admires/admirent**.

10 L'accord de l'attribut et du participe passé employé avec *être*

Voir aussi dictée p. 215

À savoir

Locution verbale

C'est un verbe en plusieurs mots.

Attention !

Le mot ou le groupe de mots qui suit un verbe d'état n'est pas toujours un attribut du sujet.
Ex. : Ce soir nous **restons** à la maison. *À la maison* ne se rapporte pas au sujet ; c'est un complément circonstanciel (CC de lieu).

Attention !

Quand il est employé avec l'auxiliaire **avoir**, le participe passé ne s'accorde pas avec le sujet.
Ex. : Léa a **fini** son travail. Tom et Léa ont **fini** leur travail.

Retiens l'essentiel

1 L'accord de l'attribut du sujet

- **L'attribut du sujet** se rapporte au sujet. Il s'accorde en genre (masculin/féminin) et en nombre (singulier/pluriel) avec le sujet.

Ex. : Léa est **contente**. → féminin singulier
Pierre et Léa sont **contents**. → masculin pluriel (le masculin l'emporte sur le féminin)

- L'attribut du sujet est souvent un groupe nominal ou un adjectif.

Ex. : Léa et Jeanne sont **contentes** de leur journée.
Pierre et Léa sont **nos délégués** de classe.

- **L'attribut du sujet est relié au sujet par un verbe attributif.**

– Les verbes d'état sont des verbes attributifs : *être*, *sembler*, *devenir*, *demeurer*, *rester*, *paraître*. *Ex.* : Vous semblez **tristes**.

– Certaines locutions verbales sont attributives : *passer pour*, *être considéré comme*, *avoir l'air*. *Ex.* : Nicolas a l'air **rêveur**.

– Certains verbes peuvent être occasionnellement des verbes d'état : *revenir*, *rentrer*, *tomber*. *Ex.* : Les élèves de 6[e]4 sont rentrés **très heureux de leur sortie**.

2 L'accord du participe passé employé avec l'auxiliaire *être*

Employé avec l'auxiliaire *être*, le participe passé s'accorde en genre et en nombre avec le sujet de la même manière qu'un adjectif attribut.

Ex. : Tom est **rentré**. Léa est **rentrée**. Tom et Léa sont **rentrés**. Léa et Marie sont **rentrées**.

Comment faire ?

Repérer un verbe attributif

Un verbe attributif peut être remplacé par le verbe *être*.

Ex. : Caroline **a été élue** (est) déléguée → Le verbe est attributif ; *déléguée* se rapporte à *Caroline*. C'est un attribut du sujet et il s'accorde avec le sujet : délégué**e**.

Caroline écoute (~~est~~) une chanson → Le verbe n'est pas attributif ; il ne peut pas introduire un attribut du sujet.

Ne pas confondre l'attribut avec un autre complément

L'attribut, parce qu'il se rapporte au sujet, n'introduit pas une nouvelle personne ou un nouvel élément dans la phrase.

Ex. : Julie appelle (~~est~~) le médecin. *Julie* et le *médecin* sont deux personnes distinctes.
→ *Julie* : complément (COD) du verbe *appeler*.
Julie sera médecin. *Julie* et le *médecin* sont une même personne. → *Julie* : attribut du sujet *médecin*.

Corrigés → livret, p. 11

S'entraîner

QUIZ-TEST

Coche la (ou les) bonne(s) réponse(s).

1 Les phrases correctement orthographiées sont :

a) Line et Julia sont à la maisons. .... ☐
b) Line et Julia sont ravies de leur journée. ..... ☐
c) Line et Julia vivent heureuses à Londres. ..... ☐

2 Les phrases correctement orthographiées sont :

a) Line et Julia ont adopté un chat. .... ☐
b) Line et Julia sont revenus contentes. .... ☐
c) Line et Julia sont allées chez le dentiste. ..... ☐

3 ★ Accorder l'attribut introduit par le verbe *être*

Complète les phrases à l'aide des mots ci-dessous.

content – contente – contents – contentes

a) Jérémie est ....
b) Nous sommes ....
c) Victoire est ....
d) Ève et Pauline sont ....

4 ★★ Repérer les verbes attributifs

Remplace les verbes en gras par le verbe être quand c'est possible. Surligne les attributs du sujet.

a) Mona **est tombée** malade. ....
b) Tes frères **paraissent** très jeunes. ....
c) Nous **participons** à un match. ....
d) Vous **deviendrez** de grands sportifs. ....
e) Lucas **joue** au tennis. ....

5 ★★ Accorder les attributs du sujet et les participes passés

Complète les terminaisons si nécessaire. Attention : ces mots ne sont pas tous des attributs.

a) Nos voisins passent pour d'excellent.... acrobate.....
b) Ces journaux paraissent chaque semaine.... .
c) Ces fleurs me semblent presque fané.... .
d) Mes cousines ont longtemps vécu seul.... .
e) Nous demeurons 5 rue.... Victor Hugo.

6 ★ Accorder les participes passés

Complète les terminaisons si nécessaire.

a) Notre classe est allé.... au Louvre.
b) Les comédiens sont entré.... en scène.
c) Morgane a perdu.... ses clés.
d) Mes cousins sont monté.... en haut du Mont-Blanc.
e) Les clés étaient resté.... au CDI.

7 ★★ Accorder les attributs du sujet

Mets les mots dans l'ordre pour constituer une phrase et effectue les accords.

a) très / les / rapide / jaguars / sont

....

b) violoniste / tard / nous / serons / plus

....

c) sont / les / sorti / élèves / de / déjà / 6^{e}2

....

d) fatigué / paraissent / joueurs / les

....

8 ★★★ Repérer l'orthographe incorrecte

Barre et corrige les mots mal orthographiés.

a) Ces filles sont très sportive. Elles se lèvent de bonnes heures pour s'entraîner.

....

b) Théo et toi semblez partant pour cette aventure. Êtes-vous prêt à partir ?

....

11 Les compléments d'objet : le COD et le COI

Retiens l'essentiel

Mot-clé

Les compléments d'objet

Les compléments d'objet (COD et COI) ne peuvent être supprimés ; ce sont des fonctions essentielles.

1 Définition

Le complément d'objet est, dans la phrase, l'élément sur lequel porte l'action exprimée par le verbe.

Il existe deux sortes de compléments d'objet :

- Le **COD** (complément d'objet direct) se rattache directement au verbe ; il n'est pas introduit par une préposition.
Ex. : Le Capitaine Nemo commande le Nautilus.
(le Nautilus : COD de *commander*)

- Le **COI** (complément d'objet indirect) ne se rattache pas directement au verbe ; il est introduit par une préposition.
Ex. : Le Capitaine Nemo parle de son sous-marin.
(de son sous-marin : COI de *parler*)

- Certains verbes peuvent être accompagnés de deux compléments d'objet différents.
Ex. : Le Capitaine Nemo donne un ordre à l'équipage.
(un ordre : COD ; à l'équipage : COI)

2 Nature (classe grammaticale) des compléments d'objet

Le complément du verbe peut être :
– un nom ou un groupe nominal ; *Ex.* : Il mange des cerises.
– un pronom ; *Ex.* : Il pense à vous.
– un verbe à l'infinitif ; *Ex.* : Il veut réussir.
– une proposition subordonnée. *Ex.* : Il dit qu'il sera en retard.

À savoir

Les pronoms

Lorsque le COD ou le COI est un pronom, il est placé devant le verbe.
Ex. : Voici mon livre ; je te le prête. → « te » est un COI et « le » (= le stylo) un COD.

Comment faire ?

Repérer un COD

Le COD répond aux questions *qui ?* ou *quoi ?* posées à partir du verbe.

Ex. : Nous regardons un film. → Nous regardons quoi ? un film (COD du verbe *regarder*).

Repérer un COI

Le COI répond aux questions *à qui ?*, *à quoi ?*, *de qui ?*, *de quoi ?* posées à partir du verbe.

Ex. : Tu obéis au professeur. Tu obéis *à qui ?* au professeur (COI du verbe *ressembler*).

Faire attention aux pronoms

Lorsque le complément du nom est un pronom, il est placé devant le verbe. Si c'est un COI, il n'est pas introduit par une proposition.

Ex. : Le Capitaine le donne. (*l'ordre*) Le Capitaine lui donne un ordre. (*à l'équipage*)

Corrigés → livret, p. 11

S'entraîner

QUIZ-TEST

Coche la (ou les) bonne(s) réponse(s).

1 **Dans la phrase « J'ai déjà lu ce roman policier. » le COD de *lire* est :**

a) un nom.

b) un pronom.

c) un groupe nominal.

2 **Dans la phrase « Tu ressembles à ta sœur. », *à ta sœur* est :**

a) le COD du verbe *ressembler*.

b) le COI du verbe *ressembler*.

c) le sujet du verbe *ressembler*.

3 ★ Repérer les compléments d'objet

Dans les phrases suivantes, encadre les verbes conjugués et souligne leur complément d'objet s'ils en ont un.

a) Nicolas observe les oiseaux avec ses jumelles.

b) Le fauve en colère rugit dans la savane.

c) Le chameau porte vaillamment une très lourde charge.

4 ★★ Remplacer le complément d'objet par un pronom

Remplace le complément d'objet en rouge par le pronom personnel qui convient.

a) Le bébé boit avec avidité **son biberon**.

b) Valentin dessine **des dinosaures**.

c) Nos voisins tondent **la pelouse**.

5 ★★ Donner la classe grammaticale d'un COD

Dans les phrases suivantes, souligne le COD du verbe en rouge et donne sa classe grammaticale.

a) Je voudrais que tu me **rapportes** une baguette.

b) Maëva m'**a dit** qu'elle passerait me voir.

c) Maxime **veut** préparer le dîner tout seul.

6 ★★ COD ou COI ?

Indique et présente la fonction des mots soulignés comme dans l'exemple.

Ex. : Je donne un gâteau au bébé.

Je donne < quoi ? un gâteau = COD / à qui ? au bébé = COI

a) Tu demandes conseil à Jeanne.

b) Elle me raconte une histoire vraie.

c) Ce disque, je le lui emprunte.

7 ★★★ Sujet, COD ou COI ?

Dans les phrases suivantes, donne la fonction (sujet, COD, COI) des mots ou groupes de mots soulignés.

a) La vendeuse m'a accordé une réduction.

b) Alors surgit la première voiture de course.

c) Camille ressemble énormément à sa sœur.

d) Tu dois rendre son stylo à ta camarade.

12 Les compléments circonstanciels

Retiens l'essentiel

1 Définition

▸ Le complément circonstanciel apporte des précisions concernant les circonstances de l'action exprimée par le verbe.

▸ Le complément circonstanciel n'a pas de place particulière. Il peut être **déplacé et supprimé** : on obtient alors la **phrase minimale**.

Ex. : Chaque soir, Mathieu fait ses devoirs dans sa chambre.
complément circonstanciel — phrase — complément circonstanciel

2 Les différents compléments circonstanciels

Il existe des compléments circonstanciels de lieu, de temps, de cause, de manière, de moyen… Dans une même phrase, on peut en rencontrer plusieurs.

▸ **Le CCL** (complément circonstanciel de lieu) peut indiquer : le lieu où se déroule l'action, la direction, l'origine, le lieu que l'on traverse…

▸ **Le CCT** (complément circonstanciel de temps) peut indiquer : un moment précis, une durée, une fréquence…

▸ **Le CC de cause** désigne la cause, ou le prétexte, de l'action exprimée par le verbe.
Ex. : En raison de la pluie, la randonnée est annulée.

▸ **Le CC de manière** caractérise la manière dont s'effectue l'action ; il ne peut pas désigner un objet.
Ex. : Catherine écrit avec application.

▸ **Le CC de moyen** désigne l'instrument grâce auquel s'effectue l'action exprimée par le verbe.
Ex. : Catherine écrit avec son nouveau stylo.

Attention !

Les indications de lieu ou de temps ne sont pas toutes des compléments circonstanciels.
Ex. : Au printemps, les arbres se couvrent de feuilles. J'aime le printemps.
Au printemps peut être supprimé dans la première phrase : c'est un **complément circonstanciel.**
Le printemps dans la seconde phrase ne peut pas être supprimé, parce que l'on ne comprendrait plus le sens de la phrase : c'est un **COD.**

Comment faire ?

▸ **Ne pas confondre complément d'objet et complément circonstanciel**

Les COD et COI ne peuvent pas être supprimés alors que le complément circonstanciel peut être supprimé sans gêner la compréhension de la phrase.

▸ **Reconnaître les compléments circonstanciels**

Pour identifier les différents compléments circonstanciels, il est possible de poser des questions :
– **lieu :** où ?, par où ?, vers où ?
– **temps :** quand ?, pendant combien de temps ?, depuis quand ?
– **cause :** pourquoi ?, pour quelle raison ?
– **manière :** comment ?, de quelle manière ?
– **moyen :** par quel moyen ?, grâce à qui ?

Corrigés → livret, p. 11

S'entraîner

QUIZ-TEST

Coche la (ou les) bonne(s) réponse(s).

1 Dans la phrase « Chaque soir, à sa fenêtre, il admire la nuit. », le(s) CC est (sont) :

a) chaque soir. ☐
b) à sa fenêtre. ☐
c) la nuit. ☐

2 Dans la phrase « Avec cette touche, tu obtiens les majuscules. », *avec cette touche* est :

a) un CCL. ☐
b) un CC de manière. ☐
c) un CC de moyen. ☐

3 ★ Phrase minimale

Dans chaque phrase, barre les compléments circonstanciels afin d'obtenir la phrase minimale.

a) En Alsace, les cigognes font leur nid en haut des cheminées.

b) La semaine prochaine, nos voisins viendront dîner à la maison.

c) Pour garder la forme, Guillaume fait sa gymnastique tous les matins.

d) Puisque c'est ainsi, nous reviendrons mardi.

4 ★★ CCL

Dans les phrases suivantes, surligne les compléments circonstanciels de lieu (CCL).

a) Mon père travaille la nuit dans un hôpital.

b) Les enfants ne doivent pas jouer près de l'eau.

c) Le voleur est sans doute entré dans la pièce par un passage secret.

d) Au Louvre, sont exposées des momies.

e) Cendrillon danse avec le prince dans la salle de bal du palais.

5 ★★ CCT

Dans les phrases suivantes, souligne les compléments circonstanciels de temps (CCT).

a) Les Jeux olympiques commencent le mois prochain.

b) Ils ont vécu plusieurs années en Australie.

c) Le prochain train pour Bordeaux part à 17 h 45.

d) Quand il sera prêt, il vous fera signe.

e) À minuit, le carrosse de Cendrillon redevient une citrouille.

6 ★ CC de moyen

Surligne les CC de moyen.

a) Il dessine de magnifiques paysages au fusain.

b) Avec une scie sauteuse, tu pourras arrondir les angles de tes étagères.

c) Les héros de *L'Île mystérieuse* de Jules Verne s'échappent de leur prison en ballon.

7 ★★ CC de manière

Surligne les CC de manière. Attention : toutes les phrases ne contiennent pas de CC de manière.

a) Par plaisir plus que par nécessité, M. Jacques fait pousser des salades.

b) Ce voyageur désire partir rapidement pour San Francisco.

c) Avec beaucoup de précaution, l'archéologue dégagea le vase en terre cuite.

d) François sortit à pas de loup de sa cachette.

e) Le directeur annonça avec émotion qu'il allait prendre sa retraite.

8 ★★★ CC de cause ou CCL ?

Cherche l'intrus et justifie ta réponse.

a) Par précaution, nous vous demandons de ne pas sortir de chez vous.

b) Par peur d'être en retard, il arrive toujours très en avance.

c) Ne ramasse pas tout ce que tu trouves par terre !

d) Je n'ai plus faim, mais je finirais bien le gâteau par gourmandise.

....

13 Les niveaux de langue, les types et les formes de phrase

Retiens l'essentiel

1 Les niveaux de langue

Il existe trois niveaux (ou registres) de langue :

– **le niveau familier** ; *Ex.* : Il regarde la télé.

– **le niveau courant** ; *Ex.* : Il regarde la télévision.

– **le niveau soutenu.** *Ex.* : Il a les yeux fixés sur son récepteur de télévision.

2 Les types de phrases

▸ La phrase déclarative donne une information.
Ex. : Il fait froid. Quelle belle journée !

▸ La phrase impérative donne un ordre, une interdiction ou un conseil.
Ex. : Viens m'aider. Vite !

▸ La phrase interrogative pose une question.
Ex. : Fait-il froid ?

3 Les formes de phrases

▸ Chaque type de phrase peut se mettre à la forme négative.
Ex. : Revenez tout de suite !
Ne revenez pas tout de suite ! (*phrase impérative de forme négative*)

▸ Les phrases peuvent se mettre à la forme exclamative.
Ex. : C'est magnifique ! (*phrase déclarative de forme exclamative*)
Cours ! (*phrase impérative de forme exclamative*)

▸ Les formes négatives et exclamative peuvent s'ajouter.
Ex. : Il n'est pas encore là !

Mot-clé

La phrase interrogative

• L'interrogation est **totale** si elle porte sur toute la phrase.
Ex. : Fait-il beau ? (→ La réponse est oui, ou non.)

• L'interrogation est **partielle** si elle porte sur une partie de la phrase.
Ex. : Qui est venu ?
(→ La question ne porte que sur le mot « qui ». Il y a de très nombreuses réponses possibles.)

Comment faire ?

▸ Bien utiliser les niveaux de langue

Le style familier est réservé à l'oral. Tu ne dois pas l'utiliser en expression écrite, ou, exceptionnellement, lorsque tu fais parler un personnage.

▸ Bien rédiger une phrase de type interrogatif

→ Niveau familier : Tu viens ? Pourquoi tu ris ? (*N'utilise pas cette tournure quand tu écris !*)
→ Niveau courant : Est-ce que tu viens ? Pourquoi est-ce que tu ris ?
→ Niveau soutenu : Viens-tu ? Pourquoi ris-tu ?

▸ Bien rédiger une phrase de forme négative

N'oublie pas la double négation : ne… pas, ne… plus, ne… jamais, personne… ne, rien… ne.

Ex. : Il pleut encore. → Il ne pleut plus.
Je me lève toujours à 7 heures. → Je ne me lève pas toujours à 7 heures. / Je ne me lève jamais à 7 heures.

Corrigés → livret, p. 11

S'entraîner

QUIZ-TEST

Coche la (ou les) bonne(s) réponse(s).

1 Les trois niveaux de langue sont :
- a) les niveaux vulgaire, ordinaire et soutenu. ... ☐
- b) les niveaux familier, courant et soutenu. .... ☐
- c) les niveaux familier, normal et élégant. .... ☐

2 La phrase « Pourquoi dis-tu cela ? » est :
- a) une interrogation totale. .... ☐
- b) une interrogation partielle. .... ☐
- c) une phrase interrogative. .... ☐

3 ★ Identifier un niveau de langue

Relie chacun des mots suivants au niveau de langue qui correspond.

a) une bagnole •	• niveau familier
b) une voiture •	
c) une automobile •	• niveau courant
d) s'offusquer •	
e) un copain •	• niveau soutenu

4 ★ Identifier un niveau de langue

Indique à quel niveau de langue appartient chacune des phrases suivantes.

a) T'as eu une idée géniale ! → ....

b) Cette demeure est somptueuse. → ....

c) Quand il doit rentrer ? → ....

d) J'ai omis de recopier la question. → ....

e) Sam est le frère de Léa. → ....

f) Est-ce que tu es d'accord ? → ....

5 ★ Identifier un type de phrase

Indique à quel type de phrases appartiennent les phrases suivantes.

a) Molière était à la fois auteur, metteur en scène et comédien. → ....

b) Prononce ta réplique ! → ....

c) Quelle comédie amusante ! → ....

d) Connais-tu ton rôle ? → ....

e) Défense de parler. → ....

f) J'aimerais bien jouer le rôle de Martine, la femme de Sganarelle. → ....

6 ★★ Interrogation totale ou partielle ?

Surligne les interrogations totales.

a) Qui a rangé mon livre de grammaire ?

b) Quand irons-nous chercher des champignons ?

c) Voulez-vous aller à la patinoire avec nous ?

d) Ne vaudrait-il pas mieux prévenir Pierre ce soir ?

7 ★★★ Rédiger une phrase interrogative

Pose les questions correspondant aux éléments en rouge dans les phrases.

a) Mes cousins passent leur été **en Norvège**.

....

b) La classe de 6^{e}3 ira au musée **lundi prochain**.

....

c) **Margaux** a remporté la compétition.

....

d) **Oui**, nous avons apprécié le spectacle.

....

8 ★★★ La forme négative

Réécris les phrases à la forme négative.

a) Thomas est mon ami.

....

....

b) J'ai déjà 12 ans !

....

....

c) Quelqu'un est venu te rendre visite.

....

....

14 La phrase simple

Voir aussi dictée p. 215

Attention !

Les infinitifs et les participes sans auxiliaire ne sont pas des verbes conjugués ; ce sont des modes impersonnels.

Mot-clé

Phrase non verbale

Les phrases non-verbales sont principalement employées à l'oral en réponse à une question : oui, non, d'accord, bien sûr, pourquoi pas ?

Attention !

- **La phrase minimale** peut se réduire à **un sujet et son verbe** quand le verbe ne demande pas de complément.
  Ex. : Lucas dort.
- Dans le cas de la phrase impérative, le sujet est sous-entendu dans le verbe.
  Ex. : Cours ! = Tu cours.

Retiens l'essentiel

1 Phrases non-verbales et phrases verbales

▸ **La phrase non verbale** n'a pas pour noyau un verbe.

Ex. : Me voilà. Défense de marcher sur la pelouse ! *(Le verbe* marcher *n'est pas le noyau.)*

▸ **La phrase verbale** contient **un ou plusieurs verbes conjugués** à un mode personnel. Elle peut être mise à la forme négative.

– **La phrase simple** contient **un verbe conjugué** à un mode personnel.

– **La phrase complexe** contient **plusieurs verbes conjugués** à un mode personnel.

2 La phrase simple minimale

▸ La phrase minimale est composée d'éléments qui ne peuvent être retirés.

Ex. : Je consulte un dictionnaire.

▸ La phrase minimale contient un sujet et un groupe verbal. Le groupe verbal est composé du verbe et des fonctions qui ne peuvent être supprimées : COD, COI, attribut du sujet.

Ex. : Victoire et Hector (Sujet) préparent un exposé. (groupe verbal = verbe + COD)

Victoire et Hector (Sujet) ressemblent à leurs cousins. (groupe verbal = verbe + COI)

Victoire et Hector (Sujet) sont délégués de classe. (groupe verbal = verbe + attribut du sujet)

3 La phrase simple enrichie

▸ La phrase enrichie comprend des éléments qui peuvent être supprimés.

▸ Le groupe nominal peut contenir un ou plusieurs adjectifs, et un complément du nom.

Ex. : un exposé (groupe nominal minimal) → un petit exposé sur les héros de l'antiquité (groupe nominal enrichi.)

▸ La phrase peut contenir des compléments circonstanciels.

Ex. : Aujourd'hui, Victoire et Hector préparent au CDI un petit exposé sur les héros de l'antiquité.

Comment faire ?

▸ **Écrire une phrase interrogative correcte**

Lorsqu'on écrit une phrase interrogative avec un niveau de langue soutenu, il faut penser à bien orthographier le sujet inversé. Quand on ne peut pas faire de liaison, on ajoute un *-t-* entre le verbe et le sujet. On n'ajoute pas de *-t-* quand le verbe se termine par un *-t* ou un *-d*.

Ex. : Pourquoi dis-tu cela ?
Pourquoi répond-il non ?
Pourquoi parle-t-il tout bas ? (On ajoute un *-t-* pour faciliter la liaison.)

Corrigés → livret, p. 12

S'entraîner

QUIZ-TEST

Coche la (ou les) bonne(s) réponse(s).

1 Une phrase simple minimale contient :

a) un sujet et son complément. ☐
b) un sujet et son groupe verbal. ☐
c) un sujet, son groupe verbal et le complément circonstanciel. ☐

2 La phrase simple correcte est :

a) Je peux pas venir. ☐
b) Personne ne viendra. ☐
c) J'ai plus de colle. ☐

3 ★ Écrire une phrase simple minimale

Barre les éléments qui peuvent être supprimés et écris la phrase minimale correcte.

a) Lundi dernier le chat de mes voisins a mangé mon délicieux goûter.

....

b) Je ferai demain ton portrait avec mes nouveaux pastels.

....

c) Mon nouvel ordinateur ne marche pas ce matin.

....

d) Étienne colle avec beaucoup de patience les petites pièces de sa nouvelle maquette d'avion.

....

4 ★★ Écrire une phrase simple enrichie

Enrichis les phrases minimales en ajoutant les éléments suivants.
la semaine prochaine – autrefois – de sport – très amusant – tous les soirs – hier – dans la cour – soigneusement

a) J'ai assisté à un spectacle.

....

b) Je rangerai ma chambre.

....

c) Tu viens d'oublier tes affaires.

....

d) Je faisais de la guitare.

....

5 ★ Écrire une phrase interrogative

Ajoute -t- ou seulement - pour écrire une phrase interrogative correcte.

a) Que dis .... tu de notre projet ?

b) Quelle fable récitera .... il ?

c) Pourquoi prend .... il ce bus ?

d) Comment fait .... elle pour dessiner si bien ?

e) Quand viendra .... elle nous voir ?

6 ★ Écrire une phrase interrogative

Pose les questions correspondant à l'élément de réponse en gras.

a) ....
Mon train part **à 16 heures**.

b) ....
C'est **moi** qui ai pris ta gomme.

c) ....
Je mange **un pain au chocolat**.

d) ....
Il va **à la piscine**.

7 ★ Écrire une phrase négative

Entoure les phrases négatives incorrectes et réécris-les en les corrigeant.

a) Je ne te crois pas. b) Pourquoi viens-tu pas avec nous ? c) J'y connais rien. d) Personne n'est au courant. e) J'ai jamais triché. f) Courez pas !

....

....

....

15 La phrase complexe

Voir aussi dictée p. 215

Mot-clé

La phrase complexe

Une **phrase complexe** est une phrase qui contient **plusieurs verbes conjugués (deux ou plus)** à un **mode personnel**.

À savoir

Les propositions indépendantes peuvent être :
- juxtaposées (pas de lien) ;
Ex. : Il pleut ; je ne sors pas.
- coordonnées (liées par une conjonction de coordination).
Ex. : Il pleut mais je sors.

Attention !

Il n'y a pas de proposition principale sans proposition subordonnée ni de proposition subordonnée sans proposition principale.

Retiens l'essentiel

1 La proposition

▶ L'ensemble des mots centrés sur un verbe conjugué à un mode personnel s'appelle une **proposition**. Dans une phrase, il y a autant de propositions que de verbes conjugués.

Ex. : Le Petit Prince veut / que l'aviateur lui dessine un mouton.
1re proposition — 2e proposition

2 Les trois sortes de propositions

▶ Il existe trois grandes catégories de propositions : la proposition indépendante, la proposition principale et la proposition subordonnée.

▶ **La proposition indépendante** se suffit à elle-même.

Ex. : Il fait beau ; allons nous promener.
prop. indépendante — prop. indépendante

▶ **La proposition principale** dirige une autre proposition appelée subordonnée.

Ex. : J'aimerais bien que nous allions au cinéma.
prop. principale — prop. subordonnée

▶ **La proposition subordonnée** dépend d'une proposition principale ; elle est introduite par un mot subordonnant (que, parce que, puisque, quand, lorsque, afin que, qui…).

Ex. : J'aimerais bien [que] nous allions au cinéma.
prop. principale — mot subordonnant — prop. subordonnée

Comment faire ?

▶ **Bien repérer les propositions**

① Je souligne les **verbes conjugués** et je les compte. Il y a autant de propositions que de verbes conjugués.
② J'entoure les **mots subordonnants** : ce sont les premiers mots des propositions subordonnées.
③ Je repère les propositions subordonnées.
④ Je repère les propositions principales.
⑤ Je repère les propositions indépendantes : elles se suffisent à elles-mêmes.

Ex. : [Je suis étonné] ; [je ne comprends pas] [pourquoi tu me parles sur ce ton].
prop. indépendante — prop. principale — prop. subordonnée

▶ **Écrire une phrase complexe correcte**

→ Les phrases qui se réduisent à une proposition subordonnée sont incorrectes.

Ex. : ~~Parce qu'il est malade.~~ → Pierre est absent parce qu'il est malade.
~~Quand soudain l'orage éclata.~~ → Nous étions à table quand soudain l'orage éclata.

→ Il faut éviter de multiplier les propositions car la phrase risque alors d'être incorrecte ou lourde.

Corrigés → livret, p. 12

S'entraîner

QUIZ-TEST

Coche la (ou les) bonne(s) réponse(s).

1 La phrase complexe peut contenir :

a) un seul verbe à un mode personnel. ☐
b) deux verbes à un mode personnel. ☐
c) trois verbes à un mode personnel. ☐

2 Les phrases correctes sont :

a) Quand soudain la porte s'ouvrit. ☐
b) Qui est là ? ☐
c) Je ne sais pas qui a sonné. ☐

3 ★ Repérer une phrase complexe

Surligne les phrases complexes.

a) Cendrillon est une jeune fille bonne et douce.

b) Ses sœurs, qui sont jalouses, ne l'aiment pas et sont méchantes avec elle.

c) Elles obligent Cendrillon à laver les sols, préparer les repas, faire la vaisselle…

d) Mais Cendrillon ne se plaint pas.

4 ★★ Repérer une proposition principale

Souligne les propositions principales qui dirigent, dans les phrases suivantes, les propositions subordonnées entre crochets.

a) Je voudrais [que tu m'apportes la plus belle citrouille de ton jardin].

b) Il faut encore [que tu trouves un gros rat noir].

c) Je veux [que cette citrouille se transforme en un magnifique carrosse] ; ce carrosse sera le plus beau du monde.

d) [Si tu m'apportais quatre lézards], j'en ferais quatre beaux laquais.

5 ★★ Propositions subordonnées

Dans le texte suivant, souligne les propositions subordonnées. Indice : les mots subordonnants sont en rouge.

Un jour, **alors que** Cendrillon nettoyait le plancher, un messager du roi vint annoncer une grande nouvelle : le roi donnait un bal. Toutes les jeunes filles étaient invitées. Les deux sœurs demandèrent à Cendrillon de leur coudre les plus belles robes du monde. Elles lui dirent aussi **que** la pauvre enfant ne pourrait pas aller danser **parce qu'**elle n'avait rien à se mettre.

6 ★★★ Propositions principales, subordonnées et indépendantes

Souligne en rouge les subordonnées introduites par les mots subordonnants en rouge, en noir les principales et en bleu les indépendantes. Applique la méthode proposée.

a) Il fait beau ; nos voisins nous ont dit **qu'**ils allaient pique-niquer.

b) Il pleut et le vent souffle.

c) David est en train de lire le journal **que** tu lui as prêté ; il te le rendra demain.

d) Le cavalier donne un coup de cravache à son cheval **pour qu'**il saute l'obstacle.

7 ★★ Reconstituer des phrases

Remets les mots dans l'ordre pour obtenir une phrase composée d'une proposition principale et d'une proposition subordonnée.

a) Le – annonce – train – contrôleur – **que** – retard – du – le – aura – . → ……………………………

……………………………

b) Pierre – **quand** – être – lit – dérangé – ne – pas – il – veut – . → ……………………………

……………………………

c) crois – tu – **que** – je – raison – as –.

→ ……………………………

……………………………

16 La conjugaison du verbe : les principes

Voir aussi dictée p. 215

Le verbe

Toute forme verbale est constituée d'un **radical** (ou base verbale) et d'une **terminaison**.

Ex. : parler
radical : je parle
terminaison : je parlais

Les verbes *-er*

Les verbes en *-er*, sauf *aller* qui est irrégulier, se conjuguent tous de la même manière.

Mot-clé

Modes

Les modes sont :

- l'**indicatif** (mode d'une action certaine), le **subjonctif** et le **conditionnel** (modes d'actions incertaines), l'**impératif** (mode de l'ordre).
- l'**infinitif** et le **participe**.

Retiens l'essentiel

1 Définition

Le verbe est le **noyau de la phrase ou de la proposition** ; il indique l'action ou décrit l'état du sujet. Le verbe peut se conjuguer et il s'accorde en genre, en nombre et en personne avec son sujet.

2 Les types de verbes selon leur rôle

Les verbes d'action et les verbes d'état

– **Le verbe d'action** exprime un mouvement, une transformation... (*voyager, raconter, courir*...).

– **Le verbe d'état** exprime une situation (*être, sembler, devenir, rester*...).

Les auxiliaires

Avoir et ***être*** sont les deux auxiliaires qui servent à former les différents temps composés.

Ex. : J'ai raconté. (*passé composé du verbe* raconter)

3 Les trois groupes

Les verbes du 1er groupe sont ceux dont l'infinitif est en ***-er***, sauf ***aller***.
Ex. : Chanter, appeler, nettoyer...

Les verbes du 2e groupe sont ceux dont l'infinitif est en ***-ir*** et dont la 1re personne du pluriel du présent de l'indicatif est en ***-issons***.
Ex. : finir, nous finissons.

Les verbes du 3e groupe sont ceux qui n'appartiennent ni au 1er groupe ni au 2e groupe : verbes en *-ir*, en *-dre*, en *-re*.
Ex. : partir, vouloir, prendre, faire...

4 La conjugaison des verbes

La conjugaison des verbes s'organise en **modes** et en **temps** ; chaque mode comprend plusieurs temps.

On distingue les **temps simples** (présent, futur, imparfait et passé simple) et les **temps composés** qui se conjuguent à l'aide des auxiliaires ***avoir*** ou ***être*** (passé composé, plus-que-parfait...).

Comment faire ?

Bien conjuguer un verbe

Pour savoir conjuguer un verbe, il faut :

→ avoir repéré son groupe et savoir sur quel modèle il se conjugue ;

→ connaître par cœur la conjugaison de certains verbes-modèles.

Trouver la fonction d'un infinitif

Un verbe à l'infinitif peut être sujet ou complément.

Ex. : Lire est un plaisir. (Sujet du verbe *est*) Paul voudrait voyager. (Complément du verbe *voudrait*)

Corrigés → livret, p. 12

S'entraîner

QUIZ-TEST

Coche la (ou les) bonne(s) réponse(s).

1 Le mot *saisir* :

a) est un verbe d'action. .... ☐

b) se finit par *-issons* à la 1re personne du pluriel du présent de l'indicatif. .... ☐

c) est un verbe du 1er groupe. .... ☐

2 Le mot *courir* :

a) est un auxiliaire. .... ☐

b) est un verbe du 3e groupe. .... ☐

c) est un verbe au mode infinitif. .... ☐

3 ★ Donner le groupe d'un verbe

Relie chaque verbe à son groupe.

grandir •	
danser •	• 1er groupe
aller •	• 2e groupe
sentir •	• 3e groupe
pouvoir •	

4 ★ Auxiliaires

Dans les séries suivantes, entoure l'intrus et justifie ta réponse.

a) voir – devoir – s'asseoir – avoir – vouloir – croire

....

b) mettre – prendre – résoudre – vivre – être – suivre

....

5 ★★ Temps simple et temps composé

Dans le texte suivant, souligne en rouge les verbes conjugués à un temps simple et en vert les verbes conjugués à un temps composé (entoure alors l'auxiliaire).

En effet, quand Biribi eut mangé toute sa soupe, il se leva et marcha vers sa niche, qu'il gagna avec peine. Il s'y blottit et ne tarda pas à s'endormir. Quand il fut réveillé, il mangea une seconde soupe qu'on lui avait préparé et il parut avoir retrouvé ses forces et sa gaieté. Les enfants coururent raconter à leurs mamans et à leurs papas l'aventure de Biribi. [...] Madame de Fleurville donna ordre, que lorsque la buanderie aurait été ouverte, on y regardât toujours le lendemain, de peur que quelque enfant ou quelque bête ne s'y trouvât enfermé. Biribi n'osait plus en approcher.

Les vacances, La Comtesse de Ségur.

6 ★★ Donner le mode et le temps d'un verbe

Dans les phrases suivantes, donne l'infinitif, le mode et le temps des verbes en rouge.

a) La Comtesse de Ségur **a écrit** beaucoup de livres pour les enfants.

....

....

b) « Biribi ! Biribi ! **s'écrient** les enfants. »

....

....

c) Marguerite, riant : « Ha, ha, ha ! **Avoue** donc tout simplement que tu avais peur et que tu **te sauvais**. »

....

....

d) **Lisez** *Les Vacances* après avoir lu *Les Petites Filles modèles* et *Les Malheurs de Sophie*. Ce **sont** trois célèbres romans de la Comtesse de Ségur.

....

....

....

7 ★★★ Donner la fonction d'un infinitif

Dans les phrases suivantes, entoure les verbes que les infinitifs en rouge complètent.

a) Je voudrais bien **visiter** Saint-Pétersbourg.

b) Ma camarade Natacha sait **parler** russe.

c) Il économise pour **s'offrir** un voyage à Saint-Pétersbourg.

d) J'aimerais bien **savoir parler** russe.

17 Le présent de l'indicatif

Retiens l'essentiel

Voir aussi dictée p. 215

Attention !

Au singulier, les verbes du **1er groupe** conjugués au présent ont toujours un **e** dans leur terminaison, même si on ne l'entend pas.
Ex. : *crier* : je crie, tu cries, il crie.

À savoir

Emploi (valeurs) du présent de l'indicatif

Le présent sert à exprimer une action qui se déroule au moment où on parle.
Ex. : Je révise ma leçon.
Il peut aussi exprimer :
– une habitude ;
Ex. : Chaque matin, il fait son lit.
– une vérité générale ;
Ex. : Le Soleil se lève à l'est.
– une action passée.
Ex. : Victor Hugo naît en 1802. (*présent de narration*)

1 Conjugaison des verbes du 1er groupe

Les terminaisons des verbes du 1er groupe conjugués au présent de l'indicatif sont toujours *-e*, *-es*, *-e*, *-ons*, *-ez*, *-ent*.
Ex. : *parler* : je parle, tu parles, il parle, nous parlons, vous parlez, ils parlent.

2 Conjugaison des verbes du 2e groupe

Les terminaisons des verbes du 2e groupe conjugués au présent de l'indicatif sont toujours *-is*, *-is*, *-it*, *-issons*, *-issez*, *-issent*.
Ex. : *finir* : je finis, tu finis, il finit, nous finissons, vous finissez, ils finissent.

3 Conjugaison des verbes du 3e groupe

Au présent de l'indicatif, dans la conjugaison des verbes du 3e groupe, il existe quatre sortes de terminaisons :

1. *-s*, *-s*, *-t*, *-ons*, *-ez*, *-ent* (devoir, dire, faire, craindre, joindre, feindre, dissoudre...).
Ex. : *devoir* : je dois, tu dois, il doit, nous devons, vous devez, ils doivent.

2. *-ds*, *-ds*, *-d*, *-ons*, *-ez*, *-ent* (verbes en *-dre*, sauf ceux en *-aindre*, *-oindre*, *-eindre* et *-soudre*).
Ex. : *prendre* : je prends, tu prends, il prend, nous prenons, vous prenez, ils prennent.

3. *-x*, *-x*, *-t*, *-ons*, *-ez*, *-ent* (trois verbes : vouloir, pouvoir, valoir).
Ex. : *vouloir* : je veux, tu veux, il veut, nous voulons, vous voulez, ils veulent.

4. *-e*, *-es*, *-e*, *-ons*, *-ez*, *-ent* (offrir, cueillir, découvrir...).
Ex. : *offrir* : j'offre, tu offres, il offre, nous offrons, vous offrez, ils offrent.

Comment faire ?

▸ Conjuguer un verbe au présent

Pour mettre un verbe au présent, il faut le faire précéder de *maintenant*.

Ex. : *courir* : maintenant, je cours, tu cours...

▸ Choisir un modèle de conjugaison

Pour choisir un modèle de conjugaison, j'examine l'infinitif du verbe.

→ Le verbe est en *-er* : je le conjugue comme *parler*.

→ Le verbe n'est pas en *-er* :
– le verbe est en *-dre* : je le conjugue comme *prendre* (sauf les verbes en *-indre* et *-soudre*) ;

Ex. : *vendre* : je vends, tu vends...

– s'il s'agit de *vouloir*, *pouvoir*, ou *valoir*, je pense à mettre un *-x* ;

Ex. : *pouvoir* : je peux, tu peux...

– le verbe n'est ni en *-dre* et n'est ni *vouloir*, *pouvoir* ou *valoir*, je regarde si c'est un verbe du 2e groupe comme *finir* (*-ir* et *-issons*) ou du 3e groupe comme *devoir*.

Ex. : *grandir* (comme *finir*) : je grandis, tu grandis...
partir (comme *devoir*) : je pars, tu pars...

– si c'est impossible (~~j'offrs~~, je ~~cueills~~), je le conjugue comme un verbe du 1er groupe.

Ex. : *ouvrir* : j'ouvre, tu ouvres...

Corrigés → livret, p. 12

S'entraîner

QUIZ-TEST

Coche la (ou les) bonne(s) réponse(s).

1 Au singulier, les terminaisons du verbe *oublier* au présent de l'indicatif sont :

a) *-e, -es, -e.* .... ☐
b) *-e, -e, -e.* .... ☐
c) *-s, -e, -e.* .... ☐

2 Les terminaisons du verbe « applaudir » au présent de l'indicatif sont :

a) *-ie, -ies, -ie, -ions, -iez, -ient.* .... ☐
b) *-is, -is, -it, -issons, -issez, -issent.* .... ☐
c) *-ds, -ds, -d, -ons, -ez, -ent.* .... ☐

3 ★ Conjuguer à la 1re personne

Écris au présent de l'indicatif la 1re personne du singulier et du pluriel des verbes suivants.

a) crier : ....
b) grandir : ....
c) tenir : ....
d) vouloir : ....
e) penser : ....

4 ★★ Conjuguer à la 3e personne

Écris au présent de l'indicatif la 3e personne du singulier et du pluriel des verbes suivants.

a) poser : ....
b) pouvoir : ....
c) vendre : ....
d) frémir : ....
e) venir : ....

5 ★★ Infinitif et présent

Complète le tableau suivant.

infinitif	présent de l'indicatif	
....	j'....................	vous écrivez
....	je	vous payez
pâlir	je	vous ....
jouer	je	vous ....
....	je	vous comprenez
....	je fais	vous ....

6 ★★ Conjuguer au présent

Dans les phrases suivantes, écris au présent de l'indicatif les verbes entre parenthèses.

a) Il *(rire)* .... aux éclats parce que je *(venir)* .... de lui raconter une histoire drôle.

b) Il *(parier)* .... que tu ne *(savoir)* .... pas courir aussi vite que lui.

c) Te *(souvenir)* ....-tu de cette histoire drôle ?

d) Ce que vous *(dire)* .... est intéressant.

e) Je te *(confier)* .... un secret.

7 ★★★ Valeurs du présent

Dis si, dans les phrases suivantes, le présent de l'indicatif sert à exprimer une action qui se déroule au moment où on parle, une habitude, une vérité générale, ou bien s'il sert à rendre plus vivante une action passée (présent de narration).

a) Chaque année, nous allons en vacances en Bretagne.
→ ....

b) Aujourd'hui, nous vous proposons une randonnée en forêt. → ....

c) Au printemps, les jours rallongent.
→ ....

d) Le cocher arrête son carrosse et Cendrillon descend.
→ ....

18 Le futur de l'indicatif et le présent du conditionnel

Voir aussi dictée p. 215

À savoir

Astuce

Pour conjuguer un verbe du 1er groupe au futur ou au présent du conditionnel, il faut ajouter les terminaisons à l'infinitif du verbe.
Ex. : apprécier : j'apprécierai, j'apprécierais...

Attention !

Les verbes *courir* et *mourir* prennent deux *r* au futur (*je courrai, je mourrai*) et au conditionnel présent (*je courrais, je mourrais*).

Retiens l'essentiel

1 Le futur de l'indicatif

Conjugaison

Pour conjuguer un verbe au futur de l'indicatif, on ajoute au radical les terminaisons *-ai*, *-as*, *-a*, *-ons*, *-ez*, *-ont*.

Ex. : *porter* : je porterai.
(porter = infinitif ; ai = terminaison)

penser : je penserai, tu penseras, il pensera, nous penserons, vous penserez, ils penseront.

Certains verbes ont un futur irrégulier.

Ex. : *tenir* → je tiendrai, tu tiendras... *pouvoir* → je pourrai, tu pourras...
savoir → je saurai, tu sauras... *vouloir* → je voudrai, tu voudras...

Utilisation

Le futur sert à exprimer une action qui doit se dérouler dans l'avenir ; il peut aussi exprimer un ordre.

Ex. : Tu feras tes devoirs avant le dîner.

2 Le présent du conditionnel

Les verbes au présent du conditionnel ont le même radical qu'au futur. Les terminaisons sont *-ais*, *-ais*, *-ait*, *-ions*, *-iez*, *-aient*.

Ex. : *penser* : je penserais, tu penserais, il penserait, nous penserions, vous penseriez, ils penseraient.

Comment faire ?

Conjuguer un verbe au futur

Pour conjuguer un verbe au futur, il faut le faire précéder de *demain*.

Ex. : *travailler* : demain je travaillerai, tu travailleras, il travaillera, nous travaillerons.

Conjuguer un verbe au présent du conditionnel

Pour conjuguer un verbe au présent du conditionnel, il faut le faire précéder de *si c'était possible*.

Ex. : *travailler* : Si c'était possible je travaillerais, tu travaillerais, il travaillerait, nous travaillerions

Bien conjuguer les verbes en *-ier* et *-uer*

Il ne faut pas oublier d'écrire le *-e* muet qui appartient au radical.

Ex. : Futur	Présent du conditionnel
j'oublierai, je jouerai	j'oublierais, je jouerais

Bien conjuguer les auxiliaires

Avoir : futur → j'aurai, tu auras, il aura, nous aurons, vous aurez, ils auront.
présent du conditionnel → j'aurais, tu aurais, il aurait, nous aurions, vous auriez, ils auraient.

Être : futur → je serai, tu seras, il sera, nous serons, vous serez, ils seront.
présent du conditionnel → je serais, tu serais, il serait, nous serions, vous seriez, ils seraient.

Corrigés → livret, p. 12

S'entraîner

QUIZ-TEST

Coche la (ou les) bonne(s) réponse(s).

1 Le verbe au futur est :

a) Je partirai. ☐
b) Je savais. ☐
c) Je regardai. ☐

2 Le verbe au présent du conditionnel est :

a) Je voulais. ☐
b) Je sortirais. ☐
c) Je raconterai. ☐

3 ★ 1re personne du futur

Écris au futur la 1re personne du singulier des verbes suivants.

avoir – penser – glisser – grossir – partir – dire – être

....

....

4 ★★ 2e personne du futur

Écris au futur la 2e personne du pluriel des verbes suivants.

plier – attribuer – saisir – venir – vouloir – pouvoir

....

....

5 ★★ Conjuguer au futur

Réécris au futur les phrases suivantes.

a) D'abord tu cloues la planche et ensuite tu scies le morceau qui dépasse.

....

....

b) Tu n'oublies pas ton livre de grammaire !

....

c) J'ai le résultat demain.

....

d) J'écris une carte postale.

....

6 ★ 1re personne du présent du conditionnel

Mets les verbes à la 1re personne du singulier et du pluriel du présent du conditionnel.

a) regarder : ....
b) dire : ....
c) faire : ....
d) entendre : ....
e) oublier : ....

7 ★ Futur ou présent du conditionnel ?

Indique si les verbes sont au futur ou au présent du conditionnel.

a) nous verrions : ....
b) tu descendrais : ....
c) je réussirai : ....
d) ils mériteront : ....
e) je suivrais : ....
f) elles décideraient : ....

8 ★★ Futur et présent du conditionnel

Mets les verbes à la 3e personne du pluriel du futur et du présent du conditionnel.

a) continuer : ....
b) rougir : ....
c) avouer : ....
d) défendre : ....
e) dormir : ....
f) vérifier : ....

19 L'imparfait et le passé simple

Retiens l'essentiel

Voir aussi dictée p. 216

À savoir
L'imparfait exprime une action passée ; on ne sait pas quand elle a commencé ni quand elle s'est terminée.
Ex. : Cendrillon travaillait dur à la maison.

À savoir
Le passé simple exprime une action passée limitée dans le temps.
Ex. : La soucoupe volante voyagea deux mille ans.

Attention !
Au passé simple, il ne faut pas oublier l'accent circonflexe sur la terminaison de la 1re et de la 2e personne du pluriel.

1 L'imparfait

Pour conjuguer l'imparfait de l'indicatif on ajoute au radical du verbe les terminaisons *-ais*, *-ais*, *-ait*, *-ions*, *-iez*, *-aient*.

Ex. : je parlais, tu parlais, il parlait, nous parlions, vous parliez, ils parlaient.

2 Le passé simple

Verbes du 1er groupe

Les terminaisons des verbes du **1er groupe** conjugués au passé simple de l'indicatif sont toujours *-ai*, *-as*, *-a*, *-âmes*, *-âtes*, *-èrent*.

Ex. : *raconter* : je racontai, tu racontas, il raconta, nous racontâmes, vous racontâtes, ils racontèrent.

Autres verbes (2e et 3e groupes)

Dans la conjugaison des verbes des **2e et 3e groupes** au passé simple de l'indicatif, on trouve trois modèles de conjugaison : un dans lequel domine le son « i », un dans lequel domine le son « u », un dans lequel domine le son « in ».

Ex. :

i	i	u	in
je finis	je partis	je voulus	je vins
tu finis	tu partis	tu voulus	tu vins
il finit	il partit	il voulut	il vint
nous finîmes	nous partîmes	nous voulûmes	nous vînmes
vous finîtes	vous partîtes	vous voulûtes	vous vîntes
ils finirent	ils partirent	ils voulurent	ils vinrent

Comment faire ?

Conjuguer un verbe à l'imparfait

→ Pour mettre un verbe à l'imparfait, il faut le faire précéder de *autrefois*.

Ex. : *vivre* : autrefois je vivais à la campagne.

→ Le radical du verbe à l'imparfait est le même que celui du verbe à la première personne du pluriel au présent.

Ex. : nous vivons → je vivais, nous vivions.
nous finissons → je finissais, nous finissions.
nous faisons → je faisais, nous faisions.

Quelques difficultés à l'imparfait

Le *-i-* de la terminaison au pluriel ne s'entend pas toujours.

Ex. : *gagner* : je gagnais, nous gagnions, vous gagniez.
crier : je criais, nous criions, vous criiez.

Conjuguer un verbe au passé simple

Pour mettre un verbe au passé simple, il faut le faire précéder de *ce jour-là*, *soudain*.

Ex. : *rencontrer* : Ce jour-là, soudain, Tom rencontra Nadia.

Corrigés → livret, p. 13

S'entraîner

QUIZ-TEST

Coche la (ou les) bonne(s) réponse(s).

1 Les verbes à l'imparfait sont :

a) Je savais. ☐
b) Nous oubliions. ☐
c) Ils parlèrent. ☐

2 Les verbes au passé simple sont :

a) Il préparera. ☐
b) Il entendit. ☐
c) Il revint. ☐

3 ★ Reconnaître un verbe à l'imparfait

Entoure les verbes à l'imparfait.

il court – il sait – il nageait – nous pensons – nous venions – nous criions – vous cueilliez – vous suivez – vous distribuiez

4 ★★ Conjuguer à l'imparfait à la 1re personne

Mets à la première personne du singulier et du pluriel de l'imparfait les verbes suivants.

a) chanter : ....
b) rougir : ....
c) entendre : ....
d) avoir : ....
e) être : ....
f) parier : ....

5 ★★ Conjuguer à l'imparfait

Réécris les phrases en mettant les verbes à l'imparfait.

a) Les étoiles scintillent dans le ciel.

....

b) Il ne pleut plus et le soleil brille.

....

c) Je joue au handball le samedi.

....

d) Nous cueillons des cerises et nous les mangeons.

....

6 ★ Conjuguer au passé simple

Écris au passé simple la 3e personne du singulier des verbes suivants.

a) apporter : ....
b) punir : ....
c) avoir : ....
d) croire : ....
e) savoir : ....
f) prendre : ....
g) ranger : ....
h) tenir : ....

7 ★ Trouver le pronom personnel sujet

Écris devant les formes verbales suivantes le pronom personnel qui convient.

a) .... pensâmes
b) .... lancèrent
c) .... devinrent
d) .... vécut
e) .... puisas
f) .... appréciai
g) .... fîmes
h) .... voyageai

8 ★★ Conjuguer au passé simple

Réécris les phrases suivantes en mettant le verbe à la 3e personne du singulier du passé simple.

a) Nous escaladâmes la montagne par sa face nord.

....

b) Nous campâmes à mi-chemin.

....

c) Nous gravîmes en silence les derniers mètres.

....

d) Nous revînmes le lendemain.

....

20 Les difficultés des verbes du 1er groupe

Voir aussi dictée p. 216

Retiens l'essentiel

1 Verbes en -cer, -ger et -guer

▸ **Les verbes en *-cer*** prennent une cédille devant un *-o* ou un *-a*.
Ex. : présent → nous lançons ; imparfait → je lançais ; passé simple : il lança.

▸ **Les verbes en *-ger*** intercalent un *-e* entre le *-g* et les terminaisons commençant par un *-a* ou *-o*.
Ex. : présent → nous mangeons ; imparfait → je mangeais ;
passé simple → il mangea.

▸ **Les verbes en *-guer*** gardent le *-u* après le *-g* même lorsqu'il n'est pas rendu nécessaire par la prononciation.
Ex. : présent → nous naviguons ; imparfait → je naviguais ;
passé simple → il navigua.

2 Verbes en -yer

Le *-y* se transforme en *-i* devant un *-e* muet.
Ex. : *employer* : j'emploie (mais nous employons), j'emploierai, j'emploierais.
appuyer : j'appuie (mais nous appuyons), j'appuierai, j'appuierais.

3 Appeler, jeter et leurs composés

▸ Quand on entend le son [e] devant *-l* ou *-t*, la consonne (*-l* ou *-t*) n'est pas doublée.
Ex. : nous appelons, j'appelais, il appela, vous jetez, tu jetais, il jeta.

▸ Quand on entend le son [è] devant *-l* ou *-t*, la consonne (*-l* ou *-t*) est doublée.
Ex. : j'appelle, j'appellerai, j'appellerais, tu jettes, tu jetteras, tu jetterais.

▸ Les composés des verbes *appeler* et *jeter* suivent la même règle : *rappeler*, *interpeler*, *rejeter*...

Attention !
Les verbes en *-ayer* ont deux écritures possibles :
Ex. : *payer* : je paye/je paie ; je payerai/je paierai ; je payerais/je paierais.

Attention !
La plupart des verbes en *-eler* et *-eter* se conjuguent comme *geler* et *acheter*.
Ex. : *geler* : je gèle, nous gelons, je gèlerai...
Ex. : *acheter* : tu achètes, vous achetez, tu achèteras...

Comment faire ?

▸ **Bien conjuguer un verbe en *-eler* et *-eter***

→ S'il s'agit d'*appeler*, de *jeter* ou d'un de leurs composés (*rappeler*, *rejeter*) j'applique les règles ci-dessus.

→ Un certain nombre de verbes (*ensorceler*, *épeler*, *étinceler*, *étiqueter*) peuvent se conjuguer comme *appeler* et *jeter*. Mais depuis la réforme de l'orthographe de 1990. On peut aussi plus simplement suivre le modèle d'*acheter* et de *geler*.

▸ **Bien conjuguer un verbe en *-yer***

→ Quand on entend le son [ill], on met un *-y*.

Ex. : nous envoyons, j'appuyais

→ Quand on n'entend pas le son [ill], on met un *-i*.

Ex. : j'envoie, j'appuie, j'essuierai, tu emploierais...

Corrigés → livret, p. 13

S'entraîner

QUIZ-TEST

Coche la (ou les) bonne(s) réponse(s).

1 La forme correcte au présent de l'indicatif est :

a) j'envoye. ☐
b) j'appuye. ☐
c) nous essuyons. ☐

2 La forme correcte au présent de l'indicatif est :

a) nous déplaçons. ☐
b) vous vous élançez. ☐
c) nous lanceons. ☐

3 ★ Verbes en *-cer*, *-ger* et *-guer* au présent

Mets au présent de l'indicatif à la 1re personne du singulier et du pluriel les verbes suivants.

a) nager : ....

b) commencer : ....

c) ranger : ....

d) naviguer : ....

e) annoncer : ....

4 ★★ Verbes en *-yer* au présent

Mets les verbes au présent de l'indicatif à la 2e personne du singulier et du pluriel.

a) essayer : ....

b) aboyer : ....

c) essuyer : ....

d) envoyer : ....

e) balayer : ....

f) ennuyer : ....

5 ★★★ Verbes en *-yer* au présent

Barre les verbes mal orthographiés et réécris-les.

nous employons – tu essuyes – tu balayes – il envoye – vous nettoyez – ils nettoyent – il paye – j'appuie – il aboye – nous nous ennuyons

....

6 ★★ *Appeler* et *jeter* au présent

Barre les formes mal orthographiées et réécris-les.

je jète – tu appelles – nous jetons – vous appellez – ils jettent – ils appèlent – nous appelons – tu jettes – il appelle – vous jettez

....

7 ★★★ Futur et présent du conditionnel

Mets les verbes à la 1re personne du singulier du futur et du présent du conditionnel.

a) déplacer : ....

b) déranger : ....

c) essuyer : ....

d) employer : ....

e) rappeler : ....

f) rejeter : ....

8 ★★★ Imparfait et passé simple

Mets les verbes à la 3e personne du singulier à l'imparfait et au passé simple.

a) renoncer : ....

b) partager : ....

c) appeler : ....

d) envoyer : ....

e) jeter : ....

21 Les temps composés

Voir aussi dictée p. 216

À savoir

Les modes indicatif et conditionnel

Le mode **indicatif** comporte quatre temps simples et quatre temps composés.
Le mode **conditionnel** comporte principalement un temps simple et un temps composé.

Attention !

- Quand le verbe est conjugué avec l'auxiliaire ***avoir***, le participe passé **ne s'accorde pas** avec le sujet.
Ex. : Elle a dormi, ils ont dormi.
- Quand le verbe est conjugué avec l'auxiliaire ***être***, le participe **s'accorde** avec le sujet.
Ex. : Elle est allée, ils sont allés.

Retiens l'essentiel

1 La formation des temps composés

▸ Les temps composés sont formés à l'aide des auxiliaires ***avoir*** ou ***être*** et du **participe passé** du verbe. Chaque temps simple permet de former un temps composé :
– **présent** → **passé composé** (l'auxiliaire se met au présent) ;
Ex. : J'ai dansé, je suis venu(e).
– **imparfait** → **plus-que-parfait** (l'auxiliaire se met à l'imparfait) ;
Ex. : J'avais dansé, j'étais venu(e).
– **passé simple** → **passé antérieur** (l'auxiliaire se met au passé simple) ;
Ex. : J'eus dansé, je fus venu(e).
– **futur** → **futur antérieur** (l'auxiliaire se met au futur) ;
Ex. : J'aurai dansé, je serai venu(e).
– **présent du conditionnel** → **passé du conditionnel** (l'auxiliaire se met au conditionnel) ;
Ex. : J'aurais dansé, je serais venu(e).

▸ Les temps composés expriment une action qui s'est achevée avant une action au temps simple correspondant.
Ex. : Elle avait sorti son livre et le lisait. *L'action de sortir le livre est achevée avant que commence celle de lire.*

2 Passé composé

Ex. : *danser* : j'ai dansé, tu as dansé, il (elle/on) a dansé, nous avons dansé, vous avez dansé, ils (elles) ont dansé.
Ex. : *venir* : je suis venu(e), tu es venu(e), il est venu, elle est venue, nous sommes venu(e)s, vous êtes venu(e)s, ils sont venus, elles sont venues.

3 Plus-que-parfait

Ex. : *danser* : j'avais dansé, tu avais dansé, il (elle/on) avait dansé, nous avions dansé, vous aviez dansé, ils (elles) avaient dansé.
Ex. : *venir* : j'étais venu(e), tu étais venu(e), il était venu, elle était venue, nous étions venu(e)s, vous étiez venu(e)s, ils étaient venus, elles étaient venues.

Comment faire ?

▸ Identifier un temps composé

Pour identifier un temps composé, il faut regarder le temps de l'auxiliaire. Par exemple, si l'auxiliaire est au futur, alors le verbe est au futur antérieur.

Ex. : j'aurai apporté : auxiliaire au futur → verbe au futur antérieur.
j'avais dit : auxiliaire à l'imparfait → verbe au plus-que-parfait.

▸ Bien orthographier le participe passé

Pour bien orthographier le participe passé d'un verbe conjugué, il faut repérer l'auxiliaire employé. Il peut arriver que l'auxiliaire soit séparé du verbe.

Ex. : Les pompiers (sujet) sont (auxiliaire *être*) très rapidement intervenus (participe passé).

Corrigés → livret, p. 13

S'entraîner

QUIZ-TEST

Coche la (ou les) bonne(s) réponse(s).

1 Pour conjuguer un verbe au plus-que-parfait, on met l'auxiliaire :

a) au présent. ☐
b) au passé simple. ☐
c) à l'imparfait. ☐

2 Au passé composé, la forme correcte est :

a) elle a proposé. ☐
b) nous avions entendu. ☐
c) vous aurez dit. ☐

3 ★ Identifier un temps composé

Indique le temps des verbes. Pense à regarder le temps de l'auxiliaire.

a) il avait pris ....

b) elle eut pensé ....

c) tu as entendu ....

d) j'aurai remarqué ....

e) ils seraient allés ....

f) nous étions partis ....

g) elles ont compris ....

4 ★ Passé composé

Mets au passé composé, à la 1re personne du singulier, les verbes suivants.

a) savoir : ....
b) parler : ....
c) faire : ....
d) réviser : ....
e) vouloir : ....
f) chercher : ....
g) voir : ....
h) rédiger : ....

5 ★★ Passé composé

Mets au passé composé, à la 3e personne du pluriel, les verbes suivants. Souligne les participes passés employés avec l'auxiliaire *être*.

accorder – décider – arriver – saisir – suivre – partir – proposer – aller – revenir – faire

....

....

6 ★★★ Passé composé

Réécris au passé composé les phrases suivantes.

a) Enzo part le premier et mène longtemps la course. Mais il trébuche sur un caillou et tombe.

....

....

b) Manon entre dans la maison et monte à l'étage. Quand elle entend des voix, elle part en courant.

....

....

7 ★★ Plus-que-parfait

Mets au plus-que-parfait, à la 1re personne du pluriel, les verbes suivants.

a) dire : ....

b) partir : ....

c) vendre : ....

d) connaître : ....

e) rester : ....

8 ★★ Plus-que-parfait

Réécris les phrases au plus-que-parfait.

a) Alice demande son chemin.

....

b) Noémie sort par la fenêtre.

....

c) Nous finissons l'exercice.

....

22 Les modes personnels et impersonnels

Retiens l'essentiel

Voir aussi dictée p. 216

Attention !

Il ne faut pas confondre le futur de l'indicatif (je pens**erai**) et le présent du conditionnel (je pens**erais**).

À savoir

Le mode subjonctif

Pour mettre un verbe au subjonctif, on met « il faut que » devant le verbe.

Ex. : venir : il faut que je **vienne**.

Ce mode est abordé en 5e.

À savoir

Pour trouver l'**infinitif** d'un verbe, il faut dire « je vais + le verbe ».

Ex. : j'éteins la lumière
→ je vais éteindre
→ l'infinitif est « éteindre ».

1 Les modes

- Les modes sont des grands ensembles qui regroupent différents temps. On distingue les modes personnels et les modes impersonnels.
- **Les modes personnels** varient selon la personne. L'indicatif, le conditionnel, le subjonctif et l'impératif sont des modes personnels.

L'indicatif, le conditionnel et le subjonctif se conjuguent à toutes les personnes alors que l'impératif n'a que trois personnes.

→ **Présent de l'indicatif.** *Ex.* : je viens, tu viens, il vient, nous venons.
→ **Présent du conditionnel.** *Ex.* : je viendrais, tu viendrais, nous viendrions.
→ **Présent de l'impératif.** *Ex.* : viens, venons, venez.

- **Les modes impersonnels** ne varient pas selon la personne. L'infinitif et le participe sont des modes impersonnels.

→ **Infinitif.** *Ex.* : parler, grandir, suivre, prendre.
→ **Participe présent.** *Ex.* : parlant, grandissant, suivant, prenant.
→ **Participe passé.** *Ex.* : parlé, grandi, suivi, pris.

2 Le mode impératif

- Le présent de l'impératif ne se conjugue qu'à trois personnes et sans pronom de conjugaison : la 2e personne du singulier, la 1re personne du pluriel et la 2e personne du pluriel.
- Les terminaisons sont -*e*, -*ons*, -*ez* pour les verbes ayant leur présent de l'indicatif en -*e*.

Ex. : pens**e**, pens**ons**, pens**ez**. / cueill**e**, cueill**ons**, cueill**ez**.

- Les autres verbes ont un présent de l'impératif qui reprend le plus souvent les formes de l'indicatif. *Ex.* : fini**s**, finiss**ons**, finiss**ez** / par**s**, part**ons**, part**ez**.

Comment faire ?

Distinguer les modes personnels et impersonnels

Pour savoir si un verbe est à un **mode personnel ou impersonnel**, il faut essayer de **changer la personne**. Si c'est possible, le verbe est à un mode personnel. Sinon, il est à un mode impersonnel.

Ex. : Pierre écrit une lettre → j'écris une lettre
→ le verbe *écrire* est à un mode personnel.
J'ai lu un roman écrit par Victor Hugo
→ j'ai lu un roman ~~j'écris~~ par Victor Hugo
→ le verbe *écrire* est à un mode impersonnel.

Bien conjuguer le présent de l'impératif

Il faut faire attention à la 2e personne du singulier.

Ex. : parler : parle (tu parles) ; *ouvrir* : ouvre (tu ouvres) ; *aller* : va (tu vas) → le présent de l'impératif ne prend pas de -*s* (verbes du 1er groupe, certains verbes du 3e groupe, et *aller*).

prendre : prends (tu prends) ; *finir* : finis (tu finis) → le présent de l'impératif s'écrit comme le présent de l'indicatif.

Corrigés → livret, p. 13

S'entraîner

QUIZ-TEST

Coche la (ou les) bonne(s) réponse(s).

1 **Le verbe *définissant* est :**
a) à un mode personnel. ☐
b) à un mode impersonnel. ☐
c) à l'indicatif. ☐

2 **Le verbe *donner* conjugué à l'impératif est :**
a) donnes, donnons, donnez. ☐
b) donnes, donnons, donnent. ☐
c) donne, donnons, donnez. ☐

3 ★ Mode impersonnel

Entoure les verbes à un mode impersonnel.

rendent – feront – suivent – apporter – regardé – prenant – disons – disant – jouer – lisait – applaudir – aimé

4 ★★ Mode personnel et mode impersonnel

Entoure l'intrus dans chaque série et justifie oralement ta réponse.

a) pensent – estiment – grandissent – partant – écoutent – saisissent – prennent

b) acheté – fini – pris – voulu – entendu – décidé – apprend – parti

5 ★ L'infinitif

Mets les verbes suivants à l'infinitif.

a) elle a rencontré : ....

b) je suivrai : ....

c) ils ont : ....

d) ils entendirent : ....

e) je voulais : ....

6 ★★ Le participe

Mets les verbes au participe présent et au participe passé.

a) donner : ....

b) rougir : ....

c) partir : ....

d) écouter : ....

e) comprendre : ....

7 ★ 1re personne de l'impératif

Mets les verbes suivants à la 1re personne du pluriel du présent de l'impératif.

a) continuer : ....

b) rougir : ....

c) faire : ....

d) écrire : ....

8 ★★ 2e personne de l'impératif

Mets les verbes suivants à la 2e personne du singulier du présent de l'impératif.

a) prendre : ....

b) dessiner : ....

c) finir : ....

d) venir : ....

9 ★★★ L'impératif

Récris les phrases à l'impératif.

a) Tu rangeras ta chambre.

....

b) Vous allez au CDI.

....

c) Tu vas au collège.

....

d) Tu ne joues pas au ballon dans le salon.

....

23 Les caractéristiques des genres littéraires

Mot-clé

Une œuvre littéraire

Une œuvre littéraire est un œuvre écrite avec un souci de toucher le lecteur par la beauté du texte. Elle peut être destinée à être lue silencieusement ou prononcée à voix haute (poésie, théâtre).

Mot-clé

Le genre littéraire

Un genre littéraire regroupe les œuvres littéraires qui présentent les mêmes caractéristiques : forme, longueur…

Ex. : conte, fable, roman, poésie…

Retiens l'essentiel

1 Les œuvres littéraires qui racontent une histoire

▸ **Le conte** est un récit court qui exprime une morale. L'auteur veut faire passer une leçon au lecteur.

Ex. : Dans « Cendrillon », on voit que la gentillesse est récompensée.

→ Dans les contes, il y a des événements merveilleux (impossibles dans la réalité) et des personnages merveilleux (fées, sorcières, ogres…). Ces événements et personnages ne surprennent pas le lecteur.

→ Les personnages des contes sont simplifiés à l'extrême.

Ex. : Cendrillon est belle et gentille ; ses sœurs sont laides et désagréables.

▸ **La fable** est un court récit en vers ; elle transmet une leçon.

▸ **Le roman** est un long récit qui raconte une histoire plus ou moins imaginaire.

→ Les personnages sont complexes ; ils ont une psychologie, un caractère et ressemblent à des personnes réelles.

→ Le roman nous donne l'illusion que l'histoire est vraie.

2 La poésie

▸ **Un poème** cherche à toucher le lecteur avec les mots.

▸ Dans la poésie traditionnelle, les textes sont en vers. C'est le cas des fables. Les textes suivent des règles : longueur des vers, types de rimes.

▸ Aujourd'hui, les poètes n'obéissent pas nécessairement à des règles ; ils sont libres de faire ce qu'ils veulent. On rencontre des poèmes en **vers libres** (sans règle de type de vers) ou des **poèmes en prose** (pas de vers).

3 Le théâtre

▸ Les pièces de théâtre sont destinées à être jouées devant un public par des comédiens.

▸ Le texte a une forme particulière : les **répliques** (paroles) sont précédées du nom du personnage qui le prononce. Les **didascalies** (indications destinées à la mise en scène) sont en italique.

Ex. : THOMAS : *très en colère* – Que fais-tu ici ?

Comment faire ?

▸ **Reconnaître un genre littéraire**

→ **Si le texte est un dialogue** et que les noms des personnages figurent devant les répliques, il s'agit d'un extrait d'une pièce de théâtre.

→ **Si le texte raconte une histoire :**

– si le récit est en vers et exprime une morale, c'est une **fable** ;

– si le récit exprime une morale, raconte des événements merveilleux, c'est un **conte** ;

– si le récit semble réel et que l'œuvre est longue, c'est un **roman**.

→ **Si le texte est en vers,** s'il utilise le langage de façon originale, c'est un **poème**.

▸ **Connaître les principaux types de vers**

→ L'alexandrin : 12 syllabes.

→ Le décasyllabe : 10 syllabes.

→ L'octosyllabe : 8 syllabes.

Corrigés → livret, p. 14

S'entraîner

QUIZ-TEST

Coche la (ou les) bonne(s) réponse(s).

1 Le genre qui accorde la priorité au langage est :

a) le théâtre. ☐
b) la poésie. ☐
c) le conte. ☐

2 Les événements merveilleux ne surprennent pas dans :

a) le conte. ☐
b) la nouvelle. ☐
c) le théâtre. ☐

3 ★ Reconnaître un genre littéraire

SGANARELLE : Non, je te dis que je n'en veux rien faire, et que c'est à moi de parler et d'être le maître.
MARTINE : Et je te dis, moi, que je veux que tu vives à ma fantaisie, et que je ne me suis point mariée avec toi pour souffrir tes fredaines.
SGANARELLE : Oh ! la grande fatigue que d'avoir une femme ! et qu'Aristote a bien raison, quand il dit qu'une femme est pire qu'un démon.

MOLIÈRE, *Le Médecin malgré lui.*

a) À quel genre appartient l'extrait. Justifie ta réponse.

....

....

b) Coche l'expression qui convient.
Ce passage est une scène d'amour. ☐
Ce passage est une scène de conflit. ☐
Ce passage est une scène de réconciliation. ☐

4 ★ Reconnaître un genre littéraire

Elle ne fut pas plus tôt arrivée à la fontaine qu'elle vit sortir du bois une Dame magnifiquement vêtue qui vint lui demander à boire. [...]
« Est-ce que je suis venue ici, lui dit cette brutale orgueilleuse, pour vous donner à boire ? [...] ».
« Vous n'êtes guère honnête, reprit la Fée, sans se mettre en colère, hé bien ! puisque vous êtes si peu obligeante, je vous donne pour don qu'à chaque parole que vous direz, il vous sortira de la bouche ou un serpent ou un crapaud. »

CHARLES PERRAULT, « Les Fées », *in Contes de ma mère l'Oye.*

a) À quel genre appartient l'extrait. Justifie ta réponse.

....

b) Quel personnage exprime sa colère ? ....

5 ★★ Reconnaître un genre littéraire

Une Grenouille vit un Bœuf
Qui lui sembla de belle taille.
Elle, qui n'était pas grosse en tout comme un œuf,
Envieuse, s'étend, et s'enfle, et se travaille,
Pour égaler l'animal en grosseur,
Disant : « Regardez bien, ma sœur ;
Est-ce assez ? dites-moi ; n'y suis-je point encore ?
– Nenni. – M'y voici donc ? – Point du tout. – M'y [voilà ?
– Vous n'en approchez point. » La chétive pécore
S'enfla si bien qu'elle creva.
Le monde est plein de gens qui ne sont pas plus [sages :
Tout bourgeois veut bâtir comme les grands [seigneurs,
Tout petit prince a des ambassadeurs,
Tout marquis veut avoir des pages.

LA FONTAINE, « La Grenouille qui veut se faire aussi grosse que le Bœuf », *in Fables.*

a) À quel genre appartient l'extrait. Justifie ta réponse.

....

....

b) **Complète les phrases.**

Le vers 1 est un .... ; le vers 11 est un .... Le vers 13 est un ....

La morale va du vers .... au vers ....

24 Étudier un texte

Attention !

Il ne faut pas confondre :
– **le texte explicatif,** dans lequel l'auteur se contente de donner des informations ;
– **le texte argumentatif,** dans lequel l'auteur cherche à nous faire partager sa façon de penser. Le lecteur n'est pas obligé d'être d'accord avec lui.

À savoir

Dans un même genre littéraire, on peut rencontrer des textes différents. Dans un roman, on peut lire des passages narratifs et des passages descriptifs.

À savoir

La fable et le conte sont des genres à la fois narratifs et argumentatifs : ils racontent une histoire et transmettent une leçon (morale).

Retiens l'essentiel

1 Les types de textes

▸ **Un texte narratif** raconte une histoire réelle ou imaginaire. On peut relever des verbes d'action, des indices temporels, des personnages qui effectuent l'action. Dans un texte narratif, il se passe quelque chose.

Ex. : Alice aperçut un lapin très pressé ; alors elle se leva et le suivit.

▸ **Un texte descriptif** décrit un paysage, un objet, un animal, une personne. On relève des indicateurs de lieu qui permettent de situer les éléments et des précisions sur ces éléments. Le texte descriptif est comme un arrêt sur image.

Ex. : Les yeux d'Alice étaient fermés et sa tête inclinée ; à côté d'elle un livre était abandonné.

▸ **Un texte explicatif** donne des informations. Il peut s'agir d'une recette, d'un mode d'emploi, d'un article d'encyclopédie.

Ex. : Pour obtenir une pâte légère, battez énergiquement les jaunes d'œuf et le sucre.

▸ **Un texte argumentatif** cherche à faire partager une opinion.

Ex. : Si vous votez pour moi, je serai un délégué à votre écoute.

2 L'explicite et l'implicite

▸ **Les informations explicites** sont celles que l'on peut comprendre immédiatement : les noms des personnages, ce qu'ils font.

▸ **Les informations implicites** sont celles que l'on doit déduire de la lecture du texte : les sentiments d'un personnage, les intentions de l'auteur.

Ex. : « Tu as toujours les vêtements les plus beaux ! » dit Marine à sa sœur Joséphine.

Informations explicites : le nom des deux personnages et leur lien de parenté.
Information implicite : Marine est jalouse de Joséphine.

Comment faire ?

▸ **Comprendre un texte**

→ En premier lieu, il faut dégager les **informations explicites** : qui sont les personnages, que font-ils ? De quoi parlent-ils ? Quelle est la situation au début du texte ? Quelle est la situation à la fin ? Que s'est-il passé entre-temps ? Où se situe l'action ? À quelle époque ?

→ Il faut ensuite approfondir la lecture et dégager les **informations implicites** : quel est le caractère des personnages ? Pourquoi agissent-ils ainsi ? Quelle impression se dégage du texte ? Qu'a voulu faire l'auteur en écrivant ce passage ?

▸ **Répondre à l'écrit à une question sur un texte**

À l'écrit, il faut soigneusement rédiger la réponse à la question posée :
– il faut reprendre les mots de la question dans la première phrase de la réponse ;

Ex. : Où habitent Léa et Jeanne ? → Léa et Jeanne habitent à…

– la réponse doit être justifiée par des citations. Chaque citation doit être placée entre guillemets.

S'entraîner

Corrigés → livret, p. 14

QUIZ-TEST

Coche la (ou les) bonne(s) réponse(s).

1 Un texte narratif :

a) décrit une situation. ☐
b) raconte une histoire. ☐
c) défend une opinion. ☐

2 Les informations implicites sont :

a) des informations clairement expliquées dans le texte. ☐
b) des informations sous-entendues. ☐
c) des informations inventées par le lecteur. ☐

3 ★ Rédiger une réponse à une question

« Pourquoi Cendrillon est-elle triste que ses sœurs partent au bal ? » Indique ce qui ne convient pas dans chacune des réponses.

a) Parce qu'elle voudrait y aller aussi.

....

b) Elle est triste que ses sœurs partent au bal parce qu'elle voudrait y aller aussi.

....

4 ★ Dégager les informations explicites

Lis le texte, puis réponds aux questions.

La Poule aux œufs d'or
L'avarice perd tout en voulant tout gagner.
Je ne veux, pour le témoigner,
Que celui dont la Poule, à ce que dit la Fable,
Pondait tous les jours un œuf d'or.
Il crut que dans son corps elle avait un trésor.
Il la tua, l'ouvrit, et la trouva semblable
À celles dont les œufs ne lui rapportaient rien,
S'étant lui-même ôté le plus beau de son bien.
Belle leçon pour les gens chiches :
Pendant ces derniers temps, combien en a-t-on vus
Qui du soir au matin sont pauvres devenus
Pour vouloir trop tôt être riches ?

La Fontaine, *« La Poule aux œufs d'or », in Fables.*

a) Qui est le personnage principal du texte ?

....

b) La poule est-elle un animal ordinaire ? Justifie ta réponse en citant le texte.

....

....

c) Que fait le personnage dans le texte ?

....

....

5 ★★ Dégager les informations implicites

Réponds aux questions après avoir relu attentivement le texte de l'exercice 4. Rédige soigneusement la réponse.

a) Pourquoi le personnage tue-t-il sa poule ?

....

....

....

b) Que sait-on du caractère du personnage ?

....

....

....

c) Surligne le vers qui exprime la morale. Que veut dire l'auteur dans ce texte ?

....

....

....

6 ★★★ Étudier le genre d'un texte

À quel genre appartient le texte de l'exercice 4 ? Justifie ta réponse.

....

....

....

25 Compendre et utiliser la ponctuation

Retiens l'essentiel

Voir aussi dictée p. 216

À l'écrit, pour transcrire les intonations et les pauses de la voix, on a recours à la **ponctuation**.

1 Les signes de ponctuation en fin de phrase

- **Le point (.)** *Ex.* : Il pleut. Nous décidons de sortir quand même.
- **Le point d'interrogation (?)** *Ex.* : Quand viens-tu nous voir ?
- **Le point d'exclamation (!)** *Ex.* : Quelle merveilleuse idée !
- **Les points de suspension (...)** *Ex.* : Il achète du beurre, du sucre, du miel...

Les points de suspension peuvent aussi s'utiliser au milieu d'une phrase.
Ex. : Il veut... la lune !

2 Les signes de ponctuation à l'intérieur de la phrase

- **Le point-virgule (;)** marque une pause importante à l'intérieur de la phrase ; on peut presque toujours le remplacer par un point.
Ex. : Il pleut ; nous décidons de sortir quand même.
- **Les deux-points (:)** introduisent une explication, une énumération, une citation...
Ex. : *a, e, i, o, u, y* : ce sont les voyelles.
- **La virgule (,)** marque une pause légère entre deux éléments de la phrase.
Ex. : Il voudrait du pain, du beurre et de la confiture.

Attention !
Les signes de ponctuation **en fin de phrase** marquent une pause importante dans un texte. Ils sont suivis d'une **majuscule**.

Attention !
Le point-virgule n'est jamais suivi d'une majuscule.

Attention !
Les guillemets (« ») et le tiret (–) sont utilisés dans le dialogue. (voir page 60)

Comment faire ?

Ne pas oublier la ponctuation

→ Un texte sans ponctuation, ou mal ponctué, est illisible. Lorsque tu écris un texte, évite de faire des phrases trop longues. Écris plutôt des phrases simples (un seul verbe conjugué). Par exemple, coupe ton texte par un point tous les dix ou quinze mots, de manière correcte.

→ Lorsque la phrase est interrogative, pense à mettre un point d'interrogation à la fin.

Attention !
N'oublie pas la majuscule après un point, un point d'interrogation ou un point d'exclamation.

Bien utiliser la virgule

La virgule permet de détacher certains groupes ou d'énumérer plusieurs éléments.

Ex. : Pour mon contrôle de maths, j'aurai besoin d'un stylo rouge, d'un stylo noir, d'un stylo vert, d'une équerre et d'un compas.
→ La première virgule détache le complément « Pour mon contrôle de maths ».
→ Les trois virgules suivantes séparent les éléments d'une énumération (liste).

Corrigés → livret, p. 14

S'entraîner

QUIZ-TEST

Coche la (ou les) bonne(s) réponse(s).

1 À la fin d'une phrase, on peut rencontrer :

a) un point. ☐

b) un point-virgule. ☐

c) un point d'exclamation ou un point d'interrogation. ☐

2 Les deux-points :

a) servent à introduire un élément. ☐

b) peuvent se rencontrer au milieu d'une énumération. ☐

c) peuvent se rencontrer devant une citation. ☐

Les textes des exercices 3 à 5 sont adaptés de l'Odyssée d'Homère qui raconte les aventures d'Ulysse au retour de la guerre de Troie.

3 ★ Ajouter les points

Dans le texte suivant, ajoute les points qui manquent.

Ulysse voudrait bien voir les Cyclopes qui habitent l'île sur laquelle il vient de débarquer Mais ses compagnons lui conseillent de repartir sans avoir vu les dangereux géants Ils disent à Ulysse de reprendre la mer Ulysse n'écoute pas les conseils et il est orgueilleux Il décide donc de pénétrer dans l'antre d'un des Cyclopes et d'attendre son retour Ses compagnons sont avec lui et insistent pour qu'Ulysse s'en aille Rien à faire Ulysse est aussi obstiné qu'il est curieux Le Cyclope entre dans la grotte avec son troupeau de moutons Il roule derrière lui une énorme pierre à l'entrée de l'antre Ulysse et ses compagnons sont enfermés avec le géant

4 ★★ Ajouter les points et les majuscules

Dans le texte suivant, ajoute les points qui manquent et effectue les modifications nécessaires. (Pense aux majuscules !)

Le Cyclope découvre Ulysse et ses compagnons il se précipite sur un des marins et le dévore, puis il s'adresse à Ulysse et lui demande son nom Ulysse répond qu'il se nomme Personne et il insiste auprès du géant pour que ce dernier leur donne l'hospitalité que l'on doit aux voyageurs pour toute réponse, le Cyclope Polyphème dévore d'autres compagnons tous sont terrorisés Ulysse réfléchit et prépare un plan il fait boire le géant qui s'endort rapidement alors, Ulysse et ses compagnons taillent un grand pieu et l'enfoncent dans l'œil du Cyclope celui-ci, devenu aveugle pousse des cris et tente, en vain, de trouver dans la grotte les marins qui l'ont blessé

5 ★★ Ajouter les virgules

Dans le texte suivant, ajoute les virgules nécessaires.

Le géant déplace la pierre qui bloque l'entrée puis il se tient devant l'ouverture de la grotte ; blessé il crie soupire tape des pieds et alerte ainsi les autres Cyclopes. Ces derniers lui demandent : « Qui t'a ainsi blessé ? » Et Polyphème répond : « C'est Personne c'est Personne ! » Et les géants ajoutent alors : « Si c'est personne nous ne pouvons rien pour toi ! » et ils s'en vont. Furieux abandonné par ses amis et vexé Polyphème reste à l'entrée de l'antre pour attraper les marins qui voudraient sortir. Mais Ulysse est rusé…

6 ★★★ Savoir ponctuer

Dans les phrases suivantes, inscris dans les cases la ponctuation qui convient.

a) Charles Perrault a écrit de nombreux contes ☐ *Le Petit Chaperon rouge* ☐ *Peau d'Âne* ☐ *Le Chat botté* ☐

b) Le professeur demanda ☐ « Qui veut réciter la fable ☐ »

c) Nos voisins élèvent chez eux deux chiens ☐ trois chats ☐ quatre tourterelles et cinq boas ☐

d) Après avoir récité la fable ☐ Audrey retourna à sa place ☐

26 Écrire un récit au passé

Retiens l'essentiel

À l'écrit, les deux principaux temps du récit sont l'imparfait et le passé simple.

1 L'imparfait

L'imparfait sert à exprimer une action qui **n'est pas limitée dans le temps** : on ne sait pas quand l'action a commencé, ni quand elle va s'achever. Il est donc employé pour :

– décrire une scène, un paysage, un personnage… ;

Ex. : Les montagnes se dressaient au loin, majestueuses.

– exprimer une habitude ou une action qui se répète ;

Ex. : Chaque soir, il se couchait de bonne heure.

– exposer une action secondaire (arrière-plan).

Ex. : Je dormais quand l'orage éclata.

2 Le passé simple

Au contraire de l'imparfait, le passé simple sert à exprimer une action **limitée dans le temps.** C'est pourquoi il est utilisé pour :

– exprimer une action qui se produit à un moment précis ;

Ex. : À dix heures, il alla se coucher.

– exprimer des actions qui s'enchaînent les unes aux autres.

Ex. : Il alla se changer, puis sortit dans le jardin.

Attention !

Dans un récit au passé, **il ne faut pas mélanger le présent et le passé** : seuls les verbes conjugués dans les répliques prononcées par les personnages peuvent être au présent.

À savoir

Dans un récit au passé, on utilise le **plus-que-parfait** pour exprimer une action antérieure et le **présent du conditionnel** pour un fait qui se produira plus tard.

Ex. : Thomas annonça qu'il avait fini son devoir et le rendrait le lendemain.

Comment faire ?

▸ Bien conjuguer les temps du passé

Il faut surtout veiller à la conjugaison du passé simple (*voir leçon 19*), car c'est un temps qu'on n'utilise pas à l'oral. Il ne faut pas oublier que seuls les verbes du 1er groupe (en *-er*) ont des terminaisons en *-ai*, *-as*, *-a*, *-âmes*, *-âtes*, *-èrent* au passé simple.

▸ Raconter une histoire à l'écrit

→ Ton histoire doit être cohérente : ne modifie pas le nom des personnages ou leur caractère en cours de route. Ne change pas de narrateur au cours du récit.

→ Ton histoire doit être intéressante : ne multiplie pas les péripéties et détaille ce que tu racontes pour que ton lecteur puisse imaginer la scène.

→ Ton récit doit être soigneusement rédigé pour être agréable à lire : relis-le attentivement ; vérifie les accords, les homophones grammaticaux (a/à, ce/se…), la ponctuation et les majuscules.

▸ Raconter à l'oral

À l'oral, on emploie le passé-composé. Il faut veiller à donner les éléments importants sans se perdre dans le détail de l'histoire.

Corrigés → livret, p. 14

S'entraîner

QUIZ-TEST

Coche la (ou les) bonne(s) réponse(s).

1 L'imparfait permet de :

a) rapporter une habitude. .... ☐
b) exprimer un enchaînement d'actions dans un récit. .... ☐
c) décrire un paysage. .... ☐

2 Le passé simple permet de :

a) faire le portrait d'un personnage. .... ☐
b) exprimer une action limitée dans le temps. .... ☐
c) exprimer des actions qui se succèdent. .... ☐

3 ★ Conjuguer à l'imparfait

Écris les verbes entre parenthèses à l'imparfait.

Il *(être)* .... une fois une veuve qui *(avoir)* .... deux filles ; l'aînée lui *(ressembler)* .... si fort et d'humeur et de visage, que qui la *(voir)* .... *(voir)* .... la mère. Elles *(être)* .... toutes deux si désagréables et si orgueilleuses qu'on ne *(pouvoir)* .... vivre avec elles.

Charles Perrault, « Les Fées », *in Contes de ma mère l'Oye.*

4 ★ Conjuguer à l'imparfait

Réécris les verbes à l'imparfait.

a) il regarde : ....
b) il prend : ....
c) il écoute : ....
d) il veut : ....
e) il voit : ....

5 ★★ Le récit au passé

Dans les couples de phrases suivants, souligne la phrase correcte.

a) Il faisait nuit lorsque nous nous levâmes.
Il fit nuit lorsque nous nous levions.

b) À minuit, je me levais et me précipitais dehors.
À minuit, je me levai et me précipitai dehors.

6 ★★ Passé simple ou imparfait ?

Réécris les phrases suivantes au passé en choisissant, pour les verbes, le passé simple ou l'imparfait.

a) Tous les hivers, nous allons chercher du bois pour faire un feu dans la cheminée.

....

....

b) À dix ans, Mozart est déjà un grand musicien.

....

....

c) À 15 heures précises, la soucoupe décolle et un bruit étrange se fait entendre.

....

....

d) À ce moment-là, la sonnerie retentit et tous les élèves rangent précipitamment leurs affaires.

....

....

e) Alors, Lucas décide de sortir malgré la neige.

....

7 ★★ Rédiger au passé

Écris le récit en mettant les propositions dans le bon ordre.

et se précipita vers la forêt – Tom s'avança vers lui – Tom entendit un bruit – Soudain un extraterrestre apparut sur le chemin – il se leva de son lit

....

....

27 Écrire un dialogue

Retiens l'essentiel

1 La ponctuation

Dans un texte, les paroles des personnages sont indiquées par des signes de ponctuation.

- **Les deux-points (:)** introduisent la parole.

Ex. : Il dit : « Entrez. »

- **Les guillemets (« »)** se placent au début et à la fin d'une réplique.
- **Le tiret (–)** se place au début de la ligne, juste avant la réplique qu'il signale.

À savoir

- On utilise **les guillemets** quand il n'y a qu'une seule parole.
- On emploie **le tiret** pour un échange de plusieurs paroles.

2 Le temps des verbes

Dans les paroles des personnages, on utilise surtout le **présent** et le **passé composé**.

Ex. : « Hier, je suis allée au cinéma », expliqua Noémie.

suis allée : passé composé → temps du dialogue
expliqua : passé simple → temps du récit

3 L'introduction des répliques

- Dans les **pièces de théâtre**, les répliques sont simplement précédées du nom du personnage qui les prononce.

Ex. : Sganarelle : Ah ! je suis médecin, sans contredit.

(Molière, *Le Médecin malgré lui*.)

- Dans le **dialogue inséré dans un récit**, on utilise une proposition composée d'un sujet et d'un verbe de parole qui introduit la réplique.

1. Cette proposition peut être située **avant la réplique**.

Ex. : Ma mère me demanda : « Que fais-tu ? »

2. Elle peut aussi être située au milieu ou à la fin de la réplique ; c'est une **proposition incise** et le sujet est inversé.

Ex. : – À quoi penses-tu ? demanda Héléna.
(demanda Héléna ↑ proposition incise)
– Au dîner, répondit-il.

Proposition incise

La proposition incise ne commence jamais par une majuscule. Elle n'est jamais précédée d'un point.

Comment faire ?

Bien faire attention à la ponctuation

Il ne faut pas oublier les points d'interrogation ou d'exclamation. Il faut aussi penser à mettre un tiret au début de chaque réplique et aller à la ligne quand elle est terminée.

Ex. : – Que faisiez-vous cet été ? demanda la fourmi.
– Je chantais, expliqua la cigale.

Écrire un dialogue vivant

Pour rendre le dialogue plus vivant, il est préférable de ne pas toujours utiliser le verbe *dire* et de **varier les verbes introducteurs** : *demander, reprendre, répliquer, répéter, s'étonner, ordonner, murmurer, hurler, crier, rétorquer*…

Ex. : – Ce n'est pas vrai, protesta Jérémie.

Corrigés → livret, p. 14

S'entraîner

QUIZ-TEST

Coche la (ou les) bonne(s) réponse(s).

1 On emploie de préférence les guillemets pour :
a) une réplique isolée. ☐
b) un échange de répliques. ☐
c) un récit. ☐

2 La proposition incise :
a) est située avant la réplique. ☐
b) permet d'introduire une réplique. ☐
c) est composée d'un verbe de parole et de son sujet inversé. ☐

3 ★★ Ponctuer le dialogue

Dans le dialogue qui suit, il manque deux signes de ponctuation. Ajoute-les.

– Mon oncle a un bateau, il pourra nous le prêter, affirma Pauline.
– Tu crois demanda Valentin.
– Oui, je sais m'en servir ; j'ai déjà fait des croisières, répondit Pauline.
– Et puis, ce n'est pas pour aller bien loin, ajouta Nathan
– Nous devrions quand même emporter des gilets de sauvetage ! répliqua Valentin.

4 ★ Écrire un dialogue cohérent

Numérote dans l'ordre les répliques du dialogue suivant. Ce dialogue entre trois amis commence par une question.

☐ a) – La carte était-elle bien lisible ? interrogea à nouveau Mehdi.

☐ b) – Mais non, reprirent les autres en chœur, nous partons avec toi.

☐ c) – Dans une bouteille sur la plage, répondit Léo.

☐ d) – Mais si, je t'assure ! J'ai ramassé une curieuse bouteille sur la plage, reprit Léo, elle paraissait très vieille ; je l'ai ouverte et il y avait une carte.

☐ e) – Où as-tu découvert la carte du trésor ? demanda Mehdi.

☐ f) – Tu plaisantes ; c'est dans les romans qu'on trouve des bouteilles contenant une carte, pas sur les plages ! s'exclama Jules.

☐ g) – Oui, c'est la carte du trésor telle que je vous l'ai montrée ! dit Léo en s'impatientant. Mais, si vous ne voulez pas me croire, je partirai tout seul à la recherche du trésor !

5 ★★ Choisir la proposition incise

Relie chacune des répliques suivantes à la proposition incise qui convient.

répliques	*propositions incises*
a) Où vas-tu ? •	• 1. accusa Pierre.
b) Mais je n'ai jamais dit cela ! •	• 2. fredonna Pierre.
c) À la claire fontaine… •	• 3. demanda Pierre.
d) Je vais te dire un secret… •	• 4. s'exclama Pierre.
e) C'est lui qui a cassé l'assiette. •	• 5. murmura Pierre.
f) Quelle bonne surprise ! •	• 6. protesta Pierre.

6 ★★★ Choisir le verbe introducteur

Remplace le verbe *dire* entre parenthèses par un verbe de la liste :

rétorqua – annonça – s'exclama – ajouta – demanda.

a) Cendrillon, nous avons une bonne nouvelle pour toi, *(dit)* .... l'aînée des deux sœurs.

b) Quelle est-elle ? *(dit)* .... l'innocente jeune fille.

c) Nous allons au bal ! *(dit)* .... la cadette.

d) Et tu n'iras pas, *(dit)* .... méchamment la plus grande. Puis elles éclatèrent toutes les deux de rire.

e) Et pourquoi pas ? *(dit)* .... Cendrillon.

28 Écrire une description

Mot-clé

Description

Contrairement au récit où un certain temps s'écoule comme dans un film, la description effectue un **arrêt sur image**.

À savoir

La description procure une **émotion** au lecteur ; il se dégage une impression du paysage ou de l'objet décrit : tristesse, gaité, rire, inquiétude, dégoût...

Mot-clé

Mélioratif / péjoratif

- Lorsqu'on veut donner une impression positive, on emploie un vocabulaire **mélioratif**.
Ex. : agréable, magnifique, somptueux...
- Lorsqu'on veut donner une impression négative, on emploie un vocabulaire **péjoratif**.
Ex. : repoussant, laid, ridicule...

Retiens l'essentiel

1 Définition

- La **description** présente un paysage extérieur ou intérieur, un objet ou encore un animal, de façon à ce que nous ayons l'impression de le voir de nos propres yeux. Pour cela, la description doit être précise. Elle touche nos sens.
- Lorsqu'on fait la description d'une personne, on parle de **portrait**.

2 Les temps de la description

- On peut rédiger une description au **présent**.

Ex. : Ma chambre **est** petite. Des affiches représentant des voiliers **recouvrent** les murs peints en blanc. La fenêtre **donne** sur une rue étroite.

- Lorsque la description est insérée dans un récit au passé, elle est écrite à l'**imparfait**.

Ex. : Ma chambre **était** petite. Des affiches représentant des voiliers **recouvraient** les murs peints en blanc. La fenêtre **donnait** sur une rue étroite.

3 Le lexique de la description

Les mots employés pour décrire doivent être précis et permettre au lecteur de se représenter le paysage ou l'objet. Ces mots se rapportent aux différentes sensations :

– **Sensations visuelles** (voir) : long, étroit, bleu, brillant...
– **Sensations auditives** (entendre) : murmure, bruyant, strident, silencieux...
– **Sensations olfactives** (sentir) : parfumé, odeur âcre, entêtant, arôme...
– **Sensations gustatives** (goûter) : salé, sucré, amer, épicé, acidulé...
– **Sensations tactiles** (toucher) : doux, rêche, rugueux, lisse, chaud...

Comment faire ?

Bien se représenter ce que l'on va décrire

→ Comme un peintre qui installe son chevalet devant le paysage qu'il va peindre, on peut poser sur sa table ce que l'on va décrire : un objet, une photographie.

→ Si ce n'est pas possible ou si le paysage (une lointaine planète) ou l'objet (une machine à remonter le temps) que l'on veut décrire est imaginaire, il faut se le représenter précisément comme l'image d'un film.

Décider de l'impression que l'on veut créer

Avant de rédiger la description, il faut savoir si ce qui est décrit va susciter l'admiration, la pitié, la peur, le dégoût...

Organiser la description

La description doit suivre un plan précis : de gauche à droite, ou bien de bas en haut, de l'arrière-plan au premier plan.

Choisir le vocabulaire

→ On évite les « il y a » et « se trouve ».

→ On choisit des termes précis : couleurs, formes.

Corrigés → livret, p. 14

S'entraîner

QUIZ-TEST

Coche la (ou les) bonne(s) réponse(s).

1 Au passé, la description est écrite :
a) au passé simple. ☐
b) à l'imparfait. ☐
c) au plus-que-parfait. ☐

2 L'adjectif *parfumé* appartient au vocabulaire des sensations :
a) visuelles. ☐
b) gustatives. ☐
c) olfactives. ☐

3 ★ Observer une description

Lis le texte et réponds aux questions.

Dans ce texte, les personnages découvrent à l'intérieur de notre planète un paysage très proche de ce que nous connaissons à la surface : une mer et une voûte ressemblant à un ciel.

Les nappes électriques produisaient d'étonnants jeux de lumière sur les nuages très élevés. Des ombres vives se dessinaient à leurs volutes inférieures, et souvent, entre deux couches disjointes, un rayon se glissait jusqu'à nous avec une remarquable intensité. Mais, en somme, ce n'était pas le Soleil, puisque la chaleur manquait à sa lumière.

L'effet en était triste, souverainement mélancolique. Au lieu d'un firmament brillant d'étoiles, je sentais par-dessus ces nuages, une voûte de granit qui m'écrasait de tout son poids.

Jules Verne, *Voyage au Centre de la Terre.*

a) Quel est le temps des verbes ?

....

b) Relève les mots qui appartiennent au champ lexical de la lumière (le champ lexical est l'ensemble des mots qui se rapportent à une même idée).

....

c) Relève les mots qui montrent que le paysage est étonnant.

....

d) Relève les mots qui montrent que se dégage de ce texte une impression de tristesse.

....

e) Quelle expression montre que le paysage est étouffant ?

....

4 ★ Situer les éléments dans l'espace

Entoure les mots ou expressions qui permettent de situer les éléments dans l'espace.

au-dessus – depuis – mais – sur – à côté – au loin – alors – à gauche – devant nous – par conséquent – après – derrière – sur la droite – finalement

5 ★ Le vocabulaire de la description

Note à quel sens renvoie chaque expression.

a) Le grondement des vagues. ....
b) Le parfum des roses. ....
c) Une sauce fade. ....
d) Le scintillement des étoiles. ....
e) Un rocher humide. ....

6 ★★ Le vocabulaire de la description

Entoure l'intrus et justifie ta réponse. Utilise un dictionnaire si nécessaire.

craquement – grognement – clapotis – cliquetis – aspérité – soupir – murmure – crissement

....

7 ★★ Créer une atmosphère inquiétante

Entoure les adjectifs qui peuvent susciter l'inquiétude.

sombre – radieux – menaçant – lumineux – réconfortant – obscur – mystérieux – invisible – chaleureux – accueillant

8 ★ Susciter l'admiration

Entoure les adjectifs qui peuvent susciter l'admiration.

minuscule – admirable – banal – magnifique – exceptionnel – décevant – extraordinaire – somptueux

Corrigés → livret, p. 15

Français : fais le bilan !

Coche, pour chaque exercice, la bonne réponse. Reporte-toi ensuite aux corrigés, p. 15, pour obtenir ton score sur 10.

1 La phrase correctement orthographiée est :

a) Ces récits sont tout à fait banaux. ... ☐

b) Les bureaus sont en solde. .... ☐

c) Les carnavals sont nombreux en Amérique du Sud. .... ☐

2 Dans la phrase « Baptiste m'a prêté ...... feutres. », il manque :

a) c'est. .... ☐

b) ses. .... ☐

c) s'est. .... ☐

3 La phrase correctement orthographiée est :

a) Clara est allée chez sa cousine. .... ☐

b) Clara est allé chez sa cousine. .... ☐

c) Clara est aller chez sa cousine. .... ☐

4 Dans la phrase « Je le regarde. », *le* est :

a) un pronom personnel. .... ☐

b) un déterminant démonstratif. .... ☐

c) un article défini. .... ☐

5 La phrase correcte est :

a) C'est alors que surgir deux policiers. ☐

b) C'est alors que surgit deux policiers. ☐

c) C'est alors que surgirent deux policiers. ☐

6 Dans la phrase « Éva paraît fatiguée. », *fatiguée* est :

a) CC de manière. .... ☐

b) attribut du sujet *Éva*. .... ☐

c) COD du verbe *paraître*. .... ☐

7 Pour le verbe « s'écrier » au présent de l'indicatif, la forme correcte est :

a) je m'écrit. .... ☐

b) je m'écris. .... ☐

c) je m'écrie. .... ☐

8 La phrase « Je vais te réprimander si tu continues. » est :

a) dans un niveau soutenu. .... ☐

b) dans un niveau courant. .... ☐

c) dans un niveau familier. .... ☐

9 La fable est :

a) un texte de théâtre. .... ☐

b) un texte narratif. .... ☐

c) un texte narratif et argumentatif. .... ☐

10 La phrase correcte est :

a) Il courut chaque matin depuis des années. .... ☐

b) Ce matin-là il décidait de se lever tôt. ☐

c) Soudain, il entendit un cri et se précipita. .... ☐

TOTAL BILAN .... /10

Maths

Nombres et calculs

1 Nombres entiers ou décimaux ... 66
2 Rangement des nombres sur une droite graduée ... 68
3 Comparer, arrondir les nombres décimaux ... 70
4 Addition et soustraction ... 72
5 La multiplication ... 74
6 La division avec quotient entier ... 76
7 Multiples et diviseurs ... 78
8 La division avec quotient décimal ... 80
9 Multiplier ou diviser par 10, 100 ou 1 000 ... 82
10 Les fractions ... 84
11 Calcul mental ... 86

Organisation et gestion de données

12 Grandeurs proportionnelles ... 88
13 Proportionnalité, pourcentages, échelles ... 90
14 Organisation de données ... 92

Géométrie

15 La droite et le segment ... 94
16 Position de deux droites ... 96
17 Le cercle ... 98
18 Les angles ... 100
19 Les triangles ... 102
20 Symétrie axiale ... 104
21 Axes de symétrie d'une figure ... 106
22 Figures symétriques ... 108
23 Quadrilatères particuliers ... 110
24 Le parallélépipède rectangle ... 112
25 Solides particuliers ... 114

Grandeurs et mesures

26 Périmètre et aire ... 116
27 Calcul de périmètres et d'aires ... 118
28 Les volumes ... 120

Fais le bilan ! 122

1 Nombres entiers ou décimaux

À savoir

Écriture des nombres

Avec les dix chiffres 0-1-2-3-4-5-6-7-8 et 9, on peut écrire tous les nombres entiers et décimaux.
Ex. : 3 275 est un nombre entier écrit avec les chiffres 3-2-7-5 ;
12,49 est un nombre décimal écrit avec les chiffres 1-2-4-9.

Retiens l'essentiel

1 Les nombres entiers ou décimaux

- **Un nombre décimal** comprend deux parties : **la partie entière** et la **partie décimale**.
Ex. : Dans le nombre 12,49, la partie entière est 12 et la partie décimale est 49.

- **Un nombre entier** s'écrit sans partie décimale.

2 La valeur d'un chiffre

Selon **la position** qu'il occupe dans un nombre, **un chiffre** indique combien il y a de centaines de milliards, ou de dizaines de milliards, ou de dixièmes, ou de centièmes… dans ce nombre.

partie entière												,	partie décimale			
milliards			millions			mille			unités simples			,	dixième	centième	millième	dix-millième
c	d	u	c	d	u	c	d	u	c	d	u					
					3	0	8	0	0	3	0	,	1	2		

c = centaine ; d = dizaine ; u = unités.

Ex. : Le nombre ci-dessus se lit *trois millions quatre-vingt mille trente unités, un dixième et deux centièmes* ou *3 millions 80 mille trente virgule 12* ou *3 millions 80 mille trente unités 12 centièmes.*

Comment faire ?

Écrire les nombres entiers ou décimaux

→ Tous les nombres entiers peuvent s'écrire sous la forme d'un nombre décimal mais en général on utilise l'écriture la plus courte : 45.

Ex. : 45 = 45,0 = 45,00 = 45,000 = …,

→ Un nombre décimal admet plusieurs écritures décimales mais en général on utilise l'écriture la plus courte.

Ex. : 68,3 = 68,30 = 68,300 = 68,300 0 = …,

Passer de l'écriture décimale d'un nombre à son écriture fractionnaire

Pour passer de l'écriture décimale d'un nombre à son écriture fractionnaire, il faut repérer le rang du dernier chiffre de la partie décimale :

Ex. : $17{,}3 = \frac{173}{10}$ (dixième) ; $8{,}26 = \frac{826}{100}$ (centième) ; $0{,}547 = \frac{547}{1\,000}$ (millième)

17,3 est l'écriture décimale de dix-sept unités et trois dixièmes. $\frac{173}{10}$ est l'écriture fractionnaire du même nombre.

Corrigés → livret, p. 16

S'entraîner

QUIZ-TEST

Coche la (ou les) bonne(s) réponse(s).

1 Dans le nombre 146,24, la partie décimale est :

a) 1-4-6-2-4. ☐
b) 146. ☐
c) 24. ☒

2 7 007 707 se lit :

a) sept milliards sept millions sept cent sept. ☒
b) sept milliards sept mille sept cent sept. ☐
c) sept millions sept mille sept cent sept. ☐

3 ★ Pas de zéros inutiles

a) Donne l'écriture la plus simple possible des nombres suivants.
95,62000 – 167,00 – 8,0750 – 100,00 – 0,190 – 0058 – 013,870 – 0300 – 105,010 – 000,08.

95,62 / 16,7 / 8,075 / 100 / 0,19 / 58 / 13,87 / 300 / 105,01 / 0,08

b) Complète la phrase avec « gauche » ou « droite ».
Pour écrire le plus simplement possible les nombres, je supprime les zéros qui sont à ~~droite~~ gauche de la partie entière et ceux qui sont à droite de la partie décimale.

4 ★★ Écrire en chiffres

Écris en chiffres les nombres suivants :

a) douze mille quatre-vingt-onze : 12091
b) cent treize et dix-sept centièmes : 113,17
c) huit cent cinq et neuf millièmes : 805,9
d) treize milliards treize mille treize : 13000013013
e) sept et vingt-trois centièmes : 7,23

5 ★★ La place d'un chiffre dans un nombre

Dans chacun des nombres suivants, indique ce que représente le chiffre 5 (des dizaines de mille ? des millièmes ? ...).

a) 580 219 016 : Centaines de Millions
b) 0,000 5 : Millièmes
c) 158 321 094 743 : dizaines de Milliards
d) 48,51 : dixièmes

6 ★★ Des fractions aux nombres décimaux

Écris en écriture décimale les nombres suivants :

a) $\frac{9}{10}$ = 0,9
b) $\frac{6}{100}$ = 0,06
c) $\frac{1}{10\,000}$ = 0,0001
d) $\frac{23}{100}$ = 0,23
e) $\frac{57}{1\,000}$ = 0,057
f) $\frac{193}{100}$ = 1,93
g) $\frac{265}{10}$ = 26,5
h) $\frac{5}{10\,000}$ = 0,0005
i) $\frac{396}{10\,000}$ = 0,0396
j) $\frac{482}{1\,000}$ = 0,482

7 ★★ Des nombres décimaux aux fractions

Écris en écriture fractionnaire les nombres suivants :

a) 0,1 = $\frac{1}{10}$
b) 0,17 = $\frac{17}{100}$
c) 0,017 = $\frac{17}{1000}$
d) 1,07 = $\frac{107}{100}$
e) 17,1 = $\frac{171}{10}$
f) 7,001 = $\frac{7001}{1000}$

8 ★★★ Quel est ce nombre ?

Trouve le nombre décimal dont :

– la partie entière est 3 ;
– le chiffre des dixièmes est le même que dans 914,73 ;
– le chiffre des centièmes est le même que dans 8,021 ;
– et le chiffre des millièmes est le double de celui des centièmes.

3,724

2 Rangement des nombres sur une droite graduée

À savoir

Comparer des nombres

Pour comparer des nombres, on utilise deux symboles : > et <.

> signifie « est supérieur à » (est plus grand que).

< signifie « est inférieur à » (est plus petit que).

Ex. : 17 < 35 35 > 17
1 093 > 999 764 < 932.

Retiens l'essentiel

1 Ranger des nombres

▸ Sur une droite graduée, on peut ranger des nombres entiers ou décimaux, du plus petit au plus grand.

Ex. :

0 < 1 < 2 < 3 < 4 < 5 < 6 < 7 < 8 < 9 < 10

▸ Entre deux nombres entiers consécutifs, on peut intercaler des nombres décimaux.

Ex. :

4,0 < 4,1 < 4,2 < 4,3 < 4,4 < 4,5 < 4,6 < 4,7 < 4,8 < 4,9 < 5,0

▸ Entre deux nombres décimaux, on peut toujours intercaler d'autres nombres décimaux.

Ex. :

4,60 < 4,61 < 4,62 < 4,63 < 4,64 < 4,65 < 4,66 < 4,67 < 4,68 < 4,69 < 4,70

2 Repérer un point sur une droite

L'abscisse d'un point situé sur une droite graduée est le **nombre entier ou décimal** qui permet de repérer ce point sur la droite.

Ex. :

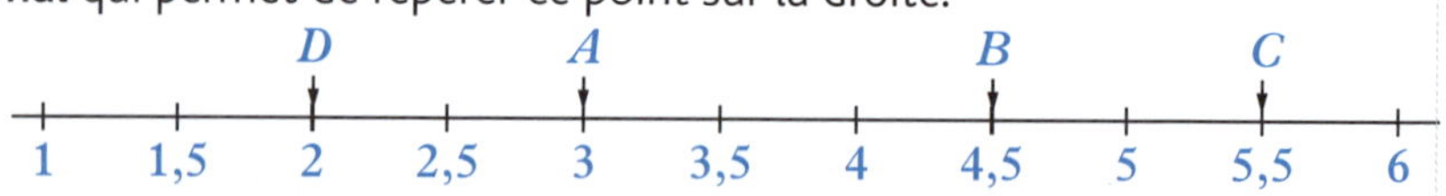

L'abscisse du point A est 3 ; celle de B est 4,5 ; celle de C est 5,5 et celle de D est 2.

Comment faire ?

▸ **Construire une droite graduée**

Pour construire une droite graduée, il faut mesurer des longueurs égales pour tracer des graduations régulières (il n'est pas indispensable de partir de zéro).

Ex. :

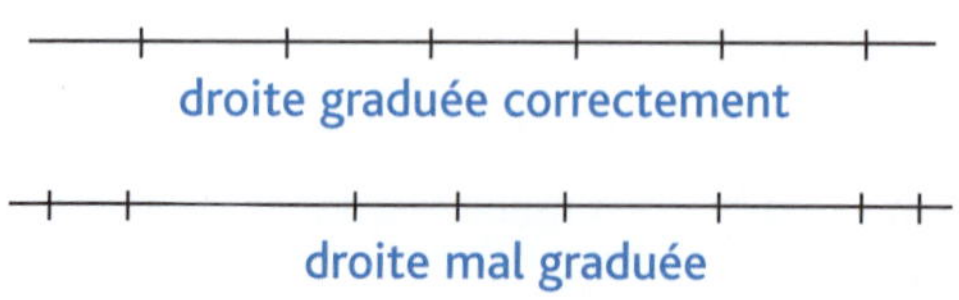

▸ **Encadrer l'abscisse d'un point**

Encadrer l'abscisse d'un point, c'est donner les deux graduations les plus proches, à gauche et à droite de ce point.

Ex. :

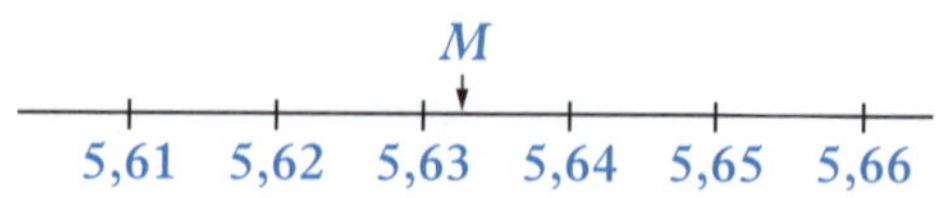

Encadrer l'abscisse du point *M*, c'est dire que l'abscisse du point *M* est comprise entre 5,63 et 5,64.

Corrigés → livret, p. 16

S'entraîner

QUIZ-TEST

Coche la (ou les) bonne(s) réponse(s).

1 Parmi les rangements suivants, lesquels sont corrects ?

a) 20 < 25 < 30 .... ☒
b) 14 < 14,2 < 15 .... ☒
c) 0,1 > 0,17 > 0,2 .... ☐

2 Sur la droite graduée ci-dessous :

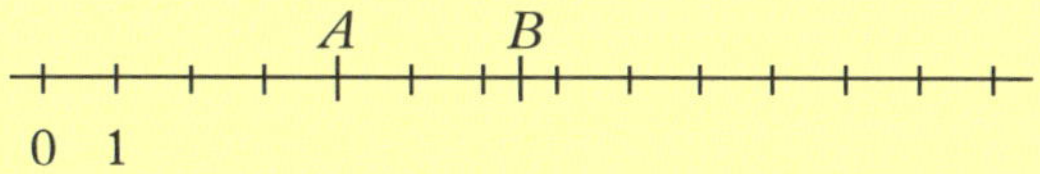

a) l'abscisse du point A est 4. ....✓.......... ☐
b) l'abscisse du point B est 6. ....✗.......... ☐
c) l'abscisse du point B est comprise entre 6 et 7. ....✓.......... ☐

3 ★ Avant... Après...

Trouve le nombre entier qui précède et qui suit chaque nombre ci-dessous.

a) 27,95 → 27 < 27,95 < 28

b) 20 199,7 → 20 199 < 20 199,7 < 20 200

4 ★ Entre deux nombres

Intercale un nombre décimal entre :

a) 19 et 20 → 19,5

b) 19,8 et 19,9 → 19,89

5 ★★ Compléter une droite graduée

Complète les graduations suivantes.

a)
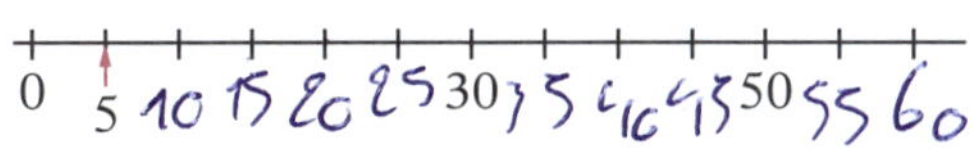

b)
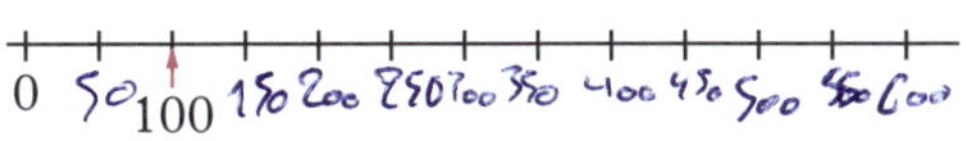

c)
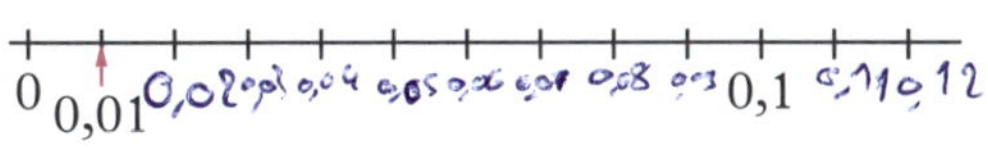

d)
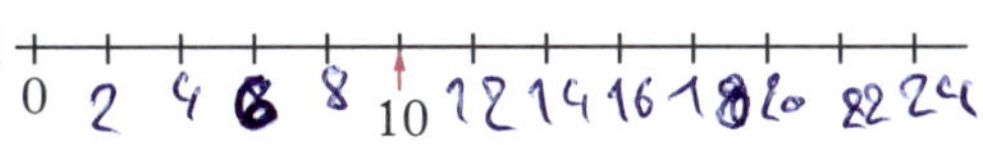

6 ★★ Repérer un point sur une droite

Quels sont les nombres correspondant aux points *A*, *B* et *C* ?

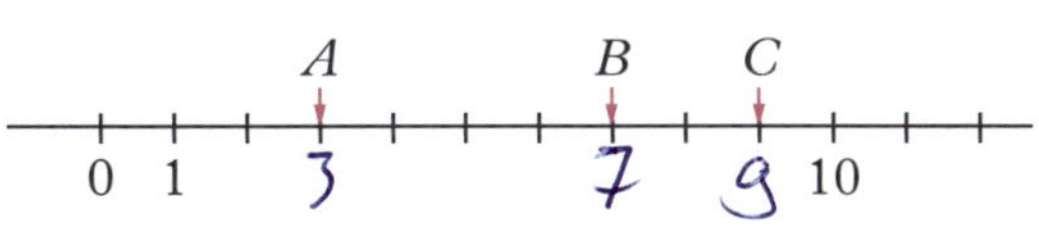

7 ★★ Repérer et placer un point

a) Sur cette droite graduée, quelles sont les abscisses des points *O*, *I* et *J* ?

b) Sur cette même droite graduée, place les points *K*, *L*, *M* et *P* d'abscisses respectives : 3,5 – 0,5 – 8 – 11.

8 ★★★ Repérer et placer un point

a) Donne les abscisses des points A, B, C et D.

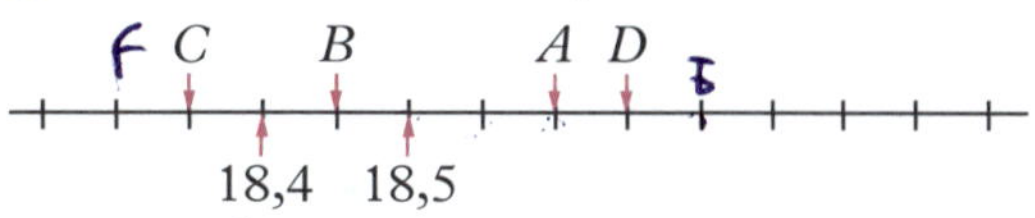

A = 18,6 / B = 18,45 / C = 18,35 / D = 18,65

b) Place les points *E* et *F* d'abscisses 18,7 et 18,3.

9 ★★★ Encadrer l'abscisse d'un point

Encadre l'abscisse du point *H* par deux nombres décimaux.

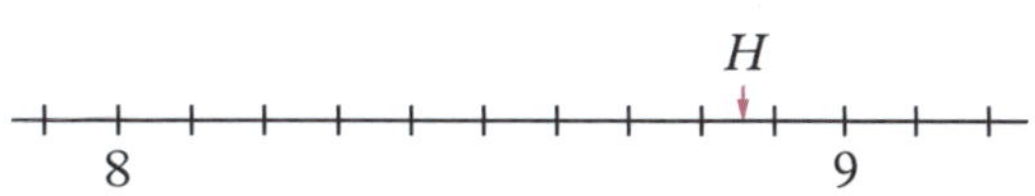

8,87

3 Comparer, arrondir les nombres décimaux

À savoir

Pour arrondir à l'unité, il faut regarder le chiffre des dixièmes.

Si ce chiffre est 0, 1, 2, 3 ou 4, on arrondit au nombre entier inférieur.
Si ce chiffre est 5, 6, 7, 8 ou 9, on arrondit au nombre entier supérieur.
Ex. : On arrondit 17,2 à 17 et 17,6 à 18.

Retiens l'essentiel

1 Comparer et ranger

Ranger des nombres en ordre croissant, c'est les classer du plus petit au plus grand.
Ex. : 2 < 102 < 2 000 < 12 201 est un rangement par ordre croissant.

Ranger des nombres en ordre décroissant, c'est les classer du plus grand au plus petit.
Ex. : 109 > 93 > 51 > 7 est un rangement par ordre décroissant.

2 Arrondir un nombre décimal

L'arrondi à l'unité d'un nombre décimal est **le nombre entier le plus proche**.
Ex. : l'arrondi à l'unité de 3,26 est 3 ; l'arrondi à l'unité de 18,73 est 19.
Si le chiffre des dixièmes est 5, on arrondit toujours au nombre entier supérieur.
Ex. : l'arrondi à l'unité de 73,5 est 74.

Comment faire ?

Comparer deux nombres décimaux

Pour comparer deux nombres décimaux, on compare leurs parties entières.

→ **Si les parties entières sont différentes**, le plus grand nombre est celui qui a la plus grande partie entière.

Ex. : 109,3 > 19,03 car 109 > 19 ; 98,57 > 89,7 car 98 > 89.

Attention ! Le nombre décimal le plus grand n'est pas forcément *celui* qui a le plus de chiffres dans sa partie décimale.

Ex. : 51,685 < 51,7.

→ **Si ces deux nombres ont la même partie entière**, deux méthodes sont possibles :

Première méthode : on compare leurs chiffres de même rang dans la partie décimale, en commençant par le chiffre des dixièmes.

Ex. : 51,73 > 51,685 car 7 dixièmes > 6 dixièmes ; 180,597 > 180,591 car 7 millièmes > 1 millième.

Seconde méthode : on compare leurs parties décimales. On complète avec des zéros si c'est nécessaire pour avoir le même nombre de chiffres dans la partie décimale.

Ex. : 51,730 > 51,685 car 730 > 685 ; 180,597 > 180,591 car 597 > 591.

Trouver l'arrondi à l'unité d'un nombre décimal

Pour trouver l'arrondi à l'unité d'un nombre décimal, il suffit d'encadrer ce nombre par les deux entiers les plus proches et chercher celui qui est le plus près.

Ex. : L'arrondi à l'unité de 19,3 est 19 car 19,3 est plus près de 19 que de 20. L'arrondi à l'unité de 19,5 est 20. L'arrondi à l'unité de 19,9 est 20 car 19,9 est plus près de 20 que de 19.

Corrigés → livret, p. 16

S'entraîner

QUIZ-TEST

Coche la (ou les) bonne(s) réponse(s).

1 L'arrondi à l'unité de 18,7 est :

- a) 18. ☐
- b) 19. ☒
- c) 20. ☐

2 10,05 est :

- a) supérieur à 10,5. ☐
- b) inférieur à 10,5. ☐
- c) égal à $10 + \frac{5}{100}$. ☒

3 ★ Comparer des nombres

Utilise les symboles <, > ou = pour comparer les nombres suivants.

a) 12,53 125,3

b) 5,231 5

c) 4,13 4,103

d) 0,19 1,9

e) 18,53 18,530

f) $\frac{7}{10}$ ...... $\frac{7}{100}$

g) $1 + \frac{15}{1\,000}$ 1,015

h) 1,035 10,035

4 ★★ Ranger des nombres

a) Range dans l'ordre croissant les nombres suivants :
89 – 18,9 – 19,8 – 98 – 98,1 – 89,8 – 81,9 – 91,8.

....

....

b) Range dans l'ordre décroissant les nombres suivant :
$5 + \frac{1}{10}$; $5 + \frac{7}{100}$; $5 + \frac{1}{100}$; $5 + \frac{7}{10}$; $5 + \frac{71}{100}$.

....

....

5 ★★ Ranger des nombres

a) Complète avec les nombres suivants : 7,55 – 7,015 – 7,51 – 7,501 – 7,5.

7,01 < ...... < 7,105 < ...... < ...... < ...... < ......

....

....

b) Dans quel ordre ce rangement est-il fait ?

....

6 ★★ Qui est le plus grand et le plus lourd ?

a) Range ces animaux par ordre croissant de taille. Pense à convertir les mesures dans la même unité.

Le gorille : 175 cm ; le kangourou : 2 m ;
l'ours polaire : 34 dm ; la tortue d'Afrique : 100 mm ;
l'élan : 0,23 dam.

....

b) Range ces animaux par ordre décroissant de poids.

La pieuvre : 2 700 dag ; le fauconnet de Bornéo : 35 g ; le lion : 1 850 hg ; la girafe : 1 800 kg ; l'éléphant d'Afrique : 11,96 t.

....

7 ★★ Arrondir

Donne l'arrondi à l'unité des nombres suivants.

nombre décimal	37,3	37,9	37,5	75,15	57,5
arrondi à l'unité	....	....	....	....	....

8 ★★★ L'énigme

Trouve le nombre décimal ayant 4 chiffres dans sa partie décimale et tel que :

– 1,2 < .... < 1,3 ;

– le chiffre des centièmes est le triple du chiffre des unités ;

– le chiffre des millièmes est égal au produit de sa troncature par 5 ;

– le chiffre des dix-millièmes est le double du chiffre des dixièmes.

4 Addition et soustraction

Retiens l'essentiel

Mots-clés

- Le résultat d'une addition s'appelle une **somme**.
- Le résultat d'une soustraction s'appelle une **différence**.
- Les nombres que l'on ajoute ou que l'on soustrait sont des **termes**.

Ex. : 36,2 + 18,5 = 54,7
(36,2 : 1er terme ; 18,5 : 2e terme ; 54,7 : somme)

1 L'addition

Dans une addition :
– on peut **inverser l'ordre des termes** ; *Ex.* : 35 + 15 = 15 + 35.

– on peut aussi **grouper des termes** pour calculer plus rapidement.
Ex. : 18 + 76 + 32 + 24 = (18 + 32) + (76 + 24) = 50 + 100 = 150.

2 La soustraction

Dans une soustraction de nombres entiers ou décimaux :
– le premier terme doit toujours être **supérieur** au second terme ;
Ex. : 27 – 53,5 est une soustraction impossible, car 27 < 53,5.

– on ne peut pas inverser l'ordre des termes.
Ex. : 53,5 – 27 = 26,5. (27 – 53,5 est une soustraction impossible.)

Comment faire ?

Additionner ou soustraire des nombres entiers ou décimaux

Pour additionner ou soustraire des nombres entiers ou décimaux, on place les chiffres de même rang les uns sous les autres. Puis on fait les calculs sans oublier les retenues et en ajoutant des zéros si c'est nécessaire.

Ex. :

```
  23,70          ¹39,00
−  5,94        + 157,61
-------        --------
  17,76          196,61
```

Additionner ou soustraire des écritures fractionnaires

Pour additionner ou soustraire des écritures fractionnaires, on vérifie que tous les dénominateurs sont identiques, et on ajoute ou on soustrait les numérateurs.

Ex. : $\frac{7}{10} + \frac{12}{10} = \frac{7+12}{10} = \frac{19}{10}$; $\frac{4}{10} - \frac{11}{100} = \frac{40}{100} - \frac{11}{100} = \frac{40-11}{100} = \frac{29}{100}$.

Attention ! si les dénominateurs sont différents, il faut les rendre identiques.

Additionner ou soustraire avec des parenthèses

Dans des opérations comportant des parenthèses, il faut toujours commencer par effectuer les calculs qui se trouvent à l'intérieur des parenthèses.

Ex. : 20 + (35 – 25) = 20 + 10 = 30
(50 – 30) – (35 – 20) = 20 – 15 = 5

Trouver l'ordre de grandeur d'une somme ou d'une différence

Pour trouver l'ordre de grandeur d'une somme ou d'une différence, il faut remplacer chacun des termes par un nombre voisin plus simple.

Ex. : 832,7 + 9 574 a pour ordre de grandeur 1 000 + 10 000 = 11 000.

Corrigés → livret, p. 17

S'entraîner

QUIZ-TEST

Coche la (ou les) bonne(s) réponse(s).

1 **12,7 – 3,85 = 8,85**

a) 8,85 s'appelle la différence. .... ☐
b) 12,7 et 3,85 sont des termes. .... ☐
c) 3,85 – 12,7 n'existe pas car 3,85 < 12,7. .... ☐

2 **Un ordre de grandeur de 89,5 + 100 + 991,2 est :**

a) 1 200. .... ☐
b) 100 + 100 + 1 000. .... ☐
c) 300. .... ☐

3 ★ Poser une opération

Pose et effectue les opérations suivantes.

a) 3,83 + 11,5 + 179 b) 19 – 3,78

4 ★ Calculer en ligne

Calcule en ligne :

a) 45,6 + 18,7 = ...64,4....
b) 69 + 4,3 + 2,7 = ...76....
c) 64 + 138 + 41 = ...243....

5 ★★ Regrouper des termes

Groupe des termes dans les additions suivantes, pour effectuer plus rapidement les calculs.

a) 17 + 54 + 3 + 46 = ...

b) 158 + 83 + 25 + 142 + 17 = ...
....

c) 1,2 + 1,7 + 3,8 + 3,3 = ...

d) 4,3 + 27 + 5 + 15,7 + 48 = ...
....

e) 11 + 70 + 440 + 210 + 350 + 20 + 10 = ...
....

6 ★★ Écritures fractionnaires

Calcule les opérations suivantes, puis vérifie tes résultats en utilisant la forme fractionnaire.

a) 0,73 + 0,19 = ...
....

b) 0,9 + 0,09 = ...
....

c) 7,18 – 5,9 = ...
....

7 ★★ Calculer avec des parenthèses

a) 7,3 + (11,2 – 3,8) = ...

b) 11,5 – (3,5 + 6,8) = ...

c) (8,2 + 3,7) – (8,8 – 3,7) = ...

8 ★★★ Ordre de grandeur

Relie les opérations à gauche aux résultats à droite en utilisant l'ordre de grandeur.

93,5 – 63,7 •	• 485,27
0,17 + 0,28 •	• 1,36
7,29 – 5,93 •	• 10 000
1 921,2 + 8 078,8 •	• 29,8
629 – 143,73 •	• 0,45

5 La multiplication

Mots-clés

- Le résultat d'une multiplication s'appelle un **produit.**
- Les nombres que l'on multiplie sont des **facteurs.**

Ex. : 33 × 4 = 132 (33 et 4 : facteurs ; 132 : produit)

Retiens l'essentiel

1 Ordre des facteurs

Dans une multiplication, on peut inverser l'ordre des facteurs.

Ex. : 15 × 11 = 11 × 15.

2 Regroupement des facteurs

Dans une multiplication, on peut aussi grouper des facteurs pour faciliter les calculs.

Ex. : $25 \times 11 \times 50 \times 4 \times 2 = \underbrace{(25 \times 4)}_{100} \times \underbrace{(50 \times 2)}_{100} \times 11 = 100 \times 100 \times 11$
$= 110\,000$;

$8 \times 7 \times 6 \times 125 = \underbrace{(8 \times 125)}_{1\,000} \times (7 \times 6) = 1\,000 \times 42 = 42\,000.$

Comment faire ?

▸ Multiplier des nombres décimaux entre eux

Pour multiplier des nombres décimaux :

→ on multiplie comme s'il n'y avait pas de virgule ;

→ on place la virgule dans le résultat en comptant le nombre total de chiffres après la virgule dans les deux facteurs.

Ex. :

```
    3,24   ← au total,
×    6,8   ← 3 chiffres après la virgule
    2592
   1944.
  22,032   ← 3 chiffres après la virgule
```

▸ Multiplier des écritures fractionnaires entre elles

Pour multiplier des écritures fractionnaires entre elles, on multiplie les numérateurs entre eux et les dénominateurs entre eux.

Ex. : $\dfrac{5}{10} \times \dfrac{73}{100} = \dfrac{5 \times 73}{10 \times 100} = \dfrac{365}{1\,000}$.

Vérification : $\dfrac{5}{10} = 0{,}5$; $\dfrac{73}{100} = 0{,}73$; $0{,}5 \times 0{,}73 = 0{,}365 = \dfrac{365}{1\,000}$.

▸ Multiplier avec des parenthèses

Il faut d'abord effectuer les calculs entre parenthèses.

Ex. : 13 × (5 + 2) = 13 × 7 = 91 (12 – 3) × (6 + 4) = 9 × 10 = 90

▸ Trouver L'ordre de grandeur d'un produit

Pour trouver l'ordre de grandeur d'un produit, on multiplie les ordres de grandeur de chacun des facteurs.

Ex. : L'ordre de grandeur du produit 8,95 × 5,3 est 10 × 5 = 50
(l'ordre de grandeur de 8,95 est 10 ; celui de 5,3 est 5).

Corrigés → livret, p. 17

S'entraîner

QUIZ-TEST

Coche la (ou les) bonne(s) réponse(s).

1 **Sans poser la multiplication, le produit de 2,15 × 5,06 est égal à :**

a) 108,79. ☐
b) 1,0879. ☐
c) 10,8790. ☐

2 **Sans poser la multiplication, le produit de 8 × 0,5 est égal à :**

a) 8 : 2. ☐
b) 40. ☐
c) 4. ☐

3 ★ Calculer de tête

Regroupe des facteurs pour calculer plus facilement les produits suivants.

a) 125 × 3 × 8 × 2 = ...

b) 50 × 7 × 2 × 3 = ...

c) 8 × 25 × 4 × 9 = ...

4 ★ Les virgules oubliées

Place la virgule qui manque dans chacun des produits suivants.

a) 3,7 × 1,85 = 6 8 4 5

b) 14,23 × 0,78 = 1 1 0 9 9 4

c) 49 × 0,8 = 3 9 2

d) 3,15 × 7 = 2 2 0 5

5 ★ Multiplications posées

Effectue les produits suivants en posant les multiplications, puis vérifie les résultats trouvés avec la calculatrice.

a) 31,7 × 9,5 b) 501 × 3,07

6 ★★ Produits de fractions

Trouve le produit des nombres suivants écrits en écriture fractionnaire.

a) $\frac{12}{100} \times \frac{7}{10} =$ ....

b) $\frac{9}{1\,000} \times \frac{5}{100} =$ ....

c) $\frac{34}{10} \times \frac{5}{10} =$ ....

7 ★★ Calculs avec des parenthèses

a) 1,2 × (13 – 6) = ...

b) 0,5 × (7 × 3) = ...

c) (1,4 + 1,5) × (1,5 × 2) = ...

8 ★★★ Milles marins

Un mille marin vaut 1,852 km. Les navires qui traversent l'Atlantique parcourent environ 3 000 milles marins.

Quelle distance, en km, cette traversée représente-t-elle ?

....

....

....

....

9 ★★★ Ordres de grandeur

Calcule l'ordre de grandeur de chacun des produits suivants, pour trouver la bonne réponse parmi celles proposées par Sarah, Margaux et Baptiste. Entoure chaque fois la bonne réponse.

	Sarah	Margaux	Baptiste
8,4 × 3,12	26,208	16,208	2,620 8
15,08 × 4	160,32	40,32	60,32
128,8 × 11,4	75,48	294,12	1 468,32

6 La division avec quotient entier

Mots-clés

Le résultat d'une division s'appelle un **quotient**.
Le nombre que l'on divise est le **dividende**.

dividende	diviseur
	quotient

Attention !

On ne peut pas diviser par zéro.

Retiens l'essentiel

1 Le quotient entier exact

Le quotient entier exact d'une division est le nombre entier par lequel il faut multiplier le diviseur pour obtenir le dividende :

dividende = diviseur × quotient entier exact

Ex. :

60	15
00	4

60 : 15 = 4 (4 est le quotient entier exact de 60 par 15, car 15 × 4 = 60).

2 Le quotient entier approché

Le quotient entier approché est le nombre entier par lequel il faut multiplier le diviseur pour se rapprocher le plus près possible du dividende (sans le dépasser) :

dividende	diviseur
reste	**quotient**

dividende = diviseur × quotient approché + reste

Attention ! le reste doit toujours être inférieur au diviseur.

Ex. :

62	15
02	4

62 : 15 = 4 reste 2 (2 < 15)
(4 est le quotient entier approché de 62 par 15, car 15 × 4 + 2 = 62).

Comment faire ?

▸ Effectuer une division

Ex. : Effectuer 459 : 13.	*Ex.* : Effectuer 1 235 : 13.
On cherche d'abord le nombre de chiffres qu'il faut prendre au dividende : si on a 2 chiffres au diviseur, on en prend 2 au dividende.	
En 45 combien de fois 13 ? Ou : en 4 combien de fois 1 ? 4 fois, mais 4 × 13 = 52 et 52 > 45 ; donc on essaie 3 fois : 3 × 13 = 39, puis on soustrait 39 de 45.	En 12 combien de fois 13 ? Impossible, car 12 < 13. Donc on prend 3 chiffres : en 123 combien de fois 13 ? Ou : en 12 combien de fois 1 ? Le plus grand possible est 9 : 9 × 13 = 117, puis on soustrait 117 de 123.
459 | 13 – 39 | 35 069 – 65 4 On abaisse le 9, puis : en 69 combien de fois 13 ? 5 fois : 5 × 13 = 65.	1235 | 13 – 117 | 95 0065 – 65 0 On abaisse le 5, puis : en 65 combien de fois 13 ? 5 fois : 5 × 13 = 65.
Conclusion : **459 : 13 = 35 reste 4.** 35 est un **quotient entier approché.** Vérification : 35 × 13 + 4 = 455 + 4 = 459.	Conclusion : **1 235 : 13 = 95 reste 0.** 95 est un **quotient entier exact.** Vérification : 95 × 13 = 1 235.

Corrigés → livret, p. 17

S'entraîner

QUIZ-TEST

Coche la (ou les) bonne(s) réponse(s).

1 Lorsque le diviseur est 17, le reste de la division :

a) peut être égal à 17. ☐
b) peut être supérieur à 17. ☐
c) est toujours inférieur à 17. ☐

2 187 : 17 = 11

a) 11 est un quotient entier exact. ☐
b) 187 s'appelle le dividende et 17 est le diviseur. ☐
c) 17 × 11 = 187. ☐

Maths

3 ★ Avant de calculer

Pour chaque division, indique quels sont les chiffres que tu prendras au dividende pour commencer la division ; puis déduis le nombre de chiffres du quotient.

Ex. : 425 : 16 → 42 → 2 chiffres au quotient

a) 414 : 24 → ....

b) 187 : 45 → ....

c) 1 315 : 8 → ....

d) 1 414 : 12 → ....

4 ★ Vérification

Vérifie les opérations suivantes, sans poser les divisions.

a) 89 : 13 = 6 reste 11 → ....

....

b) 104 : 12 = 8 reste 8 → ....

....

c) 741 : 11 = 67 reste 4 → ....

....

5 ★★ Diviser et vérifier

a) Pose et effectue au brouillon les divisions suivantes : 285 : 15 et 285 : 19. Que remarques-tu ?

....

....

....

b) Complète les phrases suivantes :

..... est le .... de 285 par 15 ;

..... est le .... de 285 par 19.

6 ★★ Quotient entier approché

Calcule le quotient entier des divisions suivantes, et donne le reste.

a) 113 : 7 → ....

b) 741 : 45 → ....

c) 325 : 7 → ....

d) 2 165 : 21 → ....

Utilise ta calculatrice pour vérifier tes résultats (sans diviser).

7 ★★ Au supermarché

Complète le tableau suivant (arrondis les euros au centième).

	eau minérale	soda
6 bouteilles	4 €	8 €
1 bouteille	.....	.....

8 ★★★ Partager en parts égales

a) On partage la somme de 61 875 € entre 5 personnes. Quelle sera la part de chacun ?

....

....

b) Un pack de 6 bouteilles de lait pèse 6 216 g. Combien pèse chaque bouteille ?

....

7 Multiples et diviseurs

Retiens l'essentiel

1 Multiples et diviseurs

- 48 est un **multiple** de 6, car il est égal au **produit** de 6 par un autre nombre entier : 48 = **6** × 8.

On peut dire aussi que 48 est un multiple de 8, car 48 = **8** × 6.

- 6 est un **diviseur** de 48, car le reste de la division de 48 par 6 est égal à zéro.

8 est aussi un diviseur de 48, car 48 : 8 = 6 **reste zéro**.

2 Avec un quotient entier exact

Lorsque le reste de la division d'un nombre entier *a* par un nombre entier *b* est zéro, on dit que :

– le nombre entier *a* est **divisible** par le nombre entier *b* ;

– le nombre entier *a* est un **multiple** du nombre entier *b* ;

– le nombre entier *b* est un **diviseur** du nombre entier *a*.

Ex. :

221	13
91	17
00	

221 est divisible par 13.
221 est un multiple de 13.
13 est un diviseur de 221.

Attention !

- **Un multiple** d'un nombre entier est toujours **supérieur ou égal** à ce nombre.
- **Un diviseur** d'un nombre entier est toujours **inférieur ou égal** à ce nombre.

Comment faire ?

Savoir si un nombre entier *a* est divisible par un nombre entier *b*

Pour savoir si un nombre entier *a* est divisible par un nombre entier *b* :

→ on vérifie que le reste de la division de *a* par *b* est égal à zéro ;

→ on utilise les critères de divisibilité ci-contre.

Un nombre est divisible :

– **par 2**, si son chiffre des unités est 0, 2, 4, 6 ou 8 ;

– **par 5**, si son chiffre des unités est 0 ou 5 ;

– **par 10**, si son chiffre des unités est 0 ;

– **par 3**, si la somme de ses chiffres est un multiple de 3 ;

– **par 9**, si la somme de ses chiffres est un multiple de 9 ;

– **par 4**, si les deux chiffres de droite forment un multiple de 4.

Trouver le facteur inconnu, le dividende ou le diviseur

→ Pour trouver le facteur inconnu dans une multiplication, il faut faire une division.

Ex. : 12 × □ = 96 conduit à □ = 96 : 12 = 8. *Vérification* : 12 × 8 = 96.

→ Pour trouver le dividende d'une division de reste zéro, il faut multiplier le diviseur par le quotient exact.

Ex. : □ : 17 = 26 conduit à □ = 17 × 26 = 442. *Vérification* : 442 : 17 = 26.

→ Pour trouver le diviseur d'une division de reste zéro, il faut diviser le dividende par le quotient exact.

Ex. : 855 : □ = 19 conduit à □ = 855 : 19 = 45. *Vérification* : 855 : 45 = 19.

Corrigés → livret, p. 18

S'entraîner

QUIZ-TEST

Coche la (ou les) bonne(s) réponse(s).

1 **126 = 63 × 2. Cela signifie que :**

a) 126 est un multiple de 2. ☐
b) 126 est divisible par 2. ☐
c) 2 est un diviseur de 126. ☐

2 **1 035 est divisible :**

a) par 2. ☐
b) par 9. ☐
c) par 5. ☐

3 ★ Le nombre caché

a) Par quel nombre faut-il multiplier 71 pour trouver 923 ? → ....

b) Par quel nombre faut-il multiplier 97 pour trouver 1 164 ? → ....

c) Par quel nombre faut-il diviser 923 pour trouver 71 ? → ....

4 ★★ Multiples et diviseurs

Complète les phrases suivantes avec multiple ou diviseur ou divisible par.

17 × 13 = 221 ;
159 : 13 = 12 reste 3 ; 312 : 24 = 13.

a) 221 est un .... de 13.

b) 221 est un .... de 17.

c) 24 est un .... de 312.

d) 13 est un .... de 312.

e) 13 n'est pas un .... de 159.

f) 159 n'est pas .... 13.

5 ★★ Multiples, dividendes et diviseurs

a) Dans une division, le quotient entier exact est 42 et le diviseur est 17. Quel est le dividende ? → ....

b) Dans une division, le dividende est 840 et le quotient entier exact est 105. Quel est le diviseur ? Quel est le reste ? ....

840 est-il un multiple de 105 ? → ....

6 ★★ Le nombre mystérieux

Trouve le nombre mystérieux qui se cache dans les opérations suivantes.

a) 17 × .... = 272
b) .... × 12 = 252
c) .... : 9 = 67
d) 285 : .... = 15
e) 3 630 : .... = 66
f) .... : 13 = 105

7 ★★ Critères de divisibilité

Les nombres suivants sont-ils divisibles par 2, par 5, par 10 ? Coche les cases du tableau.

divisible par :	2	5	10
a) 1 024			
b) 55			
c) 210			
d) 500			
e) 76			

8 ★★★ Multiplier ou diviser ?

a) Quel est le prix de 6 paquets de pâtes, si un paquet coûte 0,74 € ?

....

b) Une boîte de 25 tubes de peinture coûte 41,92 €. Combien coûte un tube de peinture ?

....

c) Le diamètre de la Terre est de 12 756 km. Le diamètre du Soleil est environ 109 fois plus grand que celui de la Terre. Quel est sa mesure ?

....

....

....

8 La division avec quotient décimal

Retiens l'essentiel

1 Le quotient décimal exact

Une division permet de calculer un quotient entier (voir *leçon 6*, p. 76) ou un quotient décimal qui peut être un quotient décimal exact.

Ex. : Si 12 roses coûtent 15 €, une rose coûte 1,25 €.
En effet, 15 : 12 = 1,25 reste zéro. 1,25 est un quotient décimal exact.

2 Le quotient décimal approché

Le quotient décimal peut être un quotient décimal approché.

Ex. : Si le prix de 12 roses est 16,85 €, pour trouver le prix d'une rose, on pose la division : 16,85 : 12. Or 16,85 : 12 = 1,404166666... → La division ne s'arrête jamais.
1,4 est un quotient décimal approché au dixième près ;
1,40 est un quotient décimal approché au centième près.
On peut encadrer le résultat de cette division par deux nombres entiers :
1 est l'approximation entière par défaut du quotient (1 < 1,404166666...) ;
2 est l'approximation entière par excès du quotient (2 > 1,404166666...).

Attention !

Lorsque la division ne s'arrête jamais, on ne peut pas donner le résultat exact sous la forme d'un nombre entier ou décimal.
Ex. : 10 : 3 = 3,333333...
→ La valeur exacte du quotient se notera 10 : 3 ou 10/3 ou $\frac{10}{3}$.

Comment faire ?

▸ Trouver un quotient décimal

Voici comment faire pour trouver un quotient décimal :

→ **lorsque le diviseur et le dividende sont entiers ;**

Ex. :

7	25
70	0,28
200	
00	

En 7 combien de fois 25 ? 0 fois → j'écris 0 au quotient.
0 × 25 = 0, puis 7 – 0 = 7. Pour continuer la division, j'ajoute un 0 et je place la virgule au quotient. (Ensuite, je rajouterai autant de zéros qu'il faudra pour poursuivre.)

→ **lorsque le diviseur est entier et le dividende décimal ;**

Ex. :

28,8	12
04 8	2,4
0 0	

On divise d'abord la partie entière du dividende :
en 28 combien de fois 12 ? 2 fois. 2 × 12 = 24, puis 28 – 24 = 4.
Et on place la virgule au quotient, dès qu'on abaisse le premier chiffre de la partie décimale : j'abaisse le 8 et je place la virgule au quotient.
En 48 combien de fois 12 ? 4 fois. 4 × 12 = 48, puis 48 – 48 = 0.

→ **lorsque le diviseur est décimal**, il faut le rendre entier en le multipliant par 10, 100 ou 1000, et multiplier ensuite le dividende par le même nombre.

Ex. : 4,59 : 0,9 → on multiplie le diviseur par 10 pour le rendre entier (0,9 × 10 = 9), on multiplie aussi le dividende par 10 et on divise ainsi 45,9 par 9.
6 : 0,25 → revient à diviser 600 par 25.

Corrigés → livret, p. 18

S'entraîner

QUIZ-TEST

Coche la (ou les) bonne(s) réponse(s).

1 **Si le prix de 3 stylos est 7,35 €, un stylo coûte :**

a) 7,35 € : 3. ☐
b) 2,5 €. ☐
c) 2,45 €. ☐

2 **1 : 7 = 0,142 857 142 857 142...**

a) 0,14 est le quotient approché au dixième près. ☐
b) 0,14 est le quotient approché au centième près. ☐
c) la valeur exacte du quotient de 1 par 7 est la fraction $\frac{1}{7}$. ☐

3 ★ Quotients décimaux exacts

Trouve les quotients décimaux exacts.

a) 1,25 : 5 = ……

b) 87,1 : 13 = ……

c) 0,081 : 9 = ……

d) 54 : 15 = ……

Vérifie tes résultats à la calculatrice (sans faire de divisions).

4 ★★ Calculs au dixième près

Calcule les quotients décimaux approchés au dixième près en indiquant le reste quand il y en a un.

a) 49 : 13 = ……

b) 8,2 : 17 = ……

c) 584 : 36,5 = ……

d) 20,3 : 29 = ……

Que peux-tu dire des quotients c) et d) ?

……

5 ★★ Encadrer le quotient

Avec la calculatrice, trouve le quotient décimal approché au millième près de 32,7 : 4,9, puis encadre ce quotient :

– à l'unité près : …… < 32,7 : 4,9 < …… ;

– au dixième près : …… < 32,7 : 4,9 < …… ;

– au centième près : …… < 32,7 : 4,9 < …… .

6 ★★ Multiplier par 10 ou 100

Transforme les divisions suivantes pour rendre le diviseur entier.

a) 7,3 : 0,95 = ……

b) 58 : 1,7 = ……

c) 9,35 : 5,8 = ……

7 ★★ De plus en plus haut

Donne la hauteur moyenne d'un étage de chacun des gratte-ciel suivants.

a) À Paris la tour de Maine-Montparnasse mesure 210 m pour 58 étages.

……

b) À Chicago, le Sears Tower mesure 443 m pour 110 étages.

……

c) La tour Nina à Hong-Kong mesure 468 m pour 100 étages.

……

8 ★★★ À la pompe

Quel est le prix du litre de Super sans plomb, sachant que le père d'Aymeric a dépensé 46,98 € pour un plein de 32,4 litres ?

……

……

……

9 Multiplier ou diviser par 10, 100 ou 1 000

Retiens l'essentiel

1 Multiplier par 10, 100 ou 1 000

▸ Pour multiplier **un nombre entier** par **10**, **100** ou **1 000** : j'ajoute **1**, **2** ou **3 zéros à droite** de ce nombre.

Ex. : 425 × 10 = 4 250 ; 17 × 100 = 1 700 ; 150 × 1 000 = 150 000.

▸ Pour multiplier **un nombre décimal** par **10**, **100** ou **1 000** : je déplace la virgule de **1**, **2** ou **3 rangs vers la droite**.

Ex. : 3,14 × 10 = 31,4 ; 3,14 × 100 = 314 ; 3,14 × 1 000 = 3 140.

2 Diviser par 10,100 ou 1 000

▸ Pour diviser un n**ombre entier** par **10**, **100** ou **1 000** : je place **une virgule** pour séparer **1**, **2** ou **3 chiffres à partir de la droite** de ce nombre.

Ex. : 46 : 10 = 4,6 ; 46 : 100 = 0,46 ; 46 : 1 000 = 0,046.

▸ Pour diviser **un nombre décimal** par **10**, **100** ou **1 000** : je déplace la virgule de **1**, **2** ou **3 rangs vers la gauche**.

Ex. : 17,3 : 10 = 1,73 ; 17,3 : 100 = 0,173 ; 17,3 : 1 000 = 0,0173.

À savoir

Multiplier ou diviser par 0,1...

- Multiplier par 0,1 ou 0,01 ou 0,001, c'est diviser par 10 ou 100 ou 1 000.
  Ex. : 17 × 0,1 = 17 : 10
  = 1,7 ;
- Diviser par 0,1 ou 0,01 ou 0,001, c'est multiplier par 10 ou 100 ou 1 000.
  Ex. : 8,9 : 0,01 = 8,9 × 100
  = 890.

Comment faire ?

▸ **Convertir des longueurs, des capacités ou des masses à l'aide d'un tableau**

km	hm	dam	m	dm	cm	mm
	5	1	3	7		

On lit : 5 137 dm = 513,7 m = 51,37 dam
= 5,137 hm = 0,513 7 km = 51 370 cm.

hL	daL	L	dL	cL	mL
1	2	3			

On lit : 1,23 hL = 12,3 daL = 123 L
= 1 230 dL = 12 300 cL = 123 000 mL.

t	q	...	kg	hg	dag	g	dg	cg	mg
	7	0	5	8	2	1			

On lit : 705 821 g = 70 582,1 dag = 7 058,21 hg = 7,0582 1 q = 0,705 821 t = 705 821 000 mg.

→ Dans un tableau de conversion, il faut toujours placer le **chiffre des unités** dans la **colonne de l'unité donnée**.

→ **Pour convertir**, on place une virgule à l'extrémité de la colonne de la nouvelle unité (en supprimant ou en rajoutant des zéros si c'est nécessaire).

Ex. :

km	hm	dam	m	dm	cm	mm
	1	3 ,	5	7		
	1	3	5 ,	7		
	1	3	5	7	0	

→ Pour placer 13,57 dam dans le tableau, je place le chiffre 3 dans les dam.

– Je transforme en m en plaçant la virgule après les m : 135,7 m.

– Je transforme en cm : la virgule se place après les cm. Je rajoute un 0 dans les cm (je n'écris pas la virgule puisqu'il n'y a aucun chiffre après) : 13 570 cm.

S'entraîner

Corrigés → livret, p. 19

QUIZ-TEST

Coche la (ou les) bonne(s) réponse(s).

1 **735 : 10 est égal à :**

a) 73,5. ☐
b) 7 350. ☐
c) 735 × 0,1. ☐

2 **735 × 10 est égal à :**

a) 73,5. ☐
b) 7 350. ☐
c) 735 : 0,1. ☐

*Tous les exercices sont à effectuer **sans** la calculatrice.*

3 ★ La bonne opération !

Complète en utilisant les signes × ou : .

a) 735 ... 10 = 73,5
b) 7,35 ... 10 = 73,5
c) 7,35 ... 10 = 0,735
d) 735 ... 100 = 73 500
e) 7,35 ... 100 = 0,073 5
f) 735 ... 1 000 = 0,735

4 ★ Multiplier en ligne

Calcule sans poser aucune opération.

a) 735 × 10 = ...

b) 1 015 × 100 = ...

c) 17,456 × 100 = ...

d) 0,5 × 1 000 = ...

5 ★ Diviser en ligne

Calcule sans poser la division.

a) 9 : 100 = ...

b) 4 : 1 000 = ...

c) 1,49 : 10 = ...

d) 24,27 : 1 000 = ...

6 ★★ Trouver l'opération

Quelle opération permet de passer du premier nombre au deuxième ?

a) 1,23 → 0,012 3 ....

b) 7,895 → 789,5 ....

c) 125,8 → 125 800 ....

d) 326,7 → 32,67 ....

7 ★★ Convertir

Utilise un tableau de conversion pour faire les transformations demandées.

a) 2 hm 15 dm 9 cm = ... m = ... dam

b) 6,39 km = ... m = ... hm

c) 7 208 cm = ... m = ... km

d) 17,49 m = ... cm = ... hm

e) 590,4 dm = ... dam = ... mm

8 ★★ À vélo

Lorsqu'il fait 1 000 tours de pédalier, un cycliste parcourt 2,25 km avec son VTT.

Quelle distance parcourt-il lorsqu'il fait un tour de pédalier ? lorsqu'il fait 100 tours ?

....

....

....

9 ★★ Sur la glace

Le record du monde de patinage de vitesse établi sur 200 km est de 5 heures 40 minutes 37 secondes.

Quel est le temps mis pour patiner sur 100 km ? sur 1 km ?

....

....

....

10 Les fractions

Retiens l'essentiel

Mots-clés

Dans l'écriture $\frac{a}{b}$, a est le **numérateur** et b est le **dénominateur** de la fraction.

1 Écriture fractionnaire

Lorsque la division de deux nombres entiers a et b ne se termine pas, la valeur exacte du quotient est donnée par la **fraction** $\frac{a}{b}$ (parfois notée a/b).

Ex. : $3 : 2 = 1{,}5 = \frac{3}{2}$ (1,5 : écriture décimale ; $\frac{3}{2}$: écriture fractionnaire)

$10 : 3 = \frac{10}{3}$ → Ce nombre n'a pas d'écriture décimale, car la division de 10 par 3 ne se termine pas (voir *leçon* 8, p. 80).

Attention !

Dans une fraction, le dénominateur est toujours différent de zéro.

2 Quotients égaux

Le quotient $\frac{a}{b}$ de deux nombres ne change pas si on multiplie ou si on divise le numérateur et le dénominateur par un même nombre.

Ex. : $\frac{6}{0{,}25} = \frac{600}{25}$ (× 100 au numérateur et au dénominateur) → Le quotient de 6 par 0,25 est le quotient de 600 par 25 (voir *leçon* 8, p. 80).

Comment faire ?

▸ Multiplier un nombre par la fraction $\frac{a}{b}$

On choisit parmi ces 3 méthodes celle qui donne les calculs les plus simples :

→ multiplier ce nombre par le numérateur et diviser ensuite par le dénominateur ;

Ex. : $7 \times \frac{3}{5} = (7 \times 3) : 5 = 21 : 5 = 4{,}2$

→ diviser ce nombre par le dénominateur et multiplier ensuite par le numérateur ;

Ex. : $7 \times \frac{3}{5} = (7 : 5) \times 3 = 1{,}4 \times 3 = 4{,}2$

→ multiplier ce nombre par le résultat de la division de a par b.

Ex. : $7 \times \frac{3}{5} = 7 \times (3 : 5) = 7 \times 0{,}6 = 4{,}2$

▸ Prendre la fraction $\frac{a}{b}$ d'une grandeur

Pour prendre la fraction d'une grandeur, on multiplie cette grandeur par $\frac{a}{b}$.

Ex. : prendre les $\frac{4}{5}$ de 100 €, c'est multiplier 100 par $\frac{4}{5}$. On trouve 80 €.

▸ Simplifier une fraction

Pour simplifier une fraction, on recherche quels nombres divisent **à la fois** le numérateur et le dénominateur, en appliquant les critères de divisibilité (voir *leçon* 7, p. 78).

Ex. : $\frac{45}{30} = \frac{9}{6} = \frac{3}{2}$ (: 5 puis : 3). $\frac{3}{2}$ est la fraction simplifiée.

Corrigés → livret, p. 19

S'entraîner

QUIZ-TEST

Coche la (ou les) bonne(s) réponse(s).

1 $\frac{10}{3}$ **est une fraction :**

a) dont le numérateur est 10. ☐

b) dont le numérateur est 3. ☐

c) dont le dénominateur est 3. ☐

2 $6 \times \frac{2}{3}$ **est égal à :**

a) $(6 \times 2) : 3$. ☐

b) $(6 : 3) \times 2$. ☐

c) 4. ☐

3 ★ Écrire en chiffres

Écris sous forme de fractions :

sept demis, onze tiers, un quart, huit neuvièmes, treize quinzièmes, cent trois millièmes.

....

....

4 ★★ Observer et déduire

Parmi les fractions suivantes, entoure :

a) en rouge celles qui sont égales à 1 ;

b) en vert celles qui sont supérieures à 1 ;

c) en bleu celles qui sont inférieures à 1.

$\frac{1}{5}$; $\frac{12}{10}$; $\frac{10}{8}$; $\frac{11}{11}$; $\frac{5}{8}$; $\frac{7}{7}$; $\frac{3}{8}$; $\frac{9}{5}$.

5 ★★ Écriture décimale

Quel est le nombre décimal qui se cache derrière les fractions suivantes ?

a) $\frac{1}{2}$ = ... b) $\frac{1}{4}$ = ... c) $\frac{1}{5}$ = ...

d) $\frac{3}{4}$ = ... e) $\frac{7}{10}$ = ... f) $\frac{5}{8}$ = ...

6 ★★★ Droite graduée

a) Place sur cette droite graduée les fractions suivantes :

$\frac{1}{3}$; $\frac{2}{3}$; $\frac{7}{3}$; $1 + \frac{1}{3}$.

b) À quelles fractions, les plus simples possibles, correspondent les points placés sur cette droite ?

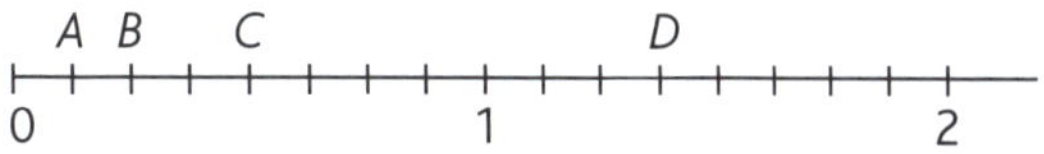

....

7 ★★ À la pâtisserie

Un pâtissier malin vend ses gâteaux par parts.
Complète le tableau suivant.

masse du gâteau entier	1 350 g	720 g	1 060 g	630 g
part = fraction	$\frac{7}{10}$	$\frac{5}{6}$	$\frac{1}{2}$	$\frac{5}{9}$
masse de la part	....	....	....	....

8 ★★★ Simplifier

Simplifie les fractions suivantes.

a) $\frac{24}{36}$ = ...

b) $\frac{33}{55}$ = ...

c) $\frac{30}{60}$ = ...

d) $\frac{56}{72}$ = ...

e) $\frac{45}{105}$ = ...

f) $\frac{84}{210}$ = ...

11 Calcul mental

Attention !
Pour effectuer rapidement des calculs, il faut connaître les tables d'addition, les tables de multiplication, ainsi que les règles de multiplication ou de division vues à la leçon 9.

Retiens l'essentiel

1 Règle 1 : + 9 ou – 9

Ajouter 9, c'est ajouter 10 et retrancher 1.
Retrancher 9, c'est retrancher 10 et ajouter 1.

Ex. : $123 + 9 = (123 + 10) - 1 = 133 - 1$
$= 132$
$107 - 9 = (107 - 10) + 1 = 97 + 1 = 98$

2 Règle 2 : × 4 ou : 4

Multiplier par 4, c'est multiplier par 2 et par 2.
Diviser par 4, c'est diviser par 2 et par 2.

Ex. : $13 \times 4 = (13 \times 2) \times 2 = 26 \times 2 = 52$
$100 : 4 = (100 : 2) : 2 = 50 : 2 = 25$

3 Règle 3 : × 5 ou : 5

Multiplier par 5, c'est multiplier par 10 et diviser par 2.
Diviser par 5, c'est multiplier par 2 et diviser par 10.

Ex. : $24 \times 5 = (24 \times 10) : 2 = 240 : 2 = 120$
$12 : 5 = (12 \times 2) : 10 = 24 : 10 = 2{,}4$

4 Règle 4 : × 25 ou : 25

Multiplier par 25, c'est multiplier par 100 et diviser par 4.
Diviser par 25, c'est multiplier par 4 et diviser par 100.

Ex. : $12 \times 25 = (12 \times 100) : 4 = 1\,200 : 4$
$= (1\,200 : 2) : 2 = 600 : 2$
$= 300$
$12 : 25 = (12 \times 4) : 100$
$= (12 \times 2) \times 2 : 100$
$= (24 \times 2) : 100 = 48 : 100$
$= 0{,}48$

5 Règle 5 : × 50 ou : 50

Multiplier par 50, c'est multiplier par 100 et diviser par 2.
Diviser par 50, c'est multiplier par 2 et diviser par 100.

Ex. : $6 \times 50 = (6 \times 100) : 2 = 600 : 2$
$= 300$
$6 : 50 = (6 \times 2) : 100 = 12 : 100 = 0{,}12$

6 Règle 6 : × 11

Multiplier un nombre par 11, c'est multiplier ce nombre par 10 et ajouter ensuite ce nombre au produit obtenu.

Ex. : $23 \times 11 = (23 \times 10) + 23 = 230 + 23$
$= 253$

Comment faire ?

Dans une addition

Je cherche à regrouper les chiffres des unités pour former une dizaine :
1 avec 9 ; 2 avec 8 ; 3 avec 7 ; 4 avec 6 ou 5 avec 5.

Ex. : $54 + 36 = 50 + 4 + 30 + 6 = 50 + 10 + 30 = 90$

Je peux aussi décomposer les chiffres des unités pour former une dizaine.
Pour ajouter 5 à un nombre se terminant par **8**, j'ajoute d'abord **2**, puis 3.

Ex. : $138 + 25 = 130 + 8 + 20 + 2 + 3$
$= 130 + 10 + 20 + 3 = 163$

Pour ajouter 9 à un nombre se terminant par **7**, j'ajoute d'abord **3**, puis 6.

Ex. : $127 + 39 = 120 + 7 + 30 + 3 + 6$
$= 120 + 10 + 30 + 6 = 166$

Dans une soustraction

Je peux retrancher par étapes successives pour retrouver d'abord la dizaine inférieure.

Ex. : $105 - 8$ → Je soustrais d'abord 5, puis 3 :
$(105 - 5) - 3 = 100 - 3 = 97$

Double et moitié

Pour trouver le double d'un nombre, je multiplie ce nombre par 2 en le décomposant en centaines, dizaines, unités.

Ex. : $425 \times 2 = (400 \times 2) + (20 \times 2) + (5 \times 2)$
$= 800 + 40 + 10 = 850$

Pour trouver la moitié d'un nombre pair, je divise ce nombre par 2 en le décomposant.

Ex. : $468 : 2 = (400 : 2) + (60 : 2) + (8 : 2)$
$= 200 + 30 + 4 = 234$

Corrigés → livret, p. 19

S'entraîner

QUIZ-TEST

Coche la (ou les) bonne(s) réponse(s).

1 109 + 9 =

a) (109 + 10) + 1. ☐
b) (109 + 10) – 1. ☐
c) 118. ☐

2 12 × 25 =

a) (12 × 100) : 4. ☐
b) 1 200 : 4. ☐
c) 300. ☐

3 ★ Sans poser l'opération

En appliquant les règles de la leçon, calcule mentalement :

a) 31 + 39 = ……………………

b) 22 + 99 = ……………………

c) 129 – 19 = ……………………

d) 145 – 49 = ……………………

4 ★ Ajouter ou retrancher 7

Sur le modèle de la règle 1 du cours, complète la règle suivante.

a) Ajouter 7, c'est ajouter 10 et retrancher …… .

b) Retrancher 7, c'est retrancher 10 et ajouter …… .

5 ★★ Multiplier par 30 et 40

Sur le modèle de la règle 7 du cours, complète la règle suivante.

a) Multiplier par 30, c'est multiplier par …….. puis par 10.

b) Multiplier par 40, c'est multiplier par …….. puis par 10.

6 ★★ Appliquer les règles

Utilise les règles de la leçon pour calculer :

a) 23 × 4 = ……………………

b) 84 : 4 = ……………………

c) 13 × 5 = ……………………

d) 24 : 5 = ……………………

7 ★★ Appliquer les règles

Utilise les règles du cours pour calculer :

a) 32 : 2 = ……………………

b) 86 : 2 = ……………………

c) 89 : 2 = ……………………

d) 32 × 4 = ……………………

e) 11 × 4 = ……………………

8 ★★ Le ticket de caisse

Calcule rapidement la facture suivante : 1 DVD à 19 € ; 1 coffret collector à 35 € ; 1 DVD à 21 €.

……………………

……………………

9 ★★ L'argent de poche

Louise reçoit 1,5 € d'argent de poche par semaine.

a) De quelle somme disposera-t-elle au bout d'un mois (4 semaines) ? ……………………

b) De 3 mois ? ……………………

c) D'une année ? ……………………

10 ★★★ Moitié et double

Calcule.

a) Combien trouve-t-on si l'on ajoute 26 à la moitié de 48 ? ……………………

b) Et si l'on retranche 26 au double de 63 ?

……………………

12 Grandeurs proportionnelles

Mot-clé

Dans un tableau, le **coefficient de proportionnalité** est l'opérateur qui permet de passer des nombres de la première ligne à ceux de la seconde.

Retiens l'essentiel

- Un tableau est dit **tableau de proportionnalité** lorsqu'on passe des nombres de la première ligne à ceux de la seconde **en les multipliant par un même nombre** dans chaque colonne.

Ex. : Chez le fleuriste, une rose rouge coûte 0,65 €. Pour calculer rapidement le prix d'un bouquet, le fleuriste a écrit le tableau suivant :

(×0,65)

nombre de roses	1	2	3	4	5
prix (en €)	0,65	1,30	1,95	2,60	3,25

Il dit que le prix du bouquet est proportionnel au nombre de roses achetées car, pour trouver ce prix, il a multiplié le nombre de roses par un même nombre (0,65) dans chaque colonne : 2 × 0,65 = 1,3 ; ... ; 4 × 0,65 = 2,6 ; ...

→ C'est un tableau de proportionnalité. Le nombre 0,65 est le coefficient de proportionnalité.

Ex. : Le fleuriste vend également des bouquets composés, dont les prix sont les suivants :

nombre de fleurs	5	8	10	25
prix (en €)	1,50	1,80	2,00	2,50

On remarque que : 5 × 0,3 = 1,5 ; 10 × 0,2 = 2 et 25 × 0,1 = 2,5.
Le prix du bouquet n'est pas proportionnel au nombre de fleurs, car on multiplie par un opérateur différent dans chaque colonne.

- Pour reconnaître un tableau de proportionnalité, il faut chercher si un opérateur permet de passer des nombres de la première ligne à ceux de la seconde.

Comment faire ?

Trouver le coefficient de proportionnalité dans un tableau

Pour trouver le coefficient de proportionnalité, on divise un nombre de la seconde ligne par le nombre de la première ligne correspondant dans la même colonne.

Ex. : 3 × ... = 1,2 → 1,2 : 3 = 0,4 ;
6 × ... = 2,4 → 2,4 : 6 = 0,4...

(× 0,4)

nombre de croissants	3	6	12	20
prix (en €)	1,20	2,40	4,80	8,00

Résoudre un problème de proportionnalité

Pour résoudre un problème de proportionnalité, on peut construire un tableau à partir des données de l'énoncé.

Ex. : Sachant que 2 gâteaux pèsent 130 g, quel est le poids de 5 gâteaux ? Pour 390 g, combien a-t-on de gâteaux ?
130 : 2 = 65 ; 5 × 65 = 325 ; 390 : 65 = 6

(× 65) (: 65)

nombre de gâteaux	2	5	6
poids (en g)	130	325	390

Corrigés → livret, p. 20

S'entraîner

QUIZ-TEST

Coche la (ou les) bonne(s) réponse(s).

1 D'après ce tableau de proportionnalité :

nombre de cahiers	1	2	5	10
prix en €	1,5	3	7,5	15

a) 4 cahiers coûtent 6 €. .... ☐
b) 3 cahiers coûtent 2 €. .... ☐
c) 6 cahiers coûtent 9 €. .... ☐

2 Le coefficient de proportionnalité du tableau de l'exercice 1 est égal à :

a) 2 : 3. .... ☐
b) 3 : 2. .... ☐
c) 1,5. .... ☐

3 ★ Chez le fleuriste

On a placé sur ce dessin les différents points donnant le prix en fonction du nombre de roses, d'après le tableau du fleuriste (voir p. 92).

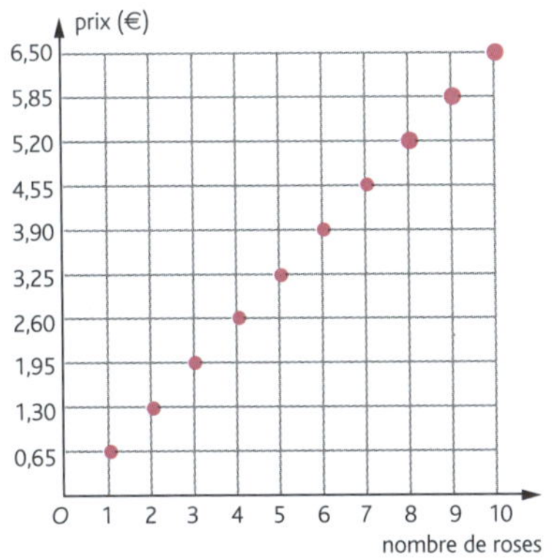

a) Si tu relies tous ces points, que constates-tu ?

....

....

b) Combien dépenses-tu si tu n'achètes aucune rose ? (Prolonge la ligne jusqu'au point *O* qui correspond à « 0 rose coûte 0 € ».)

....

4 ★★ Coefficient de proportionnalité

Les tableaux suivants correspondent-ils à des grandeurs proportionnelles ?

Si oui, donne leur coefficient de proportionnalité.

a)

nombre de pains	2	4	16	20	1	3
prix (en €)	6	12	48	60	3	9

....

b)

âge	1	2	3	4	6	13
poids (en kg)	10	12	14	16	20	40

....

c)

poids (en kg)	8	10	4	11	1
prix (en €)	1,68	2,10	0,84	2,31	0,21

....

5 ★★★ Au salon de l'auto

Au salon de l'auto, Sam a trouvé un tableau donnant le nombre de litres de carburant nécessaires pour parcourir 100 km, 350 km, 480 km ou 600 km sur l'autoroute, à la vitesse de 120 km/h.

distance parcourue (en km)	100	350	480	600
consommation (en litre)	9,5	33,25	45,6	57

a) Quel est le coefficient de proportionnalité ?

....

b) Complète la phrase suivante.

La consommation d'essence est .... à la distance parcourue.

c) Quelle est la quantité d'essence nécessaire pour parcourir 1 km ? Que remarques-tu ?

....

....

....

13 Proportionnalité, pourcentages, échelles

Retiens l'essentiel

1 Tableaux de proportionnalité

Dans un tableau de proportionnalité, pour trouver un nombre manquant :
– on peut **additionner 2 colonnes** ;
– on peut **multiplier les 2 lignes d'une colonne par un même nombre** ;
– on peut **utiliser les produits en croix.**

Ex. :

3	5	8
1,95	3,25	?

(+ en haut, + en bas)

Pour trouver le prix de 8 roses, le fleuriste peut ajouter les prix de 3 roses et de 5 roses : 1,95 + 3,25 = 5,20 €.

4	8
2,60	?

(×2 en haut, ×2 en bas)

Pour trouver le prix de 8 roses, le fleuriste peut multiplier par 2 le prix de 4 roses : 2,60 × 2 = 5,20 €.

7	8
4,55	?

Pour trouver le prix de 8 roses, le fleuriste peut chercher le prix d'une rose (4,55 : 7) et multiplier ensuite par le nombre de roses (8). Dans la pratique, on calcule le produit en croix : (4,55 × 8) : 7 = 5,20 €.

2 Pourcentages

Un pourcentage est une **fraction dont le dénominateur est 100.**

Ex. : « Une compote contient 15 % de sucre » signifie que dans 100 g de compote, il y a 15 g de sucre : 15 % = $\frac{15}{100}$.

À savoir

Échelles

« Un modèle est représenté à **l'échelle 1/250** » signifie que 1 cm sur le dessin représente 250 cm sur le modèle.

longueur du modèle en cm

× 250 ↑ ↓ × $\frac{1}{250}$

longueur sur le dessin en cm

Comment faire ?

▸ Calculer le pourcentage d'un nombre

Pour calculer les 36 % d'un nombre, il faut multiplier ce nombre par la fraction $\frac{36}{100}$.

Ex. : « 36 % des 750 élèves du collège restent à l'étude » signifie que 270 élèves du collège restent à l'étude :
$750 \times 36\,\% = 750 \times \frac{36}{100} = (750 \times 36) : 100 = 270$.

Il faut faire attention au vocabulaire ! *Rabais*, *ristourne*, *réduction*, *remise*, *soldes* signifient qu'il faudra *soustraire* pour trouver le nouveau prix. De même, *augmentation* signifie qu'il faudra *ajouter*.

Ex. : 10 % de rabais sur 20 €
→ rabais = $20 \times \frac{10}{100} = 2$ €
→ nouveau prix = 20 – 2 = 18 €.

Corrigés → livret, p. 20

S'entraîner

QUIZ-TEST

Coche la (ou les) bonne(s) réponse(s).

1 25 % de 150 est égal à :

a) $150 \times \frac{25}{100}$. .... ☐

b) $150 \times 0{,}25$. .... ☐

c) $(150 \times 100) : 25$. .... ☐

2 À l'échelle 1/500 000 sur le dessin :

a) 1 cm représente 500 000 cm dans la réalité. .... ☐

b) 1 cm représente 5 km dans la réalité. .... ☐

c) 2 cm représente 10 km dans la réalité. .... ☐

3 ★★ Pourcentage d'un nombre

a) Calcule successivement 50 %, 25 %, 20 % et 10 % de 42 km.

....

....

....

b) Complète : calculer 50 % d'un nombre, c'est diviser ce nombre par .... Calculer 25 % d'un nombre, c'est le diviser par .... Calculer 20 %, c'est le diviser par .... Calculer 10 %, c'est le diviser par ....

4 ★★ On solde !

20 % de soldes sur les chaussures !

Vérifie les étiquettes et corrige-les si nécessaire.

~~35 €~~	~~59,5 €~~	~~28,9 €~~	~~43,5 €~~	~~19,9 €~~	~~25 €~~
28 €	47,5 €	26,9 €	38,4 €	17,9 €	20 €
↓	↓	↓	↓	↓	↓
....	....	....	....	....	....

5 ★★ Les prix augmentent !

Les prix des chocolats ont augmenté de 3 %. Calcule le nouveau prix :

a) d'une boîte de 250 g coûtant 7 € ;

....

....

b) d'une boîte de 500 g coûtant 12 €.

....

....

6 ★★★ Échelles

Une compagnie de transport aérien veut ouvrir de nouvelles lignes européennes au départ de Lyon.

a) Complète la phrase :
À l'échelle 1/25 000 000, 1 cm sur la carte représente

.... cm en grandeurs réelles,

c'est-à-dire .... km.

b) Quel est le coefficient de proportionnalité qui permet de passer de la longueur en cm sur la carte à la longueur réelle en km ?

....

c) En utilisant un tableau de proportionnalité, calcule la distance réelle à vol d'oiseau qui sépare Lyon et Londres, et Lyon et Madrid.

....

....

14 Organisation de données

Attention !

Sur chaque axe d'un graphique les graduations sont régulières, mais l'échelle n'est pas forcément la même sur les deux axes.

À savoir

Le diagramme circulaire

On peut aussi représenter l'évolution du nombre de médailles gagnées dans un diagramme circulaire. Les mesures des angles sont proportionnelles au nombre de médailles gagnées.

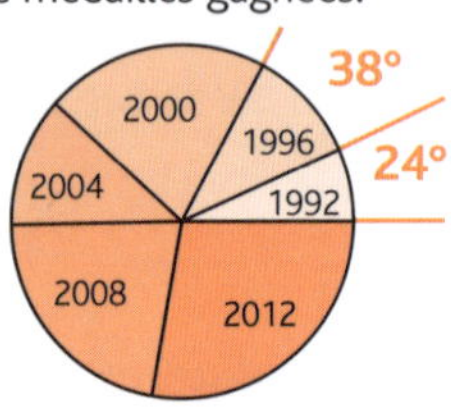

Retiens l'essentiel

Il existe plusieurs moyens de représenter l'évolution d'une grandeur par rapport à une autre (ici, le nombre total de médailles gagnées aux Jeux olympiques par une équipe nationale, suivant les années).

1 Un tableau

années	1992	1996	2000	2004	2008	2012
nombre de médailles	9	14	28	16	29	37

2 Un graphique

Chaque colonne du tableau précédent est représentée par un point. On relie ensuite les points obtenus par des segments de droite ou par une courbe.

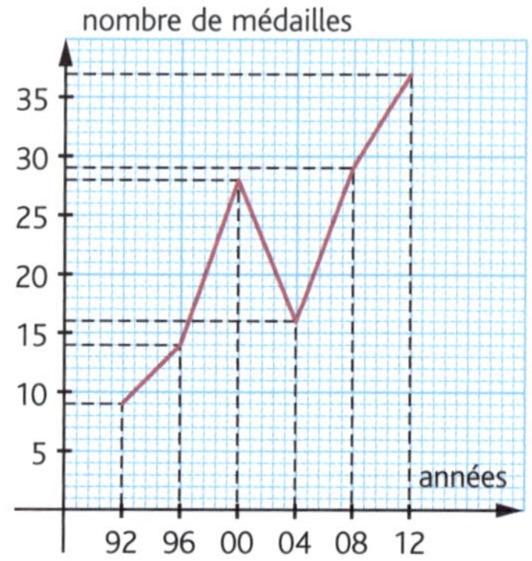

3 Un diagramme en barres ou en bâtons

Les hauteurs des rectangles (ou des bâtons) sont proportionnelles au nombre de médailles.

Diagramme en barres ou histogramme

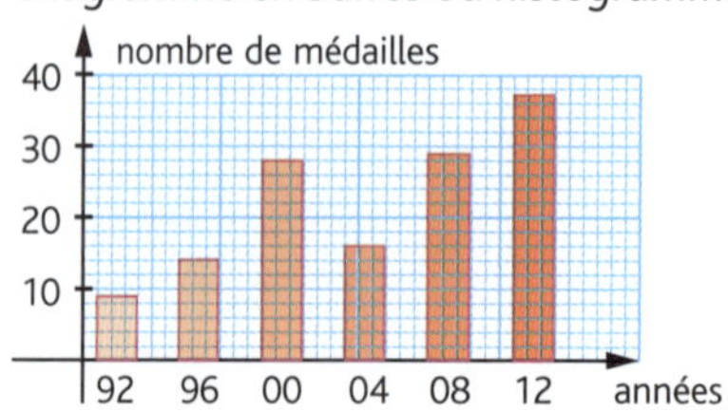

Diagramme en bâtons

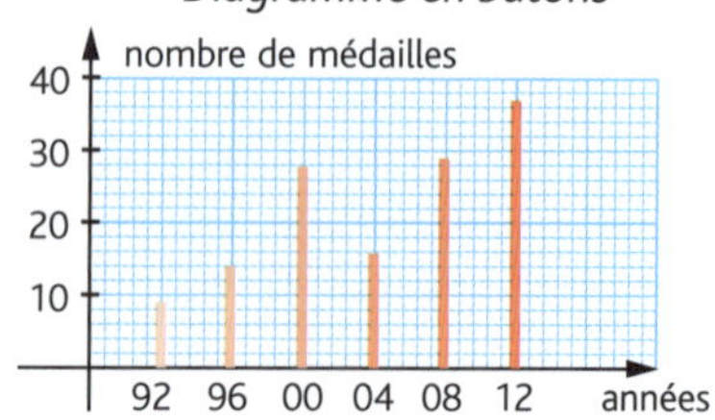

Comment faire ?

▸ Construire un graphique

→ On construit un repère et on gradue les deux demi-droites du repère **en précisant l'échelle** (*axe horizontal* : 0,5 cm = 4 ans, *axe vertical* : 0,5 cm = 5 médailles).

→ Pour placer le point correspondant aux valeurs 1992/9 médailles, on trace les parallèles aux axes à partir des graduations 1992 et 9 ; et ainsi de suite.

→ On joint tous les points pour tracer le graphique.

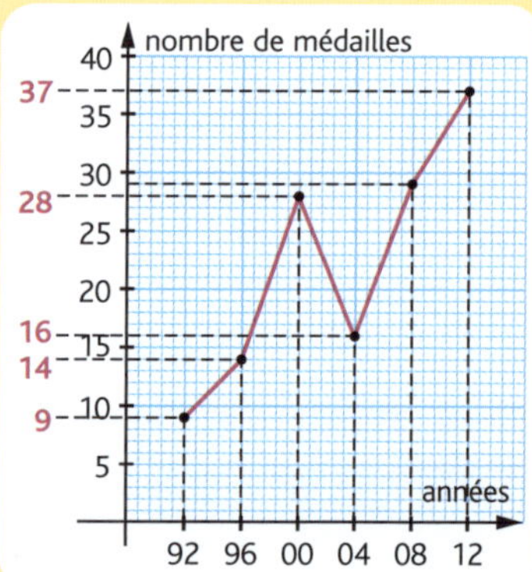

Corrigés → livret, p. 20

S'entraîner

QUIZ-TEST

Coche la (ou les) bonne(s) réponse(s).

1 **Pour représenter ma taille (en cm), à chacun de mes anniversaires, je peux utiliser :**

a) un tableau. ☐
b) un graphique. ☐
c) un diagramme en bâtons. ☐

2 **Le diagramme ci-contre représente les élections des délégués de la classe de 6ᵉB.**

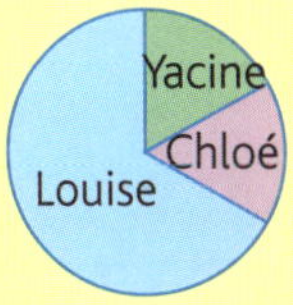

a) C'est un diagramme circulaire. ☐
b) C'est un diagramme en barres. ☐
c) C'est Louise qui a été élue. ☐

3 ★ Graphique

a) À partir du tableau suivant, construis un graphique montrant la croissance d'Éva de la naissance à un an.

âge (en mois)	0	1	2	3	4	5	6	10	12
taille (en cm)	52	55,5	58,5	61,5	64	66	67	71	73

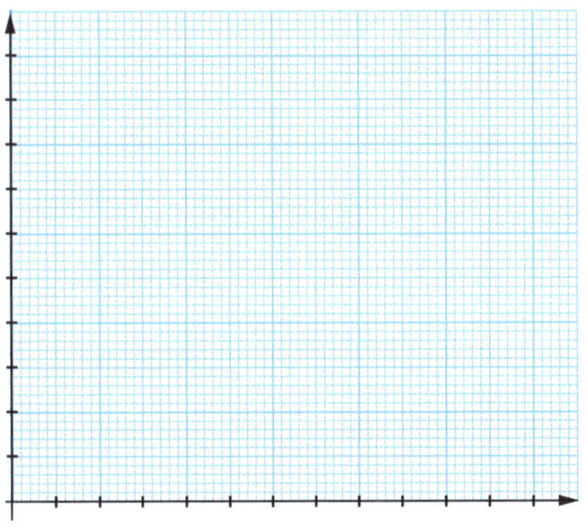

b) Combien mesure Éva à 8 mois ?

....

c) Quel âge a-t-elle lorsqu'elle mesure 70 cm ?

....

4 ★★ Diagramme en barres

Complète l'histogramme ci-après donnant le nombre de médailles d'or obtenues aux Jeux olympiques par pays.

U.S.A.	Allemagne	Russie	Chine	France	Italie	Canada	Espagne	Gr. Bretagne
79	65	63	50	37	35	22	17	15

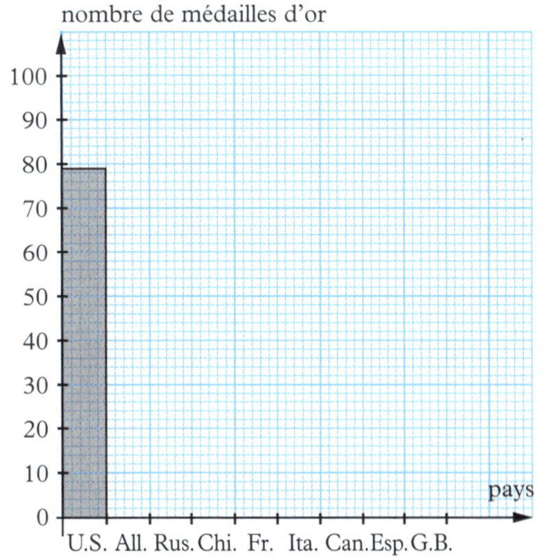

5 ★★ Diagramme en barres

a) Construis au brouillon l'histogramme des températures à La Nouvelle-Orléans.

janvier	février	mars	avril	mai	juin	juillet	août	sept.	oct.	nov.	déc.
11 °C	13 °C	16 °C	20 °C	24 °C	26 °C	28 °C	28 °C	25 °C	21 °C	15 °C	13 °C

b) Quelle est la température moyenne ?

....

15 La droite et le segment

Mot-clé

Milieu d'un segment

Le milieu *I* du segment [*AB*] est le seul point de ce segment tel que :

$IA = IB = \frac{AB}{2}$.

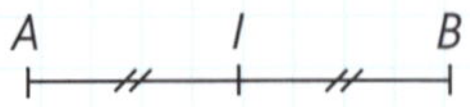

$AI = IB = 1{,}4$ cm

Ne pas confondre !

- (...) est le symbole d'une droite : le tracé dépasse les points entre parenthèses.
- [...) est le symbole d'une demi-droite : son origine est donnée par le crochet.
- [...] est le symbole d'un segment : le tracé s'arrête aux points entre crochets.

Retiens l'essentiel

1 Une droite

- La figure ci-contre représente **une droite**. Cette droite passe par les points *A* et *B*. On la note **(*d*)** ou **(*AB*)** ou **(*BA*)**.
- Une droite est **illimitée** (on peut toujours la prolonger).
- Les points *R*, *S* et *T* sont situés sur la même droite : ils sont alignés.

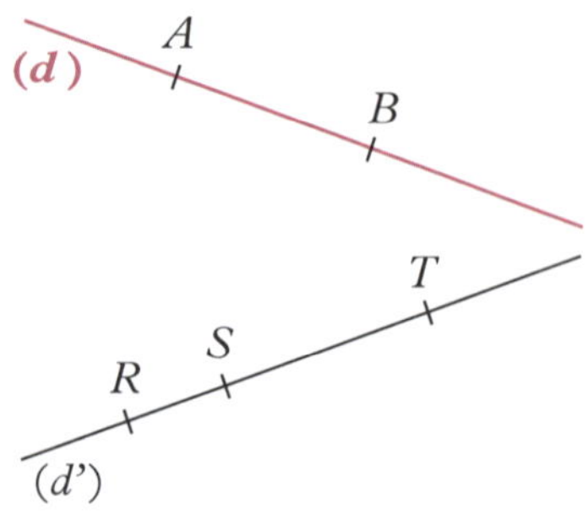

2 Une demi-droite

- La figure ci-contre représente une **demi-droite**. Cette demi-droite a pour **origine le point *A*** et passe par le point B. On la note **[*AB*)**.
- On ne peut pas prolonger une demi-droite au-delà de son origine.

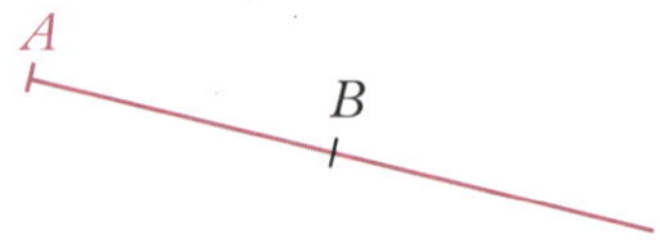

3 Un segment

- La figure ci-contre représente **un segment**. Les points *A* et *B* sont les extrémités de ce segment. On note ce segment **[*AB*]**.
- Un segment est **limité par ses extrémités**.

La distance entre les points *A* et *B* est la **longueur du segment [*AB*], qui se note *AB*.**

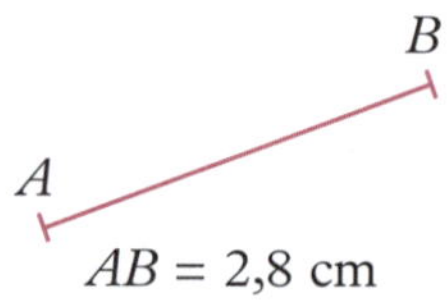

Comment faire ?

Coder une figure

Pour coder une figure, on écrit des **lettres majuscules** pour désigner des **points** et on marque les segments **de même longueur** par un **même signe**.

Reporter une longueur avec un compas, sans la mesurer

On place le compas, pointe et crayon sur chaque extrémité du segment à reporter, et, **sans changer l'écartement**, on place ensuite la pointe du compas sur le point *O*.

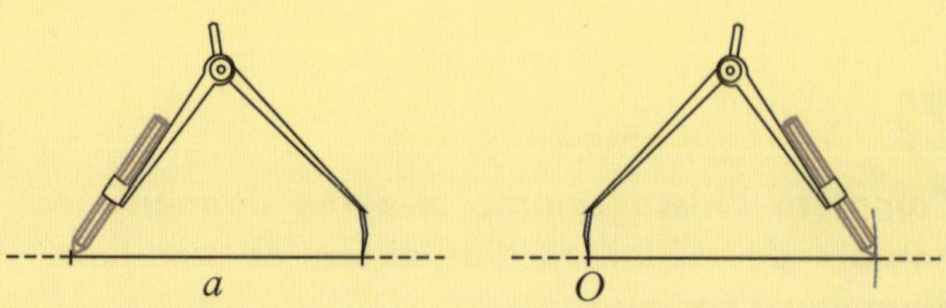

Corrigés → livret, p. 21

S'entraîner

QUIZ-TEST

Coche la (ou les) bonne(s) réponse(s).

1 La droite passant par les points *A* et *B* se note :

a) *AB*. ☐
b) [*AB*]. ☐
c) (*AB*). ☒

2 Le segment d'extrémités *A* et *B* se note :

a) *AB*. ☐
b) [*AB*]. ☒
c) (*AB*). ☐

3 ★ Construire des droites et des segments

a) Ci-dessous, trace en rouge [*FG*], en bleu [*EF*], en vert (*OE*) et en noir (*OF*).

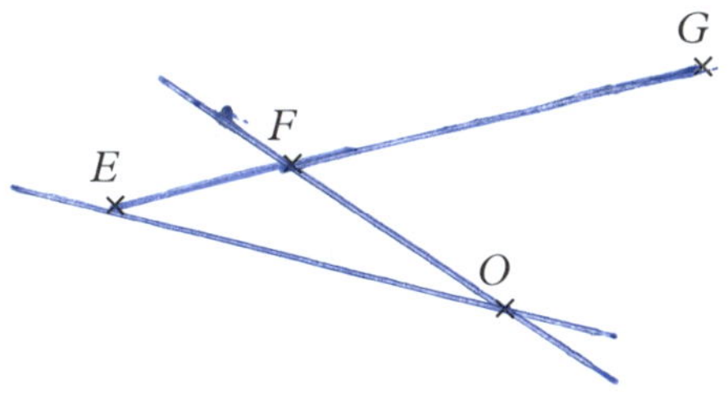

b) Quelle autre droite passant par *O* aurais-tu pu tracer ?

(GO)

c) Nomme de trois façons différentes la droite qui passe par les points *E*, *F* et *G*.

(EF) (FE) (GF)

d) Complète avec les symboles ∈ ou ∉ :

O ∈ [*EF*] ; *F* ∈ [*EG*] ; *O* ∉ (*OG*) ;

E ∈ (*FG*) ; *E* ∉ [*FG*].

4 ★★ Vrai ou faux ?

a) Observe bien la figure.
Entoure les écritures ci-après qui sont fausses, puis corrige-les.

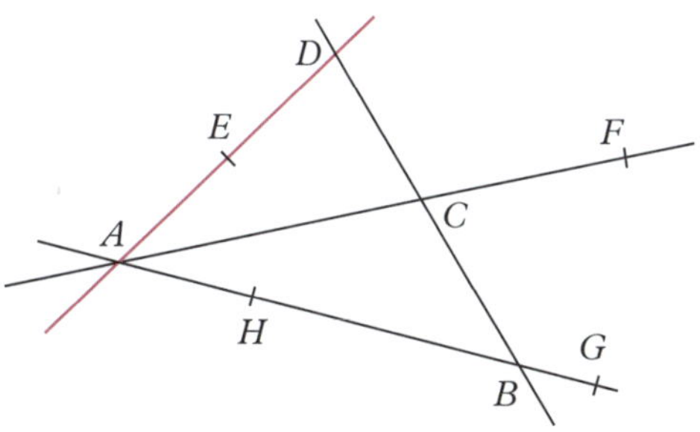

D ∈ [*AE*] ✗	*D* ∈ (*DC*) ✓	*C* ∈ [*BD*] ✓
A ∈ (*BG*) ✓	*A* ∈ [*HB*] ✗	*H* ∈ [*AB*] ✓
G ∉ (*DC*) ✓	*G* ∉ (*AB*) ✓	*F* ∉ (*AC*) ✗
H ∉ [*BG*] ✓	*E* ∈ [*AD*] ✓	*C* ∈ [*AF*] ✓

b) Nomme trois séries de points alignés.

(AE) (AD) (ED)

5 ★★ Programmes de construction

À partir de trois points *A*, *B*, *C* non alignés, on a construit les trois figures suivantes. En utilisant correctement les mots droite et segment, écris le programme de construction correspondant à chacune d'elles.

a)

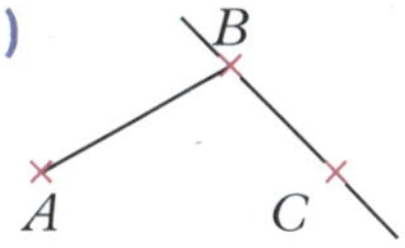

b)

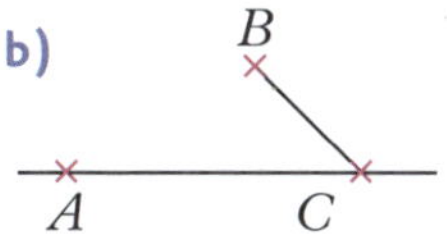

c)

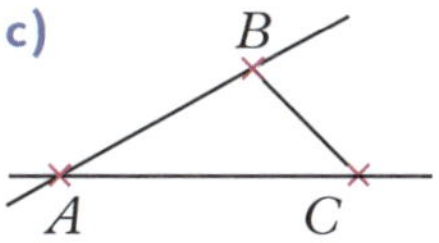

16 Position de deux droites

À savoir

• Si deux droites (d_1) et (d_2) sont perpendiculaires à une même droite (d), alors elles sont parallèles entre elles :
si $(d_1) \perp (d)$ et $(d_2) \perp (d)$ alors $(d_1) // (d_2)$.

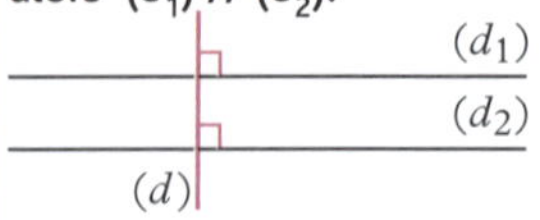

• Si deux droites (d_1) et (d_2) sont parallèles, alors toute droite (d) perpendiculaire à l'une est perpendiculaire à l'autre :
si $(d_1) // (d_2)$ et $(d) \perp (d_1)$ alors $(d) \perp (d_2)$.

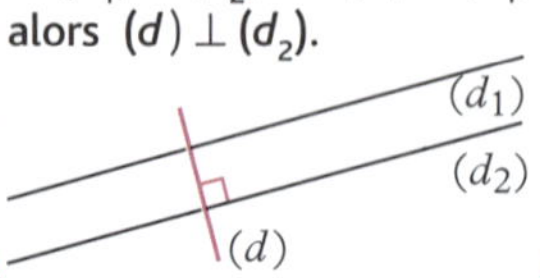

Retiens l'essentiel

▸ **Deux droites sont sécantes** lorsqu'elles ont un point commun.

Les droites (d) et (e) se coupent en A : le point A est leur **point d'intersection**.

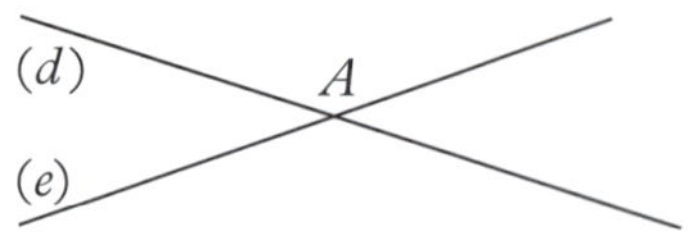

▸ **Deux droites sont perpendiculaires** lorsqu'elles se coupent en formant un **angle droit**.

$(d_1) \perp (d_2)$ se lit : « la droite d_1 est perpendiculaire à la droite d_2 ».

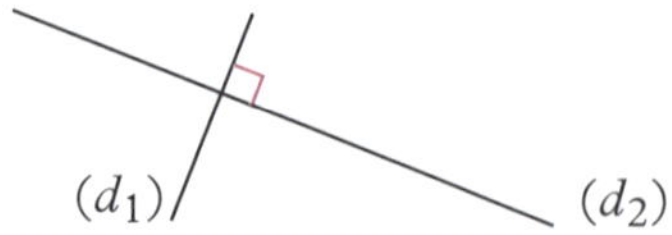

▸ **Deux droites sont parallèles** lorsqu'elles n'ont **aucun point commun**.

L'écriture symbolique $(d) // (d')$ (d' se lit « d prime ») se lit : « la droite d est parallèle à la droite d' ».

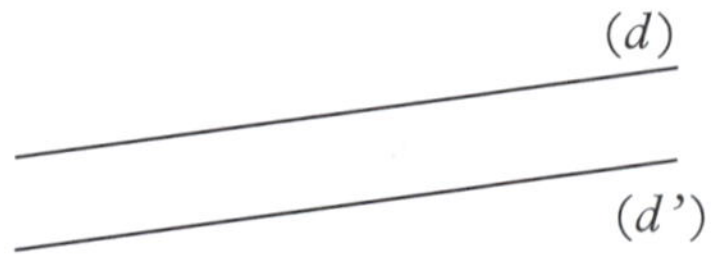

Comment faire ?

▸ Construire une droite (d_1) perpendiculaire à une droite (d) et passant par un point A

On place un côté de l'angle droit de l'équerre sur la droite (d), l'autre côté passant par le point A (*fig.* 1). On trace la demi-droite perpendiculaire à la droite (d) (*fig.* 2). On prolonge le tracé avec la règle, et on code la figure (*fig.* 3). La distance du point A à la droite (d) est la longueur AH.

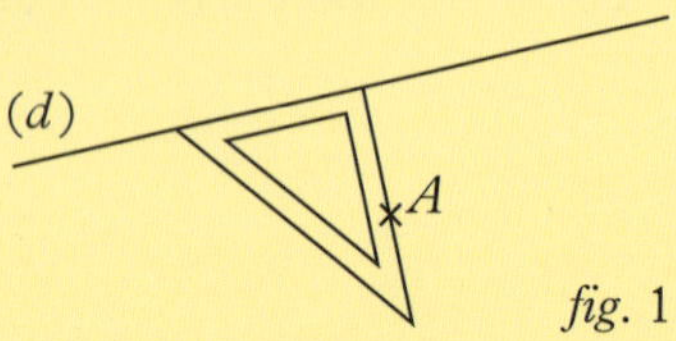

fig. 1

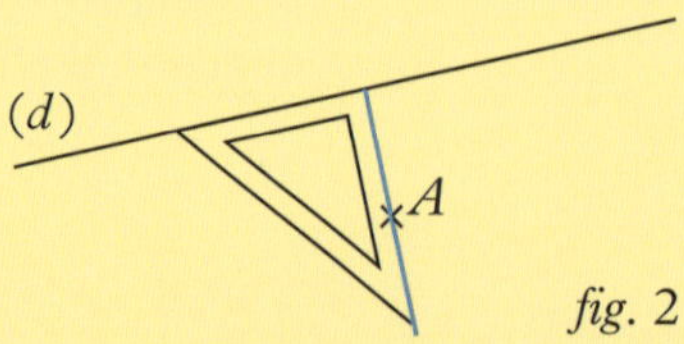

fig. 2

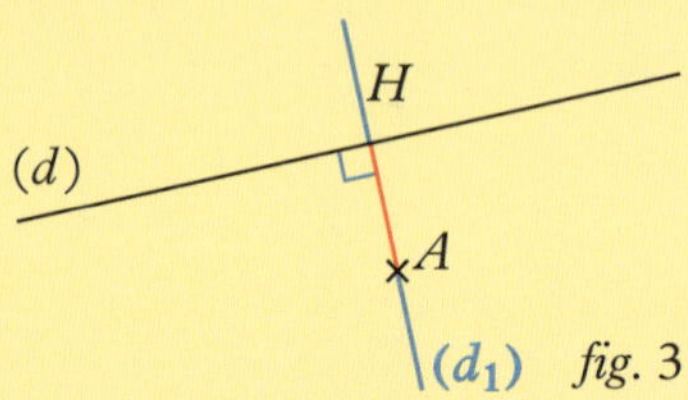

fig. 3

▸ Construire une droite (d') parallèle à une droite (d) et passant par un point A

On place l'équerre comme si on voulait tracer la perpendiculaire (d), en A. On cale l'équerre avec la règle (*fig.* 1). Sans bouger la règle, on déplace l'équerre en A (*fig.* 2).

On trace la demi-droite parallèle à la droite (d), et on la prolonge avec la règle (*fig.* 3).

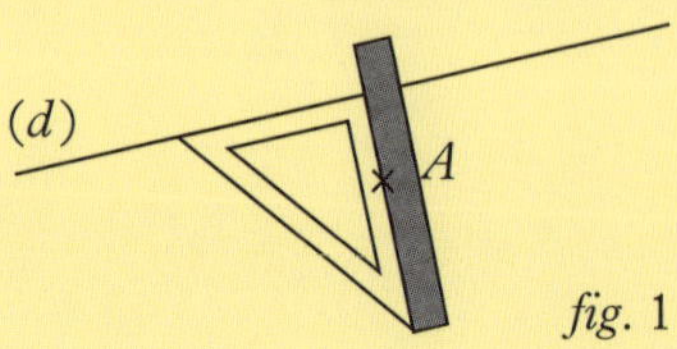

fig. 1

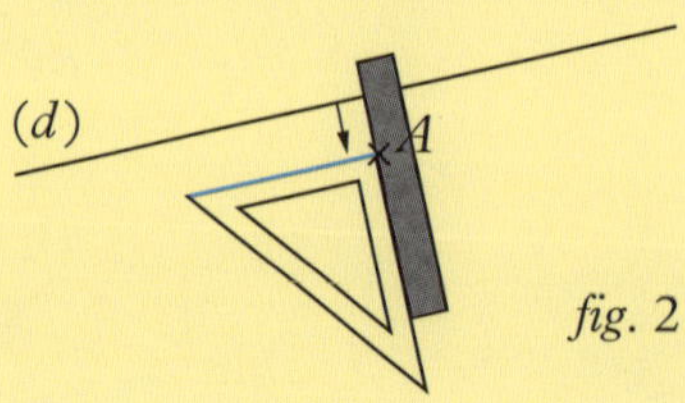

fig. 2

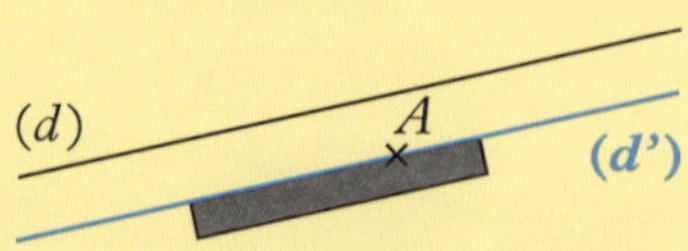

fig. 3

Corrigés → livret, p. 21

S'entraîner

QUIZ-TEST

Coche la (ou les) bonne(s) réponse(s).

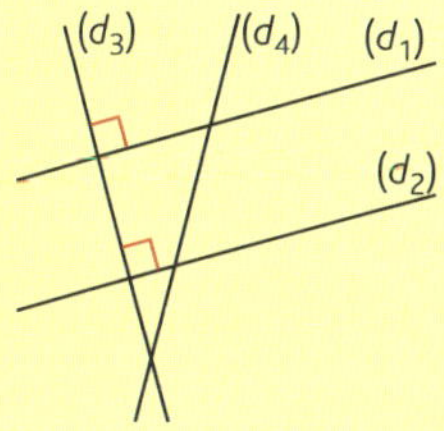

1 Les droites (d_1) et (d_2) sont :

a) parallèles. ☐
b) perpendiculaires. ☐
c) sécantes. ☐

2 Les droites (d_3) et (d_2) sont :

a) parallèles. ☐
b) perpendiculaires. ☐
c) sécantes. ☐

3 ★ Droites perpendiculaires ou parallèles

a) Ci-dessous, trace, par le point *H*, la perpendiculaire à la droite (*d*) en bleu.

b) Trace en rouge la perpendiculaire à la droite (*d*) passant par *M*, et en vert la parallèle à la droite (*d*) passant par *M*.

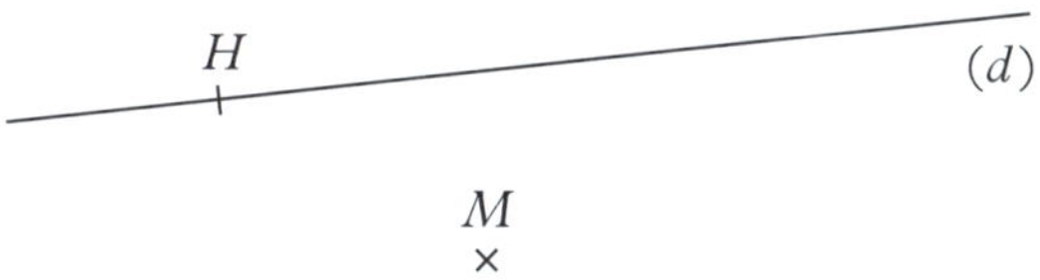

4 ★ Droites sécantes

a) Sur la figure ci-dessous, les droites (*d*) et (*d'*) se coupent en *A*. Les droites (*d'*) et (*d''*) se coupent en *B*. Place les points *A* et *B*.

b) Les droites (*d*) et (*d''*) sont sécantes en *C*. Construis le point *C*.

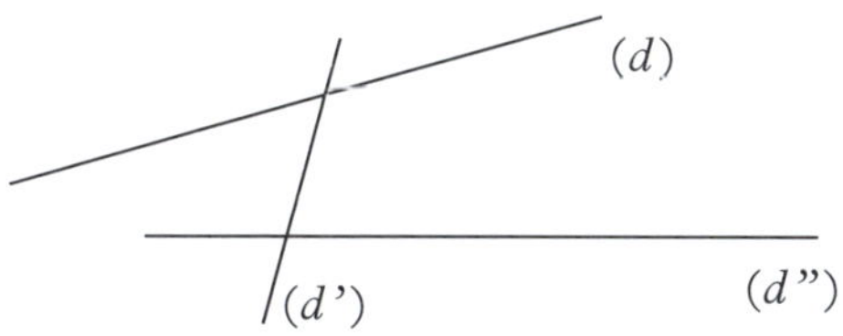

5 ★★ Vocabulaire

En observant les figures ci-dessous, complète le texte à trous suivant.

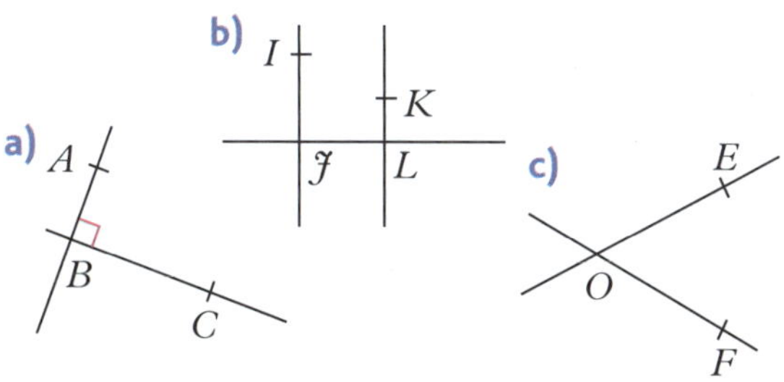

a) La droite (*AB*) est la .... à la droite (*BC*) passant par le point ... .

b) La droite (*IJ*) est la .... à la droite (*KL*) passant par le point ... .

c) Les droites (*OE*) et (*OF*) sont .... Le point *O* est leur .... d'.................... .

6 ★★ Lire un dessin

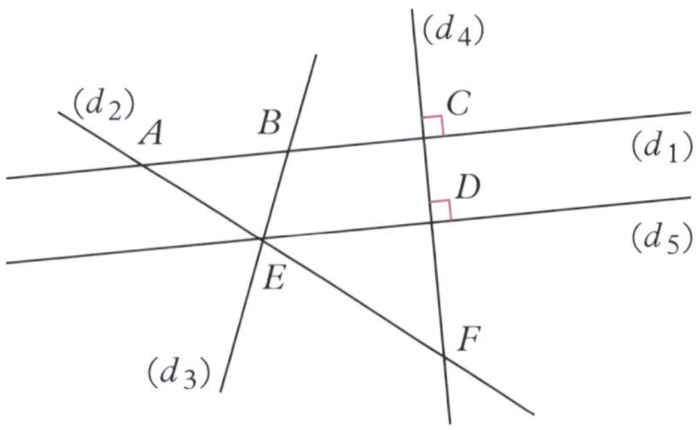

a) Dans chacune des cases du tableau, nomme le point d'intersection des droites données.

	(d_1)	(d_2)	(d_3)	(d_4)	(d_5)
(d_1)	X				
(d_2)		X			
(d_3)			X	X	
(d_4)			X	X	
(d_5)					X

b) Comment sont les droites (d_1) et (d_5) ? Explique pourquoi.

....

....

....

17 Le cercle

Retiens l'essentiel

1 Définition

▸ **Un cercle** est **une ligne courbe fermée**, formée de tous les points situés à une même distance d'un point appelé centre.

L'intérieur du cercle s'appelle un disque.

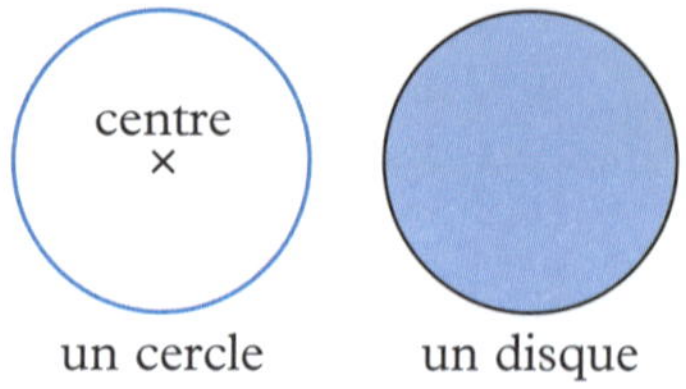

▸ Dans la figure ci-dessous, le point O est le **centre du cercle**.

2 Vocabulaire

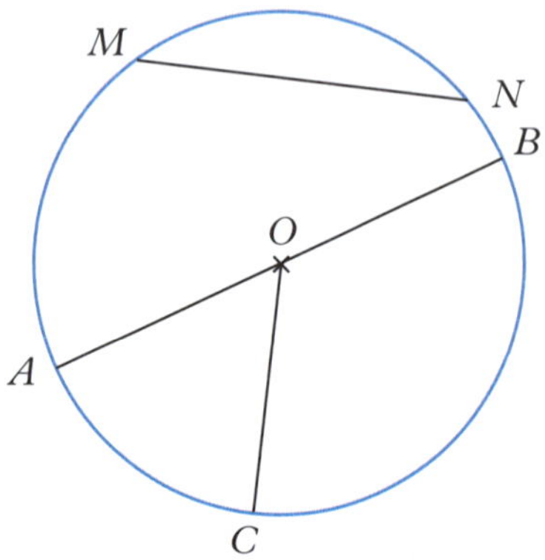

▸ Dans la figure ci-contre, les segments $[OA]$, $[OB]$, $[OC]$, joignant un point du cercle au centre, sont **des rayons**.

Ex. : Si C est un point du cercle de centre O et de rayon 3 cm, alors $OC = 3$ cm.

▸ Le segment $[MN]$ joignant deux points du cercle sans passer par le centre est **une corde**.

▸ Le segment $[AB]$ joignant deux points du cercle en passant par le centre est **un diamètre**. On dit que les points A et B sont **diamètralement opposés**.

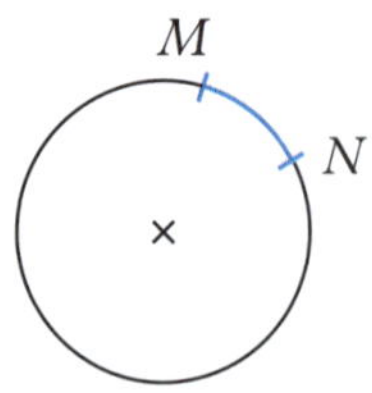

▸ La portion de cercle comprise entre les points M et N est **un arc de cercle**. Il y a deux arcs de cercle d'extrémités M et N : un petit arc et un grand arc.

Attention !

Les mots *rayon* et *diamètre* désignent à la fois une longueur et un segment. On dira : « **le** rayon du cercle mesure 3 cm (ou **le** diamètre mesure 6 cm) », mais on dira : « $[OC]$ est **un** rayon, $[AB]$ est **un** diamètre ».

Comment faire ?

▸ Trouver le diamètre, le rayon ou la longueur d'un cercle

→ Pour trouver **le diamètre** d'un cercle, quand on connaît son rayon, on utilise la formule :

rayon × 2 = diamètre.

→ Pour trouver **le rayon** d'un cercle, quand on connaît son diamètre, on utilise la formule :

diamètre : 2 = rayon.

→ Pour trouver **la longueur** d'un cercle (c'est aussi **le périmètre du disque**), on utilise la formule :

longueur du cercle = diamètre × π *ou encore* **longueur du cercle = rayon × 2 × π.**

On prendra pour le nombre π la valeur approchée **3,14.**

→ Pour trouver **l'aire d'un disque**, on utilise la formule :

aire du disque = rayon × rayon × π

▸ Reproduire un arc de cercle

Pour reproduire un arc de cercle, on trace un cercle de même rayon.
À partir d'un point de ce cercle, on reporte avec le compas la longueur de la corde $[MN]$.

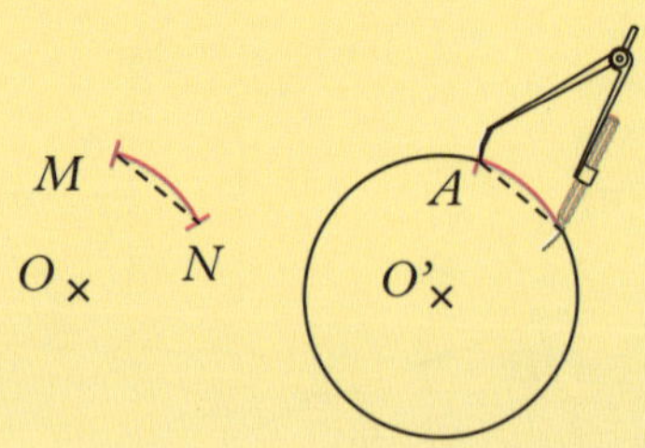

S'entraîner

Corrigés → livret, p. 21

QUIZ-TEST

Coche la (ou les) bonne(s) réponse(s).

1 Dans un cercle de rayon 10 cm, le diamètre mesure :

a) la moitié du rayon (10 cm : 2). ☐
b) le double du rayon (10 cm × 2). ☐
c) 20 cm. ☐

2 La longueur d'un cercle de rayon 10 cm est égale à :

a) 10 × 2. ☐
b) 10 × 2 × π. ☐
c) 10 : 2 × π. ☐

3 ★ Tracer

a) Ci-dessous, trace un segment [*AB*] de longueur 2 cm.

b) Trace le cercle de centre *A* passant par *B*, puis le cercle de centre *B* passant par *A*.

c) Ces deux cercles se coupent en deux points : *C* et *D*. Sans utiliser la règle graduée, donne les longueurs *AC*, *AD*, *BC* et *BD*.

....

....

4 ★ Rédiger

Pour chacune des figures suivantes, écris la consigne qui permet de la tracer.

a)

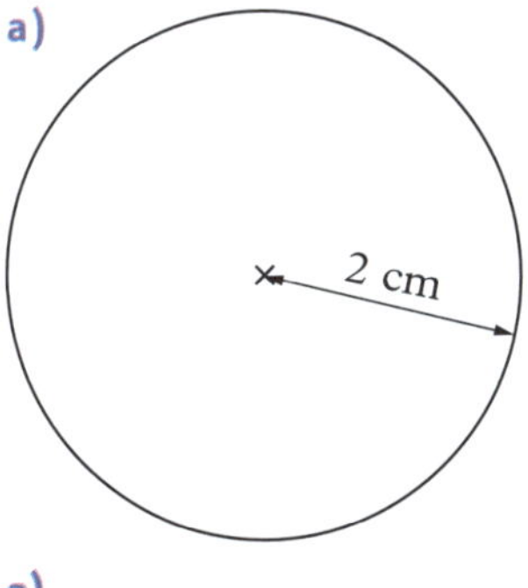

b)

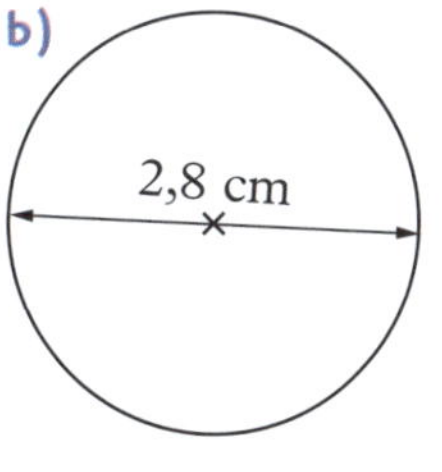

a) ....

b) ....

5 ★★ Calculer

Quelle est la longueur du segment [*CD*] sachant que le diamètre du demi-cercle est de 5 cm ?

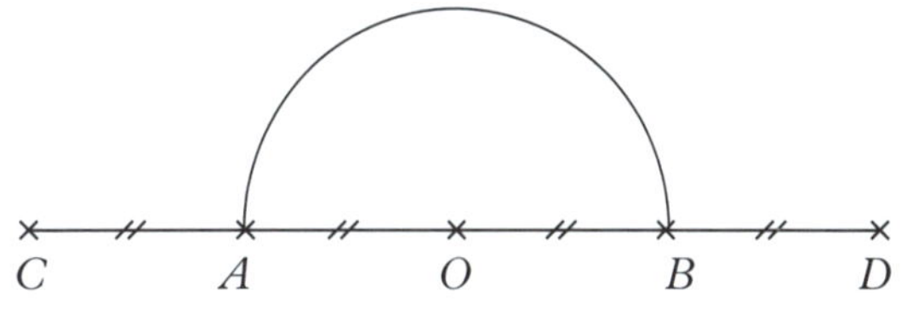

....

....

....

6 ★★★ Formules

Que calcule-t-on en faisant les calculs suivants ?

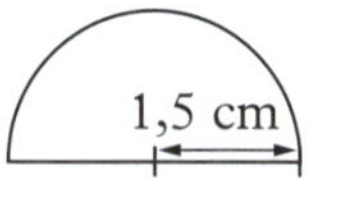

a) 1,5 × 2 → ....

b) 1,5 × 2 × π et 1,5 × 1,5 × π → ....

c) (1,5 × 2 × π) : 2 → ....

d) (1,5 × 2 × π) : 2 + (1,5 × 2) → ....

7 ★★ Tout faux !

Un professeur a relevé 6 erreurs sur le cahier d'un élève.

Barre-les et corrige-les.

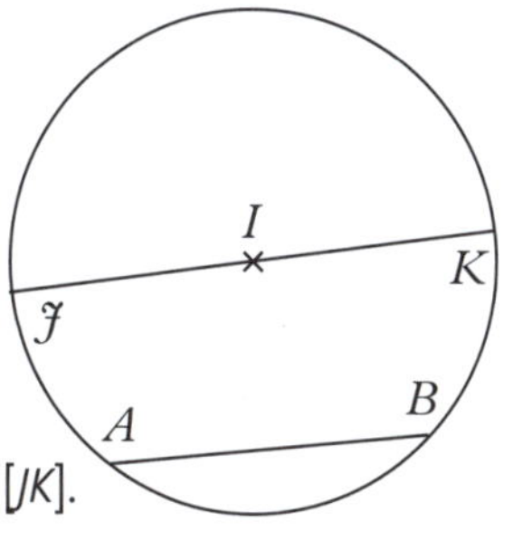

a) *I* est le milieu du cercle.
b) *I* est le centre du segment [*JK*].
c) [*AB*] est un arc de cercle.
d) Le diamètre du cercle mesure 2 cm.
e) [*JK*] est un rayon du cercle.
f) [*IA*] est un diamètre

18 Les angles

Attention !

Un angle se nomme avec 3 lettres.

La lettre centrale désigne le sommet.

L'angle ci-dessous est $\widehat{rTs}$ ou $\widehat{sTr}$ (T est le sommet, $[Tr)$ et $[Ts)$ sont les côtés de l'angle).

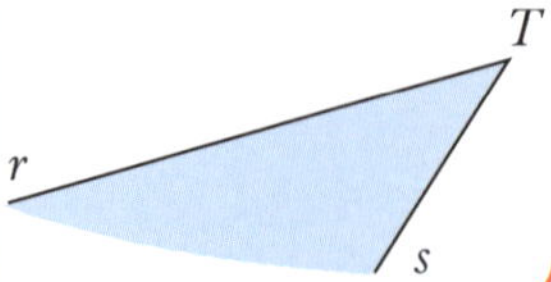

Retiens l'essentiel

1 Définition

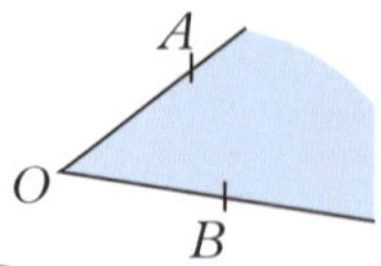

La figure ci-contre représente un **angle**.
Les **demi-droites** $[OA)$ et $[OB)$ sont les **côtés de l'angle**.
Le **point *O*** est le **sommet de l'angle**.
Cet angle est l'angle *AOB* ou *BOA* : on le note $\widehat{AOB}$ ou $\widehat{BOA}$.

2 Mesure d'un angle

Un angle se mesure **en degrés**, avec **un rapporteur** (75° se lit « 75 degrés »).

angle droit	angle aigu	angle obtus	angle plat
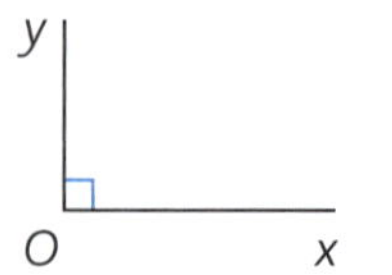	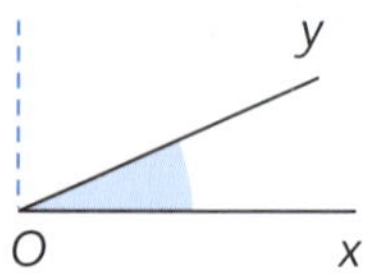	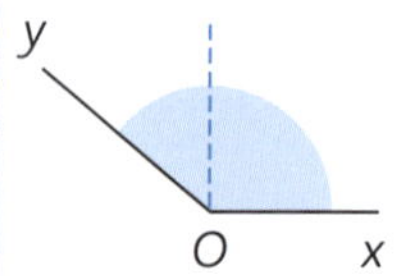	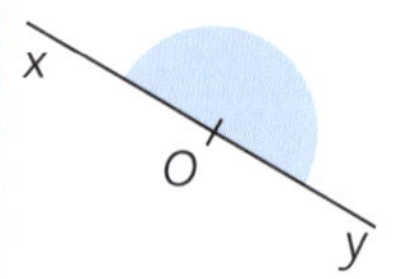
Ses côtés sont perpendiculaires.	Il est plus petit que l'angle droit.	Il est plus grand que l'angle droit.	Ses côtés sont situés sur une même droite.
Il mesure 90°.	Il mesure moins de 90°.	Il mesure plus de 90°.	Il mesure 180°.

Comment faire ?

▸ Mesurer un angle

On place le centre du rapporteur sur le sommet de l'angle.

On place la graduation 0 sur l'un des côtés de l'angle.

Sur le rapporteur, on suit les graduations 0°, 10°, 20°... jusqu'à ce que l'on rencontre le second côté de l'angle.

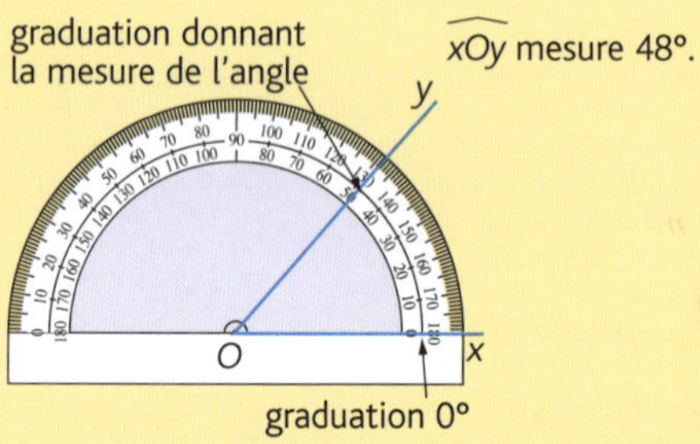

▸ Construire un angle

Exemple : construire un angle $\widehat{xAy}$ mesurant 68°.

① On trace une demi-droite $[Ax)$, d'origine *A*.

② On place le centre du rapporteur sur le point *A* et on aligne la graduation 0° sur la demi-droite. (On lit 68° (entre 60 ° et 70°) et on prolonge la graduation 68° par un trait de crayon).

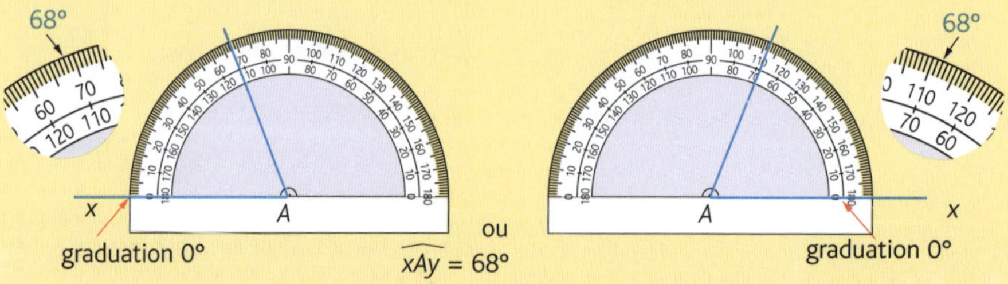

③ On trace ensuite le second côté de l'angle : c'est la demi-droite qui joint le sommet *A* au repère bleu.

Corrigés → livret, p. 22

S'entraîner

QUIZ-TEST

Coche la (ou les) bonne(s) réponse(s).

1 L'angle $\widehat{xOy}$ est :

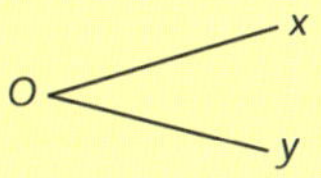

a) un angle aigu. ☐
b) un angle plat. ☐
c) mesure 90°. ☐

2 L'angle $\widehat{xOy}$ est :

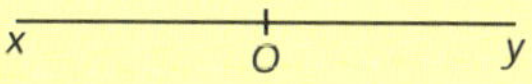

a) un angle obtus. ☐
b) un angle plat. ☐
c) mesure 180°. ☐

3 ★★ Nommer les angles

a) Sur la figure ci-dessous, colorie les angles $\widehat{xAm}$ en rouge, $\widehat{xBr}$ en vert, $\widehat{BCt}$ en bleu et $\widehat{mDt}$ en noir.

b) Nomme ces quatre angles en utilisant uniquement des lettres majuscules.

....

....

c) Nomme les angles 1, 2, 3 et 4 ci-dessous.

....

....

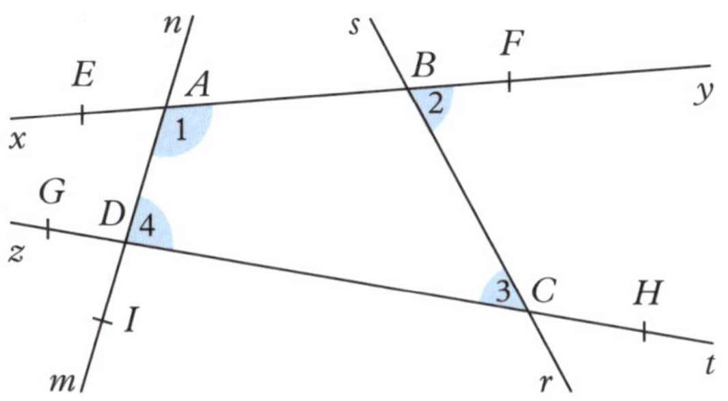

4 ★ Vocabulaire et mesures

À partir du dessin suivant, complète le tableau avec : aigu, plat, droit, obtus, moins de 90°, 90°, 180°, plus de 90°.

angle	$\widehat{BAC}$	$\widehat{ABC}$	$\widehat{AHC}$	$\widehat{HBC}$
nom	....	....	....	....
mesure	....	....	....	....

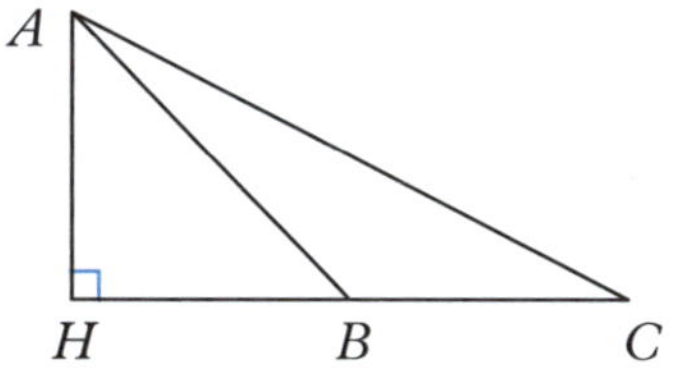

5 ★★ Lire avec un rapporteur

Avec ton rapporteur, mesure les angles ci-dessous, à un degré près.

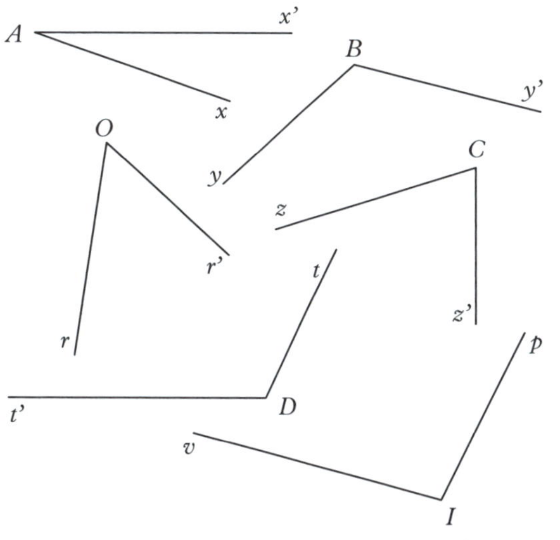

angle	$\widehat{xAx'}$	$\widehat{yBy'}$	$\widehat{zCz'}$	$\widehat{tDt'}$	$\widehat{vIp}$	$\widehat{rOr'}$
mesure	......	......	......	......	......	......

6 ★★ Construire avec un rapporteur

Trace, à l'aide de ton rapporteur, les angles suivants, après avoir complété le tableau avec : aigu ou obtus.

angle	$\widehat{xOy}$	$\widehat{rEs}$	$\widehat{tIu}$
mesure	32°	115°	48°
nom	....	....	....

Maths

19 Les triangles

Mot-clé

Triangle

Un triangle est une figure qui a 3 côtés.
Dans le triangle *ABC* :
– les **points** *A*, *B* et *C* sont les **sommets** du triangle ;
– les **segments** [*AB*], [*BC*] et [*AC*] sont les **côtés** du triangle.

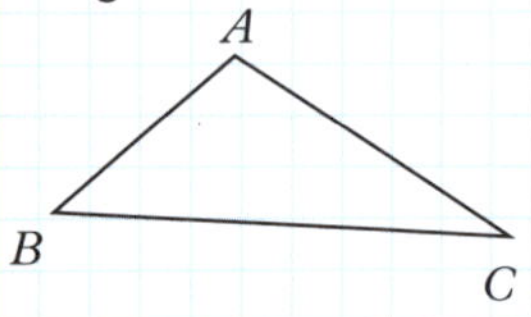

Retiens l'essentiel

1 Le triangle isocèle

Un **triangle** isocèle est un triangle qui a **2 côtés de même longueur**. Dans le triangle isocèle *ISO* :
– les côtés de même longueur sont [*SO*] et [*SI*] : ***SO* = *SI*** ;
– le sommet *S* commun à ces 2 côtés s'appelle le **sommet principal** ;
– le côté opposé au sommet principal s'appelle la **base**.

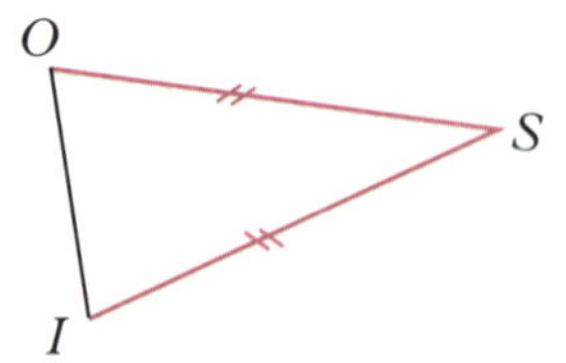

2 Le triangle équilatéral

Un triangle équilatéral est un triangle qui a ses **3 côtés de même longueur**. Dans le triangle équilatéral *ECU* : ***EC* = *CU* = *EU***.

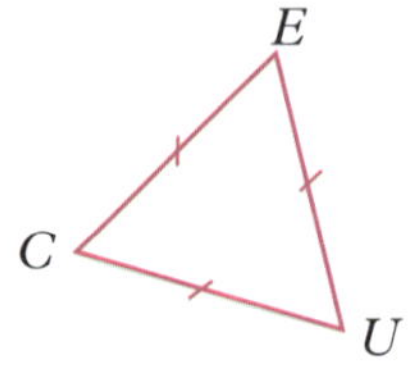

3 Le triangle rectangle

Un triangle rectangle est un triangle qui a un **angle droit**. Le triangle *RET* est rectangle en *T* signifie que l'angle $\widehat{RTE}$ mesure 90°.

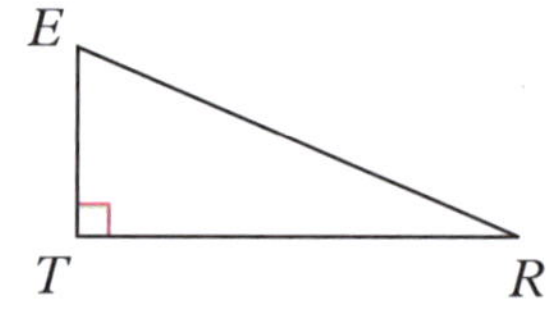

Comment faire ?

▸ Construire un triangle *ABC* connaissant ses 3 côtés

Ex. : *AB* = 2,5 cm, *AC* = 2 cm et *BC* = 3 cm.

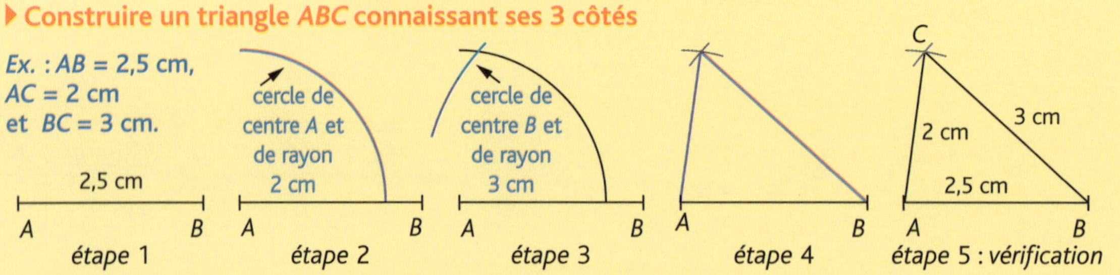

▸ Construire un triangle *MNP* connaissant 2 côtés et la mesure d'un angle

Ex. : *MN* = 2,1 cm, *NP* = 2,6 cm et l'angle $\widehat{MNP}$ mesure 42°.

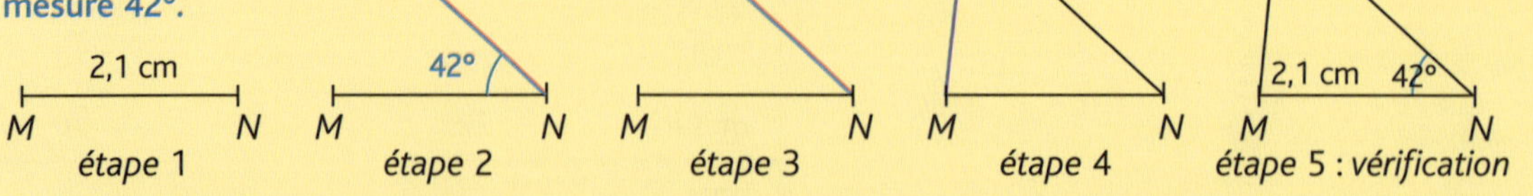

▸ Construire un triangle *IJK* connaissant 1 côté et les mesures de 2 angles

Ex. : *IJ* = 1,8 cm, l'angle $\widehat{JIK}$ mesure 33° et l'angle $\widehat{IJK}$ mesure 103°.

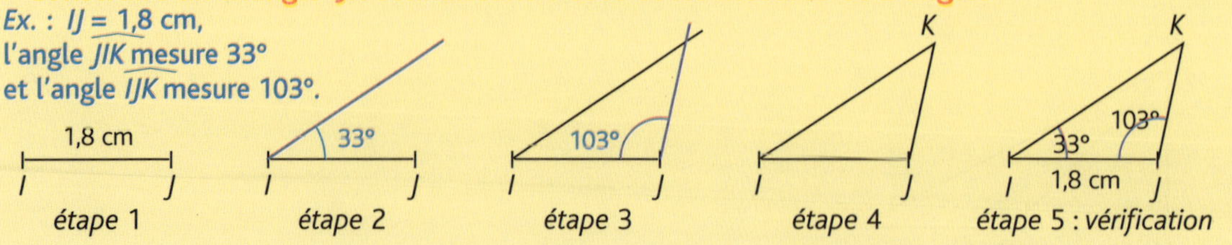

Corrigés → livret, p. 22

S'entraîner

QUIZ-TEST

Coche la (ou les) bonne(s) réponse(s).

1 Le triangle *ADC* est :

a) équilatéral. .... ☐
b) rectangle. .... ☐
c) isocèle. .... ☐

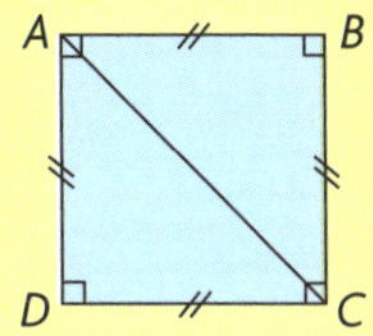

2 Le triangle *MER* est un triangle isocèle :

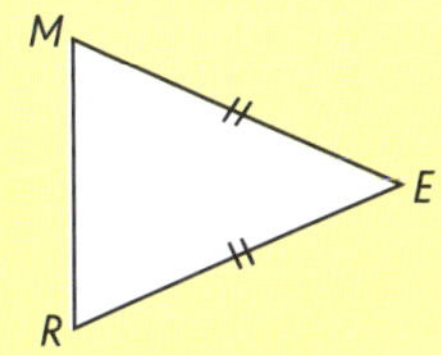

a) de sommet principal *M* et de base [*ER*]. .... ☐
b) de sommet principal *E* et de base [*MR*]. .... ☐
c) de sommet principal *R* et de base [*ME*]. .... ☐

3 ★★ Vocabulaire

Complète les phrases suivantes.

a) Si dans le triangle *MNP*, les côtés [*MN*] et [*NP*] ont la même longueur, ce triangle est .... en ... . Son sommet principal est ... .

b) Si dans le triangle *RST*, les côtés [*RS*] et [*ST*] sont perpendiculaires, ce triangle est .... en ... .

c) Si dans le triangle *MER* : *EM* = *MR* = *RE* , ce triangle est ....

4 ★ La chasse aux erreurs

Un professeur a relevé deux erreurs sur le cahier d'un élève. Barre-les et corrige-les.

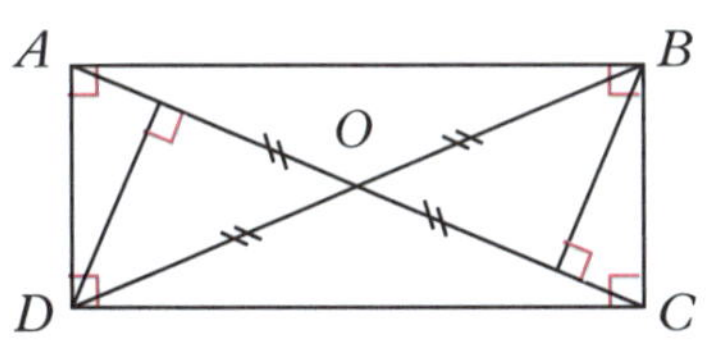

a) Le triangle *AOD* est un triangle isocèle en *A*.

....

b) Les triangles *AOB* et *DOC* sont équilatéraux.

....

c) Le triangle *ABD* est rectangle en *A*.

....

5 ★★ À coder

Léa a construit correctement la figure demandée, mais a oublié de la coder. Place les symboles corrects sur son dessin, sachant que :

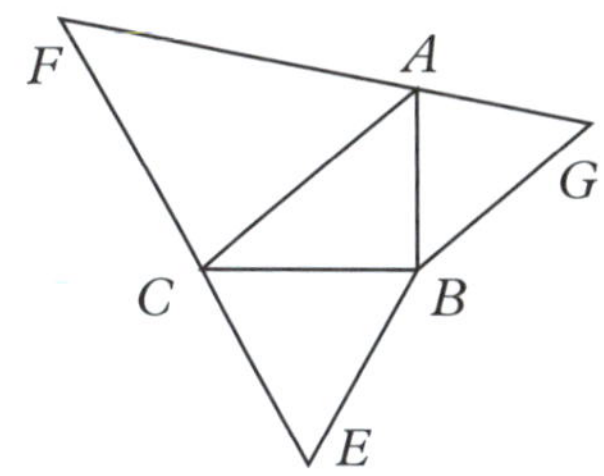

a) le triangle *ABC* est rectangle en *B* ;

b) le triangle *BCE* est équilatéral ;

c) le triangle *ACF* est isocèle de sommet principal *C* ;

d) le triangle *ABG* est isocèle de base [*BG*].

6 ★★ Un losange, 4 triangles

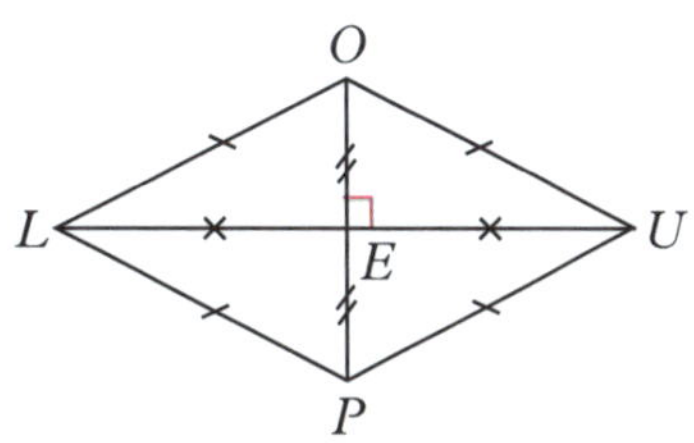

a) Si *OP* = *LO*, quelle sera la nature du triangle *LOP* ?

b) Guillaume a trouvé 8 triangles sur cette figure. Lesquels ? Précise pour chacun d'eux sa nature.

7 ★★★ Programmes de construction

Avant de faire sur un cahier chacune des constructions suivantes, n'oublie pas de faire une figure à main levée au brouillon.

a) Construis le triangle *ABC* isocèle en *A*, tel que *AB* = 4,5 cm et *BC* = 3 cm.

b) Construis le triangle *RTS* connaissant :
RT = 6 cm ; mes $(\widehat{RTS})$ = 38° ; mes $(\widehat{SRT})$ = 112°.

c) Construis le triangle *IJK* rectangle en *J*, tel que :
IJ = 4,7 cm et mes $(\widehat{JIK})$ = 45°.
Mesure le côté [*JK*]. Que peux-tu dire du triangle *IJK* ?

....

Maths

20 Symétrie axiale

Mot-clé

Axe de symétrie

Lorsque deux figures sont symétriques par rapport à une droite, cette droite est appelée l'axe de symétrie.

Retiens l'essentiel

1 Définition

Deux figures sont **symétriques par rapport à une droite** lorsqu'on peut les **superposer par pliage** autour de cette droite.

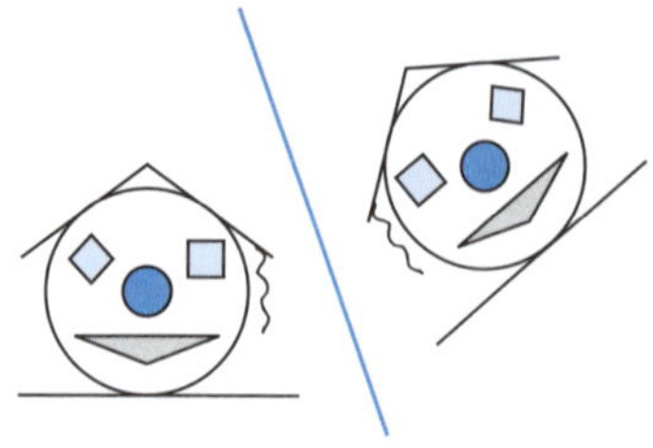

2 Propriétés

- Deux figures symétriques ont la **même forme** et les **mêmes dimensions**.
- Deux figures symétriques ont aussi la **même aire**.
- Le symétrique :

– d'un point est un point ;
– d'une droite est une droite ;
– d'un segment est un segment de même longueur ;
– d'un angle est un angle de même mesure ;
– d'un cercle est un cercle de même rayon (les centres de ces cercles sont deux points symétriques).

Comment faire ?

Construire le symétrique du point *A* par rapport à la droite (*d*)

→ Avec l'équerre, on trace la perpendiculaire à la droite (*d*) passant par *A*, qui coupe (*d*) en *H*.

→ On prolonge la demi-droite [*AH*) et, avec le compas, on construit le point *A*′ tel que *AH* = *HA*′.

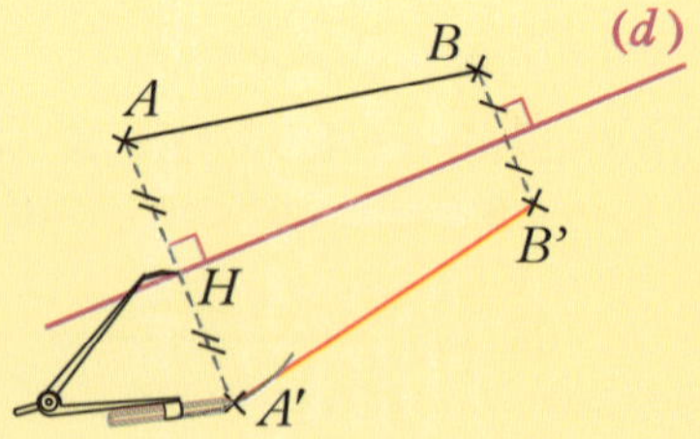

Lorsque le point *A* est situé sur l'axe de symétrie, son symétrique *A*′ est confondu avec le point *A*.

Construire le segment [*A*'*B*'] symétrique du segment [*AB*]

On construit les points *A*′ et *B*′ symétriques des points *A* et *B*. On trace ensuite le segment [*A*′*B*′].

Les longueurs *A*′*B*′ et *AB* sont égales : *A*′*B*′ = *AB*.

Construire le symétrique d'une droite (Δ) par rapport à la droite (*d*)

→ **Si le point d'intersection** *I* des droites (*d*) et (Δ) **est sur la figure**, la droite (Δ′) symétrique de (Δ) par rapport à (*d*) passe par ce point *I*. On se donne un autre point *A* sur (Δ) et on construit son symétrique (*A*′). La droite (Δ′) passe par les points *I* et *A*′.

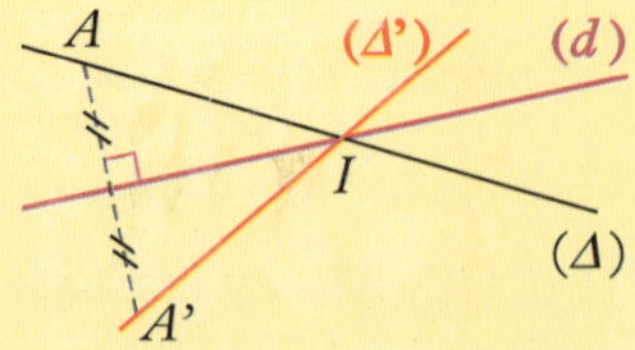

→ **Si le point d'intersection n'est pas sur la figure**, on place deux points *A* et *B* sur (Δ) et on construit leurs symétriques *A*′ et *B*′ par rapport à la droite (*d*). La droite (Δ′) symétrique de la droite (Δ) par rapport à la droite (*d*) passe par les points *A*′ et *B*′.

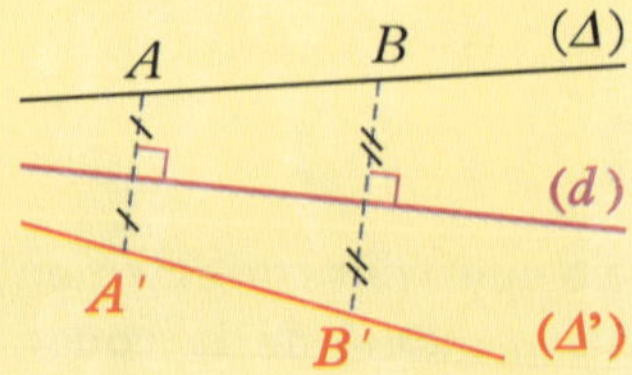

Corrigés → livret, p. 23

S'entraîner

QUIZ-TEST

Coche la (ou les) bonne(s) réponse(s).

1 **Les nombres symétriques par rapport à (*d*) sont :**

a) 2 et 5. ☐
b) 80 et 80. ☐
c) 25 et 25. ☐

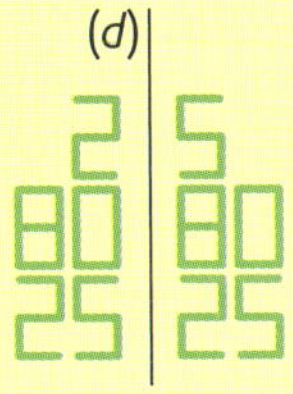

2 **Deux figures symétriques par rapport à une même droite :**

a) ont le même périmètre. ☐
b) ont la même aire. ☐
c) n'ont pas toujours la même forme. ☐

3 ★ Symétriques ou non ?

Barre les lettres *F* suivantes qui ne sont pas symétriques par rapport à la droite (*d*).

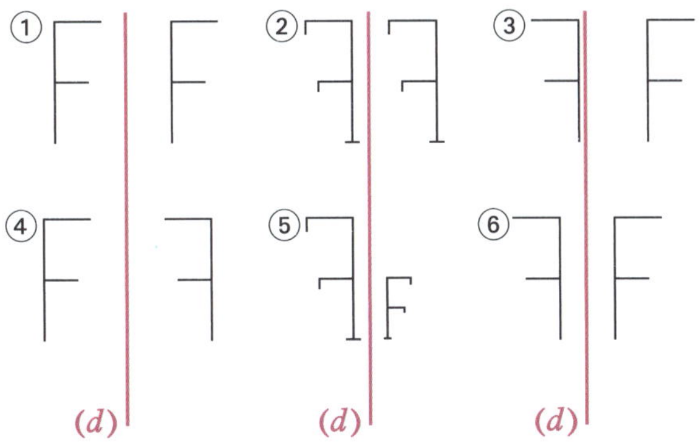

4 ★★ Construire le symétrique d'un segment

Construis le symétrique [*M'N'*] du segment [*MN*] par rapport à la droite (*d*) dans chacun des cas suivants.

a)

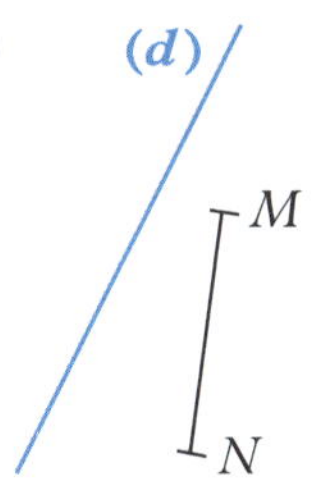

b)

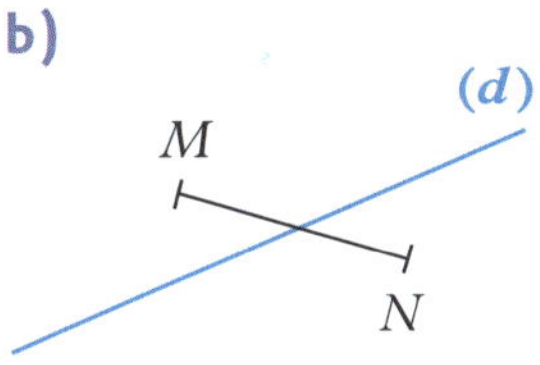

c)

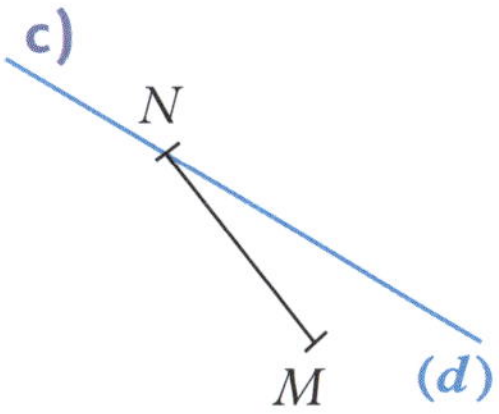

d)

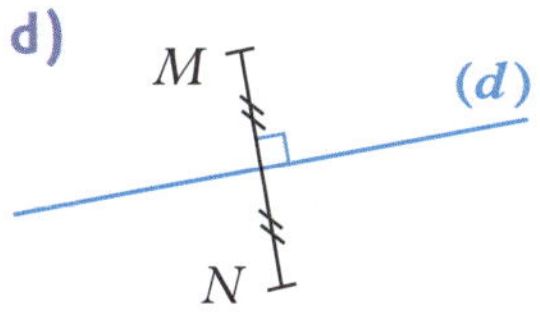

5 ★★ Construire le symétrique d'une droite

Trace à la règle les droites (*D*) et (*D'*) respectivement symétriques des droites (*MP*) et (*NP*) par rapport à la droite (*d*).

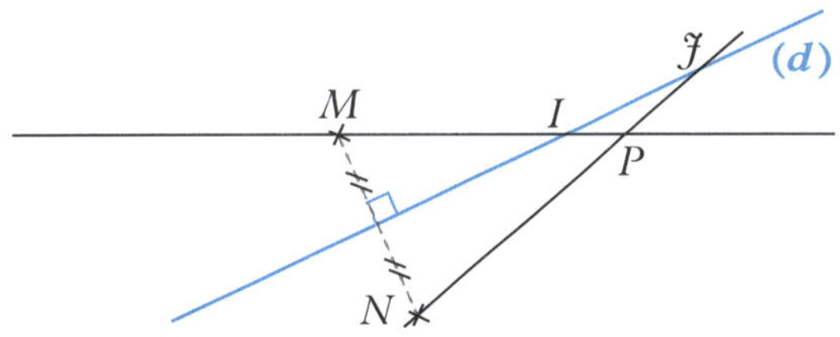

6 ★★★ Lire une figure

Observe la figure ci-après et nomme :

a) les points symétriques : ....

....

b) les segments symétriques (donne les longueurs égales) : ....

....

c) les triangles symétriques : ....

....

Quel angle a même mesure que l'angle $\widehat{BCD}$? ....

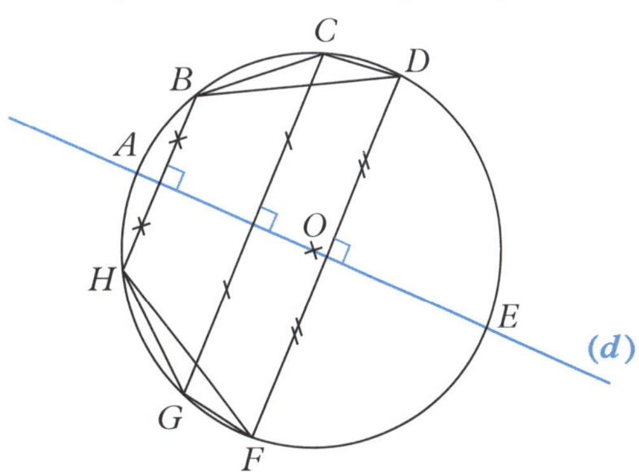

21 Axes de symétrie d'une figure

Retiens l'essentiel

Attention !

Une figure peut avoir 0, 1 ou plusieurs axes de symétrie.

Mots-clés

- **La médiatrice** d'un segment est **l'axe de symétrie** de ce segment.
- **La bissectrice** d'un angle **est l'axe de symétrie** de cet angle.

1 L'axe de symétrie d'une figure

Une figure *F* a pour axe de symétrie la droite (*d*) si, par pliage autour de (*d*), les deux parties de *F* se superposent exactement.

2 La médiatrice d'un segment

▸ La **médiatrice** du segment [*AB*] est la droite (*d*) perpendiculaire à ce segment, en son milieu *I*.

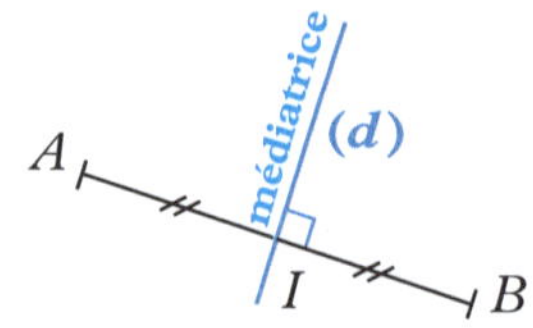

▸ Si un point *M* est situé sur la médiatrice du segment [*AB*], alors il est à égale distance des extrémités *A* et *B* : ***MA* = *MB***.

Si un point *P* est à égale distance de deux points *A* et *B*, alors il est situé sur la médiatrice du segment [*AB*].

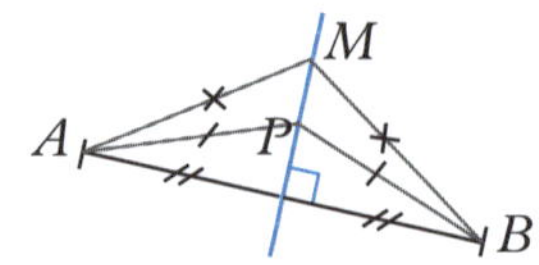

3 La bissectrice d'un angle

La **bissectrice** de l'angle $\widehat{xOy}$ est la droite (*Oz*) qui partage cet angle en deux angles de même mesure :

$$\widehat{xOz} = \widehat{zOy} = \frac{\widehat{xOy}}{2}.$$

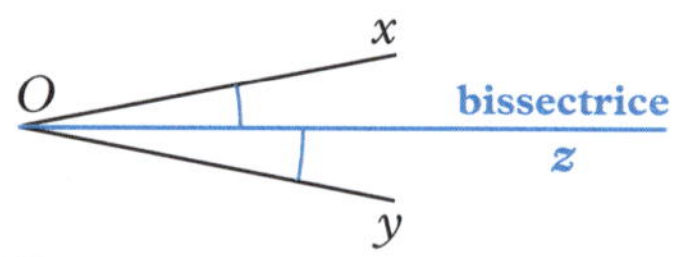

Comment faire ?

▸ Tracer la médiatrice d'un segment [*MN*]

→ **Avec l'équerre et la règle :**
- on mesure le segment [*MN*] ;
- on place le point *I*, milieu de [*MN*] ;
- on trace la droite (*d*) perpendiculaire à [*MN*], passant par *I* : c'est la médiatrice.

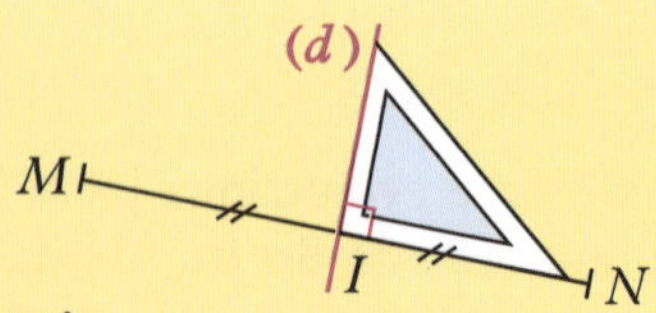

→ **Avec le compas :**
- on trace un arc de cercle de centre *M*, *de rayon supérieur à la moitié de MN* ;
- on garde le même rayon et on trace un arc de cercle de centre *N* ;
- les deux axes se coupent en *H* et *K*. On trace la droite (*HK*).

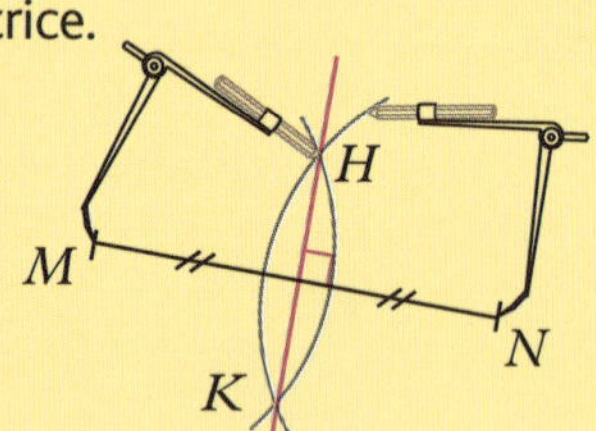

▸ Tracer la bissectrice d'un angle $\widehat{xOy}$

→ **Au rapporteur :**
- on mesure l'angle $\widehat{xOy}$: $\widehat{xOy} = 48°$;
- on divise cette mesure par 2 : 24° ;
- on trace la droite (*Oz*), telle que l'angle $\widehat{xOz}$ mesure 24°.

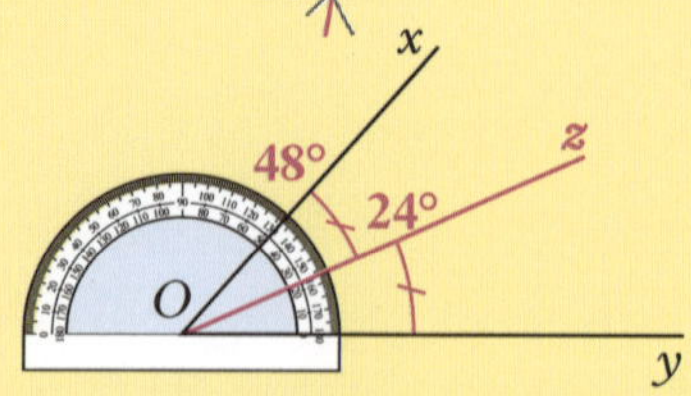

→ **Au compas :**
- on trace un arc de cercle de centre *O* qui coupe [*Ox*) et [*Oy*) en *S* et *T* ;
- on trace deux arcs de cercle de même rayon, de centre *S* et *T*. Ils se coupent en *R*. On trace la droite (*OR*).

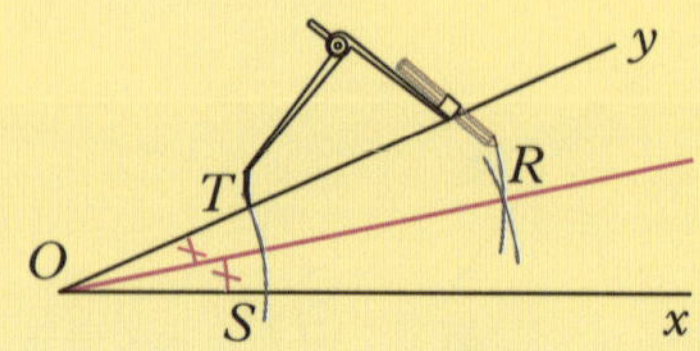

Corrigés → livret, p. 23

S'entraîner

QUIZ-TEST

Coche la (ou les) bonne(s) réponse(s).

1 Sur ce dessin :

a) (*d*) est la médiatrice du segment [*AB*]. ☐

b) (*d*) est l'axe de symétrie de [*AB*]. ☐

c) *MA* = *MB*. ☐

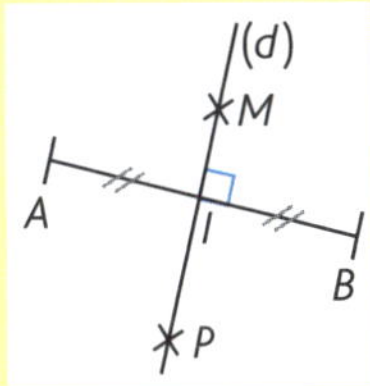

2 Sur le dessin de l'exercice 1 :

a) (*d*) ⊥ (*AB*). ☐

b) *I* est le milieu de [*AB*]. ☐

c) (*AB*) est la médiatrice de [*MP*]. ☐

3 ★ Zéro, un ou plusieurs axes ?

Trace les axes de symétrie des mots suivants.

ASA SOS TUUT CHICHI EYE

4 ★★ Tracer les axes de symétrie

Trace les axes de symétrie des figures suivantes.

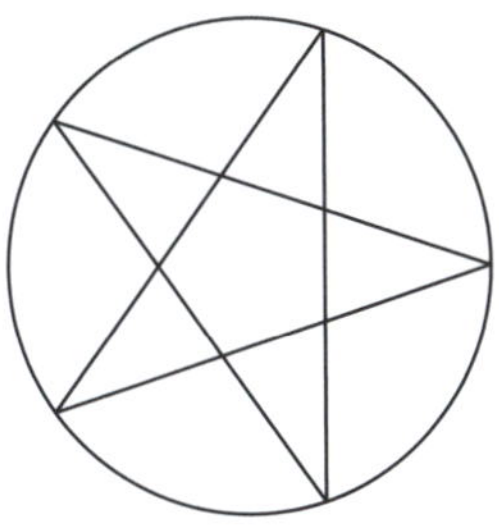

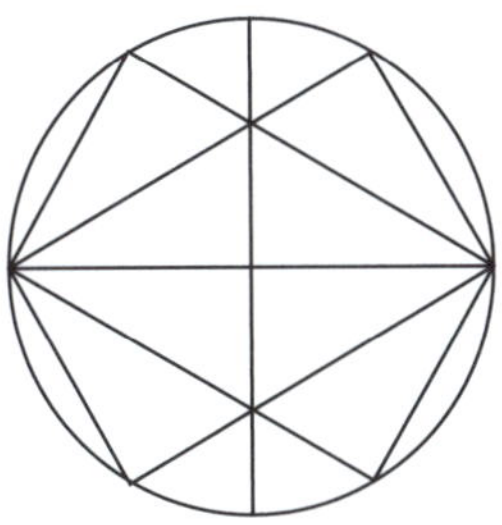

5 ★★ Compléter une figure

Complète le dessin suivant de telle sorte que la figure obtenue ait deux axes de symétrie : l'axe vertical et l'axe horizontal.

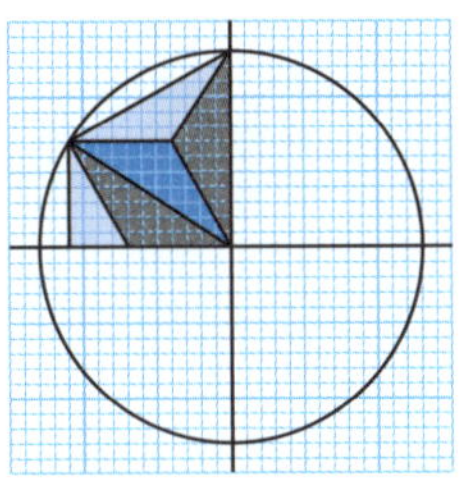

6 ★★★ La médiatrice d'un segment

a) Sur une feuille à part, construis la droite (Δ) médiatrice d'un segment [*JK*] mesurant 4,5 cm.

b) Place un point *I* sur cette droite (Δ).

c) Que peux-tu dire du triangle *IJK* ?

....

....

d) Que représente la droite (Δ) pour le triangle *IJK* ?

....

7 ★★★ Lire une figure

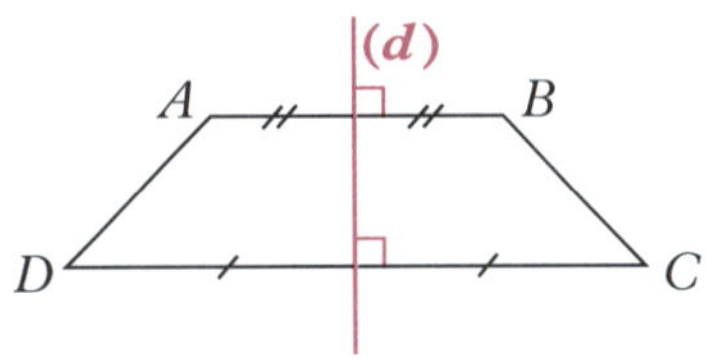

a) Complète : « La droite (*d*) est la .... des segments [*AB*] et [*CD*]. »
Que peux-tu dire des points *A* et *B*, *C* et *D*, des longueurs *AD* et *BC* ?

....

b) Que peux-tu dire des droites (*AB*) et (*DC*) ?

....

c) Place le point *I*, milieu de [*AD*]. Construis le point *I*′, symétrique du point *I* par rapport à la droite (*d*).

d) Complète : « Lorsque trois points sont alignés, leurs symétriques sont aussi ....
Si *I* est le milieu d'un segment, alors son symétrique *I*′ est le .... du segment symétrique. »

8 ★★ La bissectrice d'un angle

Trace ci-dessous un angle de 52° et un angle de 38°. Construis leurs bissectrices.

22 Figures symétriques

Retiens l'essentiel

1 Les triangles

▸ **Un triangle isocèle a 1 axe de symétrie**, qui est à la fois :
– médiatrice de la base ;
– bissectrice de l'angle du sommet principal.
Dans un triangle isocèle, les angles à la base sont égaux.

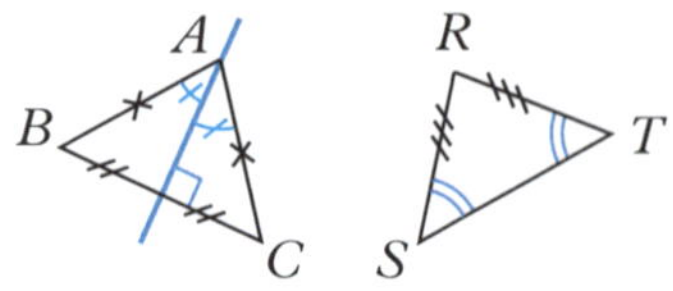

▸ **Un triangle équilatéral a 3 axes de symétrie**, qui sont à la fois :
– médiatrices des côtés ;
– bissectrices des angles.
Dans un triangle équilatéral, chaque angle mesure 60°.

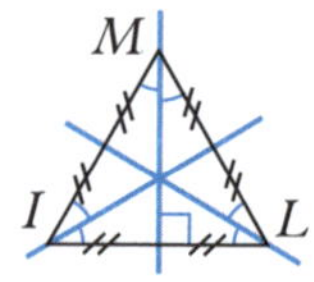

2 Les quadrilatères

▸ **Un losange a 2 axes de symétrie**, qui sont ses diagonales. Dans un losange, les diagonales sont perpendiculaires et se coupent en leur milieu.

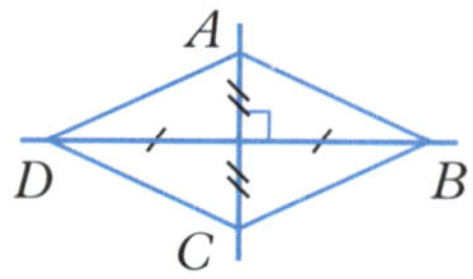

▸ **Un rectangle a 2 axes de symétrie**, qui sont les médiatrices des côtés opposés. Dans un rectangle, les diagonales se coupent en leur milieu et ont même longueur.

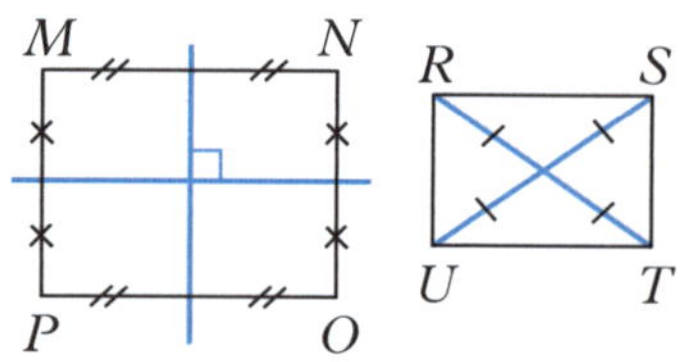

▸ **Un carré a 4 axes de symétrie,** qui sont :
– les diagonales ;
– et les médiatrices des côtés opposés.
Dans un carré, les diagonales sont perpendiculaires, se coupent en leur milieu et ont même longueur.

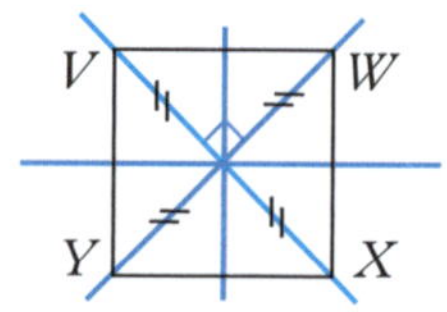

Mot-clé

Quadrilatères

Un quadrilatère est un polygone qui a **4 côtés**. Le rectangle, le losange et le carré sont des quadrilatères particuliers :
– **le rectangle** a 4 angles droits ;
– **le losange** a 4 côtés de même longueur ;
– **le carré** est à la fois un rectangle et un losange (4 angles droits et 4 côtés de même longueur).

Comment faire ?

▸ **Reconnaître une figure**

→ Pour reconnaître un **triangle isocèle,** il faut savoir que :
– si un triangle a 2 côtés de même longueur, alors il est isocèle ;
– si un triangle a 2 angles égaux, alors il est isocèle ;
– si un triangle a 1 axe de symétrie, alors il est isocèle.

→ Pour reconnaître un **triangle équilatéral,** il faut savoir que :
– si un triangle a 3 côtés de même longueur, alors il est équilatéral ;
– si un triangle a 3 angles égaux (ou 2 angles de 60°), alors il est équilatéral ;
– si un triangle a 3 axes de symétrie, alors il est équilatéral.

→ Si les diagonales d'un quadrilatère sont perpendiculaires et se coupent en leur milieu, alors c'est un **losange**.

→ Si les diagonales d'un quadrilatère ont même longueur et se coupent en leur milieu, alors c'est un **rectangle**.

→ Si les diagonales d'un quadrilatère ont même longueur, se coupent en leur milieu et sont perpendiculaires, alors c'est un **carré**.

Corrigés → livret, p. 24

S'entraîner

QUIZ-TEST

Coche la (ou les) bonne(s) réponse(s).

1 Un triangle équilatéral a :

a) 3 côtés de même longueur. ☐
b) 3 angles mesurant chacun 60°. ☐
c) 3 axes de symétrie. ☐

2 Dans un rectangle, les diagonales :

a) se coupent en leur milieu. ☐
b) sont de même longueur. ☐
c) sont perpendiculaires. ☐

3 ★★ Construire un triangle

Construis le point *B*, pour que le triangle *ABC* soit isocèle, sachant que la droite (*d*) est l'axe de symétrie de ce triangle.

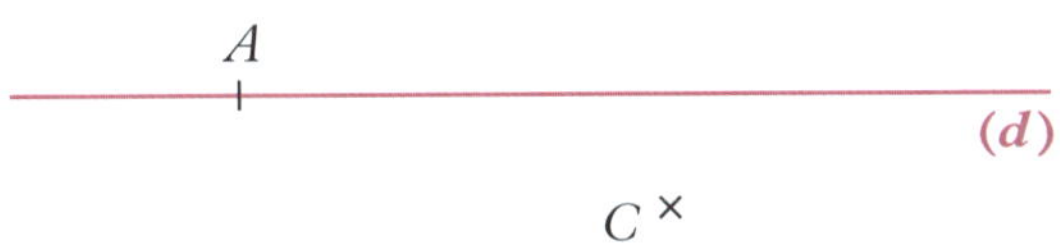

4 ★★ Construire un triangle

Construis le triangle isocèle *BOL*, de sommet principal *O*, tel que *BL* = 5 cm et *OI* = 3 cm, le point *I* étant le milieu du segment [*BL*].

5 ★ Contruire un triangle

a) Construis le triangle *MOA*, tel que *AM* = 4,5 cm et $\widehat{AMO} = \widehat{OAM} = 35°$.

b) Que peux-tu dire du triangle *MOA* ?

....

....

6 ★★ Lire une figure

1. Observe attentivement la figure ci-contre et complète les phrases suivantes.

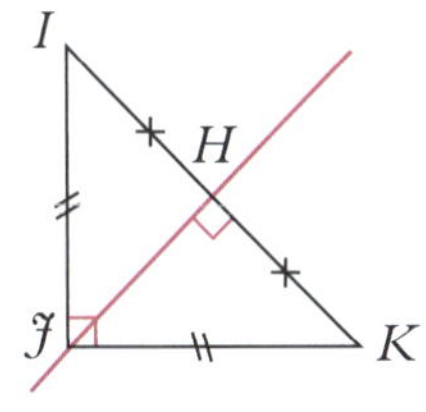

a) Le triangle *IJK* est .... parce qu'il a un angle .... : $\widehat{.....}$ = ... °.

b) Le triangle *IJK* est .... parce qu'il a deux côtés de ....

c) Dans le triangle .... *IJK*, les angles à la base sont .... : $\widehat{.....} = \widehat{.....}$.

d) Dans le triangle .... *IJK*, la droite (*JH*) est l'.................................... du triangle. C'est la .... du côté [*IK*], donc le point *H* est le .... du côté [*IK*].

e) La droite (*JH*) est aussi la .... de l'angle $\widehat{IJK}$. Les angles $\widehat{HJK}$ et $\widehat{.....}$ sont donc égaux :

$$\widehat{HJK} = \widehat{.....} = \frac{\widehat{.....}}{2}.$$

2. Combien mesure l'angle $\widehat{HJK}$?

....

3. Sachant que l'angle $\widehat{JIK}$ = 45°, code la figure.

7 ★★★ Construire un losange

Construis le losange *ROCK*, sachant que la droite (*xy*) est un de ses deux axes de symétrie.

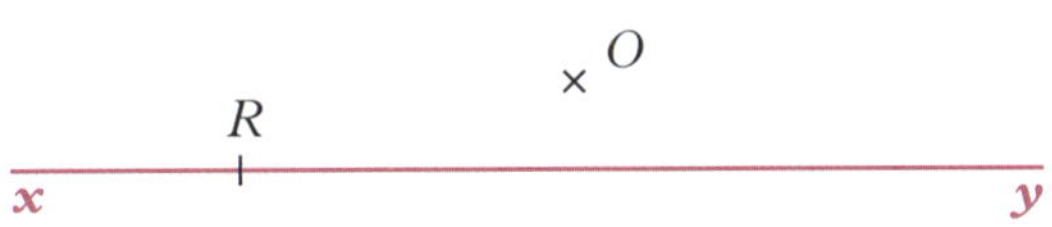

23 Quadrilatères particuliers

À savoir

- Un parallélogramme qui a un angle droit est **un rectangle**.
- Un parallélogramme qui a 2 côtés consécutifs (côtés qui se suivent) de même longueur est **un losange**.
- Un parallélogramme qui a un angle droit et 2 côtés consécutifs de même longueur est **un carré**.

Retiens l'essentiel

▸ **Un parallélogramme** *ABCD* a ses **côtés opposés parallèles et de même longueur**. Ses diagonales se coupent en leur milieu.

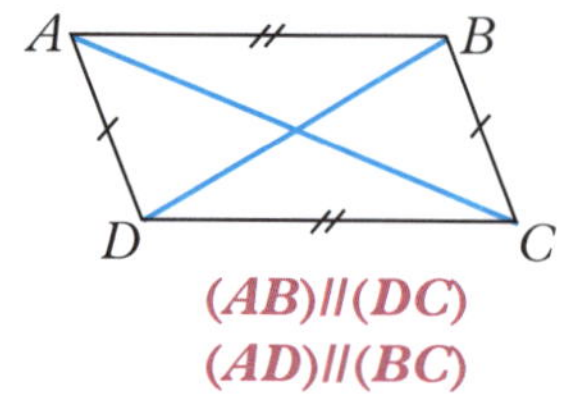

▸ **Un rectangle** *ABCD* a **4 angles droits** et ses **côtés opposés** sont **de même longueur**. Ses diagonales sont de même longueur et se coupent en leur milieu.

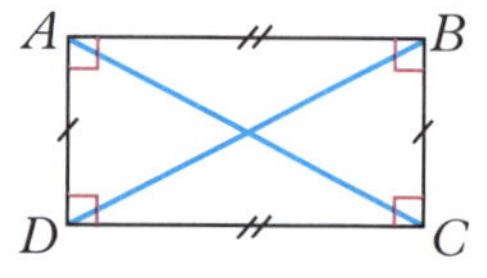

▸ **Un losange** *ABCD* a **4 côtés de même longueur**. Ses diagonales sont perpendiculaires et se coupent en leur milieu.

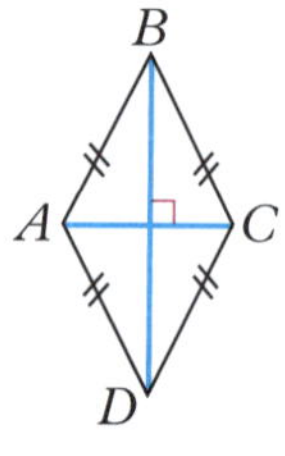

▸ **Un carré** *ABCD* a **4 angles droits et 4 côtés de même longueur**. Ses diagonales sont perpendiculaires, de même longueur et se coupent en leur milieu.

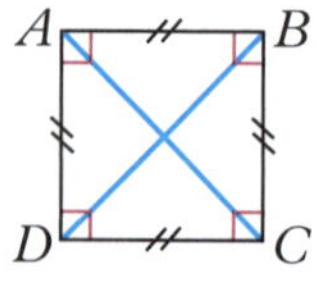

Comment faire ?

▸ Construire un parallélogramme en utilisant la définition

Pour construire le 4ᵉ sommet *D* du parallélogramme, connaissant les 3 sommets *A*, *B* et *C* :
- par *C*, on trace la droite (d_1) parallèle à la droite (*AB*) ;
- par *A*, on trace la droite (d_2) parallèle à la droite (*BC*) ;
- le point *D* est à l'intersection des droites (d_1) et (d_2).

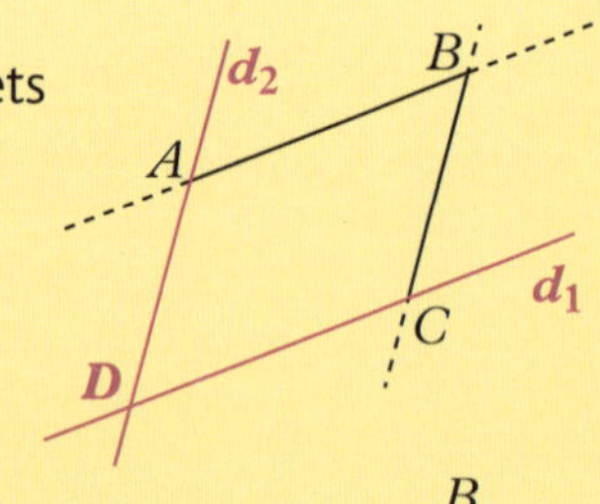

▸ Construire un losange en utilisant la définition

Pour construire le 4ᵉ sommet *D* du losange connaissant les 3 sommets *A*, *B* et *C* (tels que *AB* = *BC*) :
- en *A*, on trace un arc de cercle de longueur *AB* ;
- en *C*, on trace un arc de cercle de longueur *BC* = *AB* ;
- le point *D* est à l'intersection des 2 arcs de cercle.

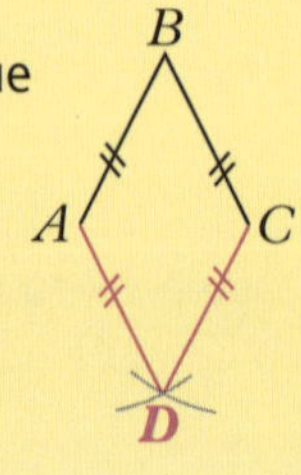

Corrigés → livret, p. 24

S'entraîner

QUIZ-TEST

Coche la (ou les) bonne(s) réponse(s).

1 Un rectangle a :

a) ses côtés opposés parallèles. .... ☐
b) ses côtés opposés perpendiculaires............ ☐
c) ses côtés opposés de même longueur. .... ☐

2 Un carré a :

a) ses côtés consécutifs parallèles. .... ☐
b) ses côtés consécutifs perpendiculaires......... ☐
c) ses côtés consécutifs de même longueur. .... ☐

3 ★★ Reconnaître des parallélogrammes

Nomme tous les parallélogrammes de la figure.

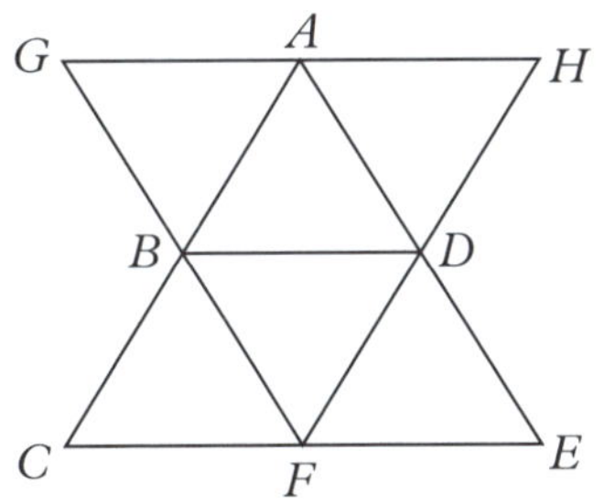

....

....

4 ★ Construire un parallélogramme

Construis le parallélogramme *ABCD*, tel que :
$AB = 4$ cm ; $AD = 2{,}5$ cm et $\widehat{BAD} = 40°$.

5 ★★ Construire des parallélogrammes

a) Place le point *C* pour que *ABCD* soit un parallélogramme (trace *ABCD* en rouge).
b) Place le point *E* pour que *ABDE* soit un parallélogramme (trace *ABDE* en vert).

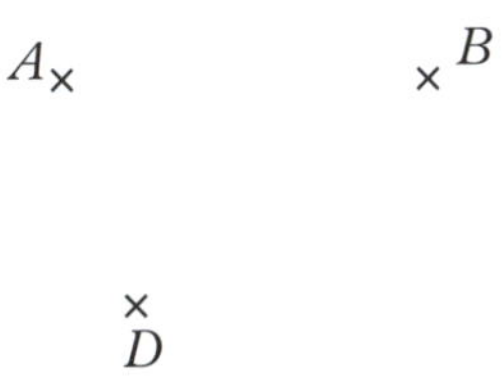

6 ★★★ Construire un carré

Construis un carré *ABCD* dont les diagonales mesurent 4 cm.

7 ★★ Quel est leur nom ?

Complète les phrases avec : carré – rectangle – losange – parallélogramme.

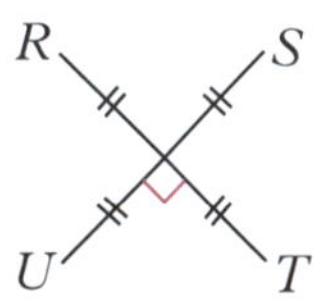

a) Le quadrilatère *RSTU* est un ....

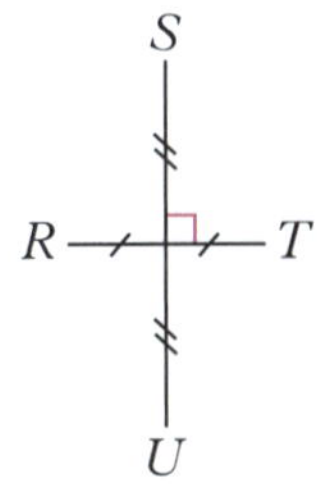

b) Le quadrilatère *RSTU* est un ....

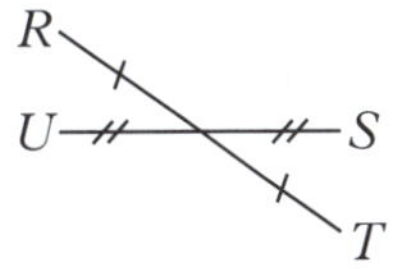

c) Le quadrilatère *RSTU* est un ....

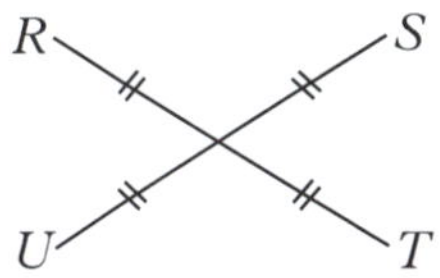

d) Le quadrilatère *RSTU* est un ....

Maths

24 Le parallélépipède rectangle

Mot-clé

Un solide

Un solide est une figure en volume indéformable, limitée par une surface fermée. Il existe différents solides : le pavé droit, le cube, le cône, la sphère, la pyramide...

Retiens l'essentiel

1 Le parallélépipède rectangle

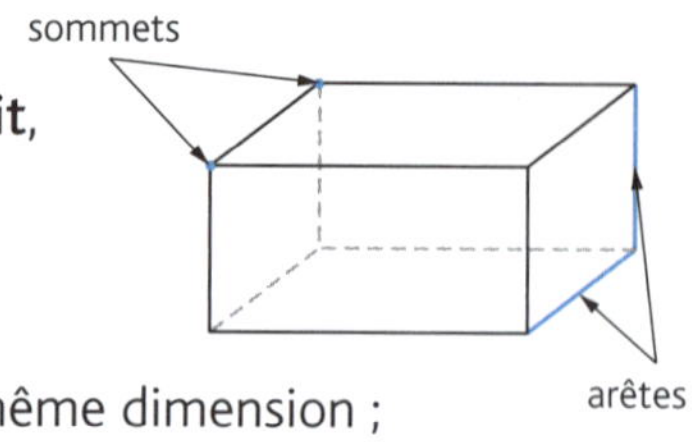

▸ **Un parallélépipède rectangle**, ou **pavé droit**, est un solide qui a 6 faces rectangulaires.

▸ Dans un parallélépipède rectangle :
– il y a **8 sommets** et **12 arêtes** ;
– les faces opposées sont des rectangles de même dimension ;
– les arêtes parallèles ont la même longueur.

2 Le cube

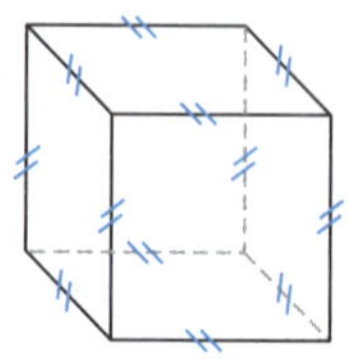

Le **cube** est un parallélépipède rectangle particulier :
– ses **6 faces** sont des carrés ;
– ses **12 arêtes** ont la même longueur.

Comment faire ?

▸ Représenter un parallélépipède rectangle en perspective cavalière

Pour représenter un parallélépipède rectangle en **perspective cavalière**, il est nécessaire de bien se le représenter mentalement (ou d'observer un modèle).

Dans la perspective cavalière :
– les droites parallèles dans la réalité sont dessinées parallèles sur le dessin ;
– les arêtes invisibles sont dessinées en pointillé.

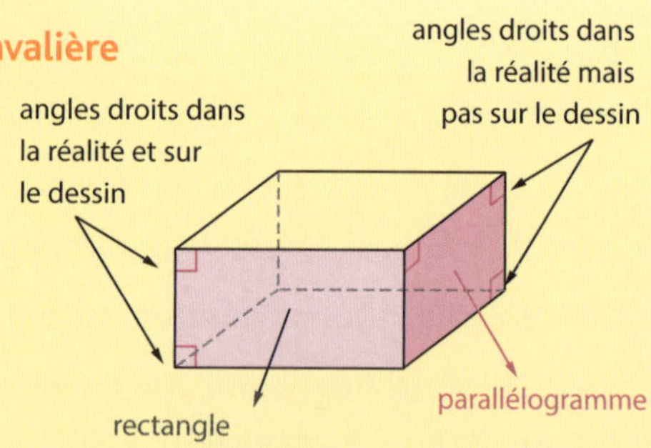

Attention !

Les angles droits dans la réalité ne sont pas toujours représentés par des angles droits sur le dessin.
Les 6 faces rectangulaires sont représentées par des rectangles ou par des parallélogrammes sur le dessin.

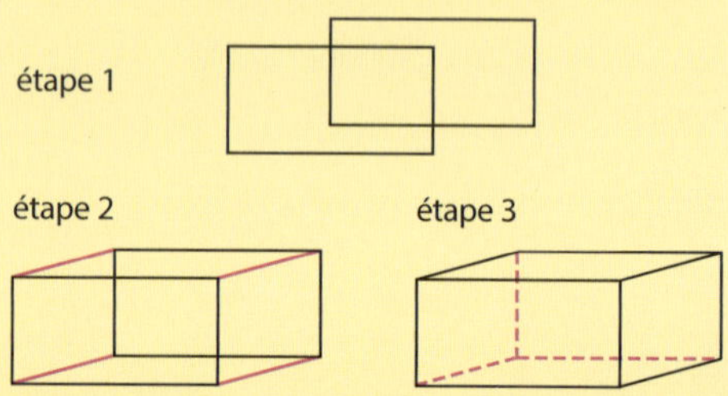

▸ Dessiner un patron d'un parallélépipède rectangle

Pour dessiner un patron d'un parallélépipède rectangle, il faut imaginer que l'on met à plat le parallélépipède, en le découpant suivant les arêtes. On peut construire plusieurs patrons différents pour un même parallélépipède. Le patron d'un parallélépipède rectangle est formé de 6 rectangles (**3 paires de rectangles de même dimension**).

Attention !

Toutes les arêtes qui sont superposées après pliage ont la même longueur.

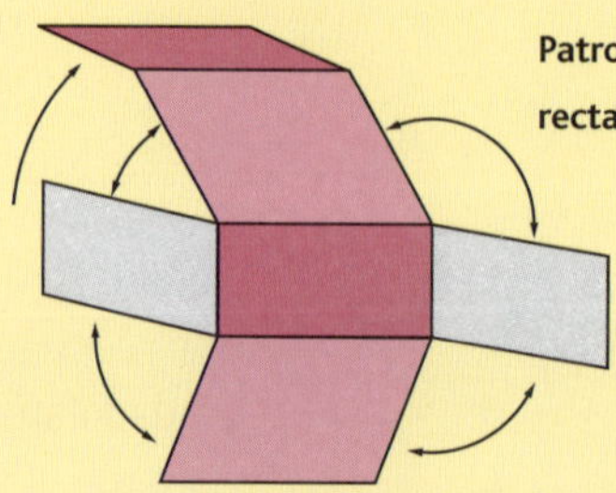

Patron d'un parallélépipède rectangle à l'échelle $\frac{1}{10}$

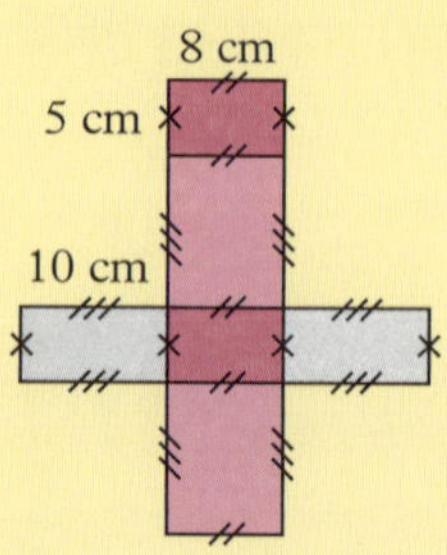

Corrigés → livret, p. 25

S'entraîner

QUIZ-TEST

Coche la (ou les) bonne(s) réponse(s).

1 Un parallélépipède rectangle a :

a) 6 faces carrées. ☐
b) 6 faces rectangulaires. ☐
c) 12 sommets. ☐

2 Un cube a :

a) 6 faces carrées. ☐
b) 8 sommets. ☐
c) 12 arêtes de même longueur. ☐

3 ★ Vocabulaire

Complète les phrases suivantes avec : 6, 12, parallèles, perpendiculaires, rectangles ou parallélépipède rectangle.

a) Le dessin ci-dessous en perspective représente un ....

b) Les ...... faces de ce solide sont des ....

c) Il a ...... arêtes.

d) Les droites (*AB*) et (*DC*) sont .... ; les droites (*AB*) et (*BF*) sont .... ; les droites (*AB*) et (*EF*) sont ....

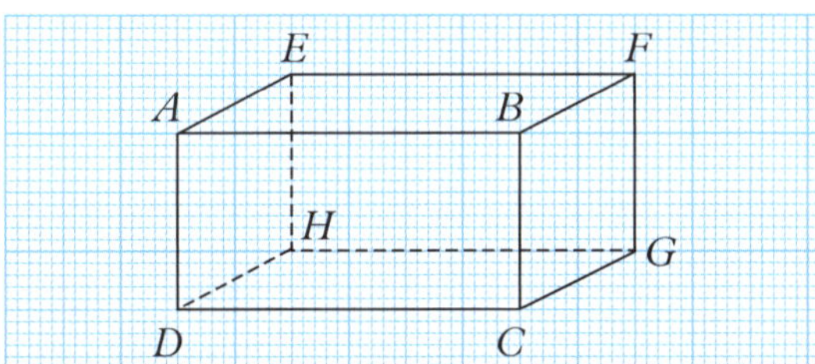

4 ★★ Nommer les sommets

Place les noms des quatre sommets manquants, sachant que les faces cachées s'appellent *CUIT*, *CHOU* et *HOLA*.

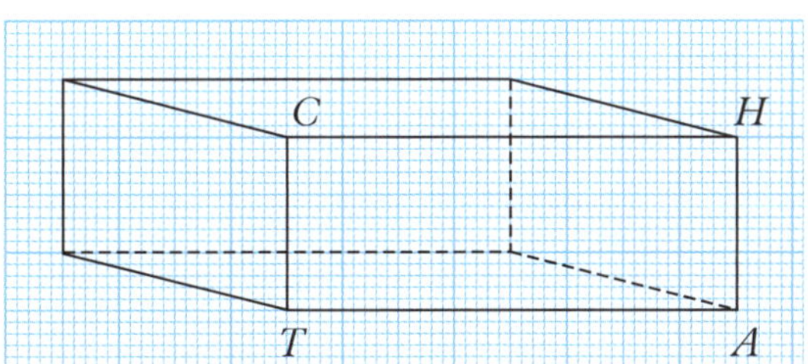

5 ★★ Vocabulaire

Complète les phrases suivantes.

a) Un .... rectangle dont toutes les dimensions sont égales s'appelle un ....

b) Ce dessin en perspective représente un ....

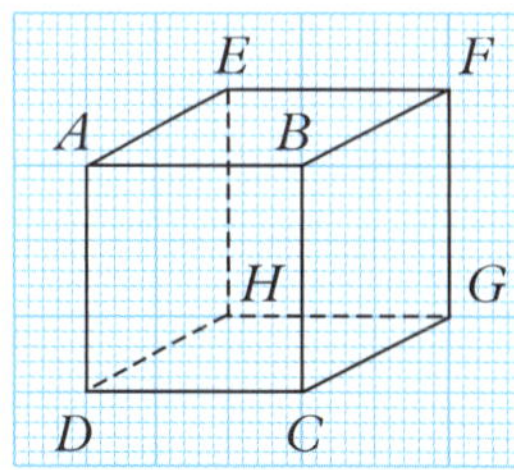

c) Ses .... ont la même ....

d) Le segment [*AB*] est une .... du cube.

e) Le segment [*AB*] est un .... du carré *ABCD*.

6 ★★ Lire un dessin en perspective

Nomme toutes les arêtes :

a) qui mesurent 50 cm ; ....

b) qui mesurent 70 cm ; ....

c) qui mesurent 20 cm. ....

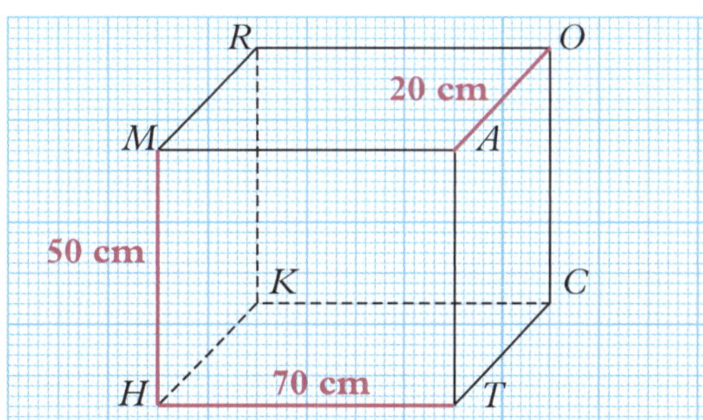

25 Solides particuliers

Mot-clé

Le polygone

Un polygone est une figure géométrique plane fermée, formée de segments consécutifs.

- Polygone à 3 côtés = **triangle**.
- Polygone à 4 côtés = **quadrilatère**.
- Polygone à 5 côtés = **pentagone**.
- Polygone à 6 côtés = **hexagone**.

Retiens l'essentiel

1 Le prisme droit et le cylindre de révolution

Le prisme droit et **le cylindre de révolution** ont **2 faces parallèles et superposables** appelées **bases**.

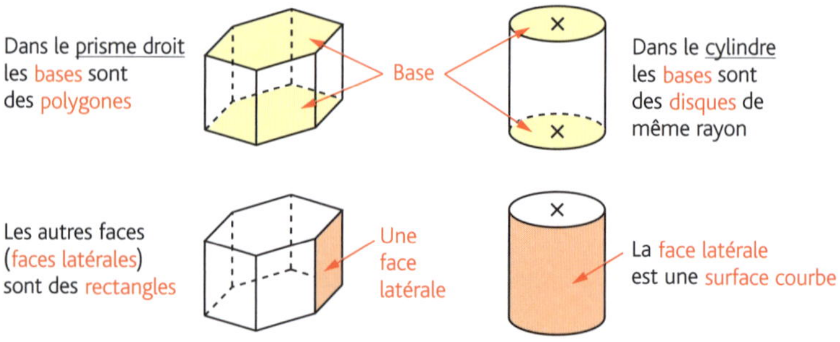

2 La pyramide et le cône de révolution

La pyramide et le cône de révolution ont **une base** et **un sommet** opposé à la base.

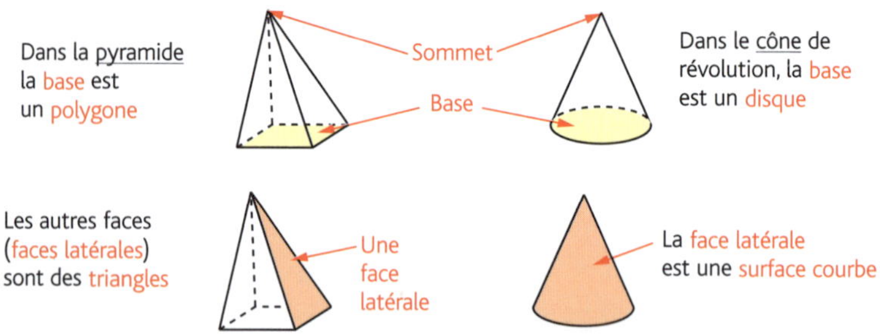

3 La boule

La boule est l'ensemble **des points dont la distance au centre** est **inférieure ou égale** à un nombre donné, appelé le **rayon de la boule**.

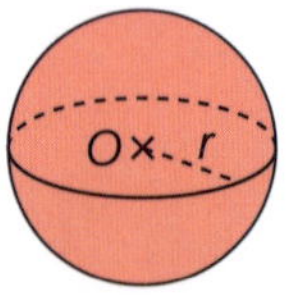

O est le centre de la boule.
r est le rayon de la boule.

Comment faire ?

Dessiner des disques en perspective cavalière

Les disques sont représentés par des ovales s'ils ne sont pas vus de face.

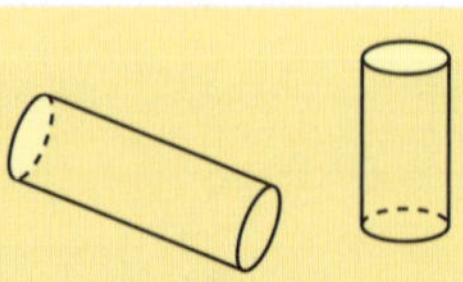

Corrigés → livret, p. 25

S'entraîner

QUIZ-TEST

Coche la (ou les) bonne(s) réponse(s).

1 Un cylindre de révolution a :

a) un disque de base. ☐
b) deux disques de même rayon appelés bases. ☐
c) un sommet. ☐

2 Un cône de révolution :

a) un disque de base. ☐
b) deux disques de même rayon appelés bases. ☐
c) un sommet. ☐

3 ★ Reconnaître les solides

Indique au brouillon le nom des différents solides.

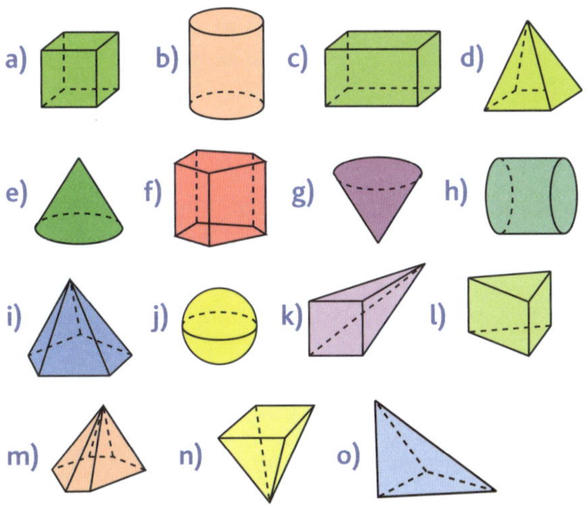

4 ★★ Vocabulaire

Complète les phrases avec les mots suivants : sommet – base(s) – arête(s) – prisme droit – pyramide.

a)

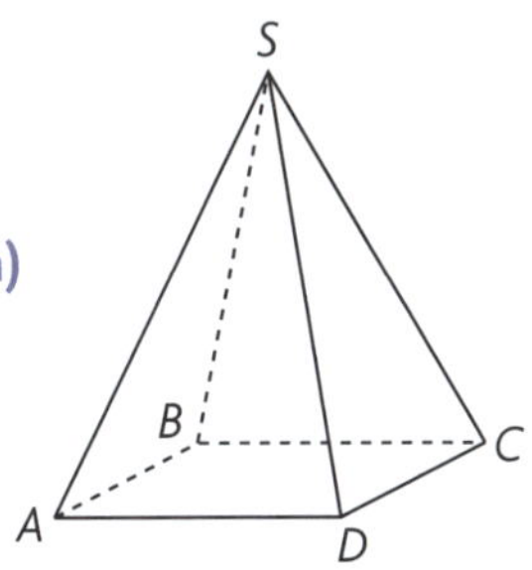

b)

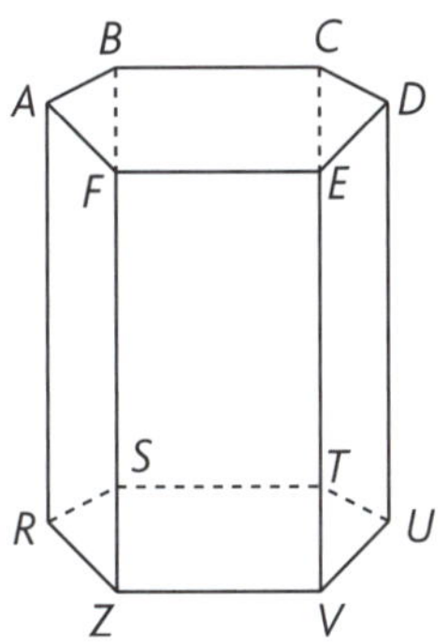

a) **1.** Le solide *SABCD* est une ....

2. Le point *S* est le .... de la ....

3. Le carré *ABCD* est la ....

4. Les droites (*SA*), (*SB*), (*SC*) et (*SD*) sont des ....

b) **1.** Le solide *ABCDEFRSTUVZ* est un ....

2. Les polygones *ABCDEF* et *RSTUVZ* sont les .... du ....

3. Les droites (*AR*), (*DU*), (*BS*) sont des ....

5 ★★★ À qui est ce patron ?

Retrouve le patron d'un cylindre de révolution, d'un cône, d'une pyramide à base carrée et d'un prisme droit parmi les dessins suivants.

a)

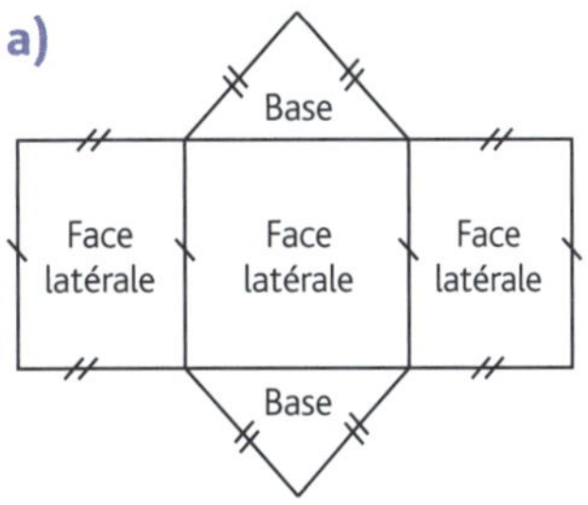

....
....

b)

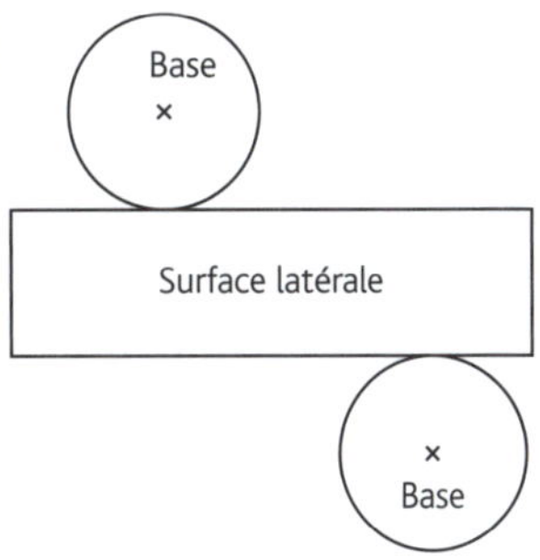

c)

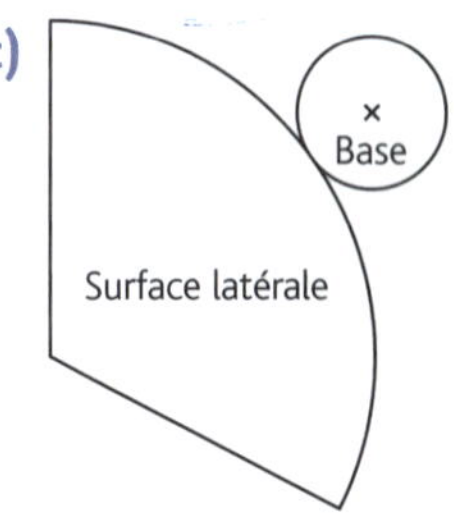

....

d)

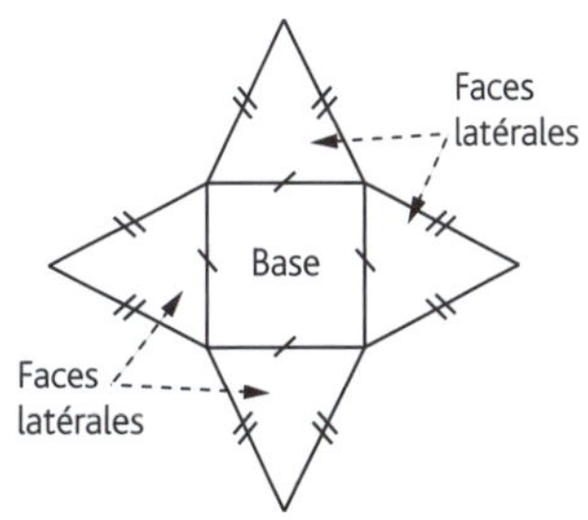

....

26 Périmètre et aire

Attention !

La figure qui a la plus grande aire n'a pas toujours le plus grand périmètre.

Ex. :

aire = 8 cm²
P = 12 cm

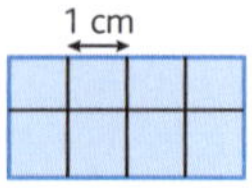

aire = 6 cm²
P = 14 cm

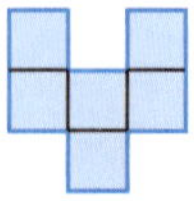

Retiens l'essentiel

1 Définitions

- **Le périmètre** d'une figure géométrique est la longueur de **son contour**.
- **L'aire** d'une figure géométrique est la mesure de **sa surface intérieure**.

Ex. : 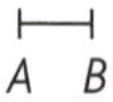 Ce segment représente 1 cm.

 Ce carré représente 1 cm².

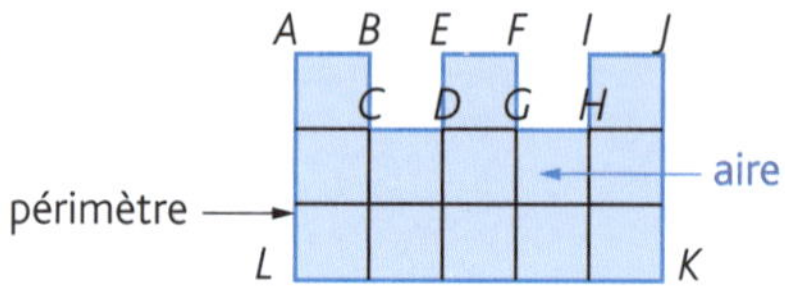

→ Le périmètre de cette figure mesure 20 cm. En effet :

$P = AB + BC + CD + DE + EF + FG + GH + HI + IJ + JK + KL + LA$.

→ Sa surface mesure 13 cm². En effet, elle est composée de 13 carreaux de 1 cm².

2 Unités

- **Le périmètre** s'exprime avec **les unités de longueur** (m, cm, km...).
- **La surface** s'exprime dans **les unités d'aire**. L'unité principale d'aire est le **mètre carré** (notation : **m²**). C'est l'aire d'un carré de 1 mètre de côté.
- **Attention !** Deux figures peuvent avoir le même périmètre et pas la même aire.

Ex. :

aire = 8 cm² 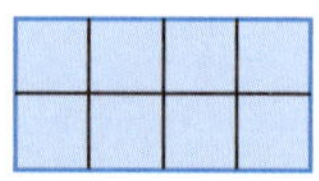 *P* = 12 cm 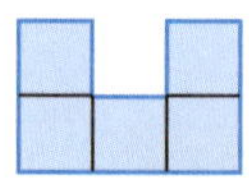 aire = 5 cm²

Deux figures peuvent avoir la même aire et pas le même périmètre.

Ex. :

P = 12 cm 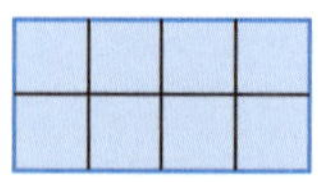 aire = 8 cm² 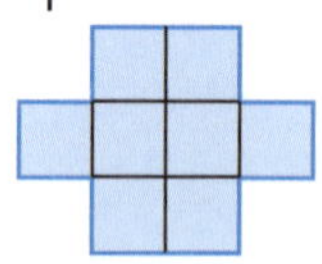 *P* = 14 cm

Comment faire ?

Transformer des unités d'aire

→ Pour transformer des unités d'aire, on utilise le tableau de conversion suivant :

km²		hm²		dam²		m²		dm²		cm²		mm²	
				1	5,	0	7						
				1	5	0	7						
			0,	1	5	0	7						
				1	5	0	7	0	0				

Attention ! Il faut placer 2 **chiffres par colonne d'unité d'aire**, et **compléter avec des zéros les cases vides.**

Ex. : 15 dam² 7 m² = 15,07 dam² = 1 507 m² = 0,150 7 hm² = 150 700 dm².

→ On passe d'une unité d'aire à l'unité d'aire suivante en multipliant par 100. Inversement, on passe d'une unité d'aire à l'unité précédente en divisant par 100.

Corrigés → livret, p. 25

S'entraîner

QUIZ-TEST

Coche la (ou les) bonne(s) réponse(s).

1 Le périmètre d'une figure est :

a) la mesure de la surface intérieure. .... ☐
b) la longueur de son contour. .... ☐
c) mesuré en mètres carrés. .... ☐

2 3 hm² 12 dam² 5 m² est égal à :

a) 31 205 m². .... ☐
b) 312,05 dam². .... ☐
c) 312 050 000 cm². .... ☐

3 ★ Aire et périmètre

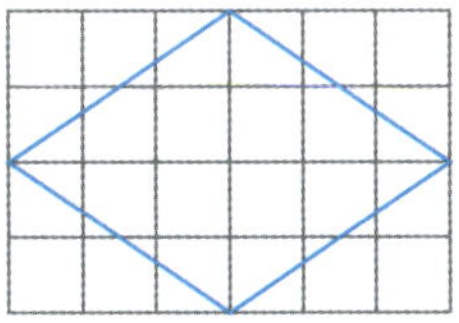

a) En décomposant ce losange en 4 triangles, trouve son aire (en carreaux).

....

....

b) Mesure les longueurs des côtés de ce losange.

....

....

c) Calcule le périmètre de ce losange.

....

....

4 ★★ À l'aide d'un quadrillage

Sur ce quadrillage, un carreau représente 10 000 km².

a) Donne un encadrement de la superficie de la France, en utilisant le rectangle intérieur et le carré extérieur à la carte.

....

....

....

b) Trouve la valeur approximative de cette aire à l'aide du quadrillage.

....

....

....

5 ★★ Périmètre ou aire ?

Complète les phrases suivantes avec : un périmètre ou une aire.

a) Pour mettre une clôture autour de son champ, M. André doit calculer ....

b) Pour remplacer le carrelage de la salle de bains, le père de Sam calcule ....

c) Pour recouvrir d'une tapisserie les murs de sa chambre, la reine a fait calculer ....

d) Pour mettre une guirlande de rubans autour d'une fontaine, Louis XIV a fait calculer ....

6 ★★ Changement d'unités d'aire

Transforme dans l'unité donnée.

a) $17,5\ dam^2$ = ... m^2

b) $0,093\ hm^2$ = ... dam^2

c) $235\ cm^2$ = ... mm^2

d) $9\ km^2\ 7\ hm^2\ 10\ dam^2$ = ... hm^2

e) $0,35\ dm^2$ = ... mm^2

f) $183,9\ m^2$ = ... hm^2

7 ★★★ Changement d'unités d'aire

Trouve l'unité manquante.

a) $3\ m^2\ 7\ 500\ cm^2$ = 375 ....

b) $19,08\ m^2$ = 0,001 908 ....

c) $587\ dam^2\ 9\ m^2$ = 5,870 9 ....

d) $17,5\ dm^2$ = 175 000 ....

e) $0,388\ dam^2$ = 3 880 ....

27 Calcul de périmètres et d'aires

À savoir

Unités d'aire particulières

Pour mesurer des terrains, on utilise souvent :
– **l'hectare** (qui se note **ha**)
1 ha = 1 hm² ;
– **l'are** (qui se note **a**)
1 a = 1 dam².

1 ha = 100 a ;
1 a = 0,01 ha.

Retiens l'essentiel

1 Le rectangle

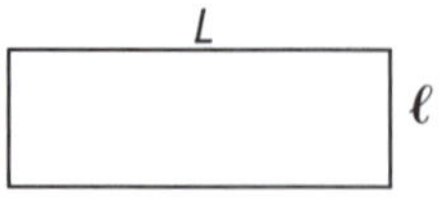

- **Pour calculer le périmètre** d'un rectangle, on additionne la longueur (L) et la largeur (ℓ) et on multiplie par 2 : $(L + \ell) \times 2$.
- **Pour calculer l'aire**, on multiplie la longueur par la largeur : $L \times \ell$.

2 Le carré

- **Pour calculer le périmètre** d'un carré, on multiplie la longueur du côté par 4 : $c \times 4$.
- **Pour calculer l'aire**, on multiplie la longueur du côté par elle-même : $c \times c$.

3 Le triangle rectangle

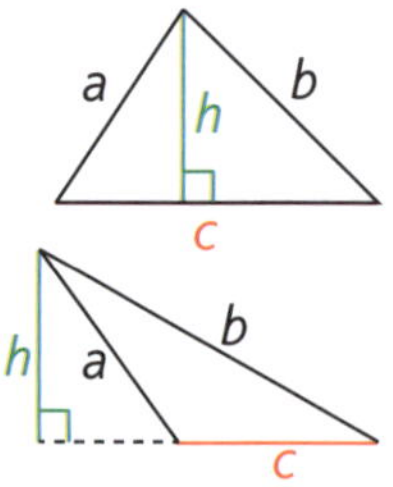

- **Pour calculer le périmètre** d'un triangle, on additionne les longueurs des 3 côtés : $a + b + c$.
- **Pour calculer l'aire**, on multiplie la longueur d'un côté par la hauteur correspondante et on divise par 2 : $\frac{c \times h}{2}$.

Comment faire ?

Appliquer une formule d'aire ou de périmètre

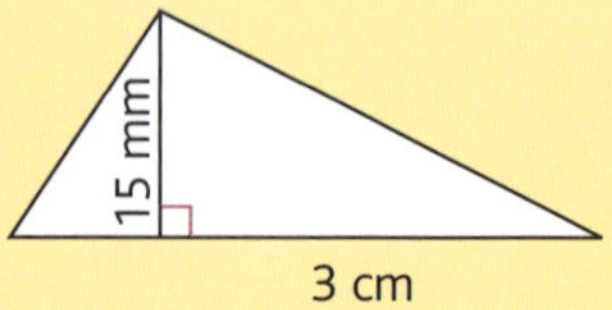

→ On écrit la formule. Pour le triangle ci-contre : aire = $\frac{c \times h}{2}$.

→ On remplace les lettres par leur valeur dans la formule et on effectue les calculs.

$$\text{Aire} = \frac{3 \times 1{,}5}{2} = (3 \times 1{,}5) : 2 = 4{,}5 : 2 = 2{,}25.$$

Attention ! Pour pouvoir utiliser la formule, il faut que les **longueurs** soient exprimées dans la **même unité**. Ici : L = 3 cm et ℓ = 15 mm = 1,5 cm.

→ On écrit une phrase-réponse **sans oublier l'unité** : l'aire de ce triangle est de 2,25 cm².

Calculer l'aire d'une surface

Pour calculer l'aire d'une surface, on peut ajouter ou soustraire des aires.

Ex. :

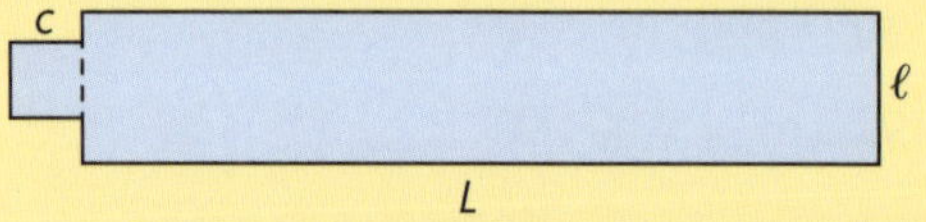

L = 55 m
ℓ = 10 m
c = 5 m

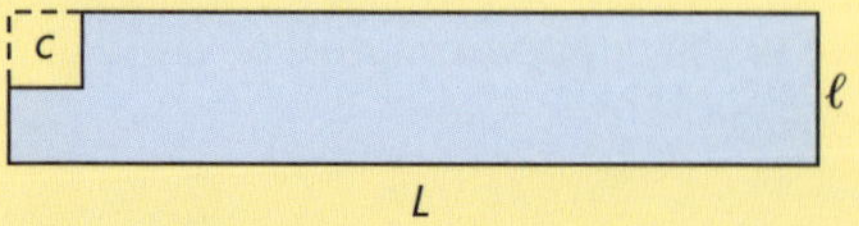

Aire = (55 × 10) + (5 × 5).
L'aire de cette surface est de 575 m².

Aire = (55 × 10) – (5 × 5).
L'aire de cette surface est de 525 m².

Corrigés → livret, p. 26

S'entraîner

QUIZ-TEST

Coche la (ou les) bonne(s) réponse(s).

1 **1 km² 5 hm² 6 m² est égal à :**

a) 105,000 6 hm². .... ☐
b) 105,000 6 ha. .... ☐
c) 10 500,06 ares. .... ☐

2 **Ce rectangle a :**

a) un périmètre de 18 m. .... ☐
b) une aire de 18 m. .... ☐
c) une aire de 18 m². .... ☐

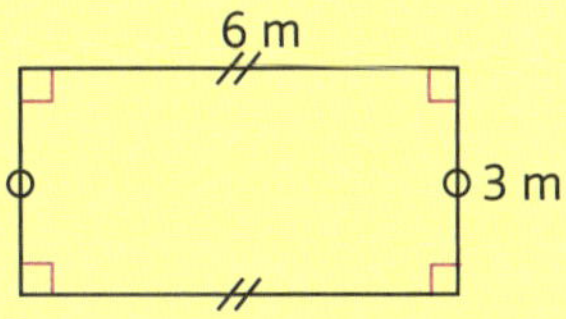

3 ★★ De la plus petite à la plus grande

Range les places suivantes par ordre croissant de superficie :

- *Pékin* : place Tienanmen 39,6 ha ;
- *Paris* : place Vendôme 3,61 hm^2 / place de la Concorde 8,48 ha / place du Trocadéro 18 000 m^2 ;
- *Lyon* : place Bellecour 310 m sur 200 m ;
- *Venise* : place Saint-Marc 150 a.

....
....
....
....
....
....

4 ★★ Périmètre et aire d'un rectangle

Complète le tableau suivant qui donne les dimensions de trois rectangles.

longueur	15 m	3,5 m	1,5 dm
largeur	12 m	25 dm	7 cm
périmètre	....	....	....
aire	....	....	....

5 ★★ Périmètre et aire d'un carré

Complète le tableau suivant qui donne les dimensions de trois carrés.

côté	4 dm	....	....
périmètre	....	18,4 cm	....
aire	....	....	9 m^2

6 ★★ Calcule le périmètre et l'aire du triangle *ABC*.

BC = 2,5 cm *AB* = 1,8 cm
BH = 1,5 cm *AC* = 3 cm

....
....

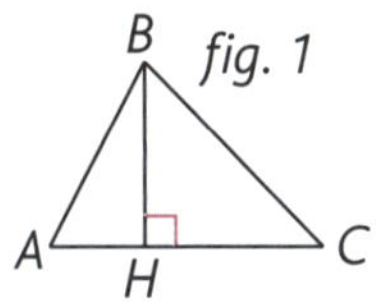

fig. 1

AB = 25 mm *AC* = 1,6 cm
BC = 1,5 cm *AH* = 15 mm

....
....

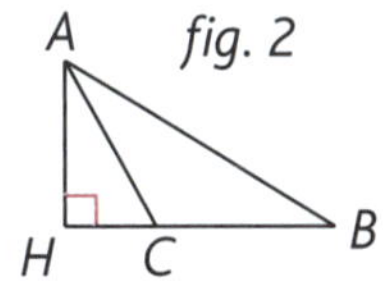

fig. 2

AB = 2,5 cm *AC* = 2 cm
BC = 1,5 cm

....
....

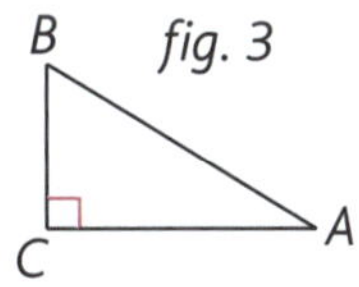

fig. 3

7 ★★★ Calculer l'aire d'une surface

Calcule l'aire de chaque surface de réparation de ce terrain de football et l'aire du terrain restant.

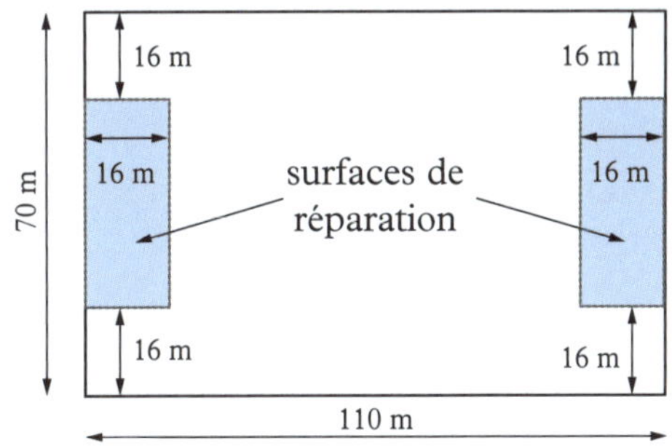

....
....
....
....
....

Maths

28 Les volumes

Retiens l'essentiel

1 Unités

L'unité principale de volume est **le mètre cube** (abréviation : **m³**). Un mètre cube (1 m³) est le volume d'un cube dont l'arête mesure un mètre.

2 Formules

▶ **Le volume d'un parallélépipède rectangle** est égal au produit de ses trois dimensions, exprimées dans la même unité : $V = L \times \ell \times h$.

Ex. : V = 5 × 4 × 3 = 60 m³.

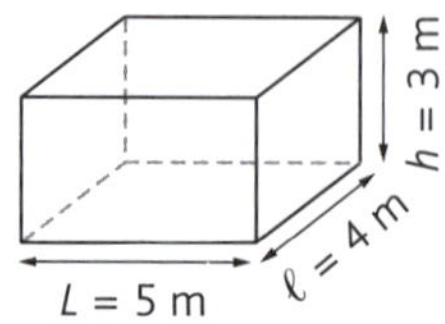

▶ **Le volume d'un cube** d'arête *c*, est :

$V = c \times c \times c = c^3$ (se lit « *c* au cube »).

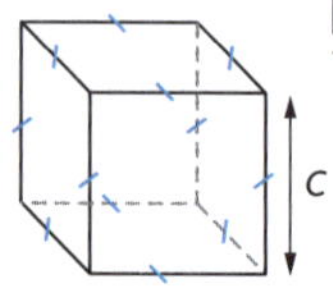

Attention !

Si les dimensions d'un solide sont exprimées en mètres, le volume est en m³. Si ses dimensions sont exprimées en centimètres, le volume est en cm³…

Comment faire ?

▶ Convertir les unités de volume

Pour convertir les unités de volume, on peut utiliser un tableau de conversion.

m³			dm³			cm³			mm³		
		1	0	0	0						
					1	0	0	0			
								1	0	0	0
					5	3	4	9			

1 m³ = 1 000 dm³
1 dm³ = 1 000 cm³
1 cm³ = 1 000 mm³

Attention !
Il y a 3 chiffres par unité de volume.

Ex. : Ce nombre se lit : 5,349 dm³ ou 5 349 cm³ ou 5 349 000 mm³ ou 0,005 349 m³.

▶ Convertir les unités de capacité

Pour convertir les unités de capacité, on utilise le tableau ci-dessous.

Attention ! Il y a 1 chiffre par unité de capacité.

hL	daL	L	dL	cL	mL
		5	3	2	

1 L = 10 dL = 100 cL = 1 000 mL
= 0,1 daL = 0,01 hL.

Ex. : Ce nombre se lit : 5,32 L ou 53,2 dL ou 532 cL ou 0,0532 hL.

▶ Passer des unités de capacité aux unités de volume

Pour passer des unités de capacité aux unités de volume, il faut retenir que : **1 L = 1 dm³**.

m³			dm³			cm³			mm³		
			hL	daL	L	dL	cL	mL			
						7	5				

Ex. : Dans ce tableau, on lit : 75 cl ou 750 cm³ ou 0,75 dm³.

Corrigés → livret, p. 26

S'entraîner

QUIZ-TEST

Coche la (ou les) bonne(s) réponse(s).

1 Le volume d'un cube d'arête 2 cm est :

a) $2 \times 2 \times 2$. ☐
b) $2 + 2 + 2$. ☐
c) 8 cm^3. ☐

2 1,5 dm^3 est égal à :

a) 1,5 L. ☐
b) 1 500 cm^3. ☐
c) 0,15 m^3. ☐

3 ★ Le volume d'un pavé droit

Quel est le volume d'un parallélépipède rectangle de dimensions 5 cm, 7 cm, 4 cm ?

....

4 ★★ Déduire la hauteur

Un pavé a un volume de 4,5 dm^3. Quelle est sa hauteur, sachant que sa longueur mesure 25 cm et sa largeur 15 cm ?

....

....

5 ★★ Le volume d'un cube

Quel est le volume d'un cube d'arête :

a) 5 m ? → ....
b) 0,5 m ? → ....
c) 0,05 m ? → ....

(Choisis intelligemment l'unité pour la réponse.)

6 ★★ Le volume d'un cube

Chaque face d'un cube est un carré de 25 cm^2. Quel est le volume de ce cube ?

....

7 ★ Conversions

Convertis les volumes suivants.

a) 4,9 dm^3 = ... cm^3
b) 5 730 dm^3 = ... m^3
c) 0,8 m^3 = ... cm^3
d) 53,47 cm^3 = ... mm^3

8 ★ Conversions

Convertis les capacités suivantes.

a) 0,5 hL = ... L = ... cL
b) 2,5 dL = ... L = ... cL
c) 180 mL = ... L = ... hL

9 ★★ Le volume d'un pavé droit

Une caisse parallélépipédique a pour dimensions : 7,2 m ; 75 cm ; 6 dm. Quel est son volume :

a) en m^3 ? → ....
b) en dm^3 ? → ....
c) en cL ? → ....

10 ★★★ Jeu de construction

Sam range ses cubes de 5 cm d'arête dans une boîte parallélépipédique de longueur 25 cm, de largeur 15 cm et de hauteur 10 cm.

a) Combien de cubes place-t-il dans le sens de la longueur ? Dans le sens de la largeur ?

....

b) Dans le sens de la hauteur ?

....

c) Sachant qu'il a complètement rempli la boîte, combien a-t-il de cubes ?

....

d) Comment aurais-tu pu calculer directement le nombre de cubes de Sam ?

....

....

Corrigés → livret, p. 26

Maths : fais le bilan !

Coche, pour chaque exercice, la bonne réponse. Reporte-toi ensuite aux corrigés, p. 26, pour obtenir ton score sur 10.

1 Dix-neuf millions cinq mille vingt s'écrit :

a) 19 500 020. ☐
b) 19 520 000. ☐
c) 19 005 020. ☐

2 Le point d'abscisse 11,5 est :

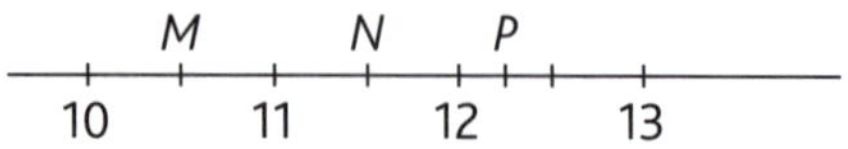

a) *M*. ☐
b) *N*. ☐
c) *P*. ☐

3 7,13 dam est égal à :

a) 71,3 m. ☐
b) 0,713 m. ☐
c) 71,3 cm. ☐

4 $15 \times \frac{2}{3}$ **est égal à :**

a) (15 × 2) : 3. ☐
b) (15 × 3) : 2. ☐
c) (15 × 2) × 3. ☐

5 Si les droites (d_1) et (d_2) sont perpendiculaires à une même droite (d_3), alors :

a) les droites (d_1) et (d_2) sont perpendiculaires entre elles. ☐
b) les droites (d_1) et (d_3) sont parallèles. ☐
c) les droites (d_1) et (d_2) sont parallèles. ☐

6 La droite (*MI*) est :

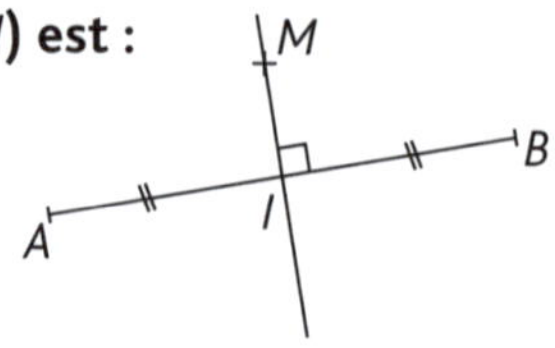

a) la médiatrice du segment [*AB*]. ☐
b) parallèle au segment [*AB*]. ☐
c) une bissectrice. ☐

7 Si *OS* = *OR* = *OT* = 5 cm, le diamètre du cercle est :

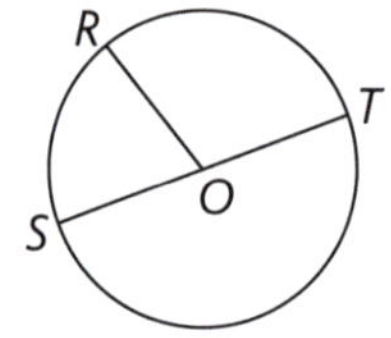

a) 5 cm. ☐
b) 10 cm. ☐
c) 2,5 cm. ☐

8 L'angle $\widehat{ABC}$ est un angle :

a) aigu. ☐
b) obtus. ☐
c) droit. ☐

9 Un triangle équilatéral a :

a) un angle droit. ☐
b) deux côtés de même longueur. ☐
c) trois côtés de même longueur. ☐

10 1 litre est égal à :

a) 1 m³. ☐
b) 1 dm³. ☐
c) 100 cm³. ☐

TOTAL BILAN …. /10

Anglais

1 Conjugaison de *Be* / *This* et *that* 124
2 Noms – Articles – Adjectifs 126
3 Questions-Réponses 128
4 Les adjectifs possessifs et le cas possessif 130
5 La localisation : *dans*, *sur*, *entre*, *devant* 132
6 *Have got* / *How many* / Question-tags 134
7 *There is* – *There are* / *Some* – *Any* – *No* 136
8 La date et l'heure 138
9 Le présent simple 140
10 Pronoms personnels / Comparatif de supériorité / Impératif 142
11 Le présent en *be* + *V-ing* 144
12 Pouvoir (*can*) et devoir (*must*) 146
13 L'expression du futur 148
14 Le prétérit (le passé) 150

Fais le bilan ! 152

1 Conjugaison de *Be* / *This* et *that*

Retiens l'essentiel

Mot-clé

Les pronoms personnels
he / she / it

On emploie :
– ***he*** pour les êtres vivants masculins ;
– ***she*** pour les êtres vivants féminins ;
– ***it*** pour les choses (neutres en anglais).

1 Conjugaison de *be* (*être*) : forme pleine et forme contractée

affirmation		interrogation	négation	
forme pleine	*forme contractée*		*forme pleine*	*forme contractée*
I am =	I'm	Am I?	I am not =	I'm not
You are =	You're	Are you?	You are not =	You aren't
He is =	He's	Is he?	He is not =	He isn't
She is =	She's	Is she?	She is not =	She isn't
It is =	It's	Is it?	It is not =	It isn't
We are =	We're	Are we?	We are not =	We aren't
You are =	You're	Are you?	You are not =	You aren't
They are =	They're	Are they?	They are not =	They aren't

▶ La forme contractée s'emploie surtout dans la langue parlée. À l'écrit, elle est réservée au registre familier.

2 Écriture de quelques nombres

1 : one	2 : two	3 : three	4 : four
5 : five	6 : six	7 : seven	8 : eight
9 : nine	10 : ten	11 : eleven	12 : twelve

Comment faire ?

Piste 1

▶ Employer *be* pour interroger quelqu'un sur son nom, sa nationalité, son âge, sa santé et pour répondre à ces questions

Ex. : – What's your name? My name is Kevin. (Je m'appelle Kevin.)
– What's your nationality? I'm French. (Je suis français.)
– How old are you? I'm eleven. (Quel âge as-tu ? Onze ans.)
– How are you? I'm fine, thank you. (Comment vas-tu ? Bien, merci.)

▶ Présenter quelqu'un, désigner une personne ou un objet

This (pluriel : ***these***) et ***that*** (pluriel : ***those***) sont des adjectifs ou des pronoms démonstratifs.

This et ***these*** servent à désigner ce qui est proche de nous.

That et ***those*** servent à désigner ce qui est éloigné de nous.

Ex. : – This lesson is easy. (Cette leçon est facile.)
– Look at that boat! (Regarde ce bateau !)

Corrigés → livret, p. 27

S'entraîner

QUIZ-TEST

Coche la (ou les) bonne(s) réponse(s).

1 Dans la phrase « He's eleven. », *he* représente :

- a) un garçon. ☒
- b) une fille. ☐
- c) un livre. ☐

2 À la question « Is Kate English? », on peut répondre :

- a) No, I'm not. ☐
- b) Yes, she is. ☒
- c) No, it isn't. ☐

3 ★ Pronoms personnels sujets

Remplace le sujet entre parenthèses par le pronom personnel correspondant.

a) (*Simon*) He is an English boy.

b) (*Sandra*) She is an English girl.

c) (*Simon and Sandra*) They are English.

d) (*Sport*) It is good for me.

e) (*Damien and I*) We are French.

4 ★★ Formes contractées de *be*

Mets les phrases suivantes à la forme contractée et remplace le sujet par le pronom personnel correspondant, comme dans l'exemple.

Ex. : Alan is American. → He's American.

a) Diana is English. → She's english

b) Noa and I are French. → We are French

c) Julia is Italian. → She is italian

d) Bob is a taxi-driver. → He is a taxi-driver

5 ★★ Formes interrogatives et négatives

Mets les phrases suivantes à la forme interrogative, puis négative.

a) Sue is English. → Is Sue english? Sue isn't are english

b) She's from London. → From she's London? She isn't from London

c) Lucas and Cindy are French. → are Lucas and Cindy French? Lucas and Cindy isn't are French

d) They're from Paris. → Are they from Paris? They isn't are from Paris!

6 ★★ Compléter des mots

Complète les mots en ajoutant les lettres ou les signes qui manquent.

a) Mr Johnson is from London.

b) This is my friend Stéphane.

He's from Lyon.

c) I'm French. I'am eleven.

d) My sister is eight.

e) What is that?

7 ★★★ Construire des phrases

Imagine que tu arrives en Angleterre. Dis à ta famille d'accueil :

a) comment tu t'appelles ;

What's your name

b) que tu es français(e) ;

I am French

c) que tu as onze ans.

I am eleven

8 ★ Écrire des nombres

Écris en toutes lettres :

a) 3 : three	e) 8 : haight
b) 4 : four	f) 12 : twelve
c) 10 : ten	g) 5 : five
d) 7 : seven	h) 11 : eleven

Anglais

2 Noms – Articles – Adjectifs

Retiens l'essentiel

Piste 2

Attention aux pluriels irréguliers !

Ex. : one man (un homme) → two men
one woman (une femme) → two women
one child (un enfant) → two children
one tooth (une dent) → two teeth
one foot (un pied) → two feet
one mouse (une souris) → two mice

À savoir

- ***People*** est toujours suivi d'un verbe au pluriel.
Ex. : The people are in the street. (Les gens sont dans la rue.)
- ***Hair*** est toujours suivi d'un verbe au singulier.
Ex. : My hair is curly. (Mes cheveux sont frisés.)

1 Les noms

- La plupart des noms prennent un *s* au pluriel.
Ex. : one cat (un chat) → two cats
- Les noms terminés par *s*, *x*, *sh* ou *ch* prennent *es* au pluriel.
Ex. : one box (une boîte) → two boxes (Cette terminaison *es* se prononce [iz].)
- Les noms terminés par *y* font leur pluriel en *ies* si le *y* est précédé d'une consonne.
Ex. : one lady (une dame) → two ladies

2 Les articles

- **L'article indéfini singulier est *a* (*un*, *une*).**

– L'article *a* devient *an* devant un mot commençant par une voyelle.
Ex. : a boy a girl an orange
a card an identity card

– L'article indéfini disparaît au pluriel.
Ex. : a boy → boys (des garçons) a girl → girls (des filles)

- **L'article défini *the* (*le*, *la*, *l'*, *les*)** s'emploie devant tous les noms, quels que soient leur genre (masculin, féminin, neutre) et leur nombre (singulier ou pluriel).
Ex. : the boy (le garçon) → the boys (les garçons)

3 Les adjectifs

- Les adjectifs sont **invariables** en anglais.
Ex. : This car is new. (Cette voiture est neuve.) → These cars are new.
That plane is fast. (Cet avion est rapide.) → Those planes are fast.
- Les adjectifs de nationalité prennent une majuscule.
Ex. : These boys are French.

Comment faire ?

Piste 3

Placer correctement l'adjectif épithète

L'adjectif qualificatif épithète se place toujours **avant le nom** en anglais.

Ex. : a blue dress (une robe bleue) an American film (un film américain)

Parler du métier de quelqu'un

L'article indéfini est obligatoire devant les noms de métier au singulier.

Ex. : He is a bus driver. (Il est chauffeur de bus.)
My father is a doctor. (Mon père est médecin.)

Corrigés → livret, p. 27

S'entraîner

QUIZ-TEST

Coche la (ou les) bonne(s) réponse(s).

1 La (les) phrase(s) comportant un article est (sont) :

a) My uncle is a teacher. ☐
b) Two black taxis are in the street. ☐
c) This lady is French. ☐

2 Dans quelle(s) phrase(s) l'adjectif *blue* est-il correctement écrit ?

a) My Blue dress is new. ☐
b) These dresses are blues. ☐
c) Blue dresses are nice. ☐

3 ★ Pluriel des noms

Classe les noms suivants en deux catégories selon leur pluriel, puis complète les phrases a) et b).

mother – brush – cake – girl – dress –
bus – box – car – watch

→ ....

→ ....

a) Pour mettre les noms de la première catégorie au pluriel, on ajoute ..... .

b) Pour mettre les noms de la deuxième catégorie au pluriel, on ajoute ..... .

4 ★ *A* ou *an*

Complète les phrases suivantes en utilisant l'article indéfini qui convient.

a) This is ..... glass of champagne.

b) It is ..... ice cream.

c) This is ..... mouse.

d) He is ..... athlete.

e) This is ..... lady.

5 ★★ Mettre au pluriel

Mets chaque phrase de l'exercice 4 au pluriel.

a) ....

b) ....

c) ....

d) ....

e) ....

6 ★★ Faut-il un article ?

Complète les phrases par l'article a ou an, ou par ∅ si tu estimes qu'il ne faut pas mettre d'article.

a) This is .... funny tie.

b) .... buses are red in London.

c) My uncle Pierre is .... architect.

d) There are .... blue flowers in the garden.

7 ★★ Construire des phrases

Remets les mots dans l'ordre de façon à construire des phrases correctes. Noublie pas les majuscules.

a) a / this / good / is / tennis racket / .

....

b) ? / are / black taxis / comfortable

....

c) Mr Tooth / dentist / a / . / is

....

8 ★★★ Transformer des phrases

Transforme les deux phrases en une seule, comme dans l'exemple.

Ex. : It's a tomato. It's red. → It's a red tomato.

a) It's an armchair. It's comfortable.

....

b) It's a car. It's expensive.

....

c) They're footballers. They're professional.

....

3 Questions-Réponses

Retiens l'essentiel

Piste 4

Mot-clé

Les mots interrogatifs

Ils servent à interroger sur :

- un objet ou une activité → ***What*** ;
- l'identité d'une ou plusieurs personnes → ***Who*** ;
- l'âge → ***How old***.

1 Les deux catégories de questions

▸ **Les questions fermées** (qui entraînent comme premier mot de la réponse « oui » – *yes* – ou « non » – *no*) commencent par un auxiliaire.

Ex. : Is Helen English? (Est-ce qu'Helen est anglaise ?)
Are you twelve? (As-tu douze ans ?)

▸ **Les questions ouvertes** commencent par un mot interrogatif.

Ex. : What's your name? (Quel est ton nom ? *ou* Comment t'appelles-tu ?)
How old are you? (Quel âge as-tu ?)

2 Écriture de quelques nombres

13 : thirteen	14 : fourteen	15 : fifteen	16 : sixteen
17 : seventeen	18 : eighteen	19 : nineteen	20 : twenty
21 : twenty-one	22 : twenty-two		
30 : thirty	40 : forty	50 : fifty	60 : sixty
70 : seventy	80 : eighty	90 : ninety	
100 : a hundred (one hundred)		101 : a hundred and one	

Comment faire ?

Piste 5

▸ **Répondre par « oui » ou « non »**

Lorsque le premier mot d'une question est un **auxiliaire**, la réponse commence par ***Yes*** ou par ***No***.

***Yes* et *No* ne s'emploient jamais seuls dans une réponse brève.**

→ On fait suivre ***Yes*** du pronom personnel sujet et de l'auxiliaire.

Ex. : Is Helen English? — Yes, she is. (*réponse brève*)
Yes, she's English.

→ On fait suivre ***No*** du pronom personnel sujet, de l'auxiliaire et de la négation.

Ex. : Are you English? — No, I'm not. (*réponse brève*)
No, I'm not English.
No, I'm French.

▸ **Demander quelque chose**

Lorsqu'on veut interroger sur quelque chose ou quelqu'un, il faut placer au début de la phrase un **mot interrogatif**.

Ex. : Where are you from? I'm from Oxford. (D'où venez-vous ? Je viens d'Oxford.)
What colour is an English bus? It's red. (Quelle est la couleur d'un bus anglais ? Rouge.)
Who's this man? He's my cousin Jack. (Qui est cet homme ? C'est mon cousin Jack.)
Why is Sue absent? Because she's ill. (Pourquoi Sue est-elle absente ? Parce qu'elle est malade.)

Corrigés → livret, p. 27

S'entraîner

QUIZ-TEST

Coche la (ou les) bonne(s) réponse(s).

1 **« How old is Mark? » est :**

a) une question dont la réponse débutera par *Yes* ou *No*. ☐

b) une question ouverte. ☒

c) une question fermée. ☐

2 **À la question « Are you OK? », on peut répondre :**

a) Yes, I am. ☒

b) Yes. ☐

c) No, I'm not. ☒

3 ★ *Yes* ou *No*

Complète les réponses par Yes ou No.

a) Is this a chair? No, it isn't.

b) Are they English? Yes, they are.

c) Are you French? Yes, I am.

d) Is Graham Australian? Yes, he is.

e) Is Betty a cook? No, she isn't.

4 ★★ Réponses brèves

Complète en utilisant une réponse brève.

a) Is this a computer? Yes, it is

b) Is Greg American? No, it isn't

c) Is Manon Irish? No, it isn't

d) Are English buses red? Yes, it is

e) Are you from London? No, I'm Not

5 ★★ Questionner et répondre

Relie les questions et les réponses qui correspondent.

a) Is that man a teacher?

b) Are you from Italy?

c) Who is this girl?

d) Are your parents old?

e) What colour is it?

f) Who's this man?

1. She's a reporter.
2. No, they're young.
3. It's blue.
4. No, I'm from France.
5. No, he's a supervisor.
6. He's an actor.

6 ★★ Mots interrogatifs

Complète chaque question avec un mot interrogatif.

a) Wath is your favorite colour? Blue.

b) What are you? I'm fine, thank you.

c) Who 's that girl? She's my stepsister.

d) Where is he from? He's from the States.

e) Who is he pale? Because he's afraid.

7 ★★★ Retrouver les questions

Écris les questions qui ont permis d'obtenir ces réponses.

a) He's fifteen.

How old are you?

b) No, I'm Italian.

Are you French?

c) English letter boxes are red.

In what colour is the english letter boxes

d) Yes, she's American.

Are she american

8 ★ Nombres

Écris les nombres suivants en chiffres.

a) thirteen : 13

b) fourteen : 14

c) twenty-three : 23

d) thirty-four : 34

e) forty-five : 45

f) fifty-eight : 58

g) a hundred and twelve : 12

h) a hundred and ninety-eight : 198

Anglais

4 Les adjectifs possessifs et le cas possessif

Retiens l'essentiel

Piste 6

Mot-clé

Les adjectifs possessifs

À la 3e personne du singulier, on dira :
– « **His** car is new. » si la voiture appartient à un **monsieur** ;
– « **Her** car is new. » si la voiture appartient à une **dame** ;
– « **Its** colour is fun. » s'il s'agit de la couleur de la voiture.

1 Les adjectifs possessifs

- Les adjectifs possessifs se placent **devant un nom**.

Ex. : It's my bike. (C'est mon vélo.)
Is it your new car? (Est-ce ta nouvelle voiture ?)

- La forme de l'adjectif possessif **dépend du possesseur**.

		un possesseur	plusieurs possesseurs
1re personne		my bicycle(s)	our book(s)
2e personne		your book(s)	your umbrella(s)
3e personne	masculin	his car(s)	their house(s)
	féminin	her car(s)	their house(s)
	neutre	its colour(s)	their colour(s)

2 Le cas possessif

- Le cas possessif sert à dire à qui appartient quelque chose.

L'ordre des mots est le suivant :
– s'il y a **un seul possesseur** :
possesseur + 's + objet(s) possédé(s) (sans déterminant) ;

Ex. : It is William's book. (C'est le livre de William.)

– s'il y a **plusieurs possesseurs** :
possesseurs + ' + objet(s) possédé(s) (sans déterminant) ;

Ex. : The girls' bedroom is tidy. (La chambre des filles est bien rangée.)

- Le cas possessif sert aussi à exprimer un lien entre les personnes.

Ex. : his brother's wife (la femme de son frère).

Attention !

Lorsque le pluriel des possesseurs est **irrégulier** (ne se finissant pas par un *s*), il faut ajouter *'s*.
Ex. : These men's shoes are black.
The children's bedroom is messy (en désordre).

Comment faire ?

Piste 7

Demander à qui appartient quelque chose

Whose sert à interroger sur l'appartenance.
Il est généralement suivi d'un nom.

Ex. : Whose house is it?
(À qui appartient la maison ?)
Whose books are they?
(À qui sont ces livres ?)
Whose CD is this? (À qui est ce CD ?)

Dire à qui appartient quelque chose

L'emploi de l'adjectif possessif permet d'éviter la répétition du (ou des) possesseur(s).

Ex. : It's Dad's car. (C'est la voiture de Papa.)
→ It's his car. (C'est sa voiture.)
They're Helen's books.
(Ce sont les livres d'Hélène.)
→ They're her books. (Ce sont ses livres.)

Corrigés → livret, p. 27

S'entraîner

QUIZ-TEST

Coche la (ou les) bonne(s) réponse(s).

1 On dit « Her car is white. », si la voiture appartient à :

a) un homme. ☐
b) une femme. ☐
c) tes parents. ☐

2 Dans quelle(s) phrase(s) le *s* est-il la marque du cas possessif ?

a) John's computer is new. ☐
b) It's cold. ☐
c) My mother's dresses are nice. ☐

3 ★ *He's* ou *his*

Complète les phrases suivantes par he's ou his.

a) This boy is John. .... English but .... father is American.

b) That man is a doctor. .... fifty-six.

c) Mr. Eliott is American. .... car is very big.

d) Is Alex an English boy?
No, ... a French boy.

4 ★ Adjectifs possessifs

Complète par l'adjectif possessif qui convient.

a) Is that your dog? Yes, it's .... dog.

b) This boy is Irish. .... name is Mathew.

c) Sarah is French but .... mother is Algerian.

d) Is this .... book? Yes, it's my book.

5 ★★ Adjectifs possessifs

Réécris les phrases suivantes en remplaçant les expressions en rouge par l'adjectif possessif correspondant.

a) It's John's car. → ....

b) They're Jessica's socks. → ....

c) My parents are furious. My parents' car is damaged.
→ ....

d) Is your sister's racket new?
→ ....

e) No, my sister's racket isn't new.
→ ....

6 ★★ Cas possessif

Réponds aux questions en utilisant les éléments entre parenthèses, comme dans l'exemple.

Ex. : Whose bike is it? *(John)*
→ It's John's bike.

a) Whose magazine is it? *(that girl)*

....

b) Whose shoes are they? *(my mother)*

....

c) Whose dog is it? *(the Johnsons)*

....

d) Whose computer is it? *(the children)*

....

7 ★★★ Employer *whose*

À partir des éléments proposés, construis une question et donne la réponse comme dans l'exemple.

Ex. : Simon / pullover
→ Whose pullover is this?
It's Simon's pullover.

a) Helen / dress → ....
....

b) The boys / socks → ....
....

c) My father / smartphone → ....
....

d) The Burtons / computer → ....
....

5 La localisation : *dans*, *sur*, *entre*, *devant*

Retiens l'essentiel

Piste 8

1 Pour interroger sur le lieu

▶ ***Where*** sert à interroger sur le lieu.

Ex. : Where's my English book? (Où est mon livre d'anglais ?)
It's on your bed. (Il est sur ton lit.)
It's under your bed. (Il est sous ton lit.)

2 Pour localiser et situer

▶ **Les prépositions** servent à introduire des compléments : *in (dans)*, *on (sur)*, *under (sous)*, *between (entre)*, *near (près de)*, *next to (à côté de)*, *in front of (devant)*, *behind (derrière)*... *Ex. :* Where's David?

David's in *(dans)* the classroom. He's in front of *(devant)* Anne, behind *(derrière)* Sarah, next to *(à côté de)* Kevin, near *(près de)* Bruce, between *(entre)* Bruce and Kevin.

▶ **Quelques adverbes de lieu :** *here (ici)*, *there (là)*, *over there (là-bas)*, *downstairs (en bas de l'escalier)*, *upstairs (en haut)*, *inside (dedans, à l'intérieur de)*, *outside (dehors, à l'extérieur de)*.

Ex. : It's cold outside. (Il fait froid dehors.)

À savoir

Expressions à connaître par cœur :

- To be at home. *(Être à la maison.)*
- To be in bed. *(Être au lit.)*
- To go to school. *(Aller à l'école.)*
- To come back from school. *(Revenir de l'école.)*

À savoir

Who et Which

- Who, pronom relatif, a pour antécédent un être humain.
Ex. : The boy who is next to Sarah... (Le garçon qui est à côté de Sarah...)
- Which, pronom relatif, représente une chose.
Ex. : The smartphone which is blue... (Le smartphone qui est bleu...)

Comment faire ?

Piste 9

▶ Demander où se trouve quelqu'un ou quelque chose

Pour interroger sur le lieu, on utilise le mot interrogatif ***Where*** au début de la question.

L'ordre des mots est le suivant : ***Where*** **+ auxiliaire + sujet ?**

Ex. : Where is Graham? (Où est Graham ?)

▶ Dire où se trouve quelqu'un ou quelque chose

Pour répondre à une question commençant par ***Where***, on utilise un complément circonstanciel de lieu introduit par une préposition ou un adverbe de lieu.

Ex. : Where's Graham? → He's in his bedroom. (Il est dans sa chambre.)
He's upstairs. (Il est en haut, à l'étage.)

Corrigés → livret, p. 27

S'entraîner

QUIZ-TEST

Coche la (ou les) bonne(s) réponse(s).

1 La question « Where is Mum? » permet de demander :

a) ce que fait maman. ☐
b) ce que maman aime. ☐
c) où se trouve maman. ☒

2 La (les) phrase(s) qui indique(nt) un lieu est (sont) :

a) My cousin is in the garden. ☒
b) Dad is upstairs. ☐
c) Our parents are funny. ☐

3 ★ Utiliser des prépositions

Complète les phrases suivantes avec la préposition qui convient.

a) Kate is .... bed.
b) Joy is coming back .... Paris.
c) Anne is .... home.
d) Bob is going .... school.
e) William is .... school.

4 ★ Prépositions et adverbes de lieu

Dans les phrases suivantes, certaines lettres des prépositions et des adverbes de lieu ont été écrites à l'encre invisible. Retrouve-les.

a) My baby brother is _t home. He's _n bed.
b) Where's Sandra ? She's _ps_a_r_ . She's i_ the bathroom.
c) Helen is _e_t to Brian and b_ _i_d Mick.
d) In class my sister is be_ _e_n Nicholas and Margaret.

5 ★★ Questionner et répondre

Relie les questions et les réponses.

a) Where are you?
b) Where are the children?
c) Where's Dad?
d) Where's your English book?
e) Jane, Kathy, where are you?

1. He's in the garage.
2. It's in my bag.
3. We're in the garden, Mum.
4. I'm upstairs.
5. They're in their bedroom.

6 ★★ Savoir situer

Réponds aux questions suivantes en utilisant la préposition ou l'adverbe de sens contraire, comme dans l'exemple.

Ex. : Where's Helen? in front of Jenny?
– No, she's behind Jenny.

a) Where are your English books? on your bed?
– No, ...
b) Where's Sandra? behind Helen?
– No, ...
c) Where's your mobile phone? under the sofa?
– No, ...
d) Where's the car? inside?
– No, ...

7 ★★★ Questionner sur le lieu

Comment demanderais-tu à un Anglais :

a) où se trouve Oxford ?
....
b) où sont ses enfants ?
....

8 ★★★ Construire des phrases

Comment dirais-tu à un Anglais que :

a) la fille qui est élégante est ta sœur ?
....
b) tu es derrière la maison ?
....

6 Have got / How many / Question-tags

Retiens l'essentiel

Piste 10

Attention !

Il ne faut pas confondre :
- He's (= is) young. (Il est jeune.)
- He's got (= has got) a dog. (Il a un chien.)
- It is Simon's dog. (C'est le chien de Simon.)

1 Conjugaison de *have got* (verbe *avoir*, dans le sens de *posséder*)

affirmation			interrogation	négation		
forme pleine		*forme contractée*		*forme pleine*		*forme contractée*
I have got	=	I've got	Have I got?	I have not got	=	I haven't got
You have got	=	You've got	Have you got?	You have not got	=	You haven't got
He has got She has got It has got	= = =	He's got She's got It's got	Has he got? Has she got? Has it got?	He has not got She has not got It has not got	= = =	He hasn't got She hasn't got It hasn't got
We have got	=	We've got	Have we got?	We have not got	=	We haven't got
You have got	=	You've got	Have you got?	You have not got	=	You haven't got
They have got	=	They've got	Have they got?	They have not got	=	They haven't got

2 *How many*

How many (*Combien de...*) sert à interroger sur une **quantité dénombrable**.

Ex. : How many cousins have you got? I've got five cousins.
(Combien as-tu de cousins ? J'ai cinq cousins.)

3 *Question-tags*

Lorsqu'on veut demander confirmation de quelque chose , on emploie à la fin d'une phrase affirmative ou négative une *question-tag*.

Ex. : You're not Italian, are you? (Vous n'êtes pas italien, n'est-ce pas ?)

À savoir

Question-tag

Le sujet de la *question-tag* est toujours un **pronom personnel**.

Ex. : Harry is English, isn't he?

Comment faire ?

Piste 11

▸ Parler de ce que l'on a

Pour parler de ce que l'on a, de ce que l'on possède, on emploie ***have got***.

Ex. : Have you got a bike? No, I haven't. (As-tu un vélo ? Non.)

▸ Interroger sur le nombre

On utilise la formulation : ***How many*** **+ nom pluriel + auxiliaire + sujet ?**

Ex. : How many CDs have you got? I've got a lot of CDs. (beaucoup de CDs.)

▸ Demander confirmation de quelque chose

Question-tag **= auxiliaire + négation + sujet** (→ Si la phrase est affirmative.)
= auxiliaire + sujet (→ Si la phrase est négative.)

Ex. : She's got a new car, hasn't she? The Burtons are not English, are they?

Corrigés → livret, p. 28

S'entraîner

QUIZ-TEST

Coche la (ou les) bonne(s) réponse(s).

1 **La (les) phrase(s) contenant l'auxiliaire *have* est (sont) :**
- a) He's American. ☐
- b) I've got a mobile phone. ☐
- c) She's got video games. ☐

2 **Une *question-tag* se met à la fin d'une phrase :**
- a) affirmative. ☐
- b) négative. ☐
- c) interrogative. ☐

3 ★ Conjuguer *have got*

Complète les phrases suivantes en conjuguant have got.

a) I .... a bike.

b) My father .... a tablet.

c) My parents .... a new car.

d) We .... a dog.

e) My father's brothers .... a yacht.

4 ★ Formes interrogatives et négatives

Mets chacune des phrases suivantes à la forme interrogative, puis négative.

a) The Bronsons have got four children.

....

....

b) Helen has got a large dining-room.

....

....

5 ★ Formes contractées de *have got*

Réécris les phrases en utilisant la forme contractée.

a) He has got a nice pair shorts.

....

b) We have got three bottles of coke in the fridge.

....

c) But we have not got a bottle of mineral water.

....

6 ★★ Formes contractées et cas possessif

Que représente le *'s* dans les phrases suivantes ? Coche la bonne case.

	has	is	cas possessif
a) He's got a cat.			
b) She's twelve.			
c) John's book is on the table.			
d) My father's car is black.			
e) My mother's got a new dress.			
f) She's very happy.			

7 ★★★ Utiliser *how many*

Voici des réponses. Écris chacune des questions correspondantes commençant par How many.

a) My cousins have got two sisters.

....

b) Peter has got twenty-three sweets.

....

c) I've got one mobile phone.

....

8 ★★ *Question-tags*

Complète chacune des phrases suivantes par une *question-tag*.

a) She's got a tennis racket, ...?

b) Peter hasn't got a new bike, ...?

c) The Nelsons are not at home, ...?

d) The children have got a computer, ...?

7 There is – There are / Some – Any – No

Retiens l'essentiel

Piste 12

À savoir

There is, there are

- Forme affirmative : *There is... / There are...*
- Forme interrogative : *Is there... ? / Are there...?*
  Ex. : Is there a present under the bed ?
- Forme négative : *There isn't... / There aren't...*

Attention !

On peut contracter *there is* (*there's*), mais on ne peut pas contracter *there are*.
Ex. : There's a ball behind the car.

1 There is, there are

There is *(Il y a)* est suivi d'un nom **au singulier**.

There are *(Il y a)* est suivi d'un nom **au pluriel**.

Ex. : There is a car in the garage. (Il y a une voiture dans le garage.)
There are two cars in the garage. (Il y a deux voitures dans le garage.)

2 Some, any, no

On emploie ***some***, ***any***, ***no*** (ou ***not any***) devant des noms singuliers ou pluriels, pour parler d'une **quantité vague** ou **inexistante**.

On emploie *some* dans une phrase affirmative, *not any* et *no* dans une phrase négative et *any* dans une phrase interrogative.

Question : *any* ↗ **Réponse affirmative :** *some*
↘ **Réponse négative :** *no* ou *not any*

Ex. : Is there any butter in the fridge? (Y a-t-il du beurre dans le frigidaire?)
↗ There's some butter in the fridge.
↘ There isn't any butter in the fridge. *ou* There is no butter in the fridge.

Comment faire ?

Piste 13

Interroger sur un programme

What's on sert à interroger sur un programme à la télévision, au cinéma...

Ex. : What's on T.V. this afternoon? There's a western on B.B.C.1.

Parler de la quantité

→ Pour parler d'une **quantité vague**, on utilise ***some*** (***any*** à la forme interrogative).

Ex. : Is there any ham (jambon)? Yes, there is some ham.

→ Pour parler d'une **quantité nulle**, on utilise ***not any*** ou ***no***.

Ex. : Is there any cheese (fromage)? { No, there isn't any cheese. / No, there's no cheese.

→ Pour éviter de répéter un nom, on peut employer ***some*** et ***any*** comme pronoms.

Ex. : Is there any ham? Yes, there is some.
Is there any cheese? No, there isn't any.

→ Pour parler d'une **grande quantité**, on utilise ***a lot of*** **+ nom singulier ou pluriel**.

Ex. : There are a lot of flowers in the garden. (Il y a beaucoup de fleurs dans le jardin.)

Corrigés → livret, p. 28

S'entraîner

QUIZ-TEST

Coche la (ou les) bonne(s) réponse(s).

1 La (les) phrase(s) pouvant débuter par « There is » est (sont) :

a) .... two CDs on the table. ☐
b) .... some milk in the fridge. ☐
c) .... a good film on T.V. tonight. ☐

2 On peut compléter par *any*, la (les) phrase(s) :

a) There's .... water under the table. ☐
b) Are there .... apples on the tree? ☐
c) Is there any honey?
No, there isn't .... ☐

3 ★ *There is* ou *there are*

Complète les phrases suivantes par There is ou There are.

a) .... a man under the car.

b) .... a lot of flowers in the garden.

c) .... five canaries in the cage.

d) .... a white horse behind the tree.

e) .... some oranges in the basket.

f) .... some butter on the chair.

4 ★★ Répondre en utilisant *there*

Réponds comme dans l'exemple.

Ex. : How many cars are there in the street? *(two)*
→ There are two cars in the street.

a) How many books are there on the desk? *(four)*

....

b) How many buses are there in the street? *(one)*

....

c) How many sweets are there in your pocket? *(one)*

....

5 ★★ Ne pas confondre *they* et *there*

Complète par Are they ou Are there.

a) .... any shoes in this box?

b) .... at home?

c) .... any cats in the tree?

d) .... black or grey?

e) .... any clouds in the sky?

6 ★★ Construire des phrases

Remets les mots dans le bon ordre et rétablis les majuscules.

a) bathroom / there / a / ? / downstairs / is

....

b) any cakes / there / in the box / . / aren't

....

c) some milk / the floor / there's / on / .

....

d) there / in the fridge / ? / any eggs / are

....

7 ★ *Some* ou *any*

Complète les phrases suivantes par some ou any.

a) There's .... mustard on the meat.

b) Are there .... flowers in the garden?

c) No, there aren't .... but there are .... vegetables.

d) There's .... water under the table but there isn't .... in the vase.

8 ★★★ Traduire

Comment dirais-tu :

a) qu'il n'y a pas de pommes dans le frigo ?

....

b) qu'il y a beaucoup d'oiseaux dans ton jardin ?

....

8 La date et l'heure

Retiens l'essentiel

À savoir

What time et when

- ***What time*** sert à interroger sur **l'heure**.
Ex. : What time is it? (Quelle heure est-il ?)
- ***When*** sert à interroger sur **le moment**.
Ex. : When is your birthday? (Quand est ton anniversaire ?)

Attention !

À l'oral, jusqu'en 1999, l'année se décompose en deux parties.
Ex. : 1939 → nineteen thirty-nine.
Mais 2023 → two thousand and twenty-three.

1 Les nombres ordinaux (premier, deuxième, troisième...)

1st = first	2nd = second	3rd = third
4th = fourth	5th = fifth	6th = sixth
7th = seventh	8th = eighth	9th = ninth
10th = tenth	11th = eleventh	12th = twelfth
13th = thirteenth	14th = fourteenth	20th = twentieth
21st = twenty-first	22nd = twenty-second	23rd = twenty-third
24th = twenty-fourth	30th = thirtieth	40th = fortieth

2 Les jours de la semaine (*the days of the week*)

Monday (lundi) – Tuesday (mardi) – Wednesday (mercredi) – Thursday (jeudi) – Friday (vendredi) – Saturday (samedi) – Sunday (dimanche).

3 Les mois de l'année (*the months of the year*)

January (janvier) – February (février) – March (mars) – April (avril) – May (mai) – June (juin) – July (juillet) – August (août) – September (septembre) – October (octobre) – November (novembre) – December (décembre).

Comment faire ?

Piste 14

Écrire et dire une date

À la question « *What's the date today ?* », on répond en utilisant les nombres ordinaux :

→ **à l'écrit** de deux façons : It's Tuesday July 22nd. *ou* It's Tuesday 22nd July.

→ **à l'oral**, en disant : It's Tuesday the twenty-second of July.

Demander et donner l'heure

Ex. : What time is it ? → It's five (o'clock). *ou* It's 5 a.m. (le matin) / It's five p.m. (l'après-midi)

→ Pour donner l'heure, **on lit d'abord la grande aiguille**, et selon qu'elle se trouve dans la moitié gauche ou droite de l'horloge, on utilise ***to*** **(à gauche)** ou ***past*** **(à droite)**.

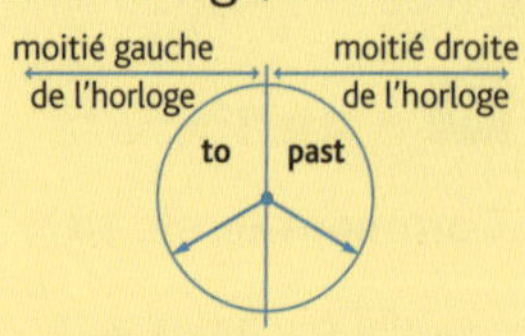

Ex. : 5.15 : It's (a) quarter past five.
5.25 : It's twenty-five past five.
5.30 : It's half past five.
5.35 : It's twenty-five to six.
5.45 : It's (a) quarter to six.
11.30 : It's half past eleven.

Corrigés → livret, p. 28

S'entraîner

QUIZ-TEST

Coche la (ou les) bonne(s) réponse(s).

1 On utilise les nombres ordinaux pour donner :

a) la date du jour. ☐
b) l'âge. ☐
c) l'heure. ☐

2 Pour interroger sur le moment, on utilise :

a) what time. ☐
b) when. ☐
c) where. ☐

3 ★ Écrire les nombres ordinaux

Écris les nombres suivants en lettres.

a) 21st : ....
b) 14th : ....
c) 12th : ....
d) 46th : ....
e) 93rd : ....

4 ★ Les nombres ordinaux

Relie par une flèche les nombres qui correspondent.

a) 28th •	• 1. ninety-ninth
b) 43rd •	• 2. thirty-second
c) 75th •	• 3. fifty-first
d) 32nd •	• 4. twenty-eighth
e) 99th •	• 5. seventy-fifth
f) 13th •	• 6. forty-third
g) 51st •	• 7. thirteenth

5 ★ Les jours et les mois

Trouve le mot correspondant à chacune des définitions suivantes.

a) It's the day between Tuesday and Thursday.

....

b) It's the day after Saturday.

....

c) It's the eighth month of the year.

....

d) It's the last month of the year.

....

6 ★★ Vrai ou faux ?

Écris R (Right) si les affirmations suivantes sont justes et W (Wrong) si elles sont fausses.

a) January is the first month of the year. → ....
b) « B » is the third letter of the alphabet. → ....
c) There are seven months in a year. → ....
d) There are thirty days in July. → ....
e) Christmas is in December. → ....

7 ★★ Donner l'heure

Ton ami anglais a oublié sa montre. Il te demande l'heure tout au long de la journée. Réponds-lui.

a) 8:00 → It's ....
b) 8:15 → It's ....
c) 8:30 → It's ....
d) 9:20 → It's ....
e) 9:50 → It's ....
f) 13:10 → It's ....
g) 15:55 → It's ....
h) 19:25 → It's ....

8 ★★★ Devinette

Regarde les dessins ci-dessous, réfléchis et complète les espaces par les lettres manquantes pour découvrir deux mots.

MID_ _Y
(It's lunch time.)

M_ _NIGHT
(It's bed time.)

9 Le présent simple

Attention !

À la 3e personne du singulier, il faut ajouter :
– **un *s* à la base verbale** à la forme affirmative ;
Ex. : He likes sweets (les bonbons).
– **les lettres *-es* à *do*** à la forme interrogative et négative.
Ex. : Does he like sweets?

À savoir

Les adverbes de fréquence

Always (*toujours*), ***often*** (*souvent*), ***sometimes*** (*quelquefois*) et ***never*** (*jamais*) sont invariables. Ils se placent **devant** un verbe, mais **après** un auxiliaire.
Ex. : Do you sometimes help your mother?
Yes, I often help my mother. She is always pleased.

Retiens l'essentiel

Piste 15

1 Conjugaison d'un verbe au présent simple

▸ **Le présent simple** se forme avec **la base verbale** du verbe (= **infinitif sans *to***). Par exemple, pour le verbe *to like* (*aimer*) :

affirmation	interrogation	négation		
		forme pleine		*forme contractée*
I like	Do I like?	I do not like	=	I don't like
You like	Do you like?	You do not like	=	You don't like
He likes She likes	Does he like? Does she like?	He does not like She does not like	= =	He doesn't like She doesn't like
We like	Do we like?	We do not like	=	We don't like
You like	Do you like?	You do not like	=	You don't like
They like	Do they like?	They do not like	=	They don't like

▸ **L'auxiliaire *do*** sert à conjuguer le verbe à **la forme interrogative et négative. Il varie selon la personne** ; le verbe, lui, ne varie pas.
Ex. : They like hamburgers. → Do they like hamburgers?
She likes music. → She doesn't like music.

2 Réponses brèves

Ex. : Do you like fish? → Yes, I do. (Oui.) *ou* No, I don't. (Non.)
Does she like cornflakes? → Yes, she does. *ou* No, she doesn't.

Comment faire ?

Piste 16

▸ **Exprimer ses goûts, dire ce qu'on pense**

Le présent simple sert à dire **ce qu'on aime, ce qu'on n'aime pas, ce qu'on pense**.

Ex. : I like tennis but I hate rugby, I think it's too violent.

▸ **Exprimer des généralités, un fait permanent, décrire des habitudes**

Le présent simple s'emploie pour dire **des généralités**, parler **d'habitudes**.

Ex. : Elephants grow fast. He lives in Paris. It snows in Winter.

▸ **Demander confirmation de quelque chose au présent simple (*question-tag*)**

Ex. : John lives in London, doesn't he? They don't like soup, do they?

Corrigés → livret, p. 28

S'entraîner

QUIZ-TEST

Coche la (ou les) bonne(s) réponse(s).

1 Au présent simple, à la forme affirmative, le verbe prend un *s* à :

a) la 1re personne du singulier. .... ☐

b) la 3e personne du pluriel. .... ☐

c) la 3e personne du singulier. .... ☐

2 L'auxiliaire *do* s'emploie à la forme :

a) affirmative. .... ☐

b) négative. .... ☐

c) interrogative. .... ☐

3 ★ Conjuguer au présent simple

Conjugue le verbe entre parenthèses au présent simple.

a) I (*like*) ....like.... chocolate.

b) My aunt Betty (*live*) ....live.... in England.

c) The Goldbirds (*have*) .... tea every day.

d) My father (*love*) .... detective novels.

4 ★ Employer l'auxiliaire

Complète les phrases suivantes en utilisant l'auxiliaire qui convient.

a) I .... not like coffee.

b) What .... you prefer, Maths or English?

c) .... Helen go to school on Wednesdays?

d) No, she .... not go to school on Wednesdays.

e) .... your father sometimes drink wine?

5 ★★ Forme contractée

Réécris les phrases suivantes à la forme contractée chaque fois que c'est possible.

a) It often rains in Spring.

....

b) They do not go to school by bus.

....

c) He does not get up early.

....

6 ★★ Formes interrogatives et négatives

Mets les phrases suivantes d'abord à la forme interrogative, puis à la forme négative.

a) Mary always wears jeans.

....

....

b) The Burtons watch T.V. on Saturdays.

....

....

c) Jenny's parents speak French.

....

....

7 ★★ *Question-tags*

Complète les phrases suivantes par une *question-tag*.

a) Your sister likes school, ...?

b) He doesn't play football, ...?

c) Mr and Mrs Jones often travel, ...?

d) She drinks a lot of milk, ...?

8 ★★★ Les bonnes questions

Pose la question dont la réponse te permettrait de compléter le message.

a) I go to bed at .... o'clock.

....

b) Kate often wears a ....

....

10 Pronoms personnels
Comparatif de supériorité / Impératif

Retiens l'essentiel

Piste 17

Mot-clé

Les pronoms personnels

Les pronoms personnels remplacent un nom ou un groupe nominal. Il existe des pronoms personnels :
– **sujets** ;
Ex. : Julia helps her dad.
She helps her dad.
– **compléments**. Ils se placent toujours **après un verbe**.
Ex. : Julia helps her dad.
Julia helps him.

Attention !

- Il faut **doubler la consonne finale** de certains adjectifs courts avant d'ajouter ***-er***.
Ex. : fat (gros) → fatter
big (gros, grand) → bigger
- Certains adjectifs ont un **comparatif irrégulier**.
Ex. : good (bon) → better (meilleur)
bad (mauvais) → worse (pire)

1 Les pronoms personnels

pronoms personnels	singulier					pluriel		
	1re pers.	2e pers.	3e pers. masc.	3e pers. fém.	3e pers. neutre	1re pers.	2e pers.	3e pers.
sujets	I	you	he	she	it	we	you	they
compléments	me	you	him	her	it	us	you	them

2 La formation du comparatif de supériorité (*plus* + adjectif)

▸ **Pour les adjectifs courts** (= adjectifs d'une syllabe et de deux syllabes terminés par *-y* et *-er*) :

1. On ajoute ***-er*** à l'adjectif.

Ex. : tall (grand) → taller (plus grand) small (petit) → smaller (plus petit)

2. Pour les adjectifs **qui se terminent en -*y***, il faut transformer le ***y*** en ***i*** avant d'ajouter ***-er***.

Ex. : heavy (lourd) → heavier (plus lourd).

▸ **Pour les adjectifs longs** (deux syllabes et plus), on fait précéder l'adjectif de ***more***.

Ex. : expensive (cher) → more expensive (plus cher)

3 L'impératif à la 2e personne du singulier ou du pluriel

Lorsqu'on veut ordonner ou interdire quelque chose à quelqu'un, on emploie l'impératif.

Impératif = Base verbale ou ***Don't*** **+ base verbale**

Ex. : Look! (Regarde ! *ou* Regardez !)
Don't play! (Ne joue pas ! *ou* Ne jouez pas !)

Comment faire ?

Piste 18

▸ **Comparer deux choses, deux personnes...**

Lorsqu'on veut dire que la manière d'être de quelqu'un (ou de quelque chose) est supérieure à la manière d'être de quelqu'un d'autre (ou de quelque chose d'autre), on utilise un **comparatif de supériorité**. Le complément du comparatif est introduit par ***than***.

Ex. : A moped is cheaper than a motorbike. (Un vélomoteur est meilleur marché qu'une moto.)
A tiger is more dangerous than a cat. (Un tigre est plus dangereux qu'un chat.)

Corrigés → livret, p. 28

S'entraîner

QUIZ-TEST

Coche la (ou les) bonne(s) réponse(s).

1 **La (les) phrase(s) contenant un pronom personnel complément est (sont) :**

a) I don't like her. .... ☐
b) He often helps his sister. .... ☐
c) Wait for me! .... ☐

2 **La (les) phrase(s) contenant un comparatif de supériorité est (sont) :**

a) Mum is older than Dad. .... ☐
b) I'm better than you. .... ☐
c) French is difficult. .... ☐

3 ★ Pronoms personnels compléments

Remplace les mots en rouge par le pronom personnel correspondant.

a) I often help **Dad**. → ....
b) She never eats **hamburgers**. → ....
c) My sister likes **Mrs. Jones**. → ....
d) I like **tea**. → ....
e) He always watches **football matches**. → ....

4 ★★ Pronoms personnels

Relie les questions et les réponses qui correspondent.

a) Do you like cornflakes? •
b) Does your sister like tea? •
c) Do your parents like eggs? •
d) Do you like Jane's brother? •
e) Does Peter hate coffee? •

• 1. Yes, she likes it.
• 2. Yes, he hates it.
• 3. Yes, I like them.
• 4. Yes, they like them.
• 5. No, I don't like him very much.

5 ★ Comparatif de supériorité

Écris les adjectifs suivants au comparatif de supériorité.

a) long : ....
b) easy : ....
c) big : ....
d) comfortable : ....
e) cheap : ....
f) bad : ....
g) fat : ....

6 ★★ Comparatif de supériorité

Complète les phrases suivantes en mettant l'adjectif entre parenthèses au comparatif de supériorité.

a) A dog is .... than a cat. (*clever*)
b) My father is .... than his brother. (*strong*)
c) Elephants are .... than tigers. (*big*)
d) Girls are .... than boys. (*elegant*)

7 ★★ Comparatif de supériorité

Construis des phrases en mettant l'adjectif au comparatif de supériorité

Ex. : Helen / old / Betty.
→ Helen is older than Betty.

a) Peter / good / me at English.

....

b) Trousers / convenient / skirts.

....

c) This box / heavy / that case.

....

8 ★★★ Impératif

Comment interdirais-tu :

a) aux enfants de regarder la télévision ?

....

b) à Bob de jouer dans le salon ?

....

c) à Joe d'ouvrir la fenêtre ?

....

11 Le présent en *be + V-ing*

Retiens l'essentiel

Piste 19

À savoir

Emploi du présent simple

Pour exprimer ses goûts, des généralités, un fait permanent, dire ce qu'on pense ou décrire ses habitudes, on emploie le **présent simple** (*voir leçon 9*).

Ex. : I like tea. (J'aime le thé.)
He lives in London. (Il habite à Londres.)

1 Utilisation du présent en *be + V-ing*

Le présent en *be* + *V-ing* est utilisé pour décrire une activité en cours, c'est-à-dire qui est en train d'avoir lieu. C'est le présent de « maintenant ».

Ex. : It's Saturday afternoon. We're at home. I'm working, my sister is listening to the radio and my parents are reading.
(C'est samedi après-midi. Nous sommes à la maison. Je travaille, ma sœur écoute la radio et mes parents lisent.)

2 Construction du présent en *be + V-ing*

▸ À la forme affirmative :

sujet + auxiliaire *be* conjugué + base verbale (*V*) + *-ing*.

Ex. : I am reading. (Je lis.)
You are reading. (Tu lis.)
He/She is reading. (Il/Elle lit.)
We are reading. (Nous lisons.)
You are reading. (Vous lisez.)
They are reading. (Ils/Elles lisent.)

▸ À la forme négative :

sujet + auxiliaire *be* conjugué + négation + base verbale (*V*) + *-ing*.

Ex. : She is not (isn't) reading. (Elle ne lit pas.)

▸ À la forme interrogative :

auxiliaire *be* conjugué + sujet + base verbale (*V*) + *-ing* ?

Ex. : Is she reading? (Est-elle en train de lire ? *ou* Est-ce qu'elle lit ?)

Attention !

Au présent en *be* + *V-ing*, seul *be* varie en fonction du sujet. **La base verbale (*V*) ne change pas.**

Ex. : They are sleeping. (Ils dorment.)
He is sleeping. (Il dort.)

Comment faire ?

Piste 20

▸ **Poser une question sur une activité en cours**

Le présent en *be* + *V-ing* sert à poser une question sur une activité qui est en train de se dérouler. Si la question est au présent en *be* + *V-ing*, la réponse doit être au présent en *be* + *V-ing*.

Ex. : What are you doing? — I'm mailing my friend.
Where is she going? — She's going to the baker's (chez le boulanger).

▸ **Interroger sur le prix**

How much sert à interroger sur le prix.

Ex. : How much is it? It's £1.50. (Combien ça coûte ? 1,5 livre.)

S'entraîner

Corrigés → livret, p. 29

QUIZ-TEST

Coche la (ou les) bonne(s) réponse(s).

1 Le présent en *be* + *V-ing* sert à exprimer :

a) une action en train d'avoir lieu. ☐

b) une action habituelle. ☐

c) ses goûts. ☐

2 La (les) phrase(s) décrivant une action en cours est (sont) :

a) She is playing now. ☐

b) Dad is reading at the moment. ☐

c) They go to the market on Saturdays. ☐

3 ★ Conjuguer l'auxilaire

Complète les phrases suivantes par la forme de be qui convient. Utilise la forme contractée chaque fois que c'est possible.

a) He .... watching a western.

b) The children .... playing in the garden.

c) How much .... a pizza?

d) I .... doing an easy exercise.

e) We .... watching a football match.

4 ★★ Conjuguer au présent en *be* + *V-ing*

Conjugue le verbe entre parenthèses au présent en *be* + *V-ing*.

a) Look! Mum .... a cake. (*make*)

b) My parents .... the car. (*wash*)

c) Listen! My sister .... (*sing*)

d) I .... an English exercise. (*do*)

5 ★ Forme négative

Mets les phrases suivantes à la forme négative.

a) John is eating a sandwich.

....

b) The birds are singing.

....

c) They're coming back from school.

....

d) She's waiting for the bus.

....

6 ★★ Formes interrogatives et affirmatives

À partir des éléments suivants, pose une question puis donne la réponse, comme dans l'exemple.

Ex. : John / smoke.
→ What's John doing? He's smoking.

a) Helen / write a letter

....

b) the children / listen to CDs

....

c) you / read a magazine

....

7 ★★★ Présent simple ou en *be* + *V-ing* ?

Conjugue les verbes entre parenthèses au présent simple ou au présent en *be* + *V-ing* selon le sens.

a) My mother always (*read*) .... her paper after dinner.

b) My parents (*go*) .... to the theatre every month.

c) Look ! The policemen (*ride*) .... a horse.

d) They (*garden*) .... at the moment.

8 ★★★ Poser des questions

Comment demanderais-tu à un Anglais :

a) le prix de ce livre rouge ?

....

b) si Kate est en train de s'occuper de son bébé ?

....

12 Pouvoir (*can*) et devoir (*must*)

Mot-clé

Auxiliaires modaux

- Les auxiliaires modaux permettent d'exprimer un point de vue, d'indiquer si une chose est possible ou impossible, permise ou interdite…
- Ils sont toujours suivis d'une **base verbale** (un verbe à l'infinitif sans *to*).
Ex. : The children must do their homework.
(Les enfants doivent faire leurs devoirs.)

Attention !

Can et *must* ne s'accordent jamais avec le sujet : ils sont **invariables**. Ils ne prennent jamais de *s* à la 3e personne du singulier.
Ex. : She must write to aunt Betty. (Elle doit écrire à tante Betty.)

Retiens l'essentiel

Piste 21

Can et ***must*** sont des auxiliaires modaux. Au présent, ils se conjuguent de la même façon à toutes les personnes.

1 Construction avec l'auxiliaire *can* (*pouvoir*)

- À la forme affirmative : **sujet + *can* + base verbale.**
Ex. : I can play tennis. (Je sais jouer au tennis.)
- À la forme négative : **sujet + *can't* + base verbale.**
Ex. : He can't play tennis. (Il ne sait pas jouer au tennis.)
- À la forme interrogative : ***can* + sujet + base verbale + ?**
Ex. : Can she play tennis? (Sait-elle jouer au tennis ?)

2 Construction avec l'auxiliaire *must* (*devoir*)

- À la forme affirmative : **sujet + *must* + base verbale.**
Ex. : She must go to bed at 9. (Elle doit se coucher à 9 h.)
- À la forme négative : **sujet + *mustn't* + base verbale.**
Ex. : She mustn't go to bed at 9. (Elle ne doit pas se coucher à 9 h.)
- À la forme interrogative : ***must* + sujet + base verbale + ?**
Ex. : Must she go to bed at 9? (Doit-elle se coucher à 9 h ?)

3 Réponses brèves

Ex. : Can she swim? Yes, she can. / No, she can't. (Sait-elle nager ? Oui. / Non.)
Must you get up? Yes, I must. / No, I mustn't. (Dois-tu te lever ? Oui. / Non.)

Comment faire ?

Piste 22

Parler de ce qu'on sait ou ne sait pas faire, de ce qu'on peut ou ne peut pas faire

Can sert à exprimer :

→ **la capacité, l'aptitude ;** *Ex.* : I can swim. (Je peux = je sais nager.)

→ **l'incapacité ;** *Ex.* : He can't play the piano. (Il ne peut pas = il ne sait pas jouer du piano.)

→ **la permission ;** *Ex.* : He can watch television. (Il peut = il a la permission de regarder la télévision.)

→ **l'impossibilité.** *Ex.* : Bob can't watch the match tonight. (Bob ne peut pas regarder le match ce soir – sous-entendu : car il a un empêchement.)

Parler de ce qu'on doit ou ne doit pas faire

Must sert à exprimer :

→ **l'obligation ;** *Ex.* : I must go to bed early. (Je dois me coucher tôt.)

→ **l'interdiction.** *Ex.* : I mustn't ride my bike. (Je ne dois pas = on m'interdit de faire du vélo.)

Corrigés → livret, p. 29

S'entraîner

QUIZ-TEST

Coche la (ou les) bonne(s) réponse(s).

1 ***Can* sert à exprimer :**

a) la permission. ☐
b) l'obligation. ☐
c) la capacité. ☐

2 **La (les) phrase(s) exprimant une obligation est (sont) :**

a) I must go to school. ☐
b) Andrew must help his sister. ☐
c) She can't play the guitar. ☐

3 ★ Construire des phrases

Remets les mots dans le bon ordre et rétablis les majuscules manquantes. (Aide-toi de la ponctuation.)

a) you / can / me / ? / help

....

b) this exercise / my sister / do / . / can't

....

c) I / can / have / a / ? / tea / of / cup

....

d) your sister / go out / . / mustn't

....

4 ★★ Formes interrogatives et négatives

Mets les phrases suivantes à la forme interrogative, puis négative en utilisant comme sujet un pronom.

a) Emma must take an aspirin.

....

....

b) Julia's brother can speak Italian.

....

....

c) The children must sleep on the sofa bed.

....

....

d) Tom can go to school by bus.

....

....

5 ★★ *Can* ou *must* ?

Complète les phrases suivantes par can, can't, must ou mustn't selon le sens.

a) .... you skate? No, I ....

b) It's late. Bob .... go to bed now.

c) The light is red. You .... cross the street.

6 ★ Réponses brèves

Complète les phrases suivantes par une réponse brève.

a) Can Mary play the piano? Yes, ...

b) Must you learn your lessons? Yes, ...

c) Must the children wear a tie? No, ...

7 ★★★ Utiliser *can* et *must*

Pose la question puis réponds, comme dans l'exemple.

Ex. : you / play in the kitchen / play in the garden
→ Can you play in the kitchen?
No, I can't. I must play in the garden.

a) she / buy a cake / make one

....

....

b) he / drive to town / take the bus

....

....

c) They / go to a party / babysit

....

....

13 L'expression du futur

Retiens l'essentiel

Piste 23

Attention !

- Dans l'expression *be going to*, seul l'auxiliaire *be* se conjugue.
- *Be going to* est toujours suivi d'une base verbale.

Ex. : She is going to do her homework.
(Elle va faire ses devoirs.)

1 Exprimer le futur avec *be going to*

Pour exprimer ce que l'on a l'intention de faire ou pour prédire un événement, on utilise l'expression ***be going to* + base verbale**.

Ex. : I am going to buy an ice-cream. (Je vais acheter une glace.)
It's going to rain tomorrow. (Il va pleuvoir demain.)

2 Construction de *be going to*

▸ À la forme affirmative :

sujet + auxiliaire *be* conjugué + *going to* + base verbale.

Ex. : She is going to play tennis tomorrow. (Elle va jouer au tennis demain.)
We are going to watch the match. (Nous allons regarder le match.)

▸ À la forme négative :

sujet + auxiliaire *be* conjugué + négation + *going to* + base verbale.

Ex. : I am not going to buy a new dress.
(Je ne vais pas acheter une nouvelle robe.)

▸ À la forme interrogative :

auxiliaire *be* conjugué + sujet + *going to* + base verbale + ?

Ex. : Is she going to buy a new dress? (Va-t-elle acheter une nouvelle robe ?)

3 Réponses brèves

Ex. : Are you going to phone your friends? Yes, I am. *ou* No, I am not.
Are the children going to buy Mum a present?
Yes, they are. *ou* No, they aren't.

Comment faire ?

Piste 24

▸ **Parler d'une action planifiée dans le futur**

On utilise parfois le **présent en *be* + *V-ing*** (*be* + base verbale + *-ing*) pour parler de l'avenir, de quelque chose que l'on a prévu. Souvent, il s'agit de déplacements.

Dans ce cas, la phrase contient un mot ou une expression évoquant le futur (*tomorrow*, *next*...).

Ex. : Grandma is coming tomorrow. (Grand-mère viendra demain.)
The Burtons are flying to Paris next week.
(Les Burton prendront l'avion pour Paris la semaine prochaine.)

▸ **Dire comment on voyage**

Ex. : I'm driving to Calais. (Je vais à Calais en voiture.)
I'm sailing from Calais to Dover. (Je voyage en bateau de Calais à Douvres.)
He's going to Paris by train. (Il prend le train jusqu'à Paris.)
She's flying from Paris to London. (Elle voyage en avion de Paris à Londres.)

Corrigés → livret, p. 29

S'entraîner

QUIZ-TEST

Coche la (ou les) bonne(s) réponse(s).

1 Pour exprimer une intention ou parler de l'avenir, on peut utiliser :

a) *be going to* + la base verbale. .... ☐

b) le présent simple. .... ☐

c) le présent en *be* + *V-ing*. .... ☐

2 La (les) phrase(s) exprimant une idée future est (sont) :

a) We're going to give a party. .... ☐

b) My parents are leaving tomorrow. .... ☐

c) They are preparing their luggage now. .... ☐

3 ★ Utiliser *be going to*

Utilise les éléments proposés pour exprimer des intentions, comme dans l'exemple.

Ex. : He / play football

→ He is going to play football.

a) Helen / read a book

....

b) My parents / buy a new car

....

c) I / do my English exercises

....

4 ★★ Construire des phrases

Les mots des phrases suivantes ont été mélangés. Remets-les dans le bon ordre en rétablissant les majuscules.

a) I / phone / am / to / . / aunt Betty / going

....

b) are / . / buy / biscuits / some / we / going / to

....

5 ★ Réponses brèves

Complète par des réponses brèves.

a) Are you going to help your mother?

Yes, ...

b) Is she going to write to her grand-parents?

Yes, ...

c) Are your parents going to buy a new flat?

No, ...

6 ★★ Reconstituer des phrases

La fin de chacune des phrases de la première colonne se trouve dans la seconde colonne. Relie les morceaux de phrase correspondants.

a) It's going to rain •	• 1. because the fridge is empty.
b) We're going to buy a new car •	• 2. because their mum is ill.
c) She's going to wear a pullover •	• 3. because she can't do her exercise.
d) They're going to make breakfast •	• 4. because she's cold.
e) I'm going to help my sister •	• 5. because our car is old.
f) He's going to go to the market •	• 6. because it's cloudy.

7 ★★★ Présent ou futur ?

Les phrases suivantes sont au présent en *be* + *V-ing*. Certaines expriment une action qui est en train d'avoir lieu (présent), d'autres expriment un futur. Coche la bonne case.

	présent	futur
a) I'm working now.		
b) She's coming tomorrow.		
c) He's taking the plane next week.		
d) Listen ! they're singing.		
e) We're going to London for Christmas.		
f) We're visiting a museum tomorrow.		
g) He's going to watch the match.		

14 Le prétérit (le passé)

Retiens l'essentiel

Piste 25

À savoir

Parler du passé

Pour parler du passé, on emploie le **prétérit**. Certains mots entraînent un prétérit : *yesterday* (*hier*), *last week* (*la semaine dernière*), *last Monday* (*lundi dernier*), *in 2022* (*en 2022*)....

Ex. : She went to London last month.
(Elle est allée à Londres le mois dernier.)

1 Conjugaison de *be* au prétérit

affirmation	interrogation	négation		
		forme pleine		*forme contractée*
I was	Was I?	I was not	=	I wasn't
you were	Were you?	you were not	=	you weren't
he/she/it was	Was he/she/it?	he/she/it was not	=	he/she/it wasn't
we/you/they were	Were we/you/they?	we/you/they were not	=	we/you/they weren't

Ex. : You were at home yesterday, weren't you?
(Tu étais à la maison hier, n'est-ce pas ?)
Was it in 2002? (Était-ce en 2002 ?)

Attention !

Pour les verbes réguliers, si la base verbale se termine par un ***e***, on ajoute seulement ***-d*** pour obtenir le prétérit.
Ex. : He lived in Paris.
(Il habitait à Paris.)

2 Construction du prétérit des verbes réguliers

- On ajoute ***-ed*** à la base verbale à toutes les personnes :
  sujet + base verbale + *-ed*.

Ex. : She played tennis yesterday. (Elle a joué au tennis hier.)

- Forme négative d'un verbe régulier : **sujet + *didn't* + base verbale.**

Ex. : He didn't work last Monday. (Il n'a pas travaillé lundi dernier.)

- Forme interrogative d'un verbe régulier : ***did* + sujet + base verbale + ?**

Ex. : Did he work last Saturday? (A-t-il travaillé samedi dernier ?)

3 Construction du prétérit des verbes irréguliers

- Certains verbes ont une forme irrégulière au prétérit. Cette forme **qu'il faut apprendre par cœur** est la même à toutes les personnes.

b. verbale	have	go	speak	give	eat	take	buy	drink	make
prétérit	had	went	spoke	gave	ate	took	bought	drank	made

- Les formes négatives et interrogatives des verbes irréguliers se construisent de la même manière que celles des verbes réguliers.

Comment faire ?

Piste 26

Répondre brièvement à une question au prétérit

Ex. : Were you at home yesterday? Yes, I was. *ou* No, I wasn't.
Did you watch television? Yes, I did. *ou* No, I didn't.

Corrigés → livret, p. 29

S'entraîner

QUIZ-TEST

Coche la (ou les) bonne(s) réponse(s).

1 Au prétérit, *be* a :

a) une seule forme à toutes les personnes. ..... ☐
b) deux formes. .... ☐
c) une forme différente à chaque personne. ... ☐

2 La (les) phrase(s) au passé est (sont) :

a) Did Peter go to London last year? .... ☐
b) No, he went to Paris. .... ☐
c) He phoned his parents. .... ☐

3 ★ Conjuguer *be*

Complète les phrases en conjuguant be au prétérit.

a) We .... at school last month.

b) Sam .... at the football match last Sunday.

c) Who .... Mozart?

d) My dog .... under my bed last night.

4 ★ *Be* et les verbes réguliers

Conjugue le verbe entre parenthèses au prétérit.

a) .... he late this morning? (*be*)

b) I .... yesterday. (*work*)

c) The children .... for the bus. (*wait*)

d) We .... the match yesterday. (*watch*)

e) .... you ....grandma? (*phone*)

5 ★★ Formes interrogatives et négatives

Mets les phrases suivantes à la forme interrogative, puis négative.

a) The children were tired yesterday. (*« tired » est ici un adjectif*)

....

....

b) He played with his computer last week.

....

....

c) They bought their house in 2021.

....

....

6 ★★★ Verbes irréguliers

Pose la question puis réponds, comme dans l'exemple.

Ex. : he / eat a hamburger / a sandwich
→ Did he eat a hamburger?
No, he ate a sandwich.

a) you / go to London / Brighton

....

....

b) he / drink coffee / tea

....

....

c) Dad / make a cake / an apple-pie

....

....

7 ★★ Réponses brèves

Complète les phrases suivantes par une réponse brève.

a) Was your father in Paris last week?

Yes, ...

b) Were your parents at home last Sunday?

No, ...

c) Were you at school yesterday?

No, ...

d) Did you like the film?

Yes, ...

e) Did they play tennis yesterday?

No, ...

Corrigés → livret, p. 29

Anglais : fais le bilan !

Coche, pour chaque exercice, la bonne réponse. Reporte-toi ensuite aux corrigés, p. 29, pour obtenir ton score sur 10.

1 **La phrase correcte est :**

a) Jack and I are eleven. ☐
b) Jack and I am eleven. ☐
c) Jack and I is eleven. ☐

2 **La phrase correcte est :**

a) My aunt is teacher. ☐
b) My aunt is a teacher. ☐
c) My aunt is french. ☐

3 **La question qui permet d'obtenir la réponse : « She's my sister . », est :**

a) Who's that girl ? ☐
b) Is that girl your sister ? ☐
c) How old is that girl ? ☐

4 **Si l'on parle des livres d'Anna, il faut dire :**

a) His books are interesting. ☐
b) Their books are interesting. ☐
c) Her books are interesting. ☐

5 **La phrase exprimant la possession est :**

a) He's not upstairs. ☐
b) He's got a new computer. ☐
c) He's English. ☐

6 **La phrase correcte est :**

a) There isn't some music on B.B.C.1. ☐
b) Is there any pairs of shoes in your room ? ☐
c) Are there any children in the street ? ☐

7 **La phrase correcte est :**

a) They always read after dinner. ☐
b) He always read after dinner. ☐
c) She sometimes read after dinner. ☐

8 **Après la phrase « My cousin is nice. », on peut ajouter :**

a) I like she. ☐
b) She likes it. ☐
c) I like her. ☐

9 **La phrase correcte est :**

a) She not reading. ☐
b) She's not reading. ☐
c) She hasn't reading. ☐

10 **La phrase comprenant une idée future est :**

a) We can ride a horse. ☐
b) We must ride a horse. ☐
c) We're riding a horse next week. ☐

TOTAL BILAN .... /10

Histoire Géographie

Enseignement moral et civique

Histoire

1 Les débuts de l'humanité 154
2 Premiers États et premières écritures 156
3 Le monde des cités grecques 158
4 Rome, de la naissance à l'Empire 160
5 La naissance du monothéisme juif 162
6 Des chrétiens dans l'Empire 164
7 L'Empire romain et les autres mondes anciens 166

Géographie

8 La répartition de la population mondiale 168
9 Habiter une métropole d'un pays développé 170
10 Habiter une métropole d'un pays émergent 172
11 Habiter un espace à fortes contraintes naturelles 174
12 Habiter un espace agricole 176
13 Habiter les littoraux 178

Enseignement moral et civique (EMC)

14 La solidarité 180

Fais le bilan ! 182

1 Les débuts de l'humanité

Mot-clé

BP
En anglais, « before present », c'est-à-dire « avant aujourd'hui ».

À savoir
Sur les différents continents et à des moments différents naissent des civilisations fondées sur des cultures spécifiques : le blé et l'orge au Proche-Orient (vallée du Nil, Mésopotamie, 9 000 BP), le millet en Chine, le riz en Asie du sud-est (8 000 BP) ; le maïs au Mexique, la pomme de terre, le haricot et le maïs dans les Andes (7 000 BP), le mil, le sorgho et l'igname en Afrique (7 000 BP).

Retiens l'essentiel

1 L'homme et ses ancêtres

Les ancêtres de l'homme apparaissent en Afrique : Toumaï, premier hominidé connu (7 millions d'années BP), puis Lucy (3,7 millions d'années BP), première australopithèque. Le genre *Homo* naît avec l'***Homo habilis*** (2,5 millions d'années BP). Puis apparaissent l'***Homo erectus*** (1,9 million d'années BP), et l'***Homo sapiens*** (300 000 BP). Ils sont bipèdes et fabriquent des outils. Peu à peu leur taille augmente tout comme celle de leur cerveau. **À partir de l'Afrique, le genre *Homo*** conquiert peu à peu le monde : *Homo erectus* sort d'Afrique vers 1,8 million d'années BP, *Homo sapiens* vers 100 000 BP. C'est l'homme d'aujourd'hui.

2 Le Paléolithique

Au Paléolithique, les premiers hommes sont des chasseurs-cueilleurs. Ils sont nomades. Ils s'abritent dans des huttes ou dans des abris sous roche. Ils maîtrisent le feu vers 500 000 BP, les techniques artistiques vers 90 000 BP.

3 Le Néolithique

Au Néolithique, à partir de 10 000 BP, les hommes, devenus agriculteurs et éleveurs, se sédentarisent dans des villages. Leur outillage se diversifie.

Comment faire ?

▸ Lire une carte grâce à sa légende

Homo sapiens conquiert le monde

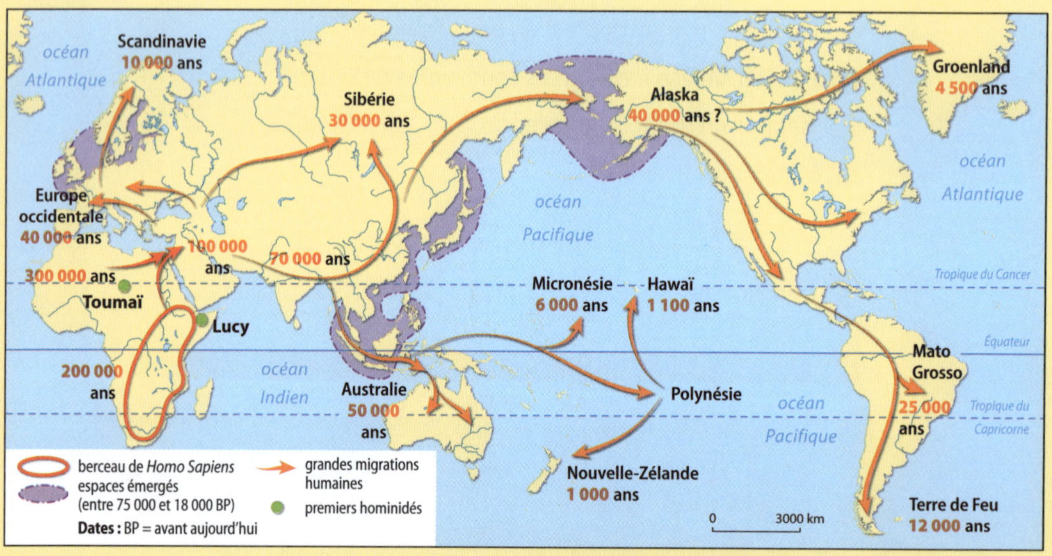

● : ***Toumaï et Lucy*** Les premiers hominidés, ancêtres de l'homme, apparaissent en Afrique.

⬭ : ***Berceau de* Homo sapiens** Bien après eux, *Homo sapiens* naît en Afrique vers 200 000 BP.

➔ : ***Flèches des grandes migrations*** De petits groupes d'*Homo sapiens* sortent d'Afrique dès 100 000 BP.

⬭ : ***Espaces émergés (entre 75 000 et 18 000 BP)*** Le niveau marin est beaucoup plus bas par l'effet des glaciations : *Homo sapiens* peut atteindre Java puis l'Amérique. Grâce à la navigation, il rejoint dès 50 000 BP l'Australie puis les îles du pacifique.

Corrigés → livret, p. 30

S'entraîner

QUIZ-TEST

Coche la (ou les) bonne(s) réponse(s).

1 Lucy appartient au groupe :

a) des Australopithèques. ☐
b) des *Homo habilis*. ☐
c) des *Homo sapiens*. ☐

2 Au Néolithique, le millet est cultivé :

a) au Mexique. ☐
b) en Europe et au Proche-Orient. ☐
c) en Chine. ☐

3 ★★ Les hommes et leurs outils

Indique dans chaque case le type d'homme concerné.

grandes périodes	évolution humaine	outils
Paléolithique archaïque *(7 à 1,7 millions d'années BP)*	a)	Galets aménagés : « choppers » 
Paléolithique inférieur *(1,7 à 0,5 million d'années BP)*	b)	Bifaces 
Paléolithique moyen *(500 000 à 40 000 ans BP)*	c)	**Maîtrise du feu.** Débitage « Levallois » pour obtenir des lames et des pointes. 
Paléolithique supérieur *(40 000 à 9 000 ans BP)*	d)	Lames fines en « feuilles de laurier », propulseur en os : harpon, hameçons.  **Grottes décorées :** Chauvet (32 000 BP) et Lascaux (18 000 ans BP)

4 ★★ La domestication des animaux

chien	chèvre	mouton	porc	bœuf	cheval
14 000 BP	10 000 BP	9 500 BP	9 000 BP	8 000 BP	5 000 BP (3 000 av. J.-C.)

À ton avis, pourquoi les animaux ont-ils été domestiqués dans cet ordre par les hommes ? (Essaie de faire des groupes.)

....

....

5 ★★ Les mots de la Préhistoire

Remplis la grille en te servant des définitions.

1. Homme (*Homo*...) actuel. **2.** Premier Australopithèque connu. **3.** Genre auquel nous appartenons. **4.** Grotte du sud de la France, ornée de peintures rupestres.

A. Période la plus ancienne de l'histoire des hommes (pierre taillée). **B.** Le plus ancien hominidé connu.

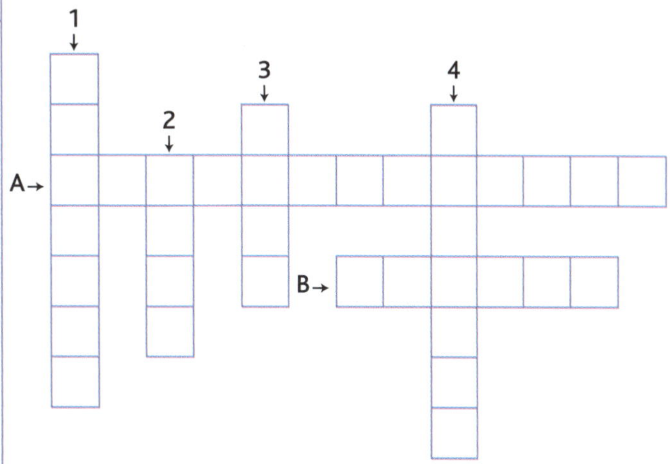

2 Premiers États et premières écritures

Retiens l'essentiel

À savoir

La naissance de l'écriture

Grâce à l'invention de l'écriture, les États organisent une administration solide.

- En 3200 av. J.-C., en Mésopotamie, les Sumériens créent **les pictogrammes,** puis **l'écriture cunéiforme**. À la même époque, les Égyptiens utilisent **les hiéroglyphes.**

- En 1200 av. J.-C., les Phéniciens inventent **l'alphabet** (22 lettres).

1 Les premières civilisations

Les premières civilisations se développent en Mésopotamie et en Égypte, dans les vallées fertiles du Proche-Orient et du Nil. **Des États puissants** se mettent en place dès 3000 av. J.-C.

2 L'Égypte des pharaons

▸ **Le pharaon gouverne l'Égypte**. Il garantit la paix et la prospérité.

– C'est le **chef de l'armée** : il protège le pays des invasions étrangères.

– C'est le **chef de l'administration** : ses scribes délimitent les champs et fixent les impôts.

– C'est le **chef de la religion** : il est dieu, fils de Rê (le Soleil). Il nomme les prêtres et fait construire de grands temples (Louqsor).

▸ **Les Égyptiens sont polythéistes**. Pour survivre après la mort, ils se font momifier. Les pharaons se font construire des pyramides.

3 En Mésopotamie

Des cités-États (pays de Sumer) apparaissent en Mésopotamie. Babylone devient le cœur d'une **civilisation** qui se développera pendant près de douze siècles (1750-539 av. J.-C.).

Comment faire ?

▸ Lire une image

Le tribunal d'Osiris *(dessin d'après un papyrus du Louvre)*

1. La légende du document te donne le thème de la scène : le tribunal du dieu des Morts, Osiris.

2. Tu dois ensuite identifier les personnages et décrire leur action :

① **Le mort** lève les bras en signe de prière.
② **Maât,** déesse de la Justice, amène le mort.
③ **Horus,** fils d'Osiris, pose sur un plateau l'âme du mort.
④ **Anubis,** dieu des Embaumeurs, pose sur l'autre plateau la plume de Maât.
⑤ **Thot,** dieu des Scribes, note le résultat.
⑥ **Ammout,** déesse dévoreuse, attend.
⑦ **Osiris,** dieu des Morts, attend pour juger.

3. Il faut lire le papyrus de droite à gauche. Le mort arrive tenu par Maât. Son âme est pesée sur la balance. Si sa vie a été juste, elle ne doit pas peser plus que la plume. Thot note le résultat. Osiris attend. Il peut accueillir le mort dans son royaume ou le livrer à la déesse dévoreuse. Osiris est le plus grand des personnages, car c'est le plus important de la scène.

Corrigés → livret, p. 30

S'entraîner

QUIZ-TEST

Coche la (ou les) bonne(s) réponse(s).

1 En Égypte ancienne, Pharaon est :

a) un dieu. ☐
b) un roi. ☐
c) un roi et un dieu. ☐

2 L'écriture est apparue environ :

a) 500 000 ans av. J.-C. ☐
b) 8 000 ans av. J.-C. ☐
c) 3 000 ans av. J.-C. ☐

3 ★ Le croissant fertile

a) Sur la carte ci-dessous, inscris dans chaque petit cercle le numéro de l'écriture qui est utilisée dans chaque pays.

1. Écriture cunéiforme

2. Hiéroglyphes

3. Alphabet

b) Relie ces trois ensembles en les entourant par un trait. Pourquoi appelle-t-on cette région du monde « le croissant fertile » ?

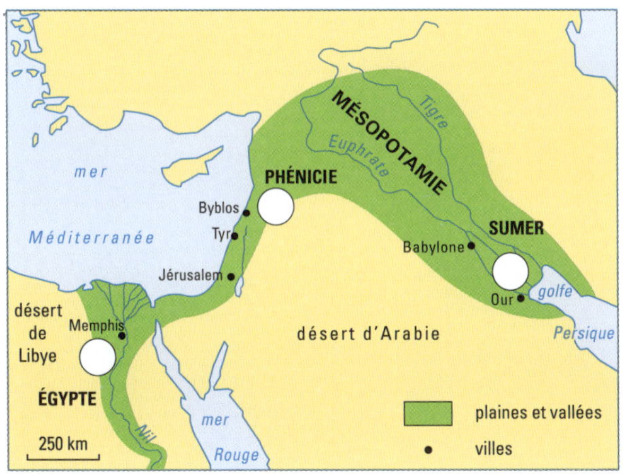

4 ★★ Le pharaon

a) Qui porte les signes du pouvoir de Pharaon sur l'image de la page 156 ? ....

....

b) Quels sont ces signes ? (Aide-toi de la photo légendée ci-après). ....

....

5 ★★★ Le code d'Hammourabi

Extraits du Code d'Hammourabi, roi de Babylone, XVIIIe siècle av. J.-C.

22. Quiconque commet un cambriolage et est pris, est mis à mort. [...]
56. Lorsqu'un homme laisse entrer l'eau, et qu'elle déborde sur la plantation du voisin, il paie 8 litres de grain au mètre carré. [...]
185. Si un homme adopte un enfant, à son nom, comme fils, et qu'il l'élève, le fils adulte ne peut être ensuite réclamé. [...]
274. Si quelqu'un loue un artisan qualifié, il lui paiera le salaire de [...] cinq gerahs.

a) Quel article punit un crime (droit pénal) ? ....

b) Quel article règle un problème de droit familial ?

....

c) Quel article règle le montant des salaires ? ....

d) Quel article permet de résoudre un problème par une amende ? ....

e) Pourquoi le roi établit-il des lois ?

....

....

3 Le monde des cités grecques

L'Acropole d'Athènes

À savoir

Des cités indépendantes

Chaque cité grecque est attachée à son indépendance et forme une communauté autonome.

- Beaucoup de ces cités sont des **oligarchies** : un régime politique où le pouvoir est réservé à un petit nombre.
- À Athènes, au Vᵉ siècle av. J.-C., tous les citoyens participent au gouvernement de la cité : c'est **la démocratie**.

Retiens l'essentiel

1 Un monde de cités

Le monde grec est un monde de **cités**, situées autour de **la mer Égée**. Dès le VIIIᵉ siècle av. J.-C., les Grecs fondent des **colonies** dans toute la Méditerranée.

2 Une culture commune

▶ Les Grecs parlent la même langue, ont les mêmes dieux, se rassemblent lors de grandes fêtes religieuses comme les Jeux olympiques. Tous connaissent *L'Iliade* et *L'Odyssée*, l'épopée d'Homère.

▶ Lors des guerres médiques, les Grecs se battent ensemble contre l'Empire perse et remportent les batailles de **Marathon** (490 av. J.-C.) et de **Salamine** (480 av. J.-C.).

3 Des cités en conflit

▶ La guerre est au cœur de la vie de la cité : le citoyen est d'abord un soldat.

▶ Au Vᵉ siècle av. J.-C., Athènes domine la mer grâce à la ligue de Délos. Périclès couvre la ville de monuments (Parthénon). Sparte crée la Ligue du Péloponnèse pour combattre sa puissance. À la fin de la guerre du Péloponnèse, Athènes est vaincue et le monde des cités affaibli.

Comment faire ?

▶ Lire un organigramme : citoyenneté et démocratie

Le fonctionnement de la démocratie à Athènes au Vᵉ siècle av. J.-C.

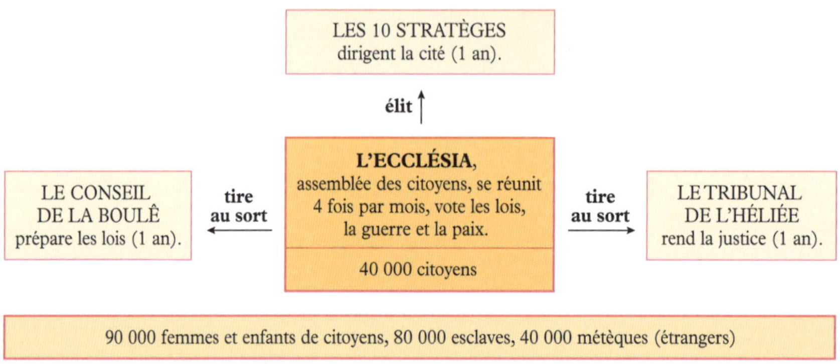

→ **En haut**, le titre en bleu t'indique le thème de l'organigramme.

→ **Dans chaque cadre**, tu peux lire : le nom de l'institution, son rôle et sa durée (entre parenthèses).

→ **Au centre**, l'Ecclésia est l'institution principale. **Les flèches** te montrent que c'est elle qui désigne les membres des autres organismes.

→ **En bas**, sont indiqués les autres habitants d'Athènes. Ils ne participent pas au gouvernement de la cité. Ils sont beaucoup plus nombreux que les citoyens.

Corrigés → livret, p. 30

S'entraîner

QUIZ-TEST

Coche la (ou les) bonne(s) réponse(s).

1 Le terme *oligarchie* désigne :
- a) un pouvoir réservé à un petit nombre. ☐
- b) un commandement militaire. ☐
- c) une déesse grecque. ☐

2 À Athènes, l'Ecclésia est :
- a) la grande fête religieuse de la cité. ☐
- b) l'assemblée des citoyens. ☐
- c) le territoire de la cité d'Athènes. ☐

3 ★★ Les dieux grecs

Relie chaque dieu à sa définition. Sers-toi pour cela de son attribut (image).

Déesse ou dieu :

a) Zeus  • • 1. du vin et des arts

b) Poséïdon  • • 2. de la musique

c) Apollon  • • 3. du commerce

d) Hermès  • • 4. de l'intelligence

e) Athéna  • • 5. de la mer

f) Dyonisos  • • 6. du ciel, roi des dieux

4 ★★ Les jeux grecs

a) Que représente cette sculpture ?

....

....

....

b) À quel événement, créé en 776 av. J.-C., te fait-elle penser ?

....

....

....

5 ★ L'architecture grecque

Quel est le style des chapiteaux du temple d'Athéna Nikê, sur l'Acropole d'Athènes ? Coche la bonne réponse.

☐ a) style dorique 

☐ b) style ionique 

☐ c) style corinthien 

6 ★★★ Athènes

Grâce au plan d'Athènes, nomme les lieux :
a) de la vie politique ; b) de la vie religieuse.

....

....

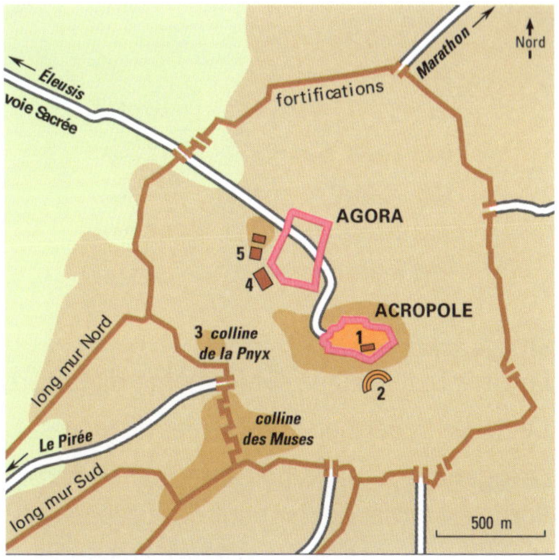

1 Parthénon : temple d'Athéna
2 Théâtre de Dionysos
3 Ecclésia
4 Héliée
5 Boulê

Histoire

4 Rome, de la naissance à l'Empire

Retiens l'essentiel

À savoir

La romanisation

Au Ier et au IIe siècle ap. J.-C., la « **Paix romaine** » assure la prospérité.
Dans tout l'Empire, des villes sont créées sur le modèle de Rome. Les habitants adoptent le mode de vie romain, et tous deviennent citoyens romains à partir de l'édit de Caracalla (212 ap. J.-C.). C'est **la romanisation**.

Le forum romain

1 La Rome des rois

Selon la tradition, **Romulus** crée Rome en 753 av. J.-C. dans la plaine du Latium. Il est le premier roi de Rome.

2 La République

- En 509 av. J.-C., Rome devient une République. **Les citoyens** se réunissent dans les assemblées (**comices**). Ils votent les lois et élisent **les magistrats** qui dirigent la ville (pendant un an). Les anciens magistrats forment **le Sénat**. Le Sénat gère le trésor public et dirige la politique extérieure.
- Les citoyens peuvent être mobilisés de 17 à 45 ans. Ils forment **les légions**. Du IVe au Ier siècle av. J.-C., les Romains conquièrent l'Italie puis l'ensemble du Bassin méditerranéen. La **Gaule** est conquise de 58 à 51 av. J.-C. par **Jules César**. L'armée devient professionnelle et les généraux finissent par prendre le pouvoir. C'est la fin de la République.

3 L'Empire

En 27 av. J.-C., Auguste fonde l'Empire. **L'empereur** a tous les pouvoirs.

Comment faire ?

Lire une carte

Les conquêtes de Rome

→ **Le titre** te renseigne sur le thème de la carte : les conquêtes de l'armée romaine.

→ **L'échelle** te permet d'évaluer les distances.

→ **La légende** est très importante pour comprendre la carte. Plus la couleur verte est foncée, plus l'implantation de Rome est ancienne : on peut donc repérer les différentes étapes de l'expansion romaine en Méditerranée.

→ **Les noms** inscrits te permettent de localiser les peuples et les villes.

Corrigés → livret, p. 30

S'entraîner

QUIZ-TEST

Coche la (ou les) bonne(s) réponse(s).

1 À Rome, les comices sont :

a) des assemblées de citoyens. ☐
b) des fêtes agricoles. ☐
c) des troupes de comédiens. ☐

2 Qui fonde l'Empire romain ?

a) Jules César. ☐
b) Auguste. ☐
c) Romulus. ☐

3 ★ Les conquêtes de Rome

En t'aidant de la carte, p. 160, relie chaque étape de la conquête romaine à la région conquise qui lui correspond.

a) 1re étape •	• 1. Carthage
b) 2e étape •	• 2. Gaule + Égypte
c) 3e étape •	• 3. Bretagne
d) 4e étape •	• 4. Italie

4 ★★ Arles

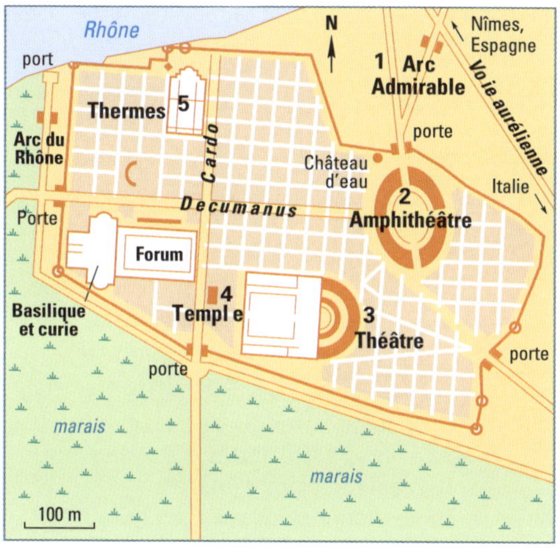

Plan de la ville d'Arles (IIe siècle ap. J.-C.)

a) En quoi le plan de la ville d'Arles est-il géométrique ?

....

....

b) Indique, sous chacun des dessins, le numéro et le nom du monument qui correspond sur le plan d'Arles.

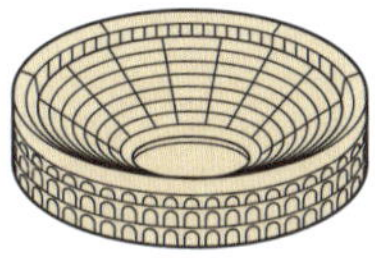

A. ....

D. ....

B. ....

C. ....

E. ....

c) À quoi servent l'amphithéâtre et les thermes ?

....

....

5 ★★★ L'histoire politique de Rome

Place sur la frise chronologique les trois grandes étapes de l'histoire politique de Rome, depuis la date de la fondation de Rome (en 753 av. J.-C.) jusqu'à la fin de l'Empire romain d'Occident (en 476 ap. J.-C.).

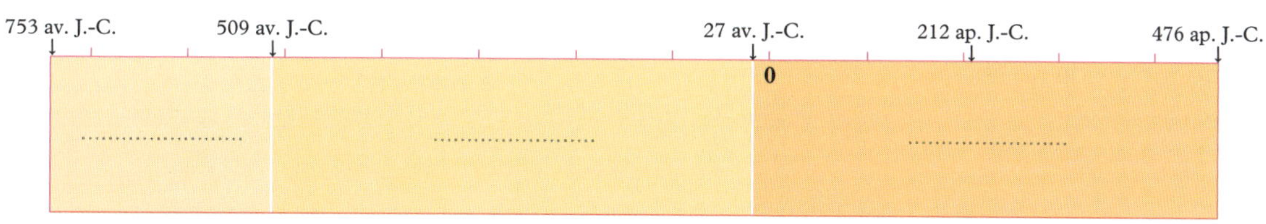

5 La naissance du monothéisme juif

Retiens l'essentiel

1 Le peuple de la Bible

Les Hébreux ont écrit leur histoire dans **la Bible**. C'est pour eux un livre sacré, car il contient les paroles de Dieu rapportées par les prophètes. Le texte de la Bible fait **l'unité du peuple juif**.

2 De la Mésopotamie à la Palestine

- De 1900 à 1200 av. J.-C., les Hébreux sont un peuple de **nomades**.
- À partir de 1200 av. J.-C., ils font la conquête de la terre de Canaan. Ils fondent **le royaume d'Israël** et deviennent sédentaires. Le roi David fait de Jérusalem sa capitale. Le roi Salomon y construit le Temple. À sa mort, le royaume se divise.

3 La naissance de la Diaspora

- À partir du VIIIe siècle av. J.-C., les Hébreux vivent successivement sous la domination des Assyriens, des Perses, des Grecs et des Romains. Exilés en 586 à Babylone, ils prennent le nom de Juifs. Sous les Romains ils peuvent garder leur religion monothéiste.
- En 70 ap. J.-C., après une révolte, l'empereur Titus détruit Jérusalem et le Temple. Les juifs se dispersent dans les villes autour de la Méditerranée : c'est **la Diaspora**.

À savoir

La religion juive

Les Juifs croient en un Dieu unique, **Yahvé**. Dieu a fait **alliance** avec eux. Ils doivent respecter la loi qu'il leur a donnée (**les dix commandements**). Le chandelier qui sert au culte de la religion juive a sept branches car Yahvé a créé le monde en sept jours.

Comment faire ?

Comprendre un texte

→ **Lis le texte** et cherche la signification des mots que tu ne connais pas.

→ **Pose-toi des questions** sur le texte : d'où vient-il ? De quoi parle-t-il ? Qui l'a écrit ? Quand ? Pour qui ?

– En bas, on lit que ce passage est extrait de la Bible. C'est un texte religieux.

– En haut, le titre indique qu'il s'agit de dix commandements : on doit donc leur obéir. La phrase en italique mentionne le lieu : le Sinaï.

– Dans le texte, on apprend le moment (après la sortie d'Égypte). Pour les Hébreux, l'auteur est Dieu (« Et Dieu dit... »).

→ **Classe les informations** du texte.

Numérote les dix commandements et classe-les :

– ceux qui concernent les relations des hommes avec Dieu (1 à 4) ;

– ceux qui concernent les relations des hommes entre eux (5 à 10).

→ **Résume** ton étude de texte.

Les dix commandements donnent les règles essentielles de la vie religieuse et de la vie en société.

Les dix commandements

Dieu appelle Moïse sur le Sinaï.

Et Dieu dit : « C'est moi Yahvé, ton Dieu qui t'ai fait sortir du pays d'Égypte.
Tu n'auras pas d'autres dieux que moi.
Tu n'adoreras pas d'images.
Tu ne prononceras pas mon nom à tort.
Tu travailleras 6 jours, mais tu ne feras rien le 7e, le jour du sabbat. Car en 6 jours, Dieu a fait le ciel et la terre et toute la création, mais il s'est reposé le 7e jour.
Tu honoreras ton père et ta mère.
Tu ne tueras pas.
Tu ne commettras pas d'adultère.
Tu ne voleras pas.
Tu ne feras pas de faux témoignage.
Tu ne convoiteras pas ce qui appartient à autrui. »

D'après la Bible, *Exode*, 20, 2-17.

Corrigés → livret, p. 31

S'entraîner

QUIZ-TEST

Coche la (ou les) bonne(s) réponse(s).

1 La Diaspora désigne :

a) une fête religieuse juive. ☐

b) la dispersion des juifs hors de leur pays. ☐

c) la fuite hors d'Égypte. ☐

2 Selon la Bible, le Dieu des juifs a révélé les dix commandements :

a) au roi David. ☐

b) au roi Salomon. ☐

c) au prophète Moïse. ☐

3 ★ Une religion monothéiste

« Je viens pour rassembler toutes les nations de toutes les langues. »

La Bible, *Livre d'Ésaïe, 66.*

a) Dieu ne réserve-t-il son alliance qu'aux Hébreux ?

....

....

b) Coche les affirmations exactes.

Une religion monothéiste est une religion :

- qui a un seul Dieu ; ☐
- qui a plusieurs dieux ; ☐
- pour un seul peuple ; ☐
- pour tous les peuples. ☐

4 ★★ Les déplacements des Hébreux

a) À l'aide des extraits ci-dessous, trace le trajet des Hébreux sur la carte (en vert pour la Genèse, en rouge pour l'Exode) et indique le numéro de chaque étape.

① Terah prit son fils Abraham. Ils sortirent d'Our et gagnèrent Harran. (Genèse)

② Le Seigneur dit à Abraham de partir pour le pays de Canaan. Il quitta Harran. (Genèse)

③ Jacob se rendit en Égypte avec tous ses descendants. (Genèse)

④ Le Seigneur dit à Moïse : « Fais sortir mon peuple d'Égypte. » (Exode)

Les fils d'Israël arrivèrent au désert du Sinaï. (Exode)

⑤ Le Seigneur dit à Moïse : « Vous prendrez possession du pays de Canaan. » (Exode)

b) Pourquoi les Hébreux ne vont-ils pas au pays de Canaan en ligne droite à partir d'Our ?

....

....

....

5 ★★★ Les fêtes juives

Indique, dans chaque case, le numéro de l'étape de l'exercice 4 à laquelle correspond chacune de ces fêtes juives.

a) La Pâque (mars, avril) rappelle la sortie d'Égypte. ☐

b) La Pentecôte (50 jours après) rappelle la remise des Tables de la loi à Moïse sur le Sinaï. ☐

c) La Fête des Tentes (octobre) rappelle l'errance dans le désert après le Sinaï. ☐

6 Des Chrétiens dans l'Empire

À savoir

Le message chrétien

Jésus se présente comme **le Christ**, le fils de Dieu. Son message est universel : il s'adresse à tous les hommes.
Celui qui croit en Dieu doit « aimer son prochain » comme lui-même. Dieu lui promet alors le Salut par le pardon des péchés, la résurrection et la vie éternelle.

Marie et Jésus

Retiens l'essentiel

1 La vie de Jésus

- Jésus naît près de Jérusalem, à Bethléem, sous le règne de l'empereur Auguste. Juif de la tribu de David, il vit avec ses parents, Joseph et Marie, à Nazareth. À 30 ans, il commence à prêcher la « bonne parole » (*évangile*, en grec), assisté de douze apôtres. À 33 ans, il est dénoncé comme agitateur, et crucifié sous le gouvernement romain de Ponce Pilate.
- Jésus nous est surtout connu par les récits des **évangélistes Marc, Matthieu, Luc et Jean**, rédigés entre 50 et 100 ap. J.-C. Avec les lettres des apôtres, ces quatre évangiles forment **le Nouveau Testament**.

2 La diffusion du christianisme

- Le christianisme se répand grâce aux efforts des apôtres et notamment de saint Paul. Les chrétiens sont d'abord persécutés, car ils refusent de croire aux dieux de Rome. Ils s'organisent en Églises sous la direction des évêques.
- Finalement, en 313 ap. J.-C., l'empereur **Constantin** leur accorde **la liberté de culte**. En 392 ap. J.-C., l'empereur **Théodose** fait du christianisme **la seule religion autorisée** : l'unité politique et religieuse de l'Empire romain est ainsi préservée.

Comment faire ?

Lire un symbole

Un **symbole** est une image qui a plusieurs sens. Certains symboles servaient de signe de reconnaissance aux chrétiens, car eux seuls en connaissaient les significations.

→ 1er exemple : le poisson

Le poisson vit dans l'eau, il représente l'eau du baptême (cérémonie par laquelle un homme devient chrétien en se plongeant dans l'eau).
Le mot grec poisson (**ICHTUS**) contient également les premières lettres des noms que l'on donne à Jésus : **I**esus **CH**ristos (Jésus-Christ) **T**heou **U**ios (fils de Dieu) **S**auveur. Il représente donc le sauveur, Jésus-Christ.

→ 2e exemple : le chrisme

① En grec, X (*ch*) et P (*r*) sont les deux premières lettres de *Christ*.

② A est la première lettre de l'alphabet grec et ω la dernière : elles signifient que Dieu est au début et à la fin de toute chose.

③ Cette couronne (chrisme) de victoire indique que le Christ vainc la mort.

S'entraîner

Corrigés → livret, p. 31

QUIZ-TEST

Coche la (ou les) bonne(s) réponse(s).

1 Selon le Nouveau Testament, le Christ est né à :

a) Nazareth. ☐
b) Bethléem. ☐
c) Jérusalem. ☐

2 Le christianisme devient la seule religion autorisée dans l'Empire romain avec :

a) Auguste (début du Ier siècle ap. J.-C.). ☐
b) Constantin (début du IVe ap. J.-C.). ☐
c) Théodose (fin du IVe ap. J.-C.). ☐

3 ★★ Analyser une sculpture chrétienne

Sarcophage (cercueil) chrétien (IVe siècle ap. J.-C.)

a) Quelle est la scène représentée sur cette photo ?

....

....

b) Que représente le symbole dessiné sur la croix ?

....

....

c) Quel indice montre ce qui va se passer pour le Christ après sa mort ? ....

....

....

4 ★ Les persécutions

En 177 ap. J.-C., les chrétiens de Lyon sont persécutés.

Restait la bienheureuse Blandine. Après les fouets, après les fauves, elle fut finalement livrée à un taureau. Longtemps elle fut projetée par l'animal, mais elle ne sentait rien de ce qui lui arrivait à cause de son espérance.

Eusèbe de Césarée.

Chaque jour nous devenons plus nombreux. C'est une semence que le sang des chrétiens [...]. Qui, à ce spectacle, ne se sent pas ébranlé ?

Tertullien, IIIe siècle ap. J.-C.

a) D'après l'exemple de Blandine, qu'est-ce qu'un martyr ? ....

....

b) Pourquoi est-elle *bienheureuse* ? ....

....

c) Quelle est la religion de Tertullien ? ....

....

5 ★★★ Les juifs et les chrétiens

Complète le tableau de comparaison suivant.

	Juifs	Chrétiens
Alliance	ancienne	nouvelle
Dieu	....	Père, Fils, Saint-Esprit
Bible	Ancien Testament	....
Loi	....	aimer son prochain
Jour consacré à Dieu	jour du sabbat (samedi)	....
Fête de Pâques	....	commémore la crucifixion et la résurrection

7 L'Empire romain et les autres mondes anciens

Retiens l'essentiel

L'Empire romain a des relations avec deux autres grandes civilisations : l'Inde et la Chine.

1 La route de la soie

La route de la soie est développée par l'Empire Han (Chine), sous l'empereur Wudi (140-87 av. J.-C.). La Chine connaît alors la paix et la prospérité. Sa capitale, Chang'an, dénombre 500 000 habitants. C'est le point de départ de la route de la soie.

2 La route de l'Inde

La route de l'Inde est « le périple de la mer d'Erythrée » (texte grec du Ier siècle ap. J.-C.) : avec l'aide des marins du royaume d'Axoum, les marchands gréco-romains apprennent à utiliser le vent de mousson pour atteindre les petits royaumes commerciaux du sud de l'Inde.

3 Des routes permettant de nombreux échanges

Ces routes permettent des échanges diplomatiques : l'empereur Zhang Qian envoie une ambassade vers Rome en –130, Marc Aurèle fait de même vers la Chine en 166. Le Bouddhisme indien pénètre la Chine, le Christianisme arrive en Chine et en Inde. Les élites romaines raffolent des tissus en soie. Les rois indiens imitent les pièces romaines.

À savoir

La science et la technologie sous les Han

Les Han sont à l'origine de nombreuses avancées techniques et scientifiques : l'invention du papier, du sismographe, de la brouette, de la fonte du fer et du gouvernail d'étambot. Ils développent les mathématiques, la médecine et l'astronomie.

Comment faire ?

Lire une carte des échanges

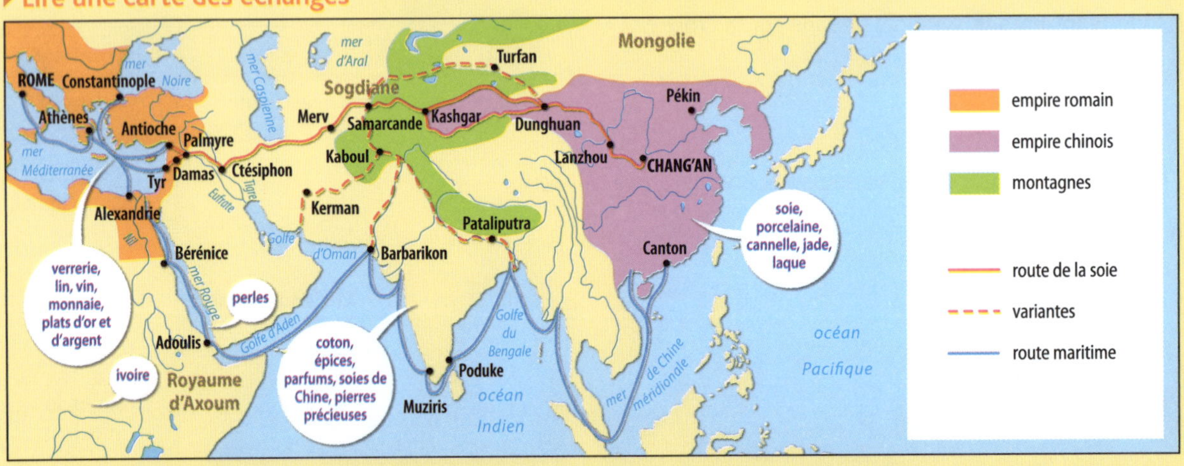

Par la route de la soie (en rouge sur la carte) et ses variantes (en pointillés rouges), viennent de Chine : soie, porcelaine, jade, cannelle (surlignés en jaune). Par la voie maritime (en bleu), viennent de l'Inde : épices, parfums, coton, pierres précieuses, mais aussi soie chinoise. Les Romains exportent de la verrerie, des draps de lin, du vin mais surtout des objets en métaux précieux (monnaie, vaisselle). Ce sont tous des produits de luxe. L'éloignement et les dangers de la route font que seuls les produits légers et de grande valeur sont rentables.

Corrigés → livret, p. 31

S'entraîner

QUIZ-TEST

Coche la (ou les) bonne(s) réponse(s).

1 L'Empire des Han est de la même époque que :

a) l'Empire romain (Antiquité). ☐
b) l'empire de Charlemagne (Moyen Âge). ☐
c) l'empire de Napoléon (époque contemporaine). ☐

2 La soie arrive dans l'Empire romain :

a) par la route de la soie. ☐
b) par la route de l'Inde. ☐
c) par la route de la soie et de l'Inde. ☐

3 ★★★ Pièce d'or

Pièce d'or trouvée dans un trésor du royaume Pândya, au sud de l'Inde. Pièce conservée au Bristish Museum.

a) D'où vient cette pièce ? Justifie ta réponse.

....

b) Pourquoi la trouve-t-on en Inde ?

....

4 ★ Les inventions des Han

Coche les inventions chinoises qui datent de l'époque des Han.

a) La poudre ☐
b) La machine à vapeur ☐
c) La brouette ☐
d) Le sismographe ☐
e) Le papier ☐
f) Le sous-marin ☐

5 ★★ L'empereur Wudi

L'empereur Wudi [...] conclut ceci : les pays de Fergana et de Bactriane (Asie centrale) sont de grands pays [...] Ils accordent beaucoup de valeur aux produits chinois.

D'après *Le Livre des Hans.*

a) Pourquoi Wudi crée-t-il la route de la soie ?

....

....

b) Pour quel pays situé plus à l'ouest ces pays vont-ils servir d'intermédiaires ?

....

....

6 ★★ Mots croisés

Complète la grille à l'aide des définitions.

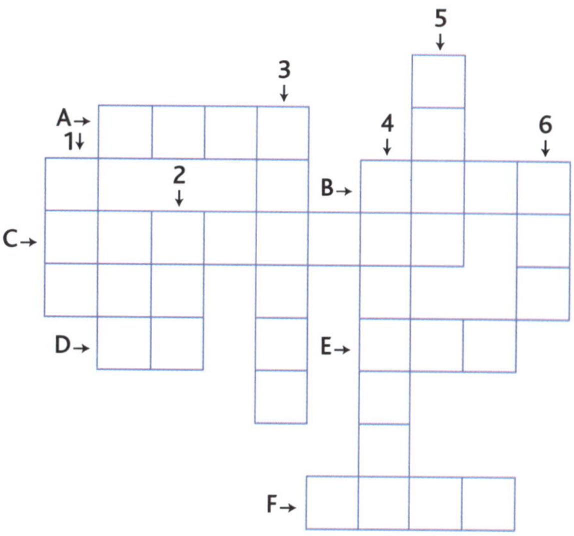

1. Nom de la dynastie chinoise à l'époque romaine. **2.** Port en méditerranée. **3.** Produit d'Afrique. **4.** Capitale chinoise. **5.** Produit de luxe très prisé des Romains. **6.** Tissu romain exporté en Inde.

A. Cet empereur crée la route de la soie. **B.** Surnom donné à l'empereur chinois : fils du... **C.** Port en méditerranée. **D.** Métal précieux. **E.** Fleuve d'Égypte. **F.** Les Romains vont y acheter les pierres précieuses.

8 La répartition de la population mondiale

Mot-clé

- **La densité** d'une population est le nombre d'habitants au kilomètre carré (hab./km²). Pour trouver la densité d'un pays, on divise le nombre de ses habitants par sa superficie en km².
- **Un planisphère** est une carte représentant l'ensemble de la sphère terrestre.

Retiens l'essentiel

Environ 8 milliards d'hommes peuplent la Terre.

1 Les contrastes du peuplement

▸ Les trois plus grands foyers de peuplement sont : l'Asie, l'Afrique et les Amériques. Au total, ils concentrent plus de la moitié de la population mondiale. Les **densités** y sont fortes.

▸ À l'intérieur de chaque pays, le peuplement est discontinu. D'immenses espaces sont presque vides d'hommes : le Sahara, la Sibérie, le Grand Nord canadien. Les densités de population y sont très faibles.

2 Des populations urbaines et des populations rurales

Au début du XXIe siècle, les urbains (les habitants des villes) ont dépassé le nombre des ruraux (les habitants des campagnes). La population urbaine augmente plus vite que la population rurale.

3 Les déplacements de population

Les migrations de population sont anciennes. En raison des guerres, du manque de liberté, de travail ou de l'éloignement des familles, des populations nombreuses se déplacent et changent de lieu de vie.

Comment faire ?

▸ Lire un planisphère

→ **En haut, le titre** donne le thème général du **planisphère** : la répartition de la population mondiale.

→ **En bas, la légende** permet de lire la carte.

→ **Sur le planisphère**, les traits délimitent les régions les plus peuplées et les zones sans points correspondent aux régions très peu peuplées.

La carte fait apparaître une répartition très inégale des hommes sur la Terre. L'Asie concentre plus de la moitié de la population mondiale et a les contrastes de peuplement les plus forts.

La répartition de la population mondiale (estimation en 2022, source INED)

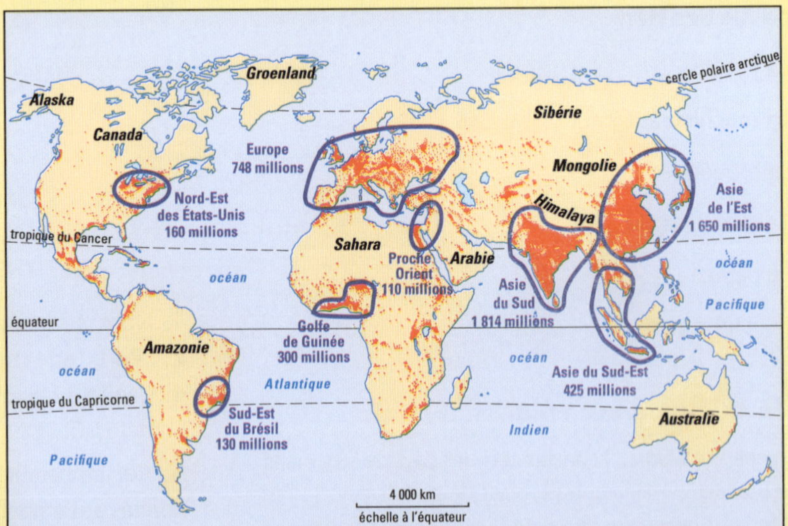

chaque point représente 500 000 habitants — principaux foyers de population — *Arabie* région très peu peuplée

Corrigés → livret, p. 31

S'entraîner

QUIZ-TEST

Coche la (ou les) bonne(s) réponse(s).

1 Quel est le plus grand foyer de peuplement sur la Terre ?

a) L'Amérique du Nord. ☐
b) L'Asie. ☐
c) L'Afrique. ☐

2 Sur la Terre :

a) la répartition des hommes est très inégale. ☐
b) les ruraux sont plus nombreux que les urbains. ☐
c) les densités de population sont stables. ☐

3 ★ Les régions très peuplées

En t'aidant du planisphère ci-dessous, relie les cinq pays les plus peuplés au foyer de population auquel ils appartiennent.

a) Chine •	• 1. Asie du Sud-Est
b) Inde •	• 2. Amérique du Nord
c) États-Unis •	• 3. Asie de l'Est
d) Indonésie •	• 4. Amérique du Sud
e) Brésil •	• 5. Asie du Sud

4 ★★ Calculer la densité

Calcule la densité du Canada et de l'Inde en t'aidant de l'exemple ci-dessous. Utilise une calculatrice.

Ex. : En 2022, la France métropolitaine compte environ 68 000 000 millions d'habitants et a une superficie de 552 000 km.
Sa densité est donc de :
68 000 000 : 552 000 = 123 hab./km² environ.

pays en 2022	Canada	Inde
population	39 000 000 hab.	1 372 000 000 hab.
superficie	10 000 000 km²	3 287 000 km²
densité	.... hab./km²	.... hab./km²

5 ★★ La croissance démographique

Complète le tableau suivant, à l'aide du planisphère ci-dessous.

pays	croissance de la population			
	nulle ou négative	faible	moyenne	forte
France		X		
Chine				
Inde				
Brésil				
États-Unis				
RDC-Congo				
Russie				

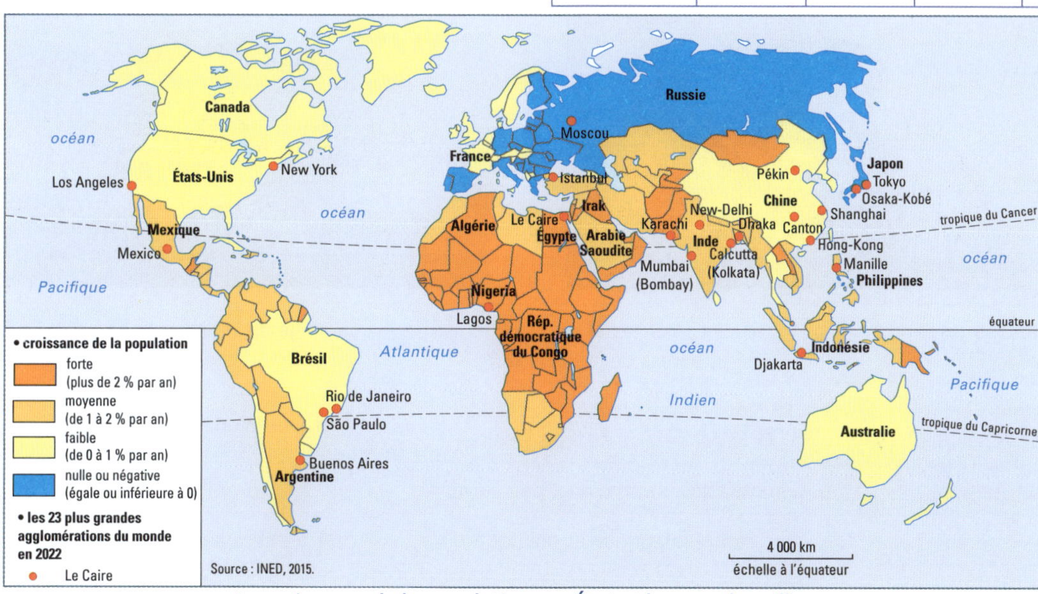

La croissance de la population par État et les grandes villes

9 Habiter une métropole d'un pays développé

Retiens l'essentiel

Mot-clé

Une métropole
Une métropole est une grande ville à la tête d'un pays ou d'une région. Elle associe une ville-centre et des périphéries urbaines.

Le quartier des affaires de Londres

Les **métropoles** des pays développés sont anciennes, nombreuses et attractives.

1 Paris, une métropole européenne

Capitale politique, économique et culturelle de la France, Paris s'organise autour d'un centre historique prestigieux. La ville-centre est reliée par un réseau dense de moyens de transports aux banlieues et villes périphériques proches. Aux paysages du centre, assez homogènes, s'opposent les paysages de banlieues très contrastés.

2 New York, une métropole américaine

New York est la capitale économique et culturelle des États-Unis. Les nombreux gratte-ciel du centre montrent la puissance mondiale du quartier des affaires. Autour, se trouvent de vastes banlieues de maisons individuelles reliées par des autoroutes aux zones commerciales et aux bureaux, ainsi que des quartiers très pauvres.

3 Les grandes métropoles des pays développés

Les grandes métropoles des pays développés concentrent les activités qui rayonnent dans le monde : administrations, directions d'entreprise, banques, universités, musées, commerces. Les services urbains (transports, éducation, santé, eau et collecte des déchets) sont développés mais les contrastes de niveaux de vie entre les quartiers sont très importants.

Comment faire ?

▸ Comparer deux paysages : le centre de Paris (France) et le centre de New York (États-Unis)

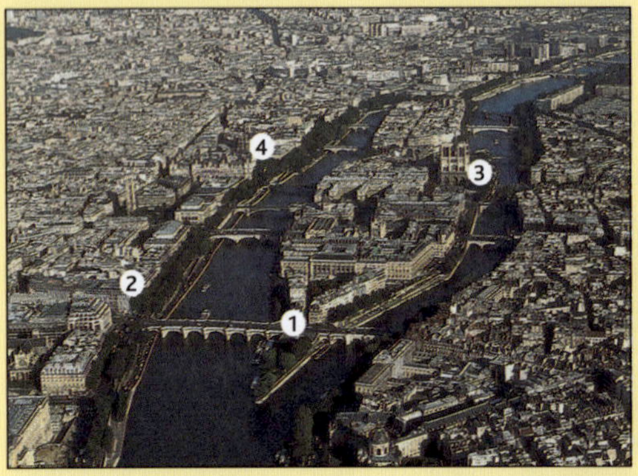

quartier du centre de la ville	Îles ❶ et berges de la Seine ❷	Île de Manhattan ❶ à l'embouchure de l'Hudson ❷
monuments remarquables	❸ Notre-Dame de Paris (cathédrale) ❹ Hôtel de Ville de Paris (mairie)	❸ One World Trade Center
architecture	immeubles nombreux et peu élevés	gratte-ciel nombreux
type de quartier	centre historique et politique	centre international des affaires

Corrigés → livret, p. 31

S'entraîner

QUIZ-TEST

Coche la (ou les) bonne(s) réponse(s).

1 Une métropole est :

a) une ligne de métro très fréquentée. ☐

b) un grand parc d'attractions. ☐

c) la ville principale d'un pays ou d'une région. ☐

2 Un quartier d'affaires concentre :

a) les bureaux de direction des entreprises. ☐

b) les sièges sociaux des banques. ☐

c) le gouvernement et ses ministères. ☐

3 ★★★ Mots croisés

Complète la grille à l'aide des définitions.

1. Ville siège de la Banque centrale européenne (BCE).
2. Quartiers périphériques des villes.
3. Lieux rassemblant des œuvres d'art.
4. Capitale politique et religieuse en Europe.
5. Les étudiants y étudient.
6. Métropole suisse.

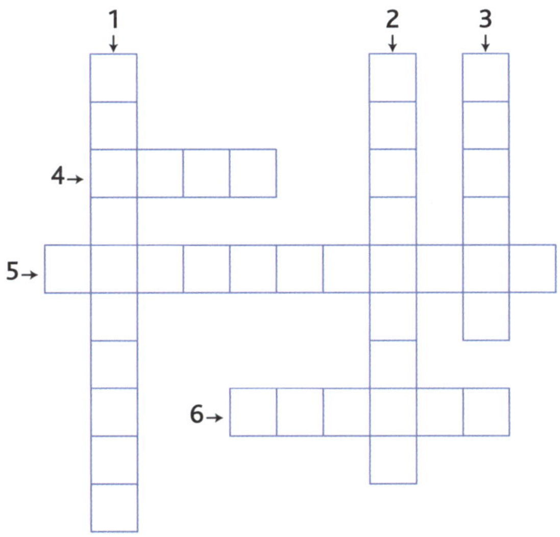

4 ★ Les plus grandes villes des pays développés

Complète le tableau en indiquant le nom du pays où se situe la ville.

villes de plus de 10 millions d'habitants en 2022, dans les pays développés	nom du pays
Tokyo	
Séoul	
New York	
Los Angeles	
Osaka-Kobé	
Moscou	
Paris	
Londres	

5 ★★ Une métropole européenne

Complète le schéma de cette métropole d'Europe occidentale en écrivant les noms des quartiers suivants : centre historique – quartier d'affaires – banlieue avec pavillons – zone industrielle et commerciale.

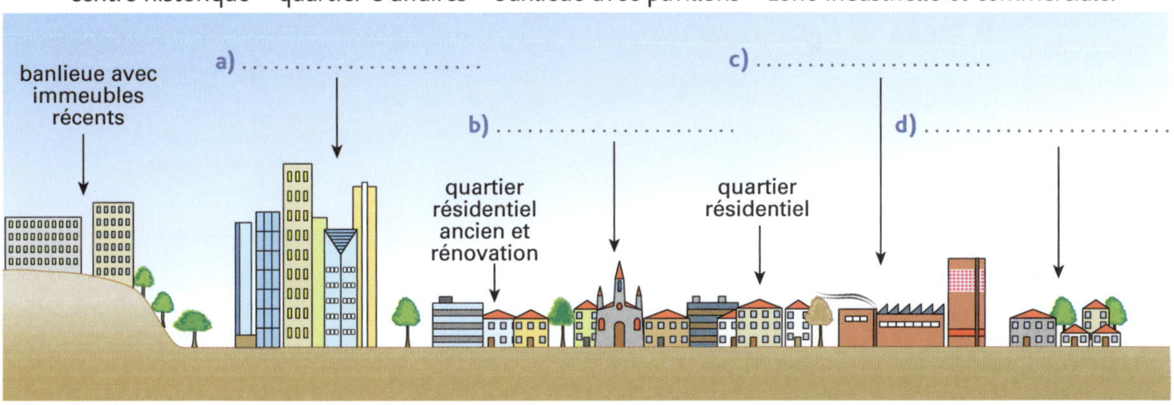

10 Habiter une métropole d'un pays émergent

Mot-clé

- Un pays émergent est un pays qui connaît une forte croissance économique, mais où la majorité de la population vit pauvrement.
- L'autoconstruction est le fait de construire soi-même sa maison.
- Un bidonville est un quartier pauvre ne disposant pas d'équipements en eau potable, d'égouts, d'écoles et d'électricité.

Retiens l'essentiel

Le nombre et la taille des métropoles des pays émergents ne cessent d'augmenter.

1 Mumbai, une métropole de l'Inde

Mumbai, nouveau nom de Bombay, est la capitale économique de l'Inde grâce à son port industriel, sa puissance commerciale et financière, son artisanat de bijoux et ses films. Cette mégapole de près de 25 millions d'habitants (2 millions en 1950) possède des quartiers riches, très bien équipés. Mais plus de la moitié des habitants vit dans des bidonvilles et y mène une vie très dure, précaire et laborieuse.

2 Buenos Aires, capitale de l'Argentine

Buenos Aires, capitale de l'Argentine, compte plus de 15 millions d'habitants. La ville-centre est prospère. Elle est entourée de bidonvilles surpeuplés caractérisés par l'autoconstruction et mal desservis par les transports en commun. Au-delà, des quartiers aisés avec des résidences fermées sont reliés par des autoroutes au centre.

3 La croissance des métropoles des pays émergents

Les métropoles des pays émergents ont une croissance récente, rapide et très fragmentée. À côté des quartiers aisés (résidentiels et d'affaires), la majorité de la population s'entasse dans des quartiers délabrés aux logements précaires où l'accès à l'eau, à l'éducation, au travail, aux hôpitaux et aux transports est difficile.

Comment faire ?

Savoir lire une carte : la métropole de São Paulo

→ **En haut de la carte,** le titre indique le thème général de la carte : l'urbanisme de la ville de São Paulo, une métropole du Brésil.

→ **À droite de la carte,** la légende permet de comprendre la signification des signes et des couleurs.

→ La carte permet d'observer l'organisation circulaire de la ville et la proximité des quartiers riches et des quartiers pauvres.

L'urbanisme de la ville de São Paulo, une métropole du Brésil

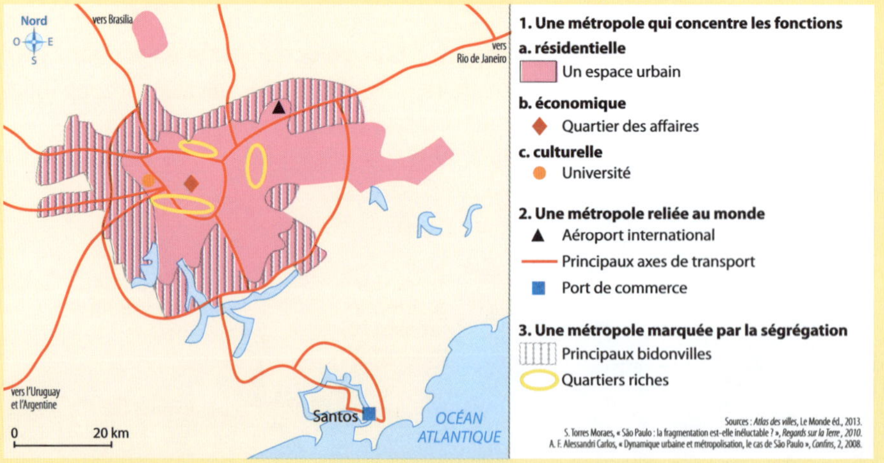

Sources : *Atlas des villes*, Le Monde éd., 2013.
S. Torres Moraes, « São Paulo : la fragmentation est-elle inéluctable ? », *Regards sur la Terre*, 2010.
A. F. Alessandri Carlos, « Dynamique urbaine et métropolisation, le cas de São Paulo », *Confins*, 2, 2008.

Corrigés → livret, p. 31

S'entraîner

QUIZ-TEST

Coche la (ou les) bonne(s) réponse(s).

1 Un pays émergent se caractérise par :

a) la disparition des bidonvilles. ☐

b) la croissance des activités économiques. ☐

c) une amélioration du niveau de vie pour tous. ☐

2 La majorité des habitants d'une métropole du Sud vit :

a) dans des quartiers riches. ☐

b) dans des quartiers de fortes densités. ☐

c) dans des bidonvilles. ☐

3 ★ Buenos Aires, en Argentine

Inscris dans les cercles les numéros correspondants sur la photo.

◯ Quartier moderne

◯ Bidonville, quartier auto-construit

Les contrastes urbains à Buenos Aires

4 ★★★ Les problèmes de Mumbai (Bombay)

« Comme toutes les métropole géantes du monde, Mumbai se trouve confrontée à d'importants problèmes. Le réseau de transports de la ville est totalement asphyxié. Avec 7,5 millions de passagers par jour, ses trains sont parmi les plus surchargés sur la planète et de nombreux accidents mortels surviennent quotidiennement. Mumbai doit aussi faire face à une forte pollution et à la gestion des déchets : 10 000 tonnes sont générées chaque jour. Enfin, comme la plupart des grandes villes des pays du Sud, Mumbai comprend de nombreux bidonvilles : des quartiers constitués d'habitations construites sans autorisation par les habitants avec des matériaux de récupération et le plus souvent dépourvus d'équipements tels que l'électricité ou l'eau potable. »

D'après l'article de C. Gracieux
http://fresques.ina.fr/jalons/fiche-media/InaEdu05229/mumbai-une-megapole-surpeuplee.html

a) Souligne en rouge les problèmes de la vie à Mumbai.

b) Souligne en bleu les 3 caractéristiques d'un bidonville.

5 ★★ Johannesburg en Afrique du Sud

« Il est possible pour les plus riches de vivre en permanence dans des espaces privatisés et sécurisés, aux marges de la ville, soit en lointaines périphéries, soit dans des espaces clos proches des centres.

Les espaces dans lesquels ils vivent, travaillent, se détendent ou font leurs achats sont : des résidences fermées, des bureaux, des *shopping malls* sécurisés avec boutiques de luxe, supermarchés, cinémas, restaurants... les trajets automobiles se font en général sur autoroutes. »

D'après P. Gervais-Lambony, *Afrique du Sud*, Documentation française, n° 8088.

a) Où se localisent les quartiers aisés de Johannesburg ?

....

b) Souligne en rouge les lieux fréquentés par les plus riches.

c) Quels sont les points communs entre ces lieux de vie ?

....

11 Habiter un espace à fortes contraintes naturelles

Retiens l'essentiel

Mot-clé

La toundra

La toundra est une prairie d'herbes, de mousses et de lichens caractéristique des pays très froids, où la croissance des végétaux est très lente.

1 Des espaces aux contraintes naturelles très fortes pour les sociétés

Les régions arides ou polaires, les très hautes montagnes et les forêts denses équatoriales sont des milieux de vie contraignants pour des raisons différentes : le manque d'eau, la longueur de la nuit polaire, le froid, les fortes pentes ou l'excès d'humidité ou de chaleur.

2 Le désert arctique

- Les régions polaires arctiques sont marquées par l'alternance de deux saisons. En hiver le froid et la longue nuit de plusieurs mois paralysent la vie. L'été, la banquise disparaît peu à peu, le sol dégèle et se couvre de **toundra**.
- Autrefois, les populations se déplaçaient et vivaient de la chasse, de la pêche ou de l'élevage du renne. L'implantation des mines, des ports et des bases militaires a entraîné la fin du nomadisme et la transformation des modes de vie.

3 La forêt équatoriale amazonienne

Au Brésil, la forêt équatoriale dense couvrait l'immense région de l'Amazonie. La construction de la Transamazonienne et des routes a entraîné de nombreux défrichements et l'implantation d'exploitations agricoles et minières. La déforestation est massive. Les villages et les villes occupent de grandes clairières. Il y fait très chaud toute l'année et les fortes pluies provoquent l'érosion des sols. Des communautés indiennes, peu nombreuses, continuent de vivre dans la forêt.

Comment faire ?

Lire un texte géographique

→ Commence par repérer les informations données autour du texte : **le ou les auteurs** (X. Bernier et Ch. Gauchon), **le titre** (*Se déplacer en hiver dans l'Himalaya*) et **la date** (2013).

→ Cherche les mots que tu ne comprends pas dans un dictionnaire.

→ **Classe les informations** données dans le texte :
- le lieu : l'Himalaya ;
- le thème : comment se déplacer en hiver ?
- les contraintes : le froid, le gel, les cols fermés, les pentes abruptes ;
- les atouts : la rivière gelée se transforme en chemin de glace.

→ **Résume** ce que le texte t'a appris.

Se déplacer en hiver dans l'Himalaya

« Quand, en hiver, le froid fait geler la rivière Zanskar, que les cols entre 4 000 et 5 000 m deviennent moins praticables, un chemin de glace sur la rivière gelée ouvre une voie de passage de 120 km de long dans un corridor de montagnes abruptes. Il sert au transport du bois et des vivres. Des touristes peuvent aussi être croisés car les opérateurs de voyage proposent le trek *sur le chemin de glace au Ladakh* dans leurs catalogues. »

X. Bernier et Ch. Gauchon *Atlas des montagnes*, éditions Autrement, 2013.

Dans l'Himalaya, en hiver, la circulation par les routes est difficile. On utilise les rivières gelées comme la rivière Zanskar, qui se transforme en chemin de glace, pour le transport des marchandises et pour les circuits des touristes en trek.

Corrigés → livret, p. 32

S'entraîner

QUIZ-TEST

Coche la (ou les) bonne(s) réponse(s).

1 Les habitants des régions polaires :

a) sont tous des pêcheurs et des chasseurs. .... ☐
b) sont de moins en moins nomades. .... ☐
c) vivent dans des villages et des petites villes. .... ☐

2 La Transamazonienne est :

a) une voie ferrée qui traverse l'Amazonie. .... ☐
b) une route qui pénètre en Amazonie. .... ☐
c) un affluent de l'Amazonie. .... ☐

3 ★ Des conditions de vie difficiles

Classe les contraintes naturelles les plus fortes pour l'occupation humaine.

forêt dense – froid – fortes pentes – sécheresse – hautes altitudes – nuit polaire – absence de végétation

a) Contraintes climatiques :

....
....
....
....

b) Contraintes de la végétation :

....
....
....
....

Faibles densités de peuplement

c) Contraintes du relief :

....
....
....

4 ★★ Des milieux contraignants

À l'aide d'un atlas, relie entre eux les éléments suivants.

a) Sahara •	• 1. désert froid
b) Himalaya •	• 2. forêt dense
c) Nord canadien •	• 3. continent de glace
d) Amazonie •	• 4. désert chaud
e) Antarctique •	• 5. très haute montagne

5 ★★ La forêt amazonienne

Complète les phrases suivantes.

L'Amazonie est une immense région du .... La Transamazonienne est une .... qui la traverse. Pour la construire, il a fallu .... la forêt équatoriale. Des .... et des .... se sont créés dans les nouvelles clairières. Des millions d'hectares de .... ont disparu.

6 ★★ Le Sahara

Classe les éléments de ce paysage d'oasis du Sahara en deux catégories.

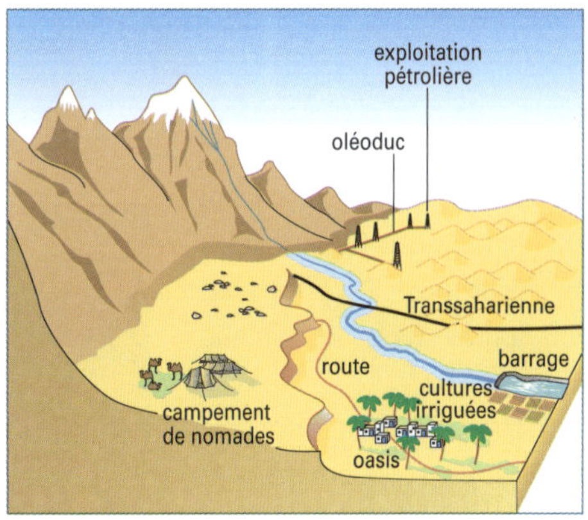

a) Les aménagements traditionnels :

....
....

b) Les aménagements modernes :

....
....

12 Habiter un espace agricole

Mot-clé

Les grandes cultures sont des productions de céréales (blé, maïs), et/ou d'oléagineux (colza, tournesol ou soja).

À savoir

Les rizières familiales

Les rizières sont entourées de digues et irriguées par des canaux. Le travail intensif permet plusieurs récoltes par an. La production de riz, de légumes et de volailles sert à nourrir la famille et les villes voisines.

Des rizières

Retiens l'essentiel

Les espaces de l'agro-industrie s'opposent aux espaces des petites exploitations familiales.

1 Les espaces de grandes cultures intensives dans le monde

Dans les espaces de **grandes cultures**, les fermes et villages sont entourés de parcelles géométriques uniformes de monoculture. Le travail y est très mécanisé dans des exploitations de plusieurs centaines d'hectares. Les récoltes massives de céréales (blé et maïs), de soja, de légumes, et le bétail, sont transformées et exportées par les entreprises des industries agroalimentaires.

2 Les espaces d'agriculture familiale dans les pays développés

Les exploitations familiales ont souvent des productions de qualité (légumes, fruits, vins, fromages) mais aussi des difficultés économiques. Elles ne bénéficient pas des aides des politiques agricoles et la grande distribution achète leurs produits à des prix très bas. Ces paysages attirent les touristes et de nouveaux habitants.

3 Partout dans le monde, de forts contrastes

Les grandes exploitations s'agrandissent, aux dépens de la taille et du nombre des petites fermes. Or, celles-ci ont un rôle majeur dans l'alimentation des populations.

Comment faire ?

Faire un croquis légendé à partir de la photo d'un paysage

Pour réaliser le croquis (à droite) à partir de la photo (à gauche) :

- on décompose la photo en trois plans (voir le tableau ci-dessous) ;
- pour chaque plan, on nomme **les éléments du paysage** et on identifie **les unités du paysage**, c'est-à-dire les espaces homogènes ;
- on délimite sur un calque les unités du paysage et on colorie chacune d'elles d'une couleur différente ;
- on indique **la légende** correspondante et on donne **un titre** au croquis.

Ex. : Bonbon-en-Brie, en Île-de-France

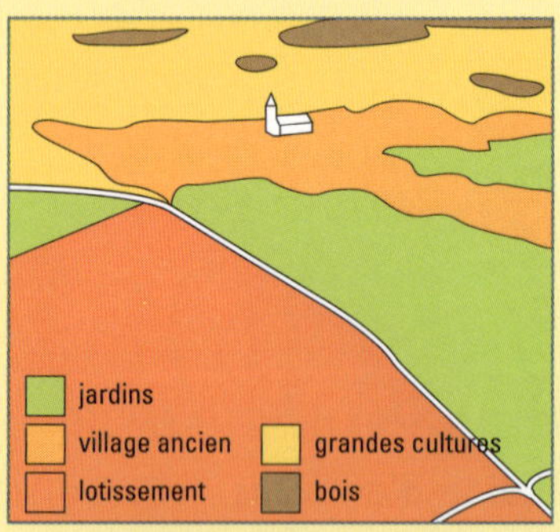

Un village dans un paysage de grandes cultures

plans	éléments	unités du paysage
1er plan	maisons espacées, jardins, routes	lotissement récent
2e plan	maisons serrées, église, rue	village ancien
3e plan	champs sans haies, bois isolés, routes	grandes cultures, bois

Corrigés → livret, p. 32

S'entraîner

QUIZ-TEST

Coche la (ou les) bonne(s) réponse(s).

1 Les grandes plaines d'Amérique du Nord sont :

a) spécialisées dans la production de céréales et de viande. .... ☐
b) spécialisées dans la production de fruits et légumes. .... ☐
c) peu peuplées. .... ☐

2 Dans les régions de riziculture d'Asie :

a) la main d'œuvre est nombreuse. .... ☐
b) toute la production est exportée à l'étranger. .... ☐
c) les digues retiennent l'eau dans les champs. .... ☐

3 ★ Le paysage alsacien

Nomme chaque élément A, B et C du paysage alsacien, sur le schéma ci-dessous.

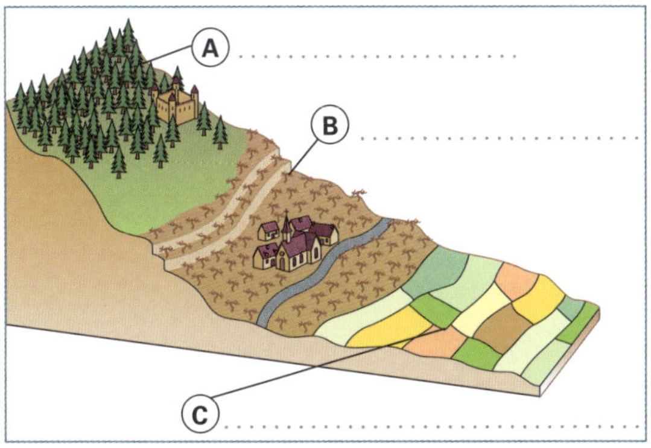

4 ★★ Un paysage de grandes cultures

Complète la légende de ce croquis avec les mots suivants :

champs – route – ferme – chemin.

Les grandes plaines des États-Unis

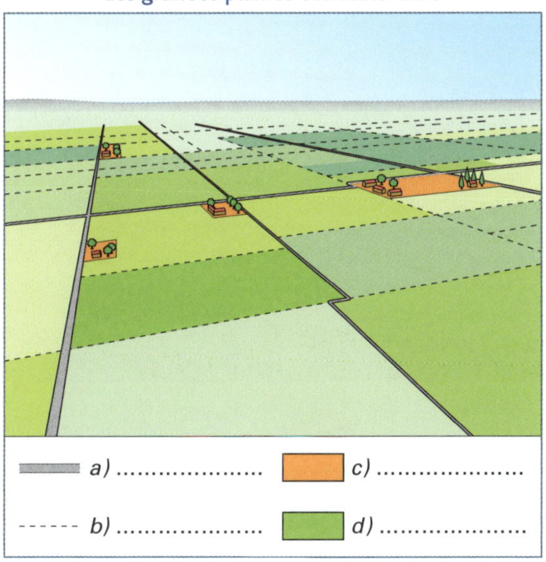

5 ★★ La riziculture

Complète le titre du schéma suivant, ainsi que la légende, à l'aide des numéros ① à ⑥.

Chine tropicale : un paysage de ....

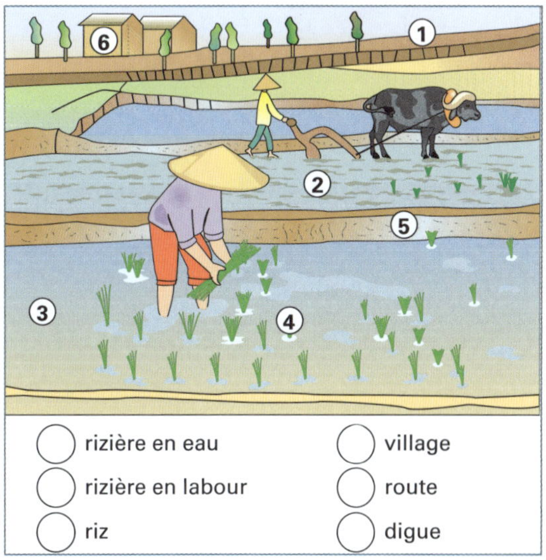

6 ★ Les céréales

Relie chaque plante au nom qui lui correspond.

a) le riz •
b) le blé •
c) le maïs •
d) le mil •

• 1. 

• 2. 

• 3. 

• 4. 

13 Habiter les littoraux

Mot-clé

Le littoral

Le littoral est l'espace de contact entre la terre et la mer. Les littoraux attirent les hommes et de nombreuses activités.

Le front de mer de la ville de Yokohama (au Japon)

Retiens l'essentiel

1 Le littoral : un espace aménagé

- Depuis quelques dizaines d'années, en plus des activités liées à la pêche et au commerce, les **littoraux** attirent des industries et de nouveaux équipements portuaires et touristiques.
- La forte occupation des littoraux entraîne deux menaces : **la pollution** des eaux et **l'érosion** du rivage.

2 Les littoraux touristiques en Méditerranée

Le Bassin méditerranéen est la première région touristique du monde. Pour accueillir les touristes, des équipements sont nécessaires : immeubles, villages de vacances, villas, campings, ports de plaisance, routes, autoroutes, aéroports, commerces...

3 Les littoraux industriels et portuaires au Japon

- Le Japon a fondé sa croissance industrielle sur des relations commerciales fortes avec le reste du monde.
- En raison du manque d'espace, les Japonais ont construit des terre-pleins gagnés sur la mer et protégés par des digues et des brise-lames. Ils sont occupés par des usines, des ports et des aéroports.

Comment faire ?

Observer la photo d'un paysage

Observer une photo, c'est se poser des questions.

→ Que représente la photo et où se situe-t-elle ?

C'est une ville au bord de la mer Méditerranée, dans la baie de Benidorm, au sud de Valence, en Espagne.

→ Quels sont les plans de la photo (du plus proche au plus éloigné) ?

→ Quels sont les éléments de la nature (relief, végétation, sols...) et les aménagements humains ?

La baie de Benidorm, au sud de Valence, en Espagne

Les rangées d'immeubles de la baie de Benidorm constituent un front de mer touristique. L'occupation du littoral est très dense (au deuxième plan), alors que les montagnes sont vides (au troisième plan).

Corrigés → livret, p. 32

S'entraîner

QUIZ-TEST

Coche la (ou les) bonne(s) réponse(s).

1 Les littoraux sont des espaces :
a) fragiles. ☐
b) qui n'attirent pas les touristes. ☐
c) de contact entre la terre et la mer. ☐

2 La première région touristique du monde est :
a) les Alpes. ☐
b) le bassin Méditerranéen. ☐
c) la mer des Caraïbes. ☐

3 ★★★ Les littoraux : des milieux dégradés

« Le tourisme et le développement résidentiel ne sont pas les seuls responsables de la dégradation des milieux littoraux et les solutions ne se trouvent pas seulement dans les littoraux eux-mêmes. Les rejets de l'agriculture intensive continentale favorisent les algues vertes, les concentrations industrielles dans les ports favorisent l'artificialisation et la concentration des sites à risque industriels. »

D'après Y. Colombel et D. Oster *La France, territoires et aménagement face à la mondialisation*, Nathan, 2011.

D'après le texte, quelles sont les causes de la dégradation des milieux littoraux en France ?

....

....

....

....

....

....

4 ★★★ Le transport des marchandises

Les conteneurs sont d'énormes caisses métalliques transportées par des camions, des trains ou des bateaux.

a) Quelles marchandises peuvent-ils contenir ? Barre les intrus.
des meubles – des vêtements – des ordinateurs – des chaussures – du blé – des téléviseurs – du pétrole – des téléphones – des animaux vivants

b) Pourquoi le transport par conteneurs révolutionne-t-il le transport des marchandises ?

....

....

....

5 ★★ Un littoral japonais

Le croquis ci-dessous représente un littoral industriel japonais. À quel numéro correspond chacun des mots suivants ?

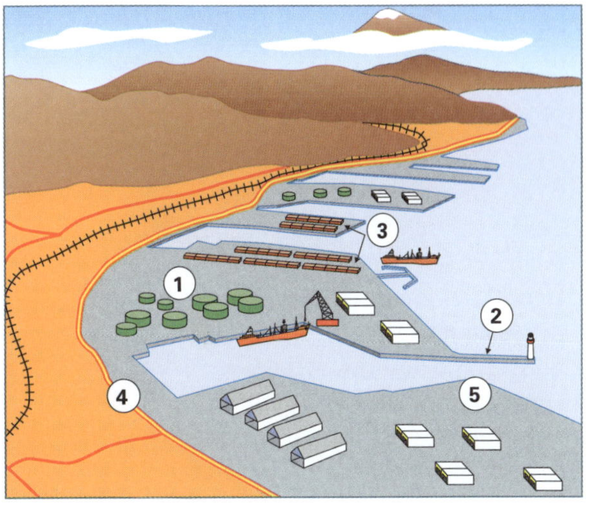

○ des terre-pleins
○ une digue
○ un quai à conteneurs
○ une autoroute
○ des réservoirs ronds

14 La solidarité

Retiens l'essentiel

1 La solidarité consiste à s'entraider et à être responsables les uns des autres

▸ Tout individu peut être solidaire. Par exemple : aider son voisin, les personnes âgées ou malades, se soutenir dans une équipe de sport, donner son sang, être bénévole…

▸ Les associations humanitaires jouent un rôle important. En France, « Les restos du cœur » donnent à manger aux personnes dans le besoin ; « Emmaüs » redonne du travail et un toit à des personnes marginalisées ; « Médecins sans frontières » envoie des médecins bénévoles dans le monde entier.

2 Les gouvernements ont créé des institutions au niveau national et international

▸ En France, la solidarité nationale est fondée sur l'impôt et les cotisations sociales.

▸ La Sécurité sociale, créée en 1945, donne à tous l'accès aux soins grâce à l'assurance maladie et organise l'aide aux familles par les allocations familiales. Elle distribue des retraites par l'assurance vieillesse. L'assurance chômage permet de recevoir un revenu en cas de perte d'emploi. Enfin, les plus démunis peuvent recevoir le RSA (revenu de solidarité active) et être soignés grâce à la CMU (couverture maladie universelle).

3 La solidarité mondiale

L'ONU, créée en 1946, organise la solidarité internationale pour éviter de nouvelles guerres mondiales et aider les pays les plus pauvres à se développer. L'UNICEF vient au secours de l'enfance défavorisée. De son côté, l'UNESCO aide à l'alphabétisation et à l'éducation.

La solidarité au collège

Au collège, tu peux aider les nouveaux à s'intégrer dans la classe, refuser que le plus fort batte le plus faible, et aussi participer à des actions d'aide comme celles organisées par l'UNICEF (Fonds des Nations unies pour l'enfance).

Comment faire ?

▸ **Lire un schéma : la Sécurité sociale organise la solidarité nationale**

Dans ce schéma, les flèches indiquent le circuit de l'argent.

Ligne 1 : les impôts, les cotisations des salariés et des entreprises financent la Sécurité sociale.

Ligne 2 : l'URSSAF gère cet argent et le répartit ensuite entre trois caisses : vieillesse, famille et maladie.

Ligne 3 : les caisses assurance vieillesse, allocations familiales et assurance maladie organisent la solidarité nationale.

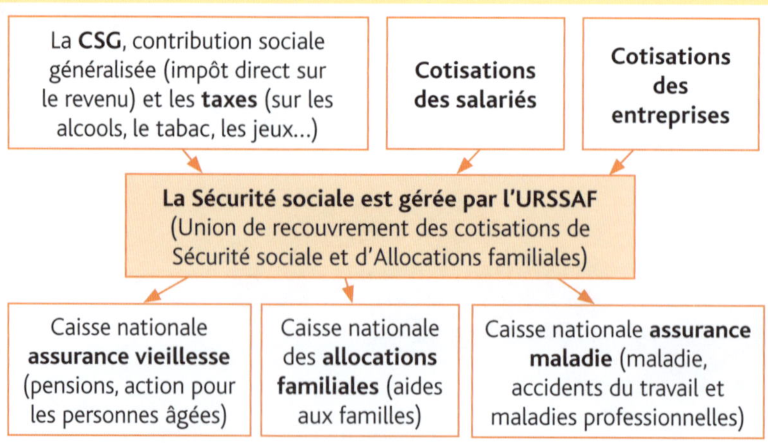

Corrigés → livret, p. 32

S'entraîner

QUIZ-TEST

Coche la (ou les) bonne(s) réponse(s).

1 La Sécurité sociale a été créée en :
a) 1945 ☐
b) 1946. ☐
c) 1958. ☐

2 La Sécurité sociale est financée par :
a) les impôts. ☐
b) les cotisations des salariés et des employeurs. ☐
c) les deux. ☐

3 ★★ Les droits à la solidarité nationale

Extrait du préambule de la Constitution française de 1946, repris dans l'actuelle Constitution de la Vᵉ République

La Nation assure à l'individu et à la famille les conditions nécessaires à leur développement. Elle garantit à tous, notamment à l'enfant, à la mère et aux vieux travailleurs, la protection de la santé, la sécurité matérielle, le repos et les loisirs. Tout être humain qui, en raison de son âge, de son état physique ou mental, de la situation économique, se trouve dans l'incapacité de travailler, a le droit d'obtenir de la collectivité des moyens convenables d'existence.

a) Lis le texte et complète le tableau avec les moyens permettant de garantir les droits énoncés.

	Droits...		
	à la protection de la santé	à la sécurité matérielle	au repos et aux loisirs
Tous et toutes	....	Droit à un salaire minimum, droit au travail	Droit aux congés payés
Enfants et mères	....	....	
Vieux travailleurs	....	....	
Tout être humain sans travail	....	....	

b) Quel est l'organisme qui assure, en France, l'essentiel de ces droits ?

....

c) Quels sont les devoirs des citoyens, des travailleurs et des employeurs pour permettre ces droits ?

....

4 ★★★ Mots croisés de la solidarité

Complète la grille à l'aide des définitions.

1. ONG de médecins français bénévoles dans le monde.
2. Revenu minimum assuré par la solidarité nationale aux personnes sans emploi.
3. Risque pris en charge par Pôle emploi.
4. Organisation mondiale d'aide à l'enfance.
5. ONG de bénévoles qui viennent en aide aux sans-abris dans les villes.
6. Ce dont ont besoin les personnes en difficultés.
7. Organisation mondiale qui vise à rendre les nations solidaires.
8. La CNAM est chargée de permettre à tous les français de lutter contre elles.
9. La FAO est une organisation de l'ONU chargée d'aider les pays du monde à lutter contre ce fléau.

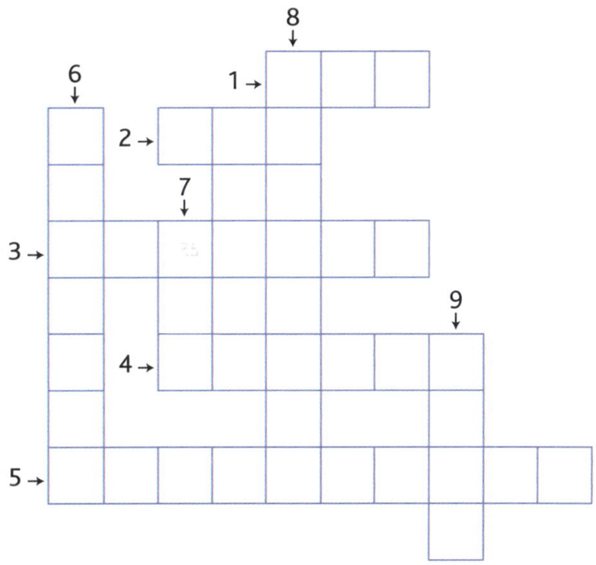

Enseignement moral et civique

Corrigés → livret, p. 32

Histoire-Géographie : fais le bilan !

Coche, pour chaque exercice, la bonne réponse. Reporte-toi ensuite aux corrigés, p. 32, pour obtenir ton score sur 10.

1 L'alphabet a été créé par :

a) les Égyptiens. ☐
b) les Phéniciens. ☐
c) les Sumériens. ☐

2 Marathon est le nom :

a) d'une grande victoire des Grecs contre les Perses. ☐
b) d'une course lors des Jeux olympiques de l'Antiquité. ☐
c) d'un grand général grec. ☐

3 753 avant J.-C. est la date de :

a) la naissance de Rome. ☐
b) la naissance de la République romaine. ☐
c) la naissance de l'Empire romain. ☐

4 Saint Paul est :

a) un patriarche byzantin. ☐
b) un gouverneur romain. ☐
c) un propagateur du christianisme. ☐

5 La capitale des Han sous l'empereur Wudi est :

a) Pékin. ☐
b) Chang'an. ☐
c) Lanzhou. ☐

6 Un planisphère est :

a) un globe terrestre en relief. ☐
b) une carte de l'hémisphère Nord. ☐
c) une carte de l'ensemble de la Terre. ☐

7 L'Asie concentre environ :

a) un tiers de la population mondiale. ☐
b) la moitié de la population mondiale. ☐
c) les trois quarts de la population mondiale. ☐

8 Dans le monde, la population urbaine représente :

a) un tiers de la population. ☐
b) la moitié de la population. ☐
c) les trois quarts de la population. ☐

9 Un paysage de grandes cultures se caractérise par :

a) de grandes parcelles en céréales et oléagineux. ☐
b) la culture sous serre des fruits et légumes. ☐
c) des vignobles et des villages. ☐

10 Le désert arctique se situe :

a) au nord de l'Eurasie et de l'Amérique. ☐
b) au sud de l'Amérique latine. ☐
c) tout autour de l'Antarctique. ☐

TOTAL BILAN .... /10

Sciences et technologie

1 Outils et méthodes scientifiques 184
2 La cellule, unité structurale du vivant 186
3 Évolution des organismes vivants 188
4 Production d'aliments et micro-organismes 190
5 La conservation des aliments 192
6 Plantes vertes et production de matière 194
7 Le devenir de la matière organique 196
8 Paysages et phénomènes géologiques 198
9 L'aménagement du territoire par l'Homme 200
10 Matériau et objet technique 202
11 Énergie et mouvement 204
12 L'eau et ses propriétés 206
13 Corps purs et mélanges 208
14 La Terre dans le système solaire 210

Fais le bilan ! 212

1 Outils et méthodes scientifiques

À savoir

Le pluviomètre

Lorsque le pluviomètre indique 1 mm, cela représente un volume de 1 litre d'eau tombé sur 1 m².

Mots-clés

Exao : expérience assistée par ordinateur. Un capteur est relié à un ordinateur (ou une tablette numérique) afin de mesurer une grandeur physique.

Hypothèse : réponse possible à un problème posé. Une hypothèse doit être testée afin d'être validée ou invalidée, en réalisant une expérience par exemple.

Retiens l'essentiel

1 Des outils pour mesurer

- **Le thermomètre** permet de mesurer la température. Cette grandeur physique s'exprime en degré Celsius (°C). Pour obtenir la température moyenne d'un milieu, il faut relever la température à intervalles de temps réguliers (toutes les heures), puis effectuer la moyenne des valeurs relevées.
- **L'hygromètre** permet de mesurer l'humidité de l'air. Il indique une valeur comprise entre 0 et 100 %. Le **luxmètre** permet de mesurer l'éclairement. L'unité de mesure est le lux (lx).
- **Le pluviomètre** permet de mesurer la quantité de pluie tombée pendant une certaine durée. Elle s'exprime en millimètres (mm) ou en litres par mètre carré (L/m²).

2 Des outils pour observer

- Pour observer des corps très petits non visibles à l'œil nu, le scientifique peut utiliser une **loupe binoculaire** ou un **microscope**. Il obtient ainsi une image agrandie de l'objet. En modifiant le grossissement, il peut observer des détails.
- L'utilisation de **matériel de dissection** (scalpel, pince, ciseaux…) est nécessaire pour observer l'intérieur d'un corps.

3 Des outils numériques

En reliant un ou plusieurs capteurs à une tablette numérique, il est possible de réaliser différentes mesures Exao et d'obtenir des tableaux, des graphiques…

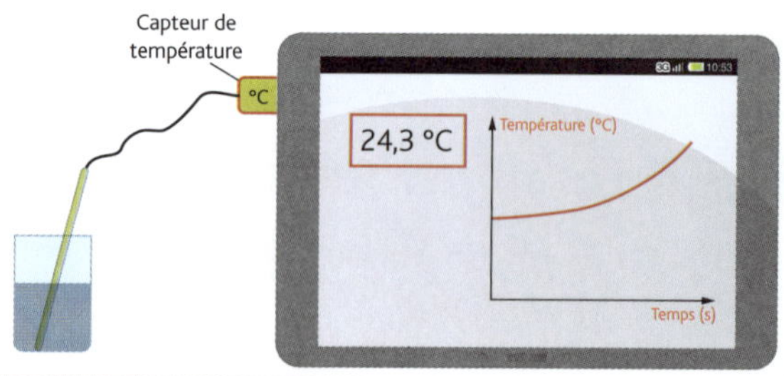

Comment faire ?

Mener une démarche de recherche

→ Face à une question ou un problème, le chercheur commence d'abord par envisager des solutions probables : il formule des hypothèses.

→ Il élabore ensuite une expérience afin de tester son hypothèse.

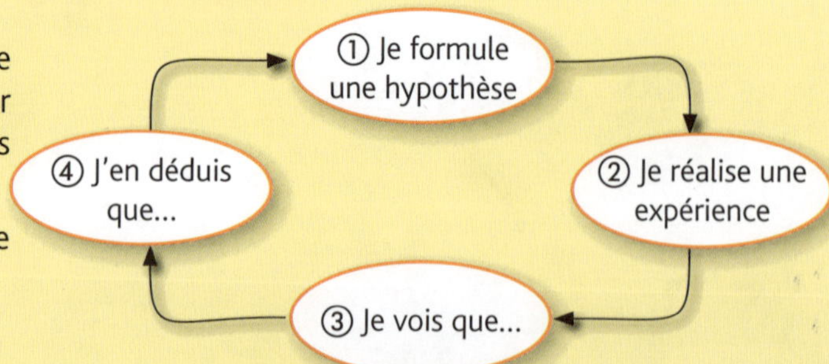

Corrigés → livret, p. 33

S'entraîner

QUIZ-TEST

Coche la (ou les) bonne(s) réponse(s).

1 Un thermomètre permet de mesurer :

a) l'humidité d'un milieu. ☐
b) la température d'un milieu. ☒
c) l'éclairement d'un milieu. ☐

2 Une hypothèse est :

a) une conclusion. ☐
b) une certitude. ☐
c) une supposition. ☒

3 ★ Appareils de mesures

Associe l'appareil avec ce qu'il mesure.

a) Thermomètre •	• 1) Éclairement
b) Pluviomètre •	• 2) Humidité
c) Hygromètre •	• 3) Température
d) Luxmètre •	• 4) Quantité de pluie tombée

4 ★ Lecture !

Lis la température sur les différents thermomètres et complète le tableau ci-dessous.

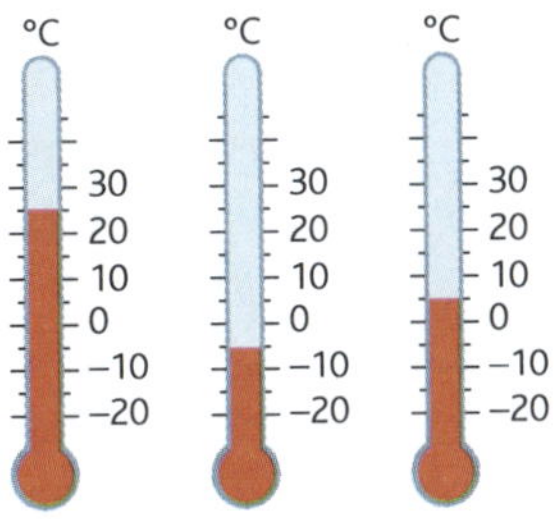

T = 25 °C	T = –5	T : 5 °C

5 ★★ Un peu de calcul

Le tableau ci-dessous indique les températures maximales moyennes relevées sur une année dans la ville de Saint-Quentin.

janv.	fév.	mars	avril	mai	juin
8	10	12	14	19	22

juillet	août	sept	oct.	nov.	déc.
25	26	20	18	12	8

a) Avec quel appareil ces mesures ont-elles été réalisées ?

Thermomètre

b) Calcule la température maximale moyenne annuelle pour l'année.

Flemmmmmmme

6 ★★ Observation

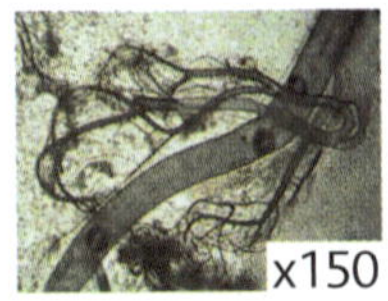
x150

L'image ci-contre représente la trachée d'un asticot.

a) Quelle technique a-t-on employée pour prélever un morceau de la carapace de l'asticot ?

b) Nomme trois outils pouvant être employés pour prélever le morceau d'asticot.

Pince, doigts, gants

c) Avec quel appareil a-t-on observé la trachée de l'asticot ? Justifie ta réponse. Non Merci

Microscope

d) Que signifie l'indication x150 figurant sur la photographie ?

Le % du Zoom

7 ★★ Hypothèses

Formule deux hypothèses pour chaque situation.

Situation 1

La lampe est correctement reliée à la pile, mais elle ne brille pas.

Situation 2

La plante est fanée à mon retour de vacances.

Situation 1 : La pile est vide/L'ampoulle est cassée

Situation 2 : Pas d'eau / Pas de lumière

= Plante Fanée

2 La cellule, unité structurale du vivant

À savoir

Cellule bactérienne

Les bactéries sont des organismes unicellulaires qui ne possèdent pas de noyau dans leur cytoplasme.

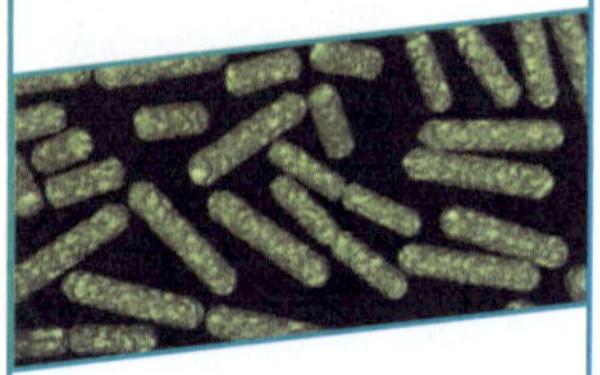

Photographie de la bactérie Escherichia coli

Mot-clé

Organites

Éléments contenus dans le cytoplasme des cellules.

Retiens l'essentiel

1 Unité structurale du vivant

Tout organisme vivant est constitué de **cellules**, ayant toutes la même structure de base : un **cytoplasme** entouré d'une **membrane plasmique**.

2 Cellules animales et végétales

- Les cellules animales et végétales possèdent un **noyau** au sein du cytoplasme.
- Seules les cellules végétales possèdent une **paroi** qui leur donne leur forme rectangulaire caractéristique.

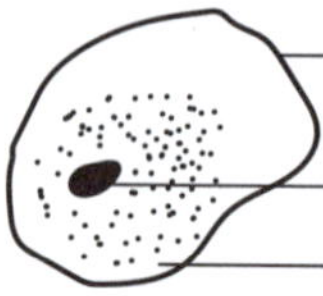

Croquis d'une cellule animale

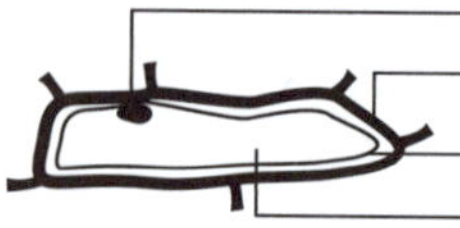

Croquis d'une cellule végétale

3 Organismes unicellulaires et pluricellulaires

- Certains organismes ne sont composés que d'une seule cellule, ce sont des **organismes unicellulaires**. Les **organites** contenus dans leur cytoplasme assurent l'ensemble des fonctions vitales de l'animal ou du végétal.

Photographie de paramécie
Organisme unicellulaire

- Certains organismes sont composés de plusieurs cellules. La structure cellulaire est alors adaptée à la fonction de la cellule dans l'organisme et les **organites** sont spécialisés. Ce sont des **organismes pluricellulaires**.

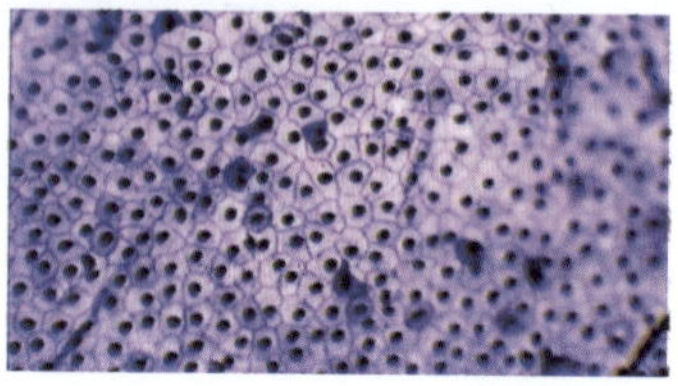

Photographie de cellule de mue de batracien. Organisme pluricellulaire

Comment faire ?

Calculer la taille réelle d'une cellule à partir d'une observation microscopique

→ Voici ci-contre une photographie d'observation microscopique de frottis sanguin humain.
Le grossissement est de 640.
On veut calculer la taille réelle d'un globule blanc à partir de cette photographie.

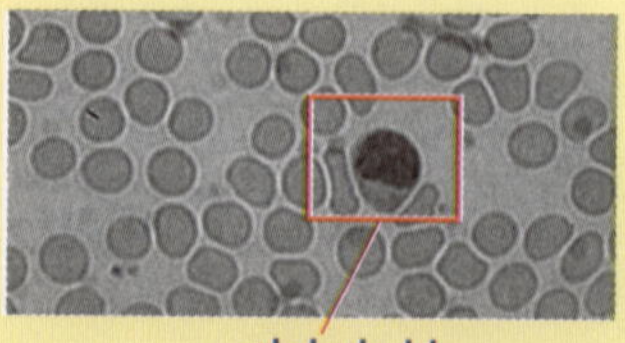

globule blanc

→ Il faut commencer par mesurer la taille du globule blanc :
Le globule blanc mesure 5 mm sur la photographie. Le grossissement est de 640. Donc la taille réelle de la cellule est de : 5 / 640 = 0,0078 mm.

Corrigés → livret, p. 33

S'entraîner

QUIZ-TEST

Coche la (ou les) bonne(s) réponse(s).

1 Un organisme unicellulaire :

a) est composé de plusieurs cellules identiques. ☐
b) est composé de plusieurs cellules différentes. ☐
c) est composé d'une seule cellule. .... ☐

2 Une cellule peut contenir :

a) un noyau. .... ☐
b) un ou plusieurs noyaux. .... ☐
c) aucun noyau. .... ☐

3 ★ Éléments cellulaires

En t'aidant des croquis ci-dessous, complète le tableau en cochant, pour chaque type cellulaire, les éléments s'ils sont présents dans la cellule.

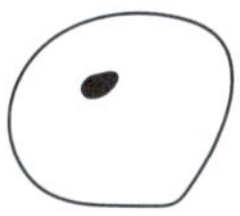

Croquis d'une cellule animale

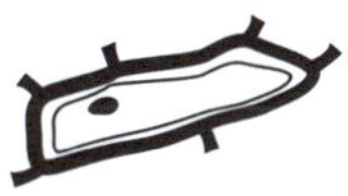

Croquis d'une cellule végétale

Croquis d'une cellule bactérienne

	cellule animale	cellule végétale	cellule bactérienne
membrane			
noyau			
paroi			
cytoplasme			

4 ★★ Racine d'oignon

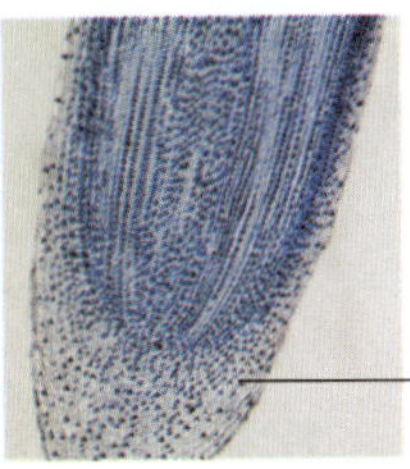

Photographie d'une observation microscopique de racine d'oignon

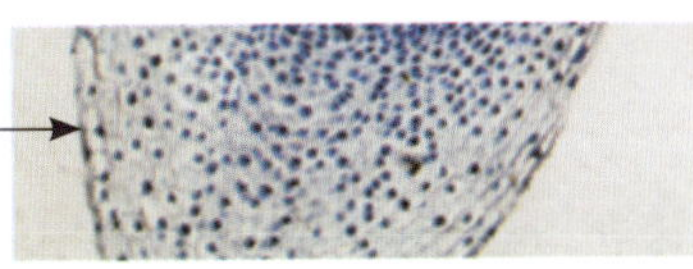

a) Nomme l'outil qui a permis de réaliser cette observation de racine d'oignon.

....

b) Précise si l'oignon est un organisme unicellulaire ou pluricellulaire. Justifie ta réponse.

....

....

c) Quel indice structurel sur la photographie t'indique qu'il s'agit de cellules végétales ?

....

5 ★★ Noah observe ses cellules

Noah veut observer ses cellules. Il frotte l'intérieur de sa joue avec un coton-tige, dépose son prélèvement sur une lame, ajoute une goutte de colorant et enfin, place une lamelle sur l'ensemble. Sur la photographie, on distingue deux types cellulaires : des cellules buccales et des cellules bactériennes plus petites.

a) Explique l'intérêt d'ajouter du colorant à la préparation.

....

....

....

b) Entoure en vert une cellule buccale et en rouge des cellules bactériennes.

c) Selon toi, pourquoi la structure cellulaire de la cellule buccale est différente de celle de la bactérie ?

....

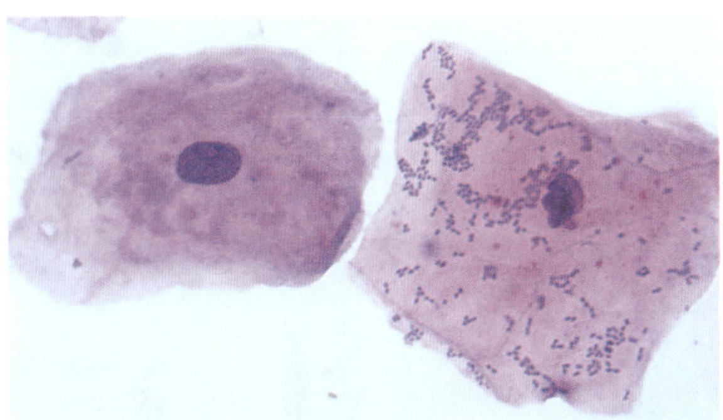

Photographie de cellules buccales humaines observées au microscope

3 Évolution des organismes vivants

Mots-clés

Vertébrés : animaux qui possèdent des vertèbres.
Pattes locomotrices : pattes qui servent au déplacement de l'animal.
Fertile : qui peut donner naissance à un petit.

À savoir

Un tétrapode sans pattes

Les serpents font partie des tétrapodes ; pourtant ils n'ont pas de pattes, mais leurs ancêtres en avaient et les ont perdues au cours de l'évolution.

Attention

Tous les organismes vivants possèdent une (ou plusieurs) cellules constituées d'une membrane, d'un cytoplasme et d'un noyau.

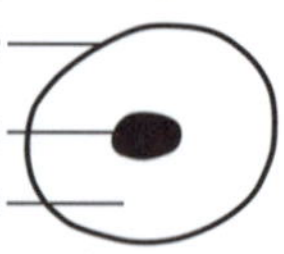

Croquis de l'organisation cellulaire

Retiens l'essentiel

1 Diversité des moyens de locomotion

Les **tétrapodes** forment un groupe d'animaux vertébrés caractérisés par la présence de deux paires de pattes locomotrices.
Leurs pattes présentent une forme particulière, adaptée au mode de déplacement de l'animal.

Milieu terrestre	Milieu aérien	Milieu aquatique
 Saut, Marche, Course	 Vol	 Nage
Pattes	Ailes	Nageoires

2 Ressemblance des membres antérieurs

La comparaison du squelette du membre antérieur (appelé « bras » chez l'Homme) de différents tétrapodes, montre qu'ils sont tous constitués des mêmes os aux mêmes emplacements. Cela permet d'établir une **parenté** entre eux.

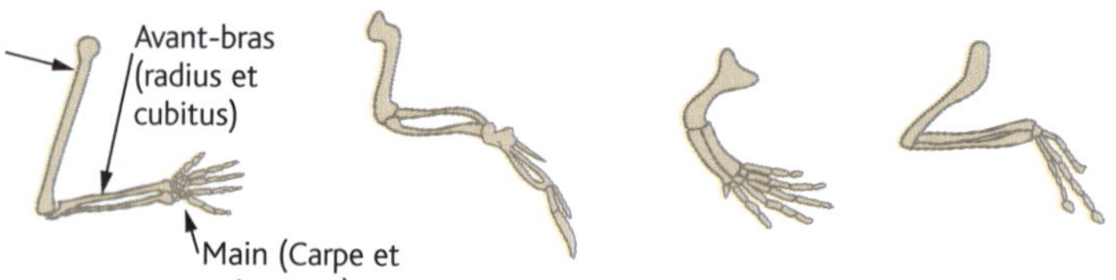

3 La notion d'espèce

Une espèce est un ensemble d'organismes vivants qui se ressemblent et peuvent se reproduire en donnant naissance à un individu fertile.

Comment faire ?

▸ Distinguer les types de marcheurs

Chez les animaux, tu peux distinguer les types de marcheurs en observant leurs membres et les traces qu'ils laissent sur le sol.

→ Un **plantigrade** est un animal marchant sur la plante des pieds.

Ex. : l'Homme et le lapin.

→ Un **digitigrade** est un animal marchant sur les doigts.

Ex. : le chat et le chien.

→ Un **onguligrade** est un animal marchant sur les ongles.

Ex. : le cheval et le cerf.

Corrigés → livret, p. 33

S'entraîner

QUIZ-TEST

Coche la (ou les) bonne(s) réponse(s).

1 L'humérus est un os :

a) du bras. ☐
b) de l'avant-bras. ☐
c) de la main. ☐

2 L'anatomie de l'oiseau est adaptée au vol car :

a) il a un bec. ☐
b) il a deux ailes. ☐
c) il a des plumes. ☐

3 ★ Le lézard

Voici ci-dessous le croquis d'un membre postérieur de lézard.

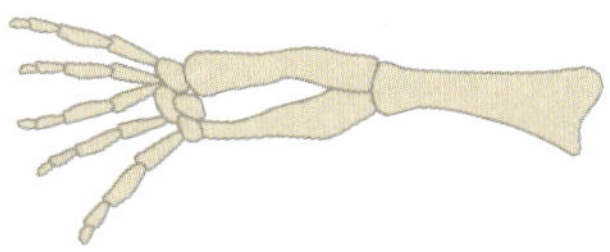

a) Colorie en bleu le bras, en vert l'avant-bras et en rouge le carpe et le métacarpe.

b) Précise combien d'os composent le bras et l'avant-bras.

....

c) Explique pourquoi l'organisation de ce membre peut te faire penser que le lézard est un tétrapode.

....

....

4 ★★ La cellule

Si on observe au microscope différents êtres vivants, on remarque qu'ils sont tous constitués de cellules.
Voici une photographie d'observation microscopique de cellules buccales humaines.

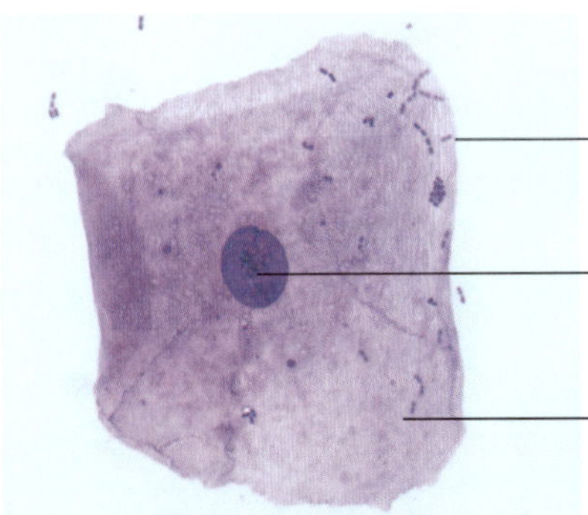

a) Annote la photographie en plaçant les 3 éléments constitutifs d'une cellule aux bons endroits : **membrane** – **cytoplasme** – **noyau**.

b) **Choisis les mots qui conviennent dans cette phrase.**
Presque tous / Tous les organismes vivants sont constitués de cellules : cette ressemblance permet d'établir **un lien de parenté / une grande diversité** entre les organismes vivants.

5 ★★★ Le plantain

La formation d'une graine nécessite le dépôt de pollen issu des étamines d'une plante sur le pistil d'une autre plante de la même espèce.

Un essai de croisement est réalisé entre une espèce de Grand plantain et une espèce de Plantain lancéolé.

Observe le schéma et explique le résultat obtenu.

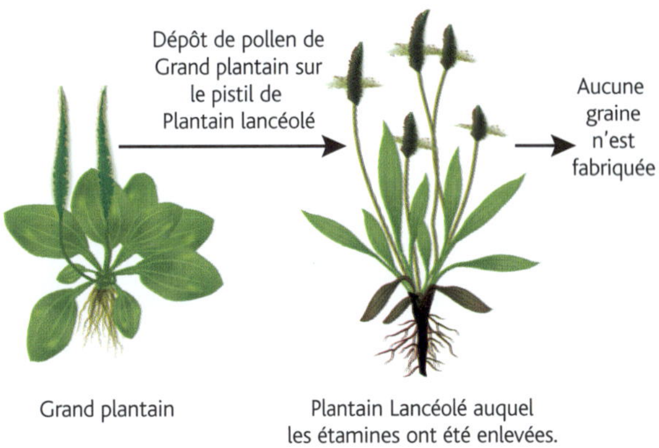

....

....

....

....

....

....

....

4 Production d'aliments et micro-organismes

Mots-clés

Micro-organisme : organisme invisible à l'œil nu, qu'il faut observer au microscope.
Fermentation : transformation effectuée par des micro-organismes.
Fermentation lactique : les bactéries du yaourt digèrent le sucre présent dans le lait et lui permettent de durcir pour donner la texture caractéristique du yaourt.

À savoir

Pourquoi les fromages bleus sont-ils bleus ?

Le bleu est dû à la présence d'une moisissure dans le fromage.
Au moment de la fabrication, on ajoute un champignon microscopique qui est à l'origine de cette moisissure : le pénicillium.

Retiens l'essentiel

1 Culture et élevage

▸ Pour se nourrir, l'Homme cultive des végétaux et élève des animaux :
– la **culture** végétale permet d'obtenir de grandes quantités de végétaux ;
– l'**élevage** des animaux permet d'obtenir : de la viande (la chair des animaux : bœuf, volaille…), du lait (vache, brebis…), des œufs (poule, oie…).

▸ Les produits obtenus sont appelés des **matières premières**. Elles peuvent être consommées directement (œuf, viande) ou transformées (beurre et lait écrémé sont obtenus à partir de lait cru).

2 Micro-organismes et production d'aliments

Certains micro-organismes, sans danger, peuvent être utilisés par l'Homme pour transformer les **matières premières** en **aliments**. Par exemple :
– le pain est obtenu après fermentation de la farine de blé grâce à l'action d'un micro-organisme : la **levure** ;
– le yaourt est obtenu par fermentation lactique du lait cru grâce à l'action de micro-organismes : les **bactéries du yaourt**.

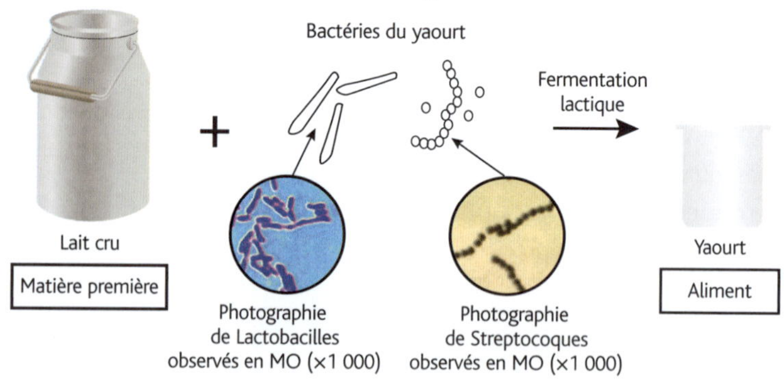

L'ajout des deux types de bactéries lactiques au lait cru donne du yaourt.

Comment faire ?

▸ **Mettre en évidence la fabrication de gaz par les levures lors d'une fermentation**

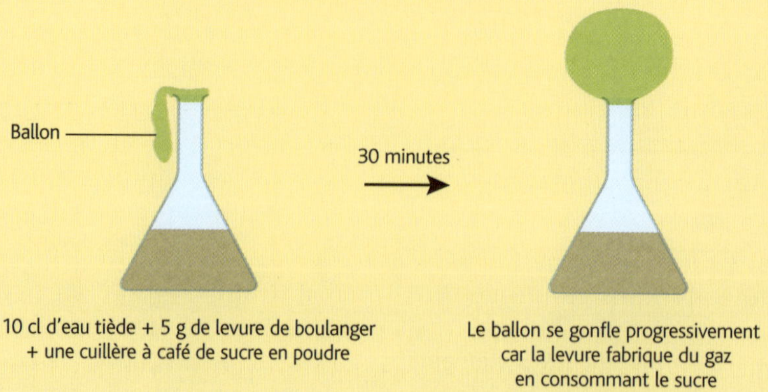

Corrigés → livret, p. 34

S'entraîner

QUIZ-TEST

Coche la (ou les) bonne(s) réponse(s).

1 Pour observer un micro-organisme :

a) il faut utiliser une loupe. ☐
b) il faut utiliser un microscope. ☐
c) pas besoin d'outils scientifiques, il se voit à l'œil nu. ☐

2 Un fromage au lait de brebis :

a) est une matière première. ☐
b) est un aliment issu d'une matière première transformée. ☐
c) nécessite l'utilisation d'un micro-organisme. ☐

3 ★ Animal ou végétal ?

Classe les matières premières en fonction de leur origine.

lait de brebis – graine de tournesol – carotte – côte de porc – branche d'épinard – cuisse de grenouille – salade – gousse de vanille – pavé de saumon – œuf de poule

matière première végétale	matière première animale

4 ★ Recette de cuisine

Associe chaque matière première avec l'aliment qu'il permet de fabriquer.

a) blé •	• 1) fromage
b) houblon •	• 2) brioche
c) lait •	• 3) purée
d) pommes de terre •	• 4) bière
e) huile •	• 5) mayonnaise

5 ★★ Qui suis-je ?

Je suis en forme de bâtonnet, je mesure quelques micromètres de long. L'Homme m'utilise pour transformer le lait en yaourt et je consomme du lactose (sucre présent dans le lait) pour ma croissance. Qui suis-je ?

....

6 ★★★ La fermentation

On réalise l'expérience ci-dessous. On observe à la fin de l'expérience une disparition du sucre dans l'erlenmeyer et une diminution du niveau de l'eau dans l'éprouvette graduée.

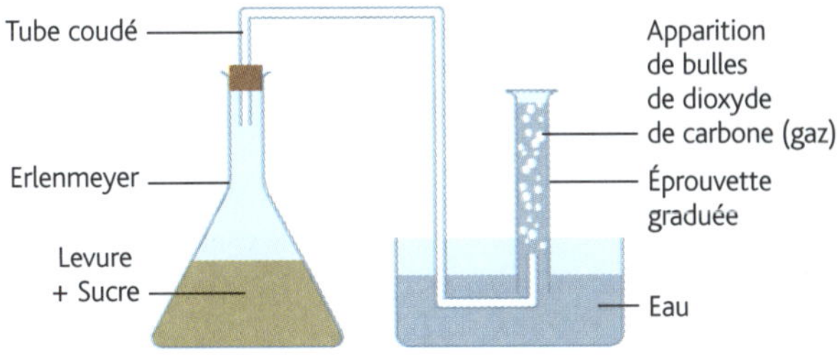

a) De quoi dispose la levure pour vivre dans l'erlenmeyer ?

....
....
....

b) Décris ce qu'on observe dans l'éprouvette graduée et qui entraîne la diminution du niveau de l'eau.

....
....
....
....

c) Explique le lien entre la disparition du sucre dans l'erlenmeyer et le dégagement du dioxyde de carbone dans l'éprouvette.

....
....
....

5 La conservation des aliments

Retiens l'essentiel

1 Le risque lié à la conservation des aliments

- Des micro-organismes, en se multipliant dans les aliments, peuvent modifier leur goût et nous rendre malade.
- Des **méthodes de conservation** sont utilisées pour maintenir les qualités des aliments et empêcher la multiplication des micro-organismes.

2 Première méthode de conservation : le chauffage des aliments

- L'aliment est chauffé avant d'être emballé, pour détruire les micro-organismes qui pourraient s'y trouver. Selon le degré de chauffage, on parle de **pasteurisation** ou de **stérilisation à ultra haute température**.
- Un aliment pasteurisé ou stérilisé au moment de sa fabrication doit être maintenu au froid une fois ouvert, sinon des bactéries peuvent entrer dans l'aliment et s'y multiplier (par exemple, le lait ou le jus de fruit).

3 Seconde méthode de conservation : le maintien au froid des aliments

Le froid permet de ralentir (**réfrigération**) ou de stopper (**congélation**) la croissance des micro-organismes mais ne les tue pas. Une fois l'aliment revenu à température ambiante, la multiplication des micro-organismes reprend.

Chauffage		Refroidissement	
Pasteurisation 62 à 88 °C	Stérilisation UHT (ultra haute température) 140 à 150 °C	Réfrigération 0 à 4 °C	Congélation – 18 °C
↓	↓	↓	↓
Tuer les micro-organismes		Ralentir ou stopper la croissance des micro-organismes	
Ex. : les jus de fruits sont pasteurisés	*Ex.* : le lait UHT	*Ex.* : les yaourts sont conservés au réfrigérateur	*Ex.* : les légumes peuvent être congelés

Attention !

Il ne faut jamais recongeler un aliment décongelé, car cela favorise le développement des bactéries.

À savoir – La pasteurisation

On parle de pasteurisation, car c'est Louis Pasteur qui a découvert en 1865 que le chauffage du vin permettait de le conserver plus longtemps.

Comment faire ?

Savoir si un aliment est périmé ou non

→ **La date limite de consommation** (inscription **« À consommer jusqu'au... »**) est la date jusqu'à laquelle le produit peut être consommé. Il faut la respecter impérativement sinon on peut tomber malade.

→ **La date d'utilisation optimale** (inscription **« À consommer de préférence avant... »**) indique une date au delà de laquelle le produit n'aura peut-être pas le même goût, mais il n'y aura pas de risque pour la santé à le consommer.

Date limite de consommation

À consommer jusqu'au :
03/23 9h30

Date d'utilisation optimale

À consommer de préférence avant le :
05/03/23

Corrigés → livret, p. 34

S'entraîner

QUIZ-TEST

Coche la (ou les) bonne(s) réponse(s).

1 La date de péremption sur un yaourt indique :

a) jusqu'à quelle date le yaourt peut être consommé. ☐
b) à quelle date le yaourt a été fabriqué. ☐
c) à quelle température le yaourt doit être conservé. ☐

2 La congélation d'un aliment permet :

a) de tuer les micro-organismes. ☐
b) d'arrêter le développement des micro-organismes. ☐
c) de conserver l'aliment plus longtemps. ☐

3 ★ Méthode de conservation

Pour chaque aliment, précise à quelle méthode de conservation correspond la température appliquée.

aliment	température appliquée	méthode de conservation
Fromage au lait cru	Maintenu à 3 °C	
Viande de bœuf	Maintenue à –18 °C	
Bière	Chauffée à 60 °C	
Beurre	Maintenu à 3 °C	

4 ★ Congélateur et freezer

Le freezer intégré dans un réfrigérateur peut descendre au maximum jusqu'à –12 °C.

a) Rappelle à partir de quelle température la congélation d'un aliment est possible et indique si on peut congeler un aliment dans le freezer.

....

....

b) Propose une utilisation possible de ce freezer.

....

5 ★★ Une expérience ratée

Laura veut montrer à sa maman l'expérience qu'elle a réalisée en classe et qui permet de mettre en évidence le dégagement de gaz lié à la fermentation des levures. *(Voir « Comment faire ? » de la leçon 4.)*
Elle prend un récipient en verre propre, y place de la levure, de l'eau tiède et du sucre, puis le recouvre d'un ballon. Elle le met au réfrigérateur réglé à 0 °C pendant 30 minutes.

Voici le résultat qu'elle obtient :

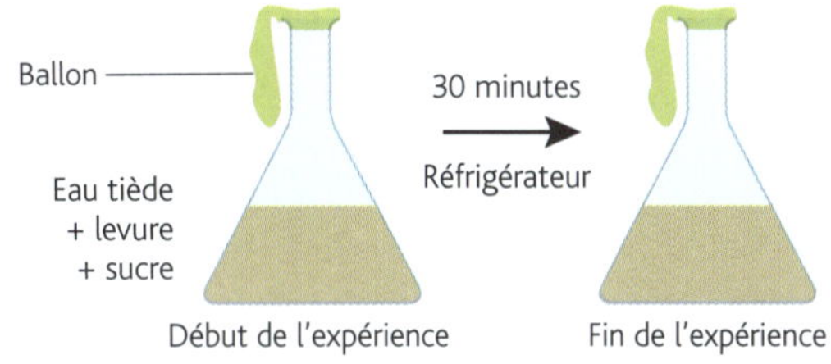

a) Décris le résultat de l'expérience réalisée par Laura.

....

....

b) Précise quelle a été l'erreur de Laura et ce qu'elle aurait dû faire à la place.

....

c) Explique ce qui est arrivé à la levure une fois placée au réfrigérateur.

....

6 ★★★ Le lait caillé

Une brique de lait ouverte est restée sur le bord de la de fenêtre. Quentin, en voulant se servir du lait, remarque une odeur rance qui s'en dégage et des petits morceaux qui flottent dans le verre.
Sa maman lui explique que le lait s'est caillé car il n'a pas été remis au réfrigérateur.

À l'aide d'un texte court, explique simplement à Quentin ce qui s'est passé dans la brique de lait. Tu utiliseras les mots suivants : bactéries – froid – multiplier.

....

....

....

6 Plantes vertes et production de matière

Mots-clés

Chlorophylle : pigment qui donne aux plantes leur couleur verte.
Matière : quelque chose qui a une masse.
Matière minérale : matière présente dans l'environnement et qui n'a pas été fabriquée par un organisme vivant (eau, terre, roches, air…).
Matière organique : matière fabriquée par un organisme vivant et qui constitue ses organes.

À savoir

L'importance des végétaux

Les producteurs primaires sont les seuls organismes capables de se fabriquer seuls, sans utiliser la matière d'un autre organisme. Ils servent de nourriture à tous les autres organismes vivants. Toute la vie sur Terre dépend de leur production.

Retiens l'essentiel

1 Un organisme vivant est un producteur de matière

Un organisme vivant produit la **matière organique** qui le compose : c'est un **producteur de matière**.

2 Chaînes et réseaux alimentaires : transfert de la matière

▸ **Une chaîne alimentaire** est une suite d'organismes vivants dans laquelle chacun mange celui qui le précède.

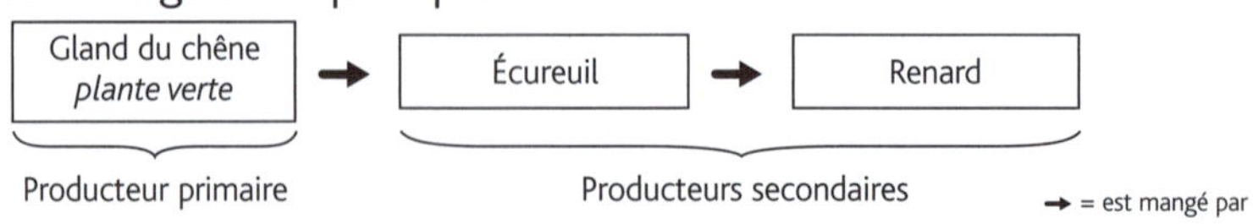

La chaîne se lit comme ceci : le gland est mangé par l'écureuil ; l'écureuil est mangé par le renard.

▸ **Un réseau alimentaire** est un ensemble de plusieurs chaînes alimentaires reliées entre elles.

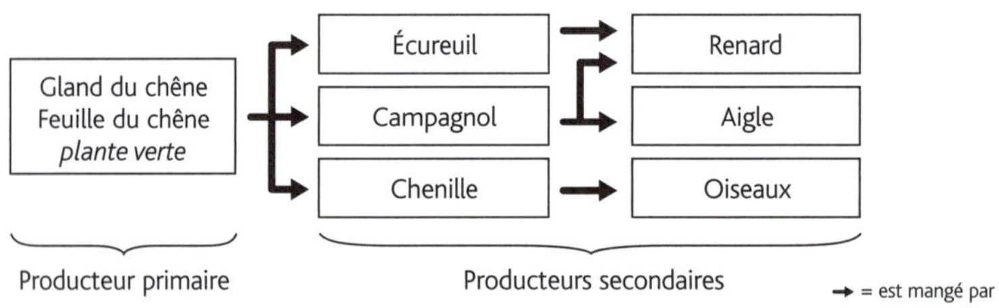

Pour lire le réseau, il faut lire chaque chaîne individuellement.

3 Producteurs primaires et producteurs secondaires

▸ **Un producteur primaire** est capable de produire sa matière organique uniquement à partir de **matière minérale** (eau, sels minéraux et dioxyde de carbone) en présence de lumière. Pour réaliser cette production, la **chlorophylle** est nécessaire.

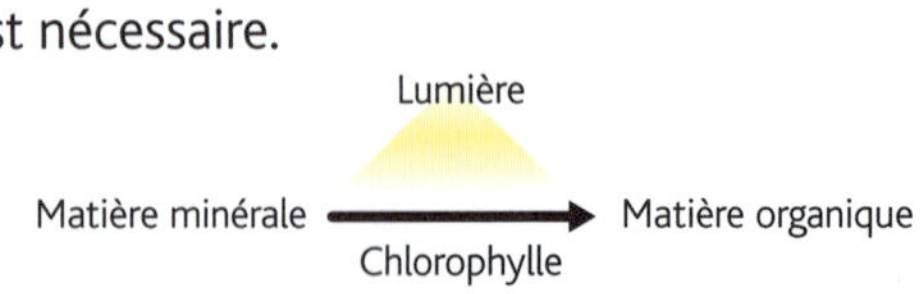

▸ **Un producteur secondaire** utilise à la fois de la matière minérale et de la matière organique provenant d'autres organismes vivants, qu'il transforme pour produire sa propre matière organique.

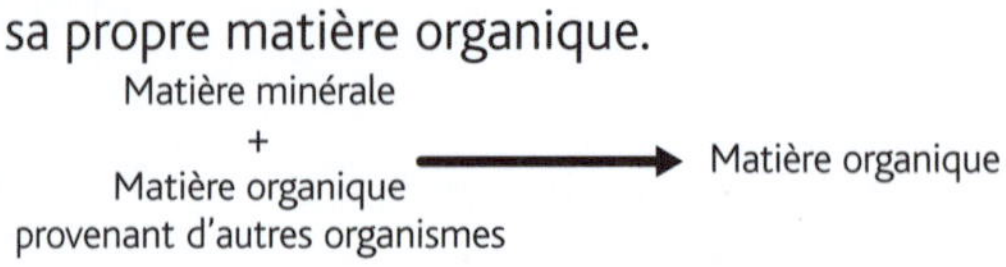

Corrigés → livret, p. 34

S'entraîner

QUIZ-TEST

Coche la (ou les) bonne(s) réponse(s).

1 Le symbole « → » dans une chaîne alimentaire signifie :

a) « mange ». ☐
b) « se transforme en ». ☐
c) « est mangé par ». ☐

2 Pour produire sa matière organique, un producteur secondaire a besoin :

a) uniquement de matière minérale. ☐
b) uniquement de matière organique. ☐
c) de matière minérale et organique. ☐

3 ★ Organique ou minérale ?

Complète chaque phrase par organique ou minérale, en fonction du type de matière.

a) L'eau est composée de matière ....

b) Les organes d'un chat domestique sont composés de matière ....

c) Tes muscles sont composés de matière ....

d) Les nuages sont composés de matière ....

e) Un caillou est composé de matière ....

f) La pelouse est composée de matière ....

4 ★★ Bon appétit !

a) En t'aidant du tableau, complète le réseau alimentaire des organismes photographiés ci-après, en les reliant par des flèches (Rappel : « → » signifie « est mangé par »).

Attention : dans le tableau, on te présente ce que mange chaque animal, veille au sens de tes flèches !

organismes vivants	ce qu'ils consomment
vers de terre	feuilles
larves d'insectes	feuilles
acariens	feuilles – Larves d'insectes
collemboles	feuilles
araignées	collemboles – acariens diptères – larves d'insectes
diptères	feuilles
taupes	vers de terre

b) Entoure en vert le (ou les) producteur(s) primaire(s).

c) Entoure en bleu le (ou les) producteur(s) secondaire(s).

Araignée

Feuille

Vers de terre

Taupe

Acarien

Collembole

Larve d'insecte

Diptère

5 ★★ Compléter un schéma

Complète le schéma ci-dessous présentant les besoins nutritifs d'un végétal vert en plaçant aux bons endroits les mots de la liste. Pour t'aider, pense au rôle de chaque partie de l'arbre dans sa nutrition.

matière minérale – eau – sels minéraux – dioxyde de carbone – lumière

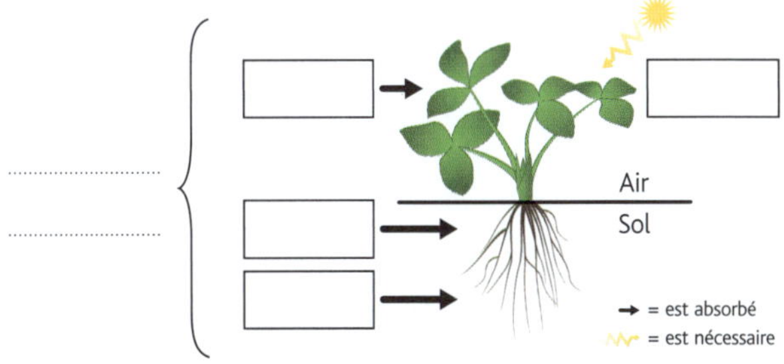

Schéma des besoins nutritifs d'un végétal vert

7 Le devenir de la matière organique

Mots-clés

Décomposeurs : micro-organismes vivant dans le sol et assurant la décomposition de la matière organique.
Biodégradable : qui se dégrade sous l'action des décomposeurs.

À savoir

La soie

La soie est issue du cocon produit par un insecte : la chenille du ver à soie (nom scientifique : Bombyx du mûrier).

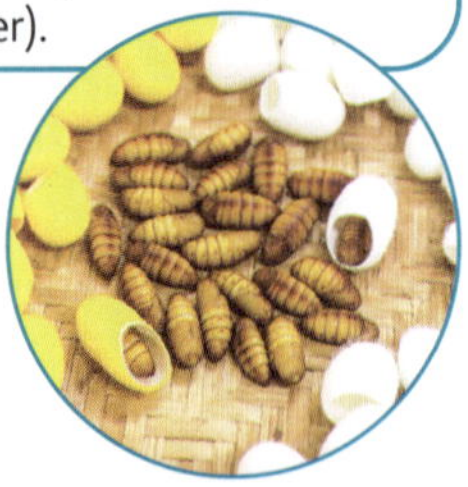

À savoir

Les déchets organiques

Les déchets organiques représentent 30 % des déchets rejetés par l'Homme !

Retiens l'essentiel

1 Transformation à l'usage de l'Homme

La matière organique animale ou végétale peut être transformée par l'Homme.

	matériaux de construction	textiles organiques	alimentation humaine ou animale
matière organique d'origine animale	X	– Laine (Mouton) – Soie (Ver à soie) – Cuir (Vache)	– Viande pour l'Homme – Farine animale pour le bétail
matière organique d'origine végétale	Bois, papier, carton	– Coton (Graine de coton) – Lin (Tige de Lin)	– Fruits, légumes...

2 Recyclage de la matière organique

- La matière organique est **biodégradable**. La matière organique morte se recycle naturellement dans le sol sous l'action des **décomposeurs** qui la transforment en matière minérale.

Matière organique morte
Ex. : feuilles mortes qui tombent sur le sol
→ Action des décomposeurs →
Matière minérale dans le sol, utilisable par les producteurs primaires

- Le recyclage des **déchets** organiques (déchets de cuisine, comme épluchures de légumes ou déchets verts provenant du jardin) peut se faire chez soi (compostage) ou de manière collective grâce au **tri sélectif**.

3 Recyclage des déchets non organiques

- Le tri sélectif permet de trier les déchets afin d'en recycler le maximum, car tous ne sont pas biodégradables.
- Les principales catégories de déchets sont : le verre, le plastique, le papier/le carton, les déchets non recyclables (ordures ménagères dans un sac poubelle), les déchets organiques.

Comment faire ?

Trier correctement les déchets à la maison

→ Il faut bien lire les étiquettes présentes sur les emballages et respecter les consignes de tri appliquées dans ta ville.

→ **Attention !** Si tu as un doute sur un déchet, il faut toujours le jeter avec les ordures ménagères.
Pour découvrir les consignes de tri de ta ville, consulte le site :
http://www.ecoemballages.fr/grand-public/trier-cest-facile/le-guide-du-tri

Corrigés → livret, p. 34

S'entraîner

QUIZ-TEST

Coche la (ou les) bonne(s) réponse(s).

1 Un décomposeur est :

a) une personne chargée de trier les déchets. ☐

b) un micro-organisme du sol capable de décomposer la matière organique morte. ...... ☐

c) un micro-organisme qui transforme la matière organique en matière minérale. ..... ☐

2 La soie est fabriquée à partir :

a) d'une matière industrielle. .... ☐

b) d'une matière naturelle organique. .... ☐

c) d'une matière artificielle. .... ☐

3 ★ Recette du hamburger à la matière organique

Agathe apprend en cours de SVT qu'un hamburger est fabriqué à partir de matière organique.
Aide-la à comprendre cette idée en complétant le tableau ci-dessous.

ingrédients du hamburger	fabrication	type de matière organique
pain	À partir de farine issue du blé.	végétale
salade	Pas de transformation	
tomate		
steak		
fromage		

4 ★★ Carte d'identité s'il vous plaît !

Détermine à quel embranchement le décomposeur sur le croquis ci-dessous appartient en utilisant la clé de détermination simplifiée ci-après.

Rappel : la clé se lit de gauche à droite. Pour avancer, il faut choisir à chaque fois une des deux propositions en fonction de ce que possède l'animal. (Pour t'aider, entoure à chaque fois la proposition que tu as choisie.)

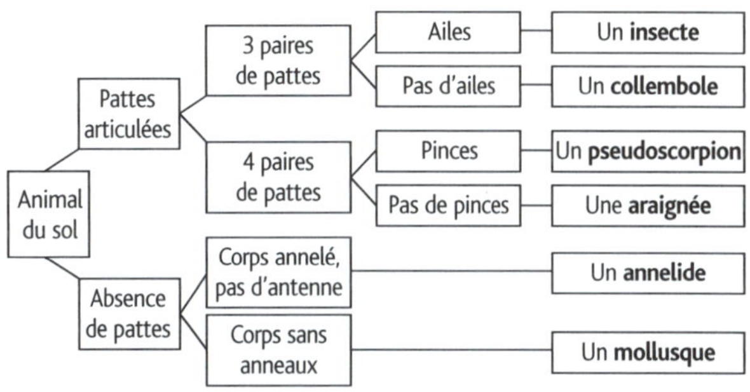

5 ★★★ Les décomposeurs

On cherche à vérifier que ce sont bien les décomposeurs qui sont à l'origine de la décomposition de la matière organique. On réalise les expériences ci-dessous.

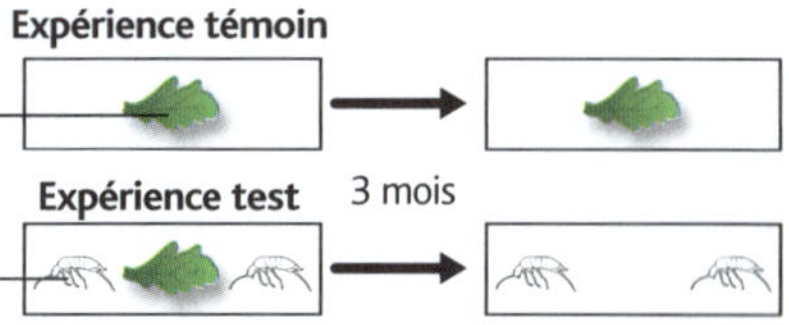

a) Décris chacun des résultats observés en commençant ta phrase par « je vois que dans l'expérience... ».

....

....

b) Conclus sur le rôle des micro-organismes en commençant ta phrase par « j'en déduis que... ».

....

c) Explique pourquoi l'expérience témoin est essentielle pour être sûr du rôle des décomposeurs.

....

....

8 Paysages et phénomènes géologiques

Retiens l'essentiel

1 Découvrir un paysage

Un **paysage** est composé de la végétation sur le **sol**, de roches provenant du **sous-sol**, d'eau et de traces de l'activité humaine. Il est caractérisé par un relief plus ou moins important.

2 Phénomènes géologiques externes et paysage

▸ L'aspect d'un paysage s'explique en partie par l'action des agents d'érosion.

▸ L'importance de l'érosion dépend du climat et des **propriétés** des roches.

Perméabilité — Cohérence

Perméabilité		Cohérence	
Roche perméable L'eau rentre ou passe à travers la roche (*Ex.* : craie)	**Roche imperméable** L'eau contourne la roche (*Ex.* : granite)	**Roche cohérente** Les éléments de la roche sont liés entre eux (*Ex.* : grès)	**Roche non cohérente** Les éléments de la roche sont séparés (*Ex.* : sable)

3 Phénomènes géologiques internes et paysage

▸ Les **séismes** sont dus à une rupture profonde des roches. Ils entraînent la formation de failles en surface qui décalent les paysages.

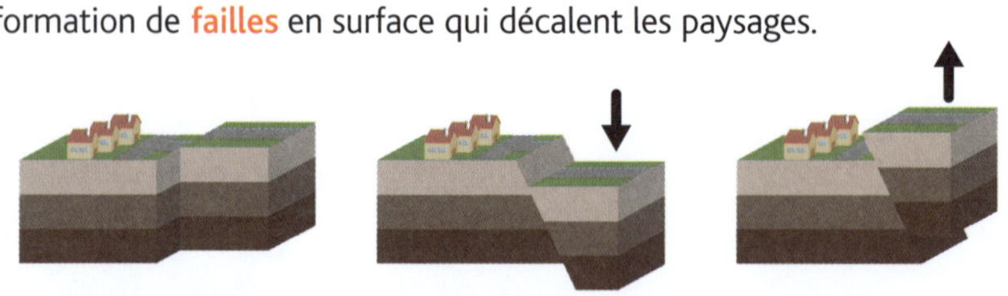

Décalage horizontal Faille décrochante — **Élargissement des terrains** Faille normale — **Raccourcissement des terrains** Faille inverse

▸ Une **éruption volcanique** peut laisser des traces dans le paysage : coulées de laves refroidies, dômes volcaniques (édifices constitués par l'accumulation de lave) et dépôts de cendres.

Mots-clés

Relief : ce qui n'est pas plat dans le paysage.
Ex. : une montagne, un terril, un creux.

Érosion : phénomène d'usure qui transforme les roches et modifie l'aspect des paysages.

Agents d'érosion : éléments qui entraînent l'érosion (eau et vent).

Faille : zone de rupture le long de laquelle deux blocs rocheux se déplacent l'un par rapport à l'autre.

À savoir

Le relief positif

Un édifice volcanique crée un relief positif (formant une bosse dans le paysage).

Photographie du volcan de Colima (Mexique)

Comment faire ?

▸ Mettre en évidence l'érosion chimique des roches calcaires par l'eau de pluie chargée en gaz

→ Place une craie dans une bouteille d'eau gazeuse (donc riche en gaz : ici, le dioxyde de carbone) et rebouche-la aussitôt.

→ Observe la craie : elle semble disparaître. Elle est en fait dissoute par les gaz présents dans l'eau : elle s'est transformée et n'est plus visible.

C'est ce type d'érosion qui creuse les paysages calcaires.

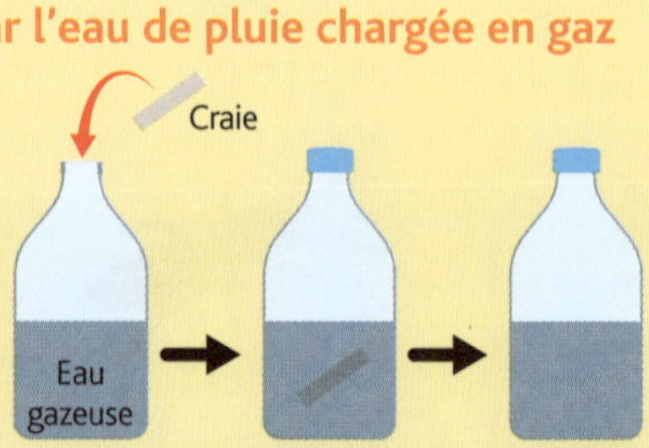

Corrigés → livret, p. 35

S'entraîner

QUIZ-TEST

Coche la (ou les) bonne(s) réponse(s).

1 Un édifice volcanique constitue :

a) un relief négatif (formant un creux dans le paysage). ☐
b) un relief neutre (plat dans le paysage). ☐
c) un relief positif (formant une bosse dans le paysage). ☐

2 Une roche solide qui laisse passer l'eau est :

a) une roche cohérente et perméable. ☐
b) une roche non cohérente et perméable. ☐
c) une roche cohérente non perméable. ☐

3 ★ Étude sur la perméabilité des roches

Emma veut tester la perméabilité du sable. Pour cela, elle réalise l'expérience ci-dessous.

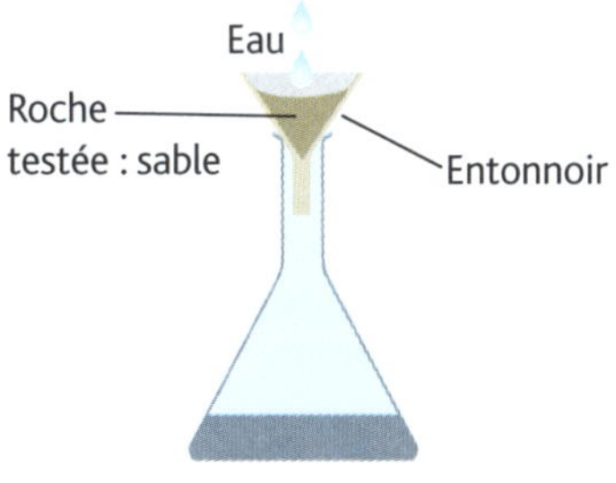

a) Rappelle ce qu'est une roche perméable.

....

b) Décris le résultat de l'expérience réalisée ci-dessus et conclus sur la perméabilité de la roche.

....

....

4 ★ La bonne définition

Associe chaque mot à sa définition.

a) dôme volcanique •
b) cendres •
c) érosion •
d) coulée •
e) faille •

• 1) phénomène d'usure qui transforme les roches
• 2) fines particules issues de matériaux volcaniques
• 3) zone de rupture de roches
• 4) lave en fusion qui se répand sur le sol
• 5) édifice constitué par l'accumulation de lave

5 ★★ Types de failles

Précise, pour chaque photographie, le type de faille qui a modifié le paysage. Justifie ta réponse.

a) 

Faille ....

car ....

b) 

Faille ....

car ....

6 ★★★ L'impact du climat sur les paysages

Tom a laissé des roches perméables (des marnes capables de retenir l'eau) sur sa terrasse tout l'hiver. Certaines d'entre elles se sont fracturées et fissurées après les premières gelées (voir photo ci-dessous).
En cours, Tom apprend que si une bouteille en plastique remplie d'eau à ras bord est placée au congélateur quelques heures, la bouteille finira par exploser.

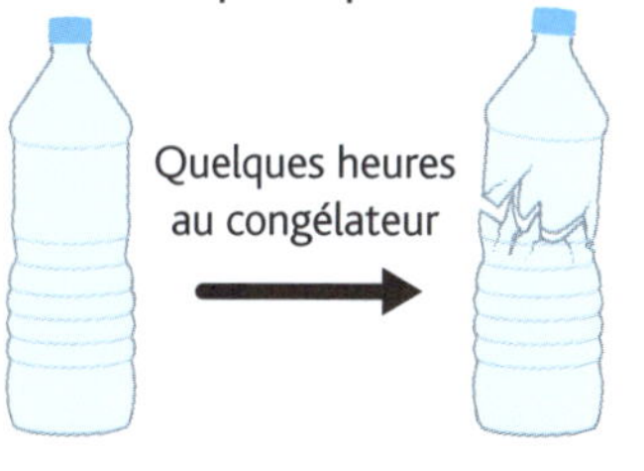

À partir de ces observations, propose une explication à la fracture des roches sous l'effet du gel.

....

....

....

Sciences

9 L'aménagement du territoire par l'Homme

Mot-clé

Biodiversité

Vient de « bio » : vivant et « diversité » : nombre et variété.
La **biodiversité** désigne un ensemble d'organismes vivants, nombreux et différents.

À savoir

Les roches de ton sous-sol

Pour savoir quels types de roches se trouvent probablement dans le sous-sol de ta région, regarde les roches qui sont utilisées pour construire les bâtiments.
Ex. : en Picardie, on trouve beaucoup de bâtiments construits avec des roches calcaires, car le sous-sol du bassin parisien est principalement constitué de ce type de roches.

La basilique de Saint-Quentin

Retiens l'essentiel

1 La construction des villes

L'Homme aménage son territoire en construisant des routes, des bâtiments et des voies ferrées pour améliorer la qualité de vie et faciliter les transports.

Photographie d'une route en construction sur l'Île de la Réunion

2 L'impact sur les paysages

Photographie aérienne de la carrière de Saint-Pierre-Aigle

- Pour trouver des matériaux de construction, l'Homme puise dans les **ressources locales**.
Il utilise les roches présentes dans le **sous-sol** : elles sont extraites de **carrières**, transportées puis déposées dans d'autres lieux. Les paysages sont donc totalement transformés.
- Pour aménager un territoire, il faut parfois modifier le paysage initial de façon importante (relief, populations animales et végétales présentes initialement). Cela peut amener à modifier le milieu de vie des espèces présentes et entraîner une baisse de la biodiversité.

3 Aménagement du territoire et développement durable

L'Homme cherche à préserver les ressources naturelles à long terme et à limiter les impacts de l'aménagement du territoire sur l'environnement en mettant en place des **aménagements durables** du territoire. La restauration du paysage initial après l'exploitation d'une carrière de roches en est un exemple.

Comment faire ?

Reconnaître les matériaux présents dans une maison

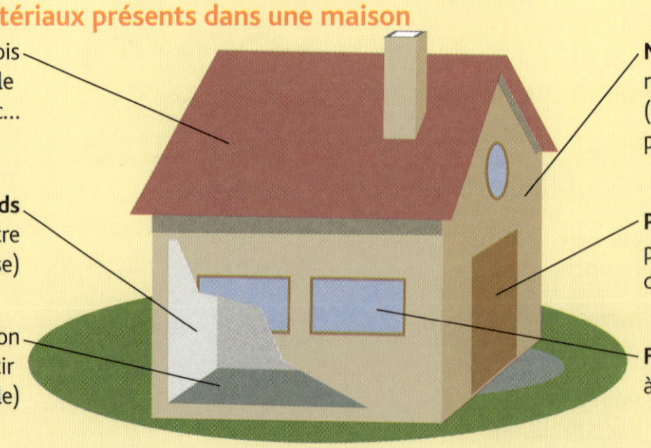

Charpente du toit : bois
Toiture : ardoise, tuile en terre cuite, zinc...

Murs et plafonds intérieurs : plâtre (fabriqué à partir de Gypse)

Plancher : béton (fabriqué à partir de calcaire et d'argile)

Murs extérieurs : roche calcaire, granite, brique (fabriquée à partir d'argile), pierres de taille diverses...

Porte : bois, PVC (matière plastique fabriquée à partir de pétrole), aluminium...

Fenêtre : verre (fabriqué à partir de sable)

Corrigés → livret, p. 35

S'entraîner

QUIZ-TEST

Coche la (ou les) bonne(s) réponse(s).

1 Les roches utilisées comme matériaux de construction se trouvent :

a) sur le sol. ☐
b) dans le sol. ☐
c) dans le sous-sol. ☐

2 L'aménagement durable du territoire permet :

a) de limiter les impacts de l'activité humaine sur l'environnement. ☐
b) de réduire les coûts de construction. ☐
c) de sauvegarder la biodiversité. ☐

3 ★ De la roche au matériau

Associe chaque matériau à la matière première rocheuse avec laquelle il est fabriqué.

a) 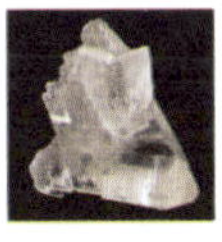
b) 
c) 

1) 
2) 
3) 

a) gypse •	• 1) plâtre
b) argile •	• 2) verre
c) sable •	• 3) brique

4 ★★ Les carrières de pierres calcaires de Saint-Maximin

Des roches calcaires sont extraites de la carrière à ciel ouvert de Saint-Maximin dans l'Oise.
Elles sont utilisées comme matériaux de construction ou dans la production de ciment et de chaux.

Photographie de la carrière à ciel ouvert de Saint-Maximin

a) Précise dans quel but l'Homme extrait des roches calcaires du sous-sol.

....

b) Quelles sont les conséquences de l'exploitation de cette carrière sur le paysage ?

....

c) Explique quel est l'intérêt, selon toi, d'utiliser les ressources en roches locales pour la construction des bâtiments.

....

5 ★★ Réaménagement du territoire

Les carrières en activité ont une obligation de réaménager le paysage dès l'achèvement des opérations d'extraction des roches.
À Forges-les-Bains, une ancienne carrière d'argile est en phase de réhabilitation. Son réaménagement permettra, à terme, de combler la carrière, d'y aménager un plan d'eau et de réintroduire de la végétation.

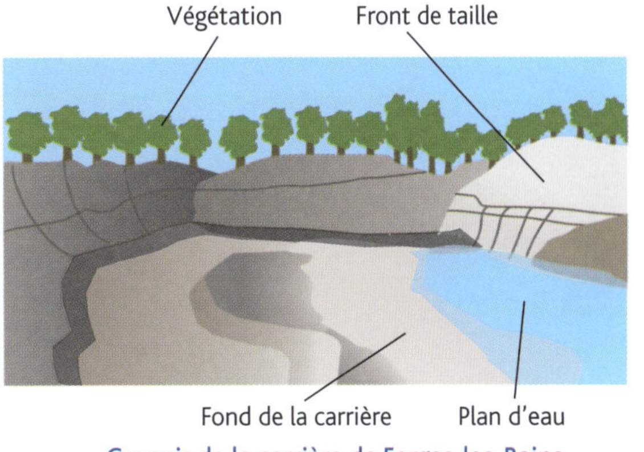

Croquis de la carrière de Forges-les-Bains

a) Cite l'activité humaine qui a entraîné la modification du paysage de la région.

....

b) Décris les modifications qu'a subies le paysage.

....

c) Explique comment l'Homme va réaménager le paysage à la fin de l'exploitation.

....

10 Matériau et objet technique

Retiens l'essentiel

Mots-clés

Objet technique : objet fabriqué par l'homme et qui répond à un besoin.

Matériau composite : assemblage de plusieurs matériaux.

1 Les familles de matériaux

Un matériau est une matière (naturelle ou artificielle) que l'homme utilise pour fabriquer des objets. Il existe plusieurs familles de matériaux :
- **les métaux** : fer, cuivre, plomb, aluminium, acier, or... ;
- **les minéraux** : verre, roches, quartz, céramiques... ;
- **les matières organiques** :
  - d'origine végétale : bois, liège, papier, carton, coton... ;
  - d'origine animale : cuir, laine... ;
- **les plastiques** : polystyrène, PVC, nylon... ;
- **les composites** : alliages, fibre de carbone...

2 Les propriétés des matériaux

Le choix des matériaux est important dans la fabrication d'un objet technique. Un matériau se caractérise par différentes propriétés :
- sa masse volumique ;
- sa dureté ;
- sa conductibilité électrique (passage du courant électrique) ;
- sa conductibilité thermique (passage de la chaleur) ;
- sa résistance à la corrosion ;
- son élasticité.

Ex. : Les métaux sont de bons conducteurs électriques et thermiques. Les céramiques et les verres sont des isolants électriques et thermiques.

À savoir

La masse volumique ρ d'un corps s'exprime en g/cm³. Elle permet d'identifier un matériau.

Ex. : $\rho_{fer} = 7{,}9$ g/cm³
$\rho_{or} = 19{,}3$ g/cm³

3 Fonctions d'usage, d'estime et technique d'un objet

▸ Un objet créé par l'homme répond à un besoin : c'est sa **fonction d'usage**.

▸ La **fonction d'estime** d'un objet est l'ensemble des caractéristiques de l'objet (prix, couleur, forme, esthétique...) qui dépendent du goût de l'utilisateur.

▸ La **fonction technique** correspond à l'ensemble des moyens mis en œuvre pour assurer la fonction d'usage de l'objet (propulsion, guidage, freinage...).

Comment faire ?

▸ Distinguer fonction d'usage, fonction d'estime et fonction technique d'un objet

Pour distinguer ces fonctions, il faut se poser les bonnes questions :

→ **Fonction d'usage** : **À quoi sert l'objet** ?

Ex. : Le scooter sert à déplacer des personnes.

→ **Fonction(s) d'estime(s)** : **L'objet me plaît-il** ? **Pourquoi** ?

Ex. : La couleur du scooter me plaît, il a un beau design.

→ **Fonction(s) technique(s)** : **Quelles actions doit remplir l'objet** ?

Ex. : Le scooter doit pouvoir être mis en mouvement, se diriger, freiner.

Corrigés → livret, p. 35

S'entraîner

QUIZ-TEST

Coche la (ou les) bonne(s) réponse(s).

1 Le fer fait partie de la famille des :

- a) céramiques. ☐
- b) matières organiques. ☐
- c) métaux. ☒

2 Un objet technique doit répondre à :

- a) une fonction d'usage. ☐
- b) une fonction d'estime. ☐
- c) une fonction technique. ☒

3 ★ Un point sur la leçon

a) Qu'est-ce qu'un matériau ?

Un Matériaux Naturel ou artificiel que l'homme utilise pour fabriquer des objets

b) Cite les cinq grandes familles de matériaux.

Minéraux / Métaux, Matières organiques les plastiques, les composites

c) Complète le tableau afin de classer les matériaux suivants en deux groupes. Nomme les colonnes du tableau.
aluminium – bois – cuir – fer – laine – cuivre – plomb – carton

bois Fer Laine plomb Laine	aluminium cuir Cuivre carton

4 ★★ Fonction d'usage

a) Quelle question faut-il se poser pour déterminer la fonction d'usage d'un objet ?

A quoi sert-il ???

b) Définis la fonction d'usage des objets suivants :

1) 
2) 
3) 

se déplacer / Photographier / aspirer

4) 
5) 
6) 

se protéger / Téléphoner / Mesurer

5 ★★ Objet ou objet technique

Parmi les objets suivants, entoure les objets techniques.

6 ★★ Points communs

Indique quelle(s) fonction(s) ont en commun les 3 objets techniques présentés.

- ☒ Fonction d'usage
- ☐ Fonction d'estime
- ☐ Fonction technique

7 ★★ Lequel choisir ?

a) Qu'ont en commun ces deux objets techniques ?

TrotiFun
Moteur électrique : 350 W
Carrosserie : plastique dur
Vitesse : 20 km/h
Masse : 32 kg
Prix : 250 euros

Trot 3000
Moteur électrique : 500 W
Carrosserie : plastique dur
Vitesse : 30 km/h
Masse : 40 kg
Prix : 250 euros

- ☒ le matériau utilisé
- ☒ le prix
- ☐ la vitesse
- ☐ performance technique
- ☒ la couleur

b) Quelle fonction correspond à ces points communs ?

Transporter

Technologie

11 Énergie et mouvement

Mot-clé

Énergie renouvelable
Une énergie est dite renouvelable si son utilisation n'entraîne pas la diminution de sa réserve.

Le vent (Éolienne)

Le soleil (Panneau photovoltaïque)

L'eau (Centrale hydraulique)

Retiens l'essentiel

Pour mettre en mouvement un objet, pour avoir de l'électricité, de la lumière ou de la chaleur, il faut utiliser de l'énergie. Pour l'obtenir, on utilise une source d'énergie.

1 Sources et formes d'énergie

▸ **Une source d'énergie** est une matière première ou un phénomène pouvant être exploités afin d'obtenir une forme d'énergie utilisable par l'homme.

→ Sources d'énergie renouvelables : soleil, vent, eau, chaleur du sol (géothermie), biomasse.

→ Sources d'énergies non renouvelables : charbon, gaz naturel, pétrole, uranium (utilisé dans les centrales nucléaires)...

▸ L'énergie existe sous différentes formes. Elle peut être : électrique, thermique, mécanique, chimique, nucléaire ou lumineuse.

▸ L'énergie peut être convertie d'une forme à une autre grâce à un convertisseur.

Ex. : Dans une lampe de poche, l'énergie électrique est convertie en énergie lumineuse.

2 Les mouvements et la vitesse

▸ Lorsqu'un objet se déplace, on dit qu'il est en mouvement. L'ensemble des positions occupées par l'objet pendant son mouvement est appelé **trajectoire**.

Ex. :

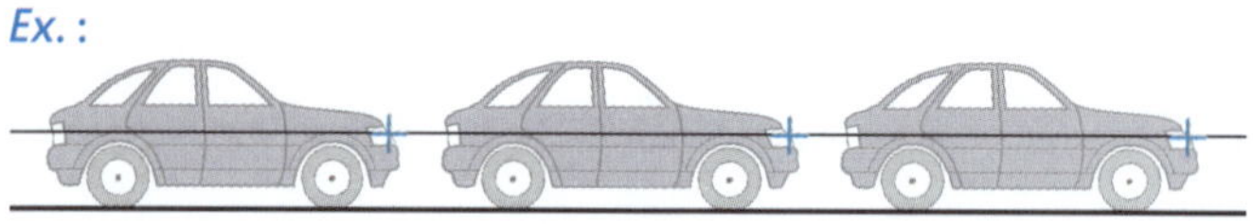
La trajectoire de la voiture est une droite, son mouvement est rectiligne.

La trajectoire de l'aiguille des minutes est un cercle, son mouvement est circulaire.

Comment faire ?

▸ **Lire la vitesse d'un véhicule**

Sur le compteur de vitesse d'une voiture, on peut lire sa vitesse instantanée. Elle s'exprime en kilomètre par heure (km/h).

→ Si la vitesse du véhicule est constante, le mouvement est **uniforme**.

→ Si sa vitesse augmente, son mouvement est **accéléré**.

→ Si sa vitesse diminue, son mouvement est **ralenti**.

Corrigés → livret, p. 36

S'entraîner

QUIZ-TEST

Coche la (ou les) bonne(s) réponse(s).

1 Le soleil est une source d'énergie :

a) renouvelable. ☐
b) non renouvelable. ☐
c) fossile. ☐

2 Une éolienne :

a) utilise l'énergie du soleil. ☐
b) utilise l'énergie du vent. ☐
c) permet d'obtenir de l'énergie électrique. ☐

3 ★ Renouvelable ou pas ?

Classe les différentes sources d'énergies dans le tableau ci-dessous.

soleil – uranium – vent – eau – charbon – géothermie – bois – gaz – biomasse – pétrole

sources d'énergies non renouvelables	sources d'énergies renouvelables

4 ★★ De la source à la centrale

Nomme la source d'énergie utilisée dans chacun des cas suivants.

	centrale thermique à flamme
	centrale hydraulique
	centrale nucléaire
	éolienne
	panneau solaire

5 ★★ Énergie

Indique le nom de l'objet ainsi que la forme d'énergie qu'il produit.

6 ★★ Convertisseur d'énergie

Grégoire démonte sa torche électrique. Il découvre un circuit électrique contenant une pile et une lampe.

a) Quelle énergie reçoit la torche de Grégoire ?

b) Quelle forme d'énergie fournit la torche de Grégoire ?

c) D'un point de vue énergétique, comment peut-on nommer la torche de Grégoire ?

7 ★★ Vitesse

Le Papa de Nabil roule sur l'autoroute. L'ordinateur de bord de la voiture indique v=120 km/h.

a) Transforme l'écriture v = 120 km/h en une phrase complète.

b) Pour chaque action, indique si le mouvement de la voiture est uniforme, accéléré ou ralenti.

1. Le régulateur de vitesse est enclenché et indique 120 km/h.

2. Le papa de Nabil freine en arrivant au péage.

3. Le papa de Nabil accélère pour doubler un camion.

12 L'eau et ses propriétés

Retiens l'essentiel

Mots-clés

Hydrosphère : ensemble des réserves d'eau de la Terre. L'hydrosphère est constituée de cinq grands réservoirs.
Cycle de l'eau : parcours de l'eau entre les grands réservoirs solide, liquide et gazeux de la Terre.
État d'une matière : forme que peut prendre cette matière : solide, liquide ou gazeuse.
Sulfate de cuivre anhydre : poudre blanche permettant de mettre en évidence la présence d'eau.

À savoir

Mesures

Masse d'1L d'eau = 1 kg.
Le volume s'exprime en L.
1 L = 1 dm^3 et 1 mL = 1 cm^3

À savoir

Tous les êtres vivants contiennent de l'eau (l'être humain est constitué de 65 % d'eau). L'eau est aussi présente dans notre alimentation (aliments, boissons).

1 L'eau sur Terre

La Terre est appelée la planète bleue car **70 % de sa surface est recouverte d'eau**. L'**hydrosphère**, composée de cinq grands réservoirs, est l'ensemble des réserves d'eau de la Terre. L'eau voyage de réservoir en réservoir : c'est le **cycle de l'eau**.

Eau douce 3 %
– glaciers et calottes glacières (solide)
– eaux souterraines (liquide)
– lacs, fleuves, rivières (liquide)
– eau de l'atmosphère (gaz)

Eau salée 97 %
– mers et océans (liquide)

Les 5 réservoirs de l'hydrosphère

2 Les propriétés de l'eau

Sur Terre, l'eau existe sous trois **états différents**.

	état solide	état liquide	état gazeux
	Glaçon, neige, verglas, givre	Brouillard, buée, pluie	Vapeur d'eau
forme	Un solide ne peut pas changer de forme : il a une **forme propre.**	Un liquide, un gaz prennent la forme du récipient qui les contient : ils n'ont **pas de forme propre.**	
volume	Un solide, un liquide ne peuvent pas changer de volume, ils ont un **volume propre**.		Un gaz occupe tout le volume qu'on lui donne. Il n'a **pas de volume propre**.

3 Surface d'un liquide

La surface libre d'un liquide est plane et horizontale.

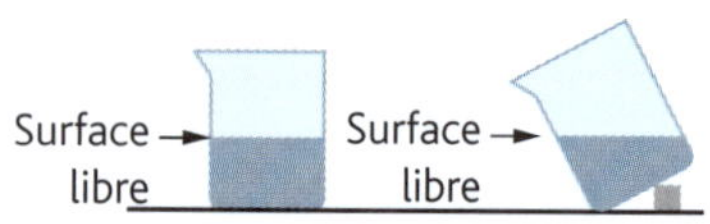

Surface d'un liquide

Comment faire ?

▸ Détecter la présence d'eau dans un liquide grâce au sulfate de cuivre anhydre

→ Verse quelques gouttes du liquide à tester sur un petit tas de **sulfate de cuivre anhydre**.

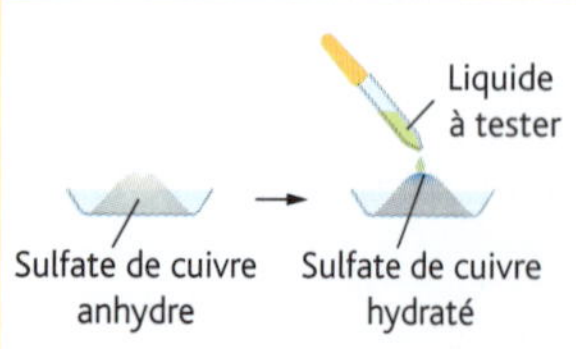

Sulfate de cuivre anhydre

Attention !

Si on chauffe le sulfate de cuivre hydraté, alors l'eau qu'il contient s'évapore : le sulfate de cuivre redevient blanc.

→ Si le sulfate de cuivre devient bleu, alors le liquide testé contient de l'eau.

Corrigés → livret, p. 36

S'entraîner

QUIZ-TEST

Coche la (ou les) bonne(s) réponse(s).

1 Quel état de l'eau peut changer de forme mais pas de volume ?

a) L'état solide. .... ☐
b) L'état liquide. .... ☐
c) L'état gazeux. .... ☐

2 À l'état liquide, un litre d'eau pèse :

a) 100 g. .... ☐
b) 1 000 g. .... ☐
c) 1 kg. .... ☐

3 ★ Des chiffres !

Complète avec les bonnes valeurs.

a) Sur Terre, l'eau existe sous .... états.

b) La Terre est couverte à .... % d'eau.

c) L'hydrosphère est composée de .... réservoirs.

d) L'eau salée représente .... % de l'hydrosphère.

e) L'eau douce représente .... % de l'hydrosphère.

f) Dix litres d'eau pèsent .... kilogrammes.

4 ★ À l'eau !

Classe les formes de l'eau dans le tableau.

brouillard – givre – pluie – neige – glaçon – vapeur d'eau – brume – verglas – glacier – nuage

solide	liquide	gaz
....	....	....
....	....	....

5 ★★ Surface libre

a) Représente la surface libre des liquides contenus dans les récipients sachant que les flèches noires indiquent le niveau du liquide.

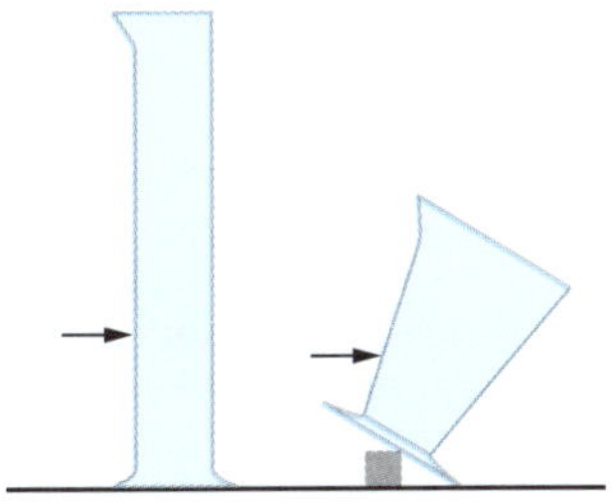

b) Comment peut-on décrire la surface libre d'un liquide ?

....

....

c) Pourquoi l'eau prend-elle la forme des récipients ?

....

....

6 ★★ À la recherche de l'eau

On teste quelques substances avec du sulfate de cuivre anhydre. On note la couleur du sulfate de cuivre après contact avec les différentes substances.

substance	huile	lait	sucre	orange
couleur obtenue	blanche	bleue	blanche	bleue

a) Quel est le rôle du sulfate de cuivre anhydre ?

....

....

b) Utilise les données expérimentales pour classer les aliments en deux familles (contenant ou non de l'eau).

....

....

c) Explique comment on peut obtenir du sulfate de cuivre anhydre à partir de sulfate de cuivre hydraté.

....

....

....

....

13 Corps purs et mélanges

Retiens l'essentiel

Mots-clés

Corps pur : corps ne contenant qu'une seule substance (eau pure, huile, sel...).
Mélange : association de plusieurs substances différentes (eau minérale, boissons...).
Miscible : deux liquides sont miscibles s'ils forment un mélange homogène.
Limpide : se dit d'un liquide lorsqu'il est clair, transparent.

À savoir — La distillation

La distillation permet de séparer les constituants d'un mélange homogène. C'est une **vaporisation** suivie d'une **liquéfaction**.
La distillation d'une eau minérale permet d'obtenir une eau pure.

1 L'eau minérale est-elle pure ?

Composition :
Calcium, Magnésium, Bicarbonates, Sulfates, Sodium, Potassium, Chlorures, Nitrates

- Un **corps pur** ne contient qu'une seule substance.
- L'étiquette d'une eau minérale indique qu'elle contient différentes substances. Une eau minérale est donc un **mélange**.
- Lorsqu'on fait chauffer une eau minérale, l'eau se vaporise. Il reste un résidu solide blanc : les **sels minéraux**. Cela confirme que l'eau minérale n'est pas un corps pur.

2 Les deux types de mélanges

Le mélange homogène

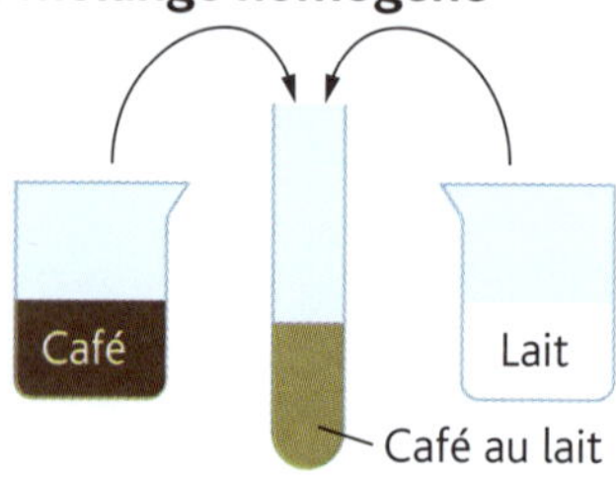

Le lait et le café sont **miscibles**. Ils forment un mélange homogène.

Un mélange est homogène s'il n'est plus possible de distinguer ses constituants après le mélange.

Le mélange hétérogène

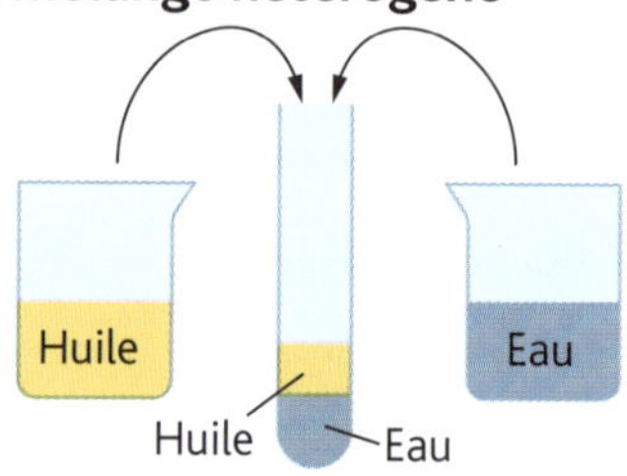

L'huile est moins dense que l'eau. On distingue deux phases dans le tube à essais.

Un mélange est hétérogène s'il est encore possible de distinguer ses constituants après le mélange.

Comment faire ?

Obtenir une eau limpide (transparente) à partir d'une eau boueuse

La décantation et la filtration sont des procédés permettant de séparer des constituants d'un mélange hétérogène.

Lors de la **décantation**, les particules en suspension descendent au fond du récipient. Le liquide décanté est encore hétérogène. Il reste des particules fines en suspension.

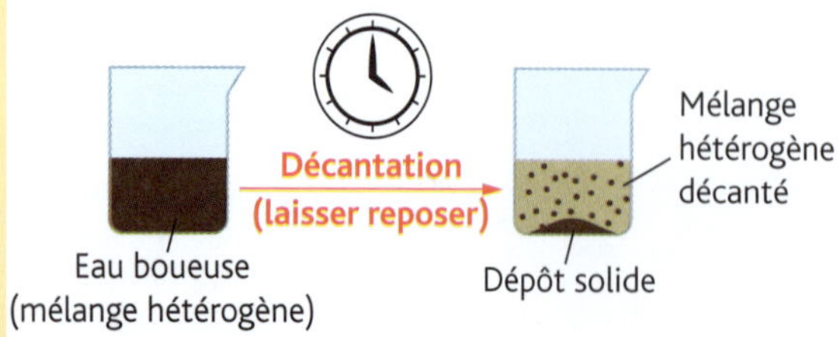

Lors de la **filtration**, les particules en suspension sont retenues par le filtre. Le liquide obtenu est appelé filtrat. C'est un mélange homogène.

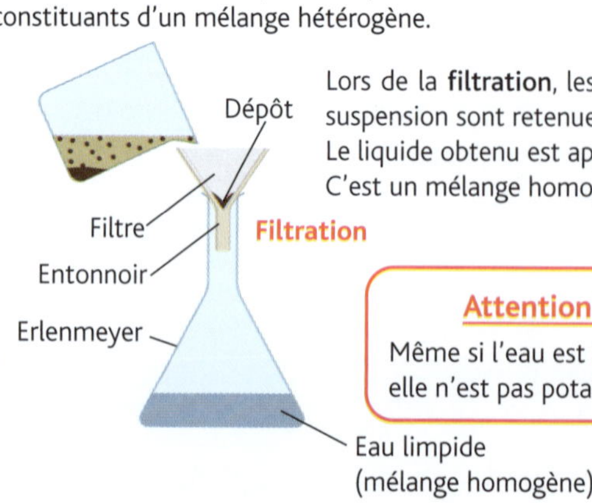

Attention !
Même si l'eau est limpide, elle n'est pas potable !

Corrigés → livret, p. 37

S'entraîner

QUIZ-TEST

Coche la (ou les) bonne(s) réponse(s).

1 L'eau minérale est :

a) un corps pur. ☐
b) un mélange homogène. ☐
c) un mélange hétérogène. ☐

2 Lors d'une décantation, il faut :

a) filtrer le liquide. ☐
b) chauffer le liquide. ☐
c) laisser reposer le liquide. ☐

3 ★ Corps pur ou mélange ?

a) Quelle différence existe-t-il entre un corps pur et un mélange ?

....

....

b) Observe les mélanges ci-dessous et indique s'ils sont homogènes ou hétérogènes. Justifie ta réponse.

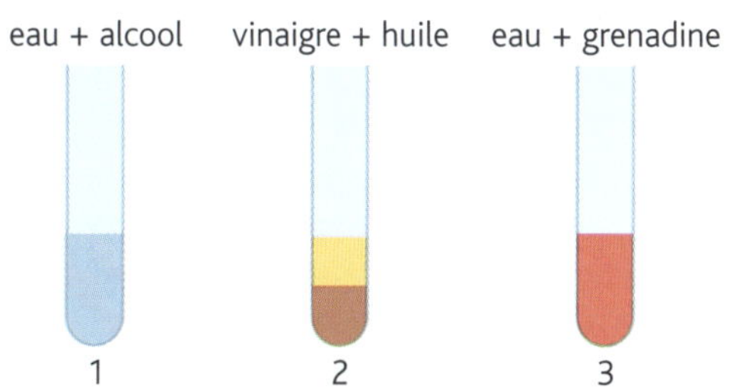

....

....

4 ★ Mélange

On mélange 5 mL d'huile avec 5 mL d'alcool.

a) L'huile et l'alcool ne sont pas miscibles. Quel mélange forment-ils ?

....

b) Pour représenter l'expérience, annote le schéma. N'oublie pas que l'huile est plus dense que l'alcool.

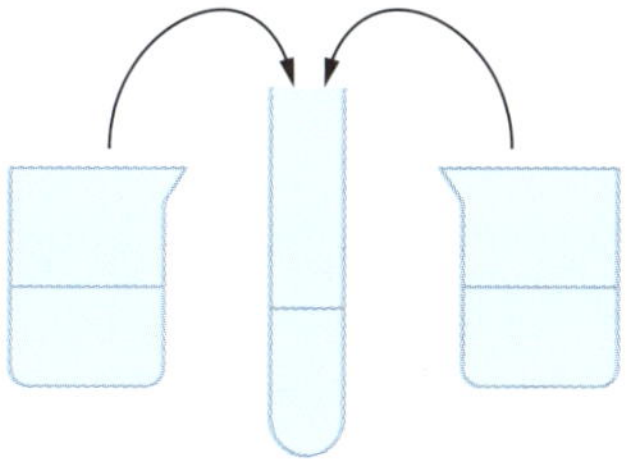

5 ★★ Thé à l'eau minérale ?

On fait chauffer de l'eau minérale, puis on la verse dans sa théière. On ajoute ensuite des feuilles de thé. Elles coulent au fond de la théière.

a) L'eau minérale utilisée est limpide mais pas pure. Justifie cette information.

....

....

b) Décris le mélange obtenu dans la théière.

....

....

c) On laisse reposer sa préparation pendant 5 minutes. Nomme cette technique.

....

d) On autre technique pourrait-elle utiliser pour séparer la boisson et le thé restant en suspension ?

....

6 ★★ Techniques

Entoure le mot en rouge qui convient.

a) Une eau minérale est un **corps pur/mélange homogène**.

b) La distillation permet de séparer les constituants d'un mélange **homogène/hétérogène**.

c) La distillation est une **liquéfaction/vaporisation** suivie d'une **liquéfaction/vaporisation**.

d) Le liquide obtenu après distillation est appelé **filtrat/distillat**.

e) Après distillation d'une eau minérale, on obtient **un mélange homogène/une eau quasi pure**.

Sciences

14 La Terre dans le système solaire

Retiens l'essentiel

Mots-clés

Orbite : courbe décrite par un astre lors de sa révolution.
Révolution de la Terre : durée nécessaire à la Terre pour effectuer un tour complet autour du Soleil.

1 Des astres en mouvement

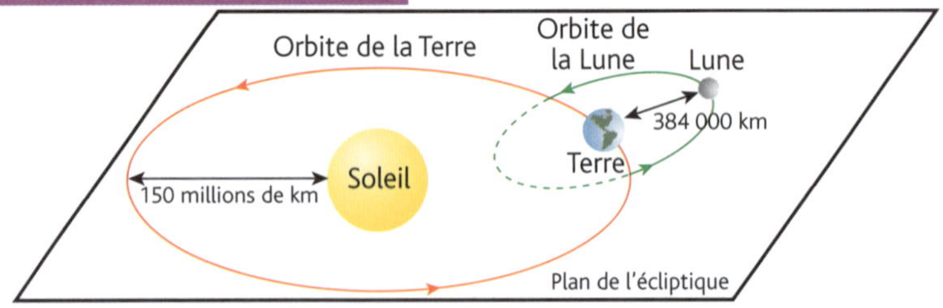

- **Le système solaire** est composé de 8 planètes (Mercure, Vénus, la Terre, Mars, Jupiter, Saturne, Uranus et Neptune) qui gravitent autour d'une étoile : le Soleil.
- La Terre tourne sur elle-même en 24 heures. Elle effectue une **révolution** autour du Soleil en une année (365,25 jours).

2 Les phases de la Lune

- Quelle que soit sa position autour de La Terre, la Lune est toujours à demi éclairée par le Soleil. Vue de la Terre, cette partie éclairée présente différentes **phases**.

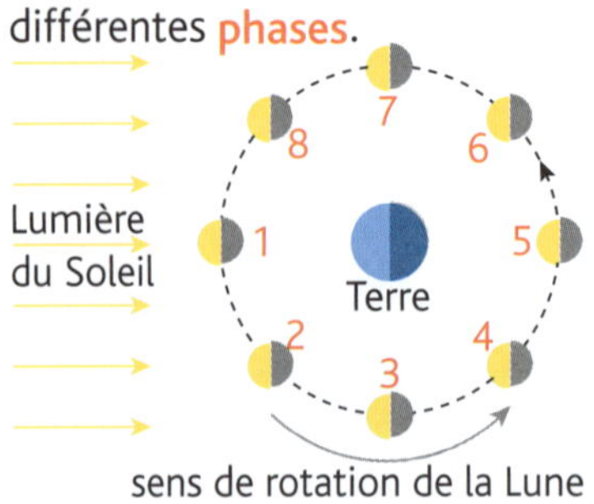

Les différentes phases de la Lune

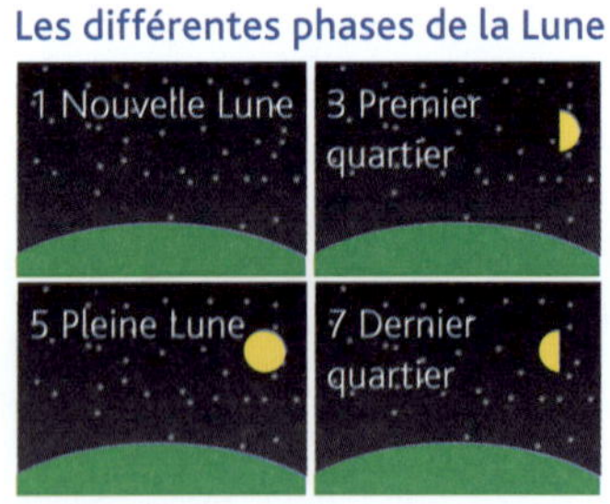

Rotation et révolution de la Lune

Sur Terre, on observe toujours la même face de la Lune, car celle-ci met le même temps pour faire un tour sur elle-même et pour faire le tour de la Terre (en 28 jours).

3 Les éclipses

- Lorsque les trois astres Soleil, Terre et Lune sont alignés, il se produit une **éclipse** :
  – lorsque la Lune cache la lumière du Soleil, il y a éclipse de Soleil ;
  – lorsque la Lune entre dans le cône d'ombre de la Terre, il y a éclipse de Lune.

Comment faire ?

Représenter les ombres sur un schéma

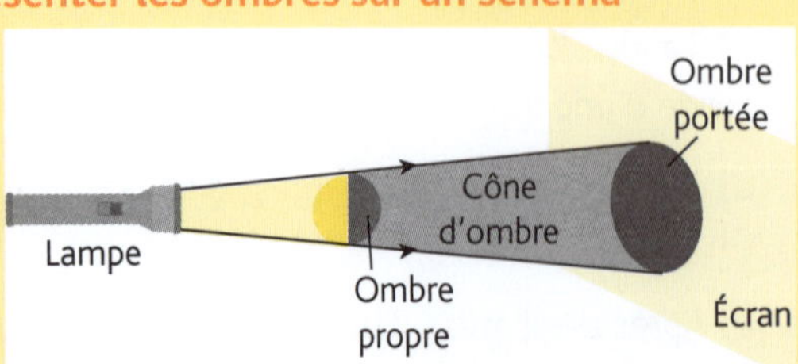

→ La partie non éclairée d'un objet est appelée **ombre propre**.

→ La zone non éclairée derrière l'objet est appelée **cône d'ombre**.

→ L'ombre obtenue sur l'écran est appelée **ombre portée**.

Corrigés → livret, p. 37

S'entraîner

QUIZ-TEST

Coche la (ou les) bonne(s) réponse(s).

1 La Terre effectue sa révolution :

a) en 24 heures. ☐
b) en une année. ☐
c) en 365,25 jours. ☐

2 La partie non éclairée d'un objet se nomme :

a) ombre propre. ☐
b) ombre portée. ☐
c) cône d'ombre. ☐

3 ★ Des chiffres et des astres

Entoure le mot en rouge qui convient.

a) La Lune est une planète / un satellite.

b) La Lune tourne /ne tourne pas sur elle-même.

c) Le Soleil / La Terre tourne autour du Soleil / de la Terre.

d) La révolution de la Terre autour du Soleil est de 24 heures / 365,25 jours.

e) La distance Terre-Soleil est plus petite/grande que la distance Terre-Lune.

f) La courbe décrite par la Terre autour du Soleil se nomme orbite/révolution.

g) Il y a éclipse de Soleil lorsque la Lune / la Terre cache le Soleil.

4 ★ Phases de la Lune

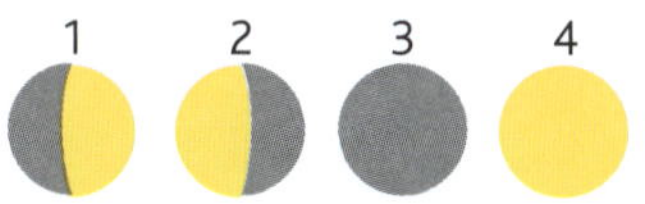

a) Indique le nom de chaque phase de la Lune :

Phase 1 : ....

Phase 2 : ....

Phase 3 : ....

Phase 4 : ....

b) Classe les phases dans l'ordre chronologique.

....

....

....

5 ★ Nommer les ombres

Pour chaque situation, nomme l'ombre observée.

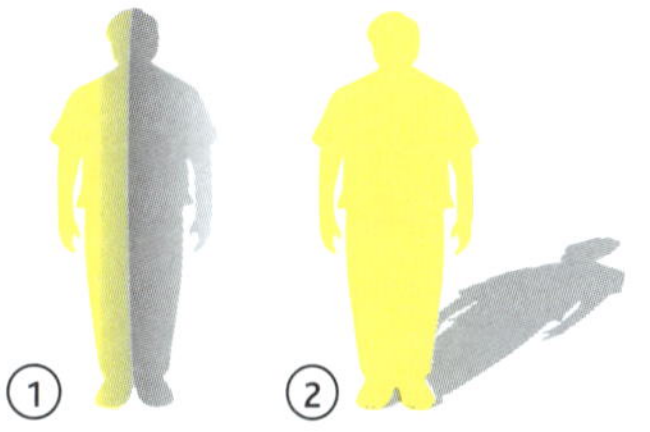

Situation 1 : ....

Situation 2 : ....

6 ★★ Représente des ombres

On éclaire une balle avec une source de lumière.

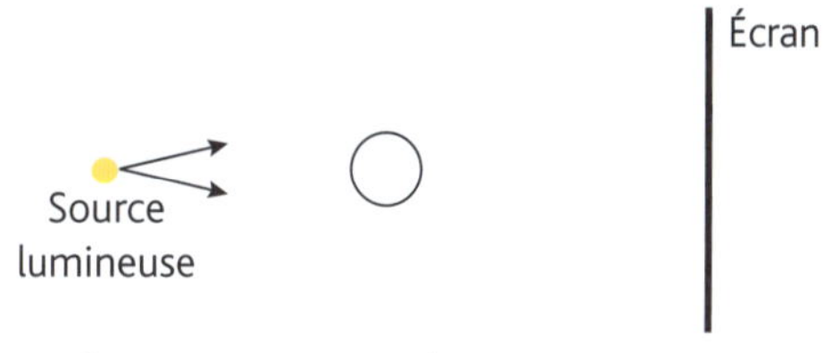

a) Trace les rayons issus de la source, et colorie en jaune les zones éclairées et en gris les zones d'ombre.

b) Annote le schéma avec les termes suivants : *ombre propre – ombre portée – cône d'ombre*

7 ★★ Ombres dans l'espace

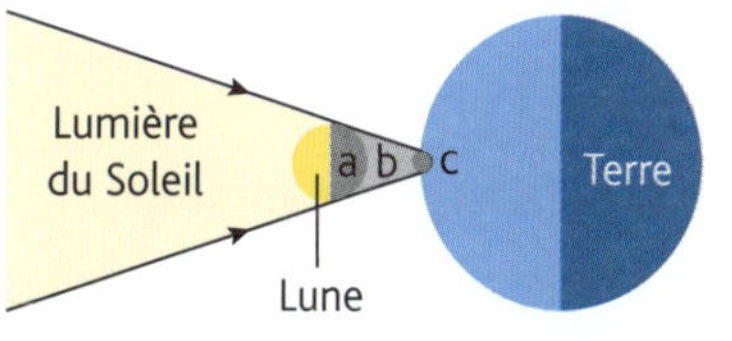

a) Nomme les ombres a, b et c.

....

b) Quel est le nom de ce phénomène ?

....

Sciences

Corrigés → livret, p. 37

Sciences : fais le bilan !

Coche, pour chaque exercice, la bonne réponse. Reporte-toi ensuite aux corrigés, p. 37, pour obtenir ton score sur 10.

1 Pour mesurer la température d'un milieu, on peut utiliser :

a) un thermomètre. ☐
b) un hygromètre. ☐
c) un pluviomètre. ☐

2 Une cellule animale :

a) a la même structure qu'une cellule végétale. ☐
b) contient au moins un noyau et une paroi. ☐
c) peut constituer un seul et unique organisme, dit unicellulaire. ☐

3 La fermentation de la farine de blé :

a) est réalisée par des bactéries lactiques. ☐
b) permet de fabriquer du pain. ☐
c) n'est possible qu'au froid. ☐

4 Pour produire sa matière organique, un producteur primaire a besoin :

a) de matière organique et de lumière. ☐
b) de matière minérale et de lumière. ☐
c) de matière minérale et de matière organique. ☐

5 La matière organique :

a) se décompose naturellement dans le sol. ☐
b) n'est pas souvent biodégradable. ☐
c) constitue toute matière présente sur Terre. ☐

6 Les roches perméables :

a) laissent passer l'eau. ☐
b) ne laissent pas passer l'eau. ☐
c) sont présentes dans tous les sous-sols. ☐

7 Lorsque la vitesse d'un objet diminue :

a) son mouvement est uniforme. ☐
b) son mouvement est accéléré. ☐
c) son mouvement est ralenti. ☐

8 Le rôle d'un objet technique correspond à :

a) sa fonction d'usage. ☐
b) sa fonction d'estime. ☐
c) sa fonction technique. ☐

9 L'eau à l'état liquide possède les propriétés suivantes :

a) un volume propre et une forme propre. ☐
b) un volume propre mais pas de forme propre. ☐
c) pas de volume propre ni de forme propre. ☐

10 La durée nécessaire pour que la Terre effectue un tour complet autour du soleil se nomme :

a) lunaison. ☐
b) révolution. ☐
c) rotation. ☐

TOTAL BILAN .... /10

Dictées

Nous avons sélectionné ici des dictées bilans extraites du *BLED 600 dictées Collège*.

Proposez-les à votre enfant lorsqu'il a fini sa double page, afin qu'il puisse mettre en œuvre ce qu'il vient d'acquérir dans des phrases un peu plus élaborées.

Et si vous souhaitez un entraînement à la dictée plus intensif, découvrez le *BLED 600 dictées Collège*.

Dans le *BLED 600 dictées Collège*, vous trouverez :

- 600 dictées regroupées par niveaux (6e et 5e, 4e et 3e) et classées par ordre de difficulté croissante, pour développer chez l'enfant tous les réflexes nécessaires à une bonne orthographe ;
- toutes les règles d'orthographe, réexpliquées et illustrées par de nombreux exemples.

Dictées de phrases

Dictée-bilan de la leçon 1 (p. 8)

- Cette plante aime le soleil et ne s'acclimatera pas ici.
- Cette faute est impardonnable.
- Ce chien est vraiment trop peureux.
- L'agitation règne dans la cour de récréation des petits.
- Le piratage des DVD est totalement illégal.
- Dans le train, le contrôleur peut vous renseigner.
- Tu écris beaucoup trop petit ; ton devoir est illisible.
- La panthère restait immobile face au dompteur.
- Il est impossible de manquer cette exposition !
- Tu ne réfléchis pas et tu agis de façon irresponsable.

Dictée-bilan de la leçon 2 (p. 10)

- Vous adoptez une attitude courageuse et je vous félicite.
- Le professeur demande des explications précises.
- Aimes-tu ma nouvelle paire de chaussures ?
- Voici une grande coupe remplie de fruits.
- Je sais que tu auras une bonne surprise demain.
- Vous bénéficierez d'une réduction importante.
- – Tu ne seras jamais aussi belle que Blanche-Neige, dit le miroir.
- La rencontre sportive de demain est annulée en raison de la neige.
- Jeanne était endormie, la couette tirée jusqu'au menton.
- Vos plaisanteries sont vraiment de plus en plus déplacées.

Dictée-bilan de la leçon 3 (p. 12)

- Les bateaux attendent sur la ligne de départ.
- Nous avons plusieurs jeux de cartes à la maison.
- Les neveux de notre voisin hurlent sur le balcon.
- L'hiver, les oiseaux s'envolent vers des cieux nouveaux.
- Des moineaux amicaux viennent manger nos miettes de pain.
- Le soleil brûle aujourd'hui ; nous agitons nos éventails.
- J'ai besoin de cinq petits clous pour ma maquette.
- Partez ! Vous n'êtes que de vilains petits voyous !
- Il est dangereux de lancer des cailloux.
- Je déteste les choux, sauf les choux à la crème.

Dictée-bilan de la leçon 4 (p. 14)

- Émilie a réussi à prendre son bus.
- Luc est un bon lecteur et un grand sportif.
- Le chien a fini les croquettes et les biscuits en cinq minutes.
- Le crocodile s'est échappé de sa cage.
- C'est Léo qui fait un exposé aujourd'hui.
- Je ne sais pas si c'est une bonne idée.
- Ce chien se roule par terre et se gratte le dos.
- Si Sonia est sélectionnée pour la finale, elle s'y préparera avec soin.
- Je n'ai ni compas ni équerre pour faire cet exercice de géométrie.
- Si Pierre s'y met avec courage, il va progresser.

Dictée-bilan de la leçon 7 (p. 20)

- Ton chien laisse des poils partout !
- Nous aimons les fruits et les légumes.
- Le professeur félicite les élèves attentifs.
- J'aime beaucoup les films policiers.
- Je commence une collection de timbres.
- J'ai besoin d'une boîte à outils et de quelques clous.
- Je vous propose des tranches de jambon et une assiette de frites.
- Je rapporte du marché une caisse de fruits.
- Le mur en briques menace de tomber.
- Que cherches-tu dans ma boîte à crayons ?

Dictée-bilan de la leçon 9 (p. 24)

- Tu lis le texte, puis tu rédiges un résumé.
- Les infirmières distribuent les médicaments.
- En automne, les feuilles jonchent les allées du parc.
- Que comptes-tu faire de ce vieux vélo ?
- Tu as attaché ton vélo à la grille du parc.

- On se range, on se calme, on monte l'escalier en silence.
- Sur la route s'avançaient deux chevaux tirant une voiture.
- C'est Damien et moi qui arbitrons le match cette fois-ci.
- Tu me prêtes tes documents et je les examine ce soir.
- Tout le monde apprécie les dîners de crêpes !

Dictée-bilan de la leçon 10 (p. 26)

- Mes poissons semblent plus malades qu'hier.
- Les villages sont blottis dans la vallée.
- Les enfants paraissent satisfaits de leur sortie au théâtre.
- Ses gants et son bonnet sont assortis.
- Les allées du jardin étaient rectilignes.
- Nous serons tous enchantés de ce voyage en Italie.
- Pierre et moi sommes particulièrement distraits et étourdis.
- Antoinette était ravie de sa journée.
- Plus tard, Alice et moi serons vétérinaires.
- Les histoires que ton frère raconte sont invraisemblables.

Dictée-bilan de la leçon 14 (p. 34)

- Il y a un exercice de maths à faire pour demain.
- Le frère de Théo est champion de judo.
- Marine oublie souvent sa brosse à cheveux à la piscine.
- Jules joue du violon, de la guitare et de la flûte à bec.
- Nicolas est au restaurant avec des amis italiens.
- J'offre des fleurs à ma grand-mère pour sa fête.
- Vous devez apprendre vos leçons par cœur.
- Au club, nous construisons une maquette d'avion.
- Nous admirons la rapidité des chevaux de course.
- Je trouve ces montagnes superbes !

Dictée-bilan de la leçon 15 (p. 36)

- Michaël a deux ans de moins que Vincent ; pourtant il est plus grand.
- Tu as rangé ta chambre et tu as retrouvé ton stylo.
- Marc a déjeuné à la cantine et ensuite il est rentré chez lui.
- Je prendrai le bus ; je ne veux pas être en retard.
- Le panda est un animal protégé ; il vit dans les montagnes.
- L'autruche court très vite quand elle sent le danger.
- Dès que je vois Charles, je lui dis que tu veux lui parler.
- Le chat ne sort pas sous la pluie ; il se tient bien au chaud à l'intérieur.
- Le garagiste dit que mes pneus sont usés.
- Quand j'aurai terminé ma séance de judo, je passerai chez toi.

Dictée-bilan de la leçon 16 (p. 38)

- Vous visitez un château très ancien.
- Alix et Sonia arrivent bientôt ; nous surveillons l'heure.
- Nous finissons le gâteau et entamons la glace.
- Nous regarderons le paysage par la fenêtre du train.
- Johanna et moi allons à la piscine tout à l'heure.
- Demain, nous irons en excursion.
- Il s'assied sur ses talons pour parler à son chien.
- Les journalistes disent qu'il a beaucoup plu cet hiver.
- Vous ne faites jamais ce que vous dites.
- Veux-tu t'inscrire dans notre club de théâtre ?

Dictée-bilan de la leçon 17 (p. 40)

- Je dessine un arbre, puis je te le montre.
- Sophie réussit toujours les contrôles de maths !
- Le boulanger de notre rue fournit le collège.
- Tu finis ton exercice d'anglais, puis tu choisis un film.
- Le professeur de maths définit le triangle rectangle.
- Je viens te voir demain soir.
- Je crois que tu dors à la maison cette semaine.
- Je ne fais pas la vaisselle aujourd'hui.
- Je prends encore un gâteau dans la boîte.
- Tu réponds aux questions de géographie.

Dictée-bilan de la leçon 18 (p. 42)

- Je finirai mes devoirs ce soir.
- Les architectes exposeront des projets originaux.
- Nadia fera du bateau dans une école de voile.
- Je prendrai l'avion pour Madrid demain matin.

- Nous nous partagerons les bonbons et les biscuits.
- Je vérifierai mes calculs à la fin de l'exercice.
- Nous aimerions escalader le mont Blanc.
- Je trouverais le chemin si tu me donnais un plan.
- Vraiment, je ne voudrais pas être à votre place !
- Qui serait partant demain pour une promenade à vélo ?

Dictée-bilan de la leçon 19 (p. 44)

- Nous nous retrouvions le soir après l'école.
- Michaël jouait au foot le mercredi après-midi.
- Mes grands-parents allaient et venaient dans le jardin.
- Le professeur interrogeait les élèves à chaque cours.
- L'an dernier, nous jouions le soir dans le jardin de la résidence.
- Jean-Baptiste dévora un kilo de pâtes à lui tout seul.
- Les élèves de 6e 3 décidèrent de soutenir une association humanitaire.
- Irène repeignit sa chambre en jaune et vert.
- Le chien courut pendant plusieurs heures le long de la plage.
- Le cuisinier ouvrit le four et enfourna le gratin.

Dictée-bilan de la leçon 20 (p. 46)

- Je crie parce que tu m'embêtes !
- Nina vérifie ses calculs avant de rendre sa copie.
- J'essuie les verres avec un torchon propre.
- Cette année, nous étudierons une comédie de Molière.
- Le skieur s'élança sans hésiter sur la piste noire.
- Il neigeait aussi l'année dernière à la même époque.
- Ma mère attend un bébé ; il s'appellera Gabriel.
- Ne jetez pas vos papiers par terre mais dans la poubelle.
- L'avion amorça sa descente malgré le brouillard.
- Demain, j'achèterai des graines pour mes oiseaux.

Dictée-bilan de la leçon 21 (p. 48)

- J'ai acheté un nouveau classeur pour les sciences.
- Ma petite sœur a cassé toute une pile d'assiettes.
- Pourquoi as-tu rangé mon cartable dans l'armoire ?
- Nous avions déjà entendu cette histoire drôle.
- Les spécialistes avaient annoncé cette tempête depuis trois jours.
- Tu avais promis à ton petit cousin de l'emmener au cirque.
- Vous aviez imaginé une machine pour voyager dans le temps.
- Qui a emporté par mégarde mon livre de géographie ?
- Quand tu auras fini, pourras-tu venir m'aider ?
- Notre classe est arrivée en tête de la compétition.

Dictée-bilan de la leçon 22 (p. 50)

- Ne racontez pas des histoires aussi invraisemblables.
- Courons jusqu'au bout de l'allée puis marchons jusqu'à la grille.
- Prends une heure et réfléchis posément au problème.
- Allons rendre visite à Nicolas et apportons-lui ses devoirs.
- Je suis en retard ; ne m'attends pas ; pars et je te rejoindrai.
- Apporte-moi ton carnet de liaison tout de suite.
- Attends-moi au coin de la rue et n'oublie pas ta patinette.
- Ne vous penchez pas ! Vous risquez de tomber.
- Traçons un cercle de centre *O* et de rayon 4 cm.
- Regarde par la fenêtre si tu vois Emmanuel qui arrive.

Dictée-bilan de la leçon 25 (p. 56)

- Je n'ose pas laver ces magnifiques verres en cristal !
- Mon petit frère a mangé de la pâte à modeler !
- – Qui connaît le chien de Pierre ? questionna Yassine.
- – Avez-vous votre billet ? demande le contrôleur au voyageur.
- – Qui a pris mon livre d'allemand ? interroge Matthieu.
- Vincent descend l'escalier sur la rampe !
- Veux-tu un autre biscuit au chocolat ?
- Tous nos vœux pour la nouvelle année !
- Ces musiciens sont excellents ! Je les écoute avec joie.
- « C'est en forgeant qu'on devient forgeron », dit le proverbe.

Crédits photographiques

Dépliant : Histoire plaque d'argile © Kamira / Shutterstock ; scribe égyptien ©Jose Ignacio Soto / Shutterstock ; Acropole (Athènes) © Lefteris Papaulakis / Shutterstock ; louve © Oleg Senkov / Shutterstock ; Auguste Ier © Csaba Peterdi / Shutterstock ; Alexandre le Grand : mountainpix / Shutterstock ; Constantin Ier © Oleg Senkov / Shutterstock ; route de la soie © Pichugin Dmitry / Shutterstock. Géographie falaises d'Étretat © Igor Plotnikov / Shutterstock ; désert du Sahara © apdesign / Shutterstock ; forêt amazonienne © MarcusVDT / Shutterstock ; pampa d'Argentine © sunsinger / Shutterstock ; mont Everest © Vadim Petrakov / Shutterstock ; toundra de Sibérie © Gregory A. Pozhvanov / Shutterstock ; désert froid © Volt Collection / Shutterstock ; plage de Nouvelle-Calédonie © Przemyslaw Skibinski / Shutterstock ; Tokyo © Sakarin Sawasdinaka / Shutterstock ; Delhi © Nowak Lukasz / Shutterstock ; Bombay © saiko3p / Shutterstock ; Dacca © Jono Photography / Shutterstock ; Shanghai © zhangyang / Shutterstock ; São Paulo © Thiago Leite / Shutterstock ; Mexico © ChameleonsEye / Shutterstock ; Pékin © Phattana Stock / Shutterstock ; Osaka © NorGal / Shutterstock ; Le Caire © Victor V. Hoguns Zhugin / Shutterstock.

Guide Parents : photo de couverture : © Monkey Business Images / Shutterstock ; **p. 3 :** proviseur © Kinga / Shutterstock ; **p. 4 :** collégien © BananaStock.Ltd.All rights reserved ; collégienne © BananaStock.Ltd.All rights reserved ; **p. 5 :** collégienne en classe © legenda / Shutterstock ; **p. 6 :** collégiens en classe © BananaStock.Ltd.All rights reserved ; bloc notes © BananaStock.Ltd.All rights reserved ; **p. 7 :** mère aidant sa fille à faire ses devoirs © Goodluz/ Shutterstock ; **p. 8 :** oreille © PathDoc/ Shutterstock ; bananes © BananaStock.Ltd.All rights reserved ; baskets © Guzel Studio / Shutterstock ; collégiens © Monkey Business Images / Shutterstock ; **p. 33 :** cellules buccales humaines observées au microscope © Jose Luis Calvo / Shutterstock ; cellule buccale humaine © Jose Luis Calvo / Shutterstock ; **p. 34 :** araignée © Rudmer Zwerver / Shutterstock ; feuille © Africa Studio / Shutterstock ; vers de terre © wawritto / Shuttertstock ; taupe © Santia / Shutterstock ; acarien © Steven Ellingson / Shutterstock ; collembole © Henrik Larsson / Shutterstock ; larve d'insecte © Vitalii Hulai / Shutterstock ; diptère © Henrik Larsson / Shutterstock ; p. 36 : piles © restyler / Shutterstock ; ventilateur © cynoclub / Shutterstock ; bouilloire © Petr Malyshev / Shutterstock.

Intérieur de l'ouvrage : p. 7 : © FamVeld / Shutterstock ; **p. 57 :** Le Corbeau et le Renard © glafira / Shutterstock ; **p. 65 :** © Poznyakov / Shutterstock ; **p. 123 :** © lazyllama / Shutterstock ; **p. 153 :** © Italianvideophotoagency / Shutterstock ; **p. 155 :** « chopper » © RMN-Grand Palais (musée d'Archéologie nationale) / Jean-Gilles Berizzi ; biface © Inrap, Dist. RMN-Grand Palais / Hervé Paitier ; pointe © RMN-Grand Palais (musée d'Archéologie nationale) / Jean Schormans ; peinture © Awe Inspiring Images / Shutterstock ; **p. 156 :** hiéroglyphes © Jim Barber / Shutterstock ; **p. 157 :** masque de pharaon © CHAINFOTO24 / Shutterstock ; **p. 158 :** l'Acropole d'Athènes © kokixx / Shutterstock ; **p. 159 :** *Le Discobole* de Myron © bridgeman-giraudon ; temple d'Athéna Nikê sur l'Acropole (Athènes) © Dagli Orti ; **p. 160 :** le forum romain © S. Borisov / Shutterstock ; **p. 162 :** chandelier à sept branches (Menorah) © Evikka / Shutterstock ; **p. 164 :** détail de la mosaïque des Comnène représentant Marie et Jésus Christ enfant (basilique Sainte-Sophie, Istanbul) © Antony McAulay / Shutterstock ; **p. 165 :** sarcophage chrétien © Scala ; **p. 167 :** © akg-images ; **p. 168 :** foule (Hong Kong) © Lewis Tse Pui Lung / Shutterstock ; **p. 170 :** quartier des affaires de Londres © QQ7 / Shutterstock ; Paris © altitude, ph. Yann Arthus-Bertrand ; New York © R.A.R. de Bruijn Holding BV / Shutterstock ; **p. 173 :** Buenos Aires © sunsinger / Shutterstock ; **p. 174 :** paysage de toundra (parc national du Vatnajökull, Islande) © Fexel / Shutterstock ; **p. 176 :** rizières © John Bill / Shutterstock ; Bonbon-en-Brie © Direction Régionale de l'Équipement d'Île-de-France ; **p. 178 :** Yokohama © Sean Pavone / Shutterstock ; Benidorm © Getty Images ; **p. 180 :** © Shutterstock – Konstantin Chagrin ; **p. 183 :** tomates © Africa Studio / Shutterstock ; **p. 185 :** trachée d'asticot au microscope © académie de Besançon ; plante fanée © evan66 / Shutterstock ; **p. 186 :** bactérie Escheria coli © Ezume Images / Shutterstock ; paramécie © Lebendkulturen.de / Shutterstock ; mue de batracien © www.svtcobergher.fr ; **p. 187 :** observation microscopique de racine d'oignon © Claudio Divizia / Shutterstock ; cellules buccales humaines observées au microscope © Jose Luis Calvo / Shutterstock ; traces de pas et silhouettes du chien, du cerf, du chat, du lapin © Potapov Alexander / Shutterstock ; traces de pas de l'homme © Potapov Alexander / Shutterstock ; silhouette du cheval © Hein Nouwens / Shutterstock ; traces de pas du cheval © Fafarumba / Shutterstock ; **p. 189 :** cellule buccale humaine © Jose Luis Calvo / Shutterstock ; **p. 190 :** lactobacilles © Riccardoariotti / Wikimedia ; Streptocoques © Graham Beards / Wikimedia ; **p. 195 :** araignée © Rudmer Zwerver / Shutterstock ; feuille © Africa Studio / Shutterstock ; vers de terre © wawritto / Shuttertstock ; taupe © Santia / Shutterstock ; acarien © Steven Ellingson / Shutterstock ; collembole © Henrik Larsson / Shutterstock ; larve d'insecte © Vitalii Hulai / Shutterstock ; diptère © Henrik Larsson / Shutterstock ; **p. 196 :** vers à soie © Daimond Shutter / Shutterstock ; **p. 198 :** volcan de Colima (Mexique) © Jrobertiko / Wikimedia ; **p. 199 :** photo a. © jeanvilarsciences.free.fr ; photo b. © jeanvilarsciences.free.fr ; roche de marne © Nathalie Pajon-Perrault / http://eduterre.ens-lyon.fr ; **p. 200 :** basilique de Saint-Quentin © jennyt / Shutterstock ; route de l'Île de la Réunion © GaMip / Wikimedia ; carrière de Saint-Pierre-Aigle © So Leblanc / Wikimedia ; **p. 201 :** gypse © Archedontosaurus / Wikimedia ; argile © Pinpin / Wikimedia ; sable © Darkkong / Shutterstock ; plâtre © MiloVad / Shutterstock ; verre © degree of freedom / Shutterstock ; briques © JIANG HONGYAN / Shutterstock ; carrière de Saint-Maximin © D.R. ; **p. 202 :** scooter © annet999 / Shutterstock ; **p. 203 :** vélo © steamroller_blues / Shutterstock ; appareil photo © Vladimir Sazonov / Shutterstock ; aspirateur © kosam / Shutterstock ; casque moto © risteski goce / Shutterstock ; téléphone © WITTAYA WICHIENSRI / Shutterstock ; mètre mesureur © serdar bayraktar / Shutterstock ; lampe © exopixel / Shutterstock ; arbre © Jan Martin Will / Shutterstock ; paire de ciseaux © DragonPhotos / Shutterstock ; rollers © Vereshchagin Dmitry / Shutterstock ; scooter © annet999 / Shutterstock ; train © Leonid Andronov / Shutterstock ; trottinette n°1 © chungking / Shutterstock ; trottinette n°2 © ffolas / Shutterstock ; **p. 204 :** éoliennes © Andrew Zarivny / Shutterstock ; panneau photovoltaïque © Smit / Shutterstock ; centrale hydraulique © Flaxphotos / Shutterstock ; horloge © VooDoo13 / Shutterstock ; **p. 205 :** piles © restyler / Shutterstock ; ventilateur © cynoclub / Shutterstock ; bouilloire © Petr Malyshev / Shutterstock.

Suivi éditorial : Emmanuelle Saint / S. M.

Couverture de l'ouvrage :
- **Conception graphique et réalisation :** Stéphanie Benoit
- **Illustration de couverture :** © Shutterstock/tynyuk et Stéphanie Benoit

Intérieurs de l'ouvrage, du Guide Parents et du dépliant :
- **Mise en page de l'ouvrage et du Guide Parents :** Grafatom / Soft Office
- **Mise en page du dépliant :** Domino
- **Dessins techniques :**
  - Maths : NDL Communication / Grafatom
  - Sciences/Histoire/Géographie/Éducation civique : Grafatom, Domino et Rémi Picard
- **Illustrations :** Pascale Mugnier (pages 90, 124, 128, 144, 148, 150) et François Dimberton (pages 132, 180)
- **Cartographie :**
  - Dépliant : Domino
  - Intérieur de l'ouvrage : Hachette Education
  - Cartes pages 154 et 166 : Domino

Périmètre, aire, volume

Périmètre de figures géométriques simples

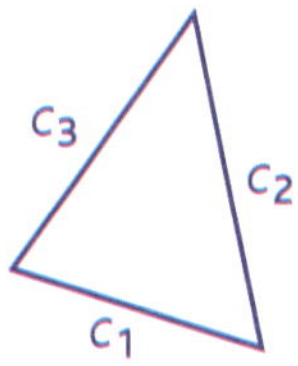

triangle
$p = c_1 + c_2 + c_3$

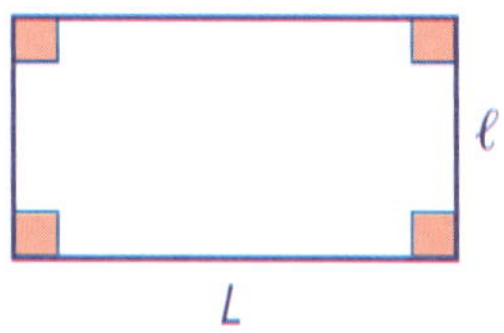

rectangle
$p = (L + \ell) \times 2$

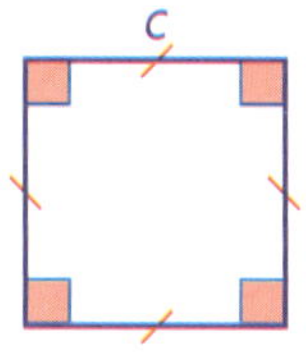

carré
$p = c \times 4$

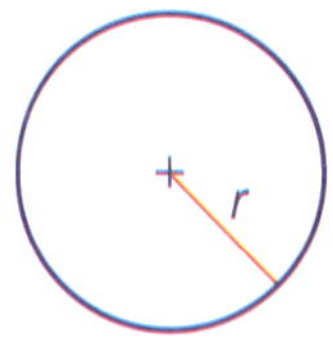

cercle
$p = 2 \times \pi \times r$,
avec
$\pi \approx 3{,}14$

Aire

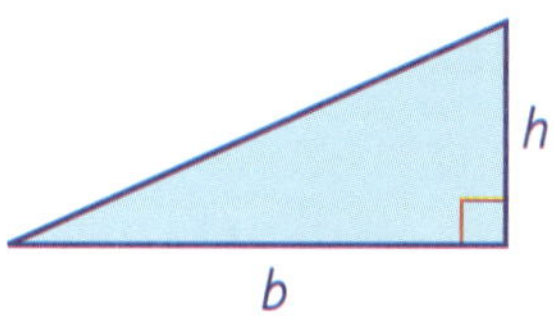

triangle rectangle
$a = \frac{b \times h}{2}$

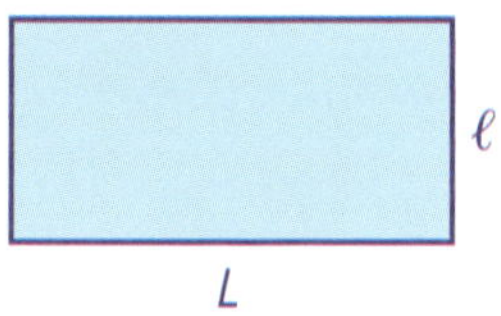

rectangle
$a = L \times \ell$

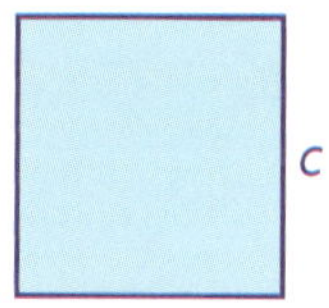

carré
$a = c \times c$

Volume

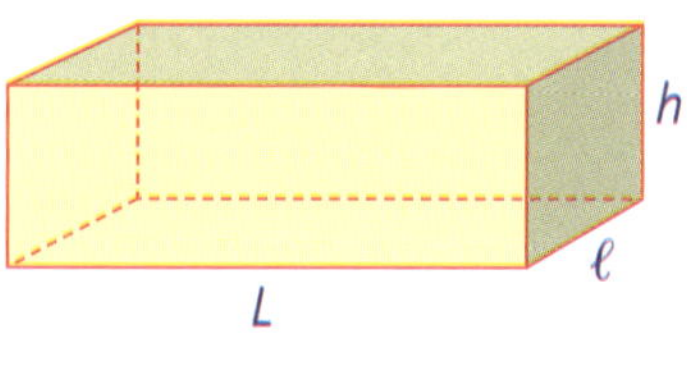

parallélépipède rectangle
$V = L \times \ell \times h$

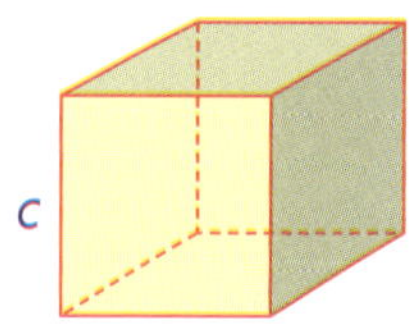

cube
$V = c \times c \times c$

Tableaux de conversion

Conversion de longueurs

km	hm	dam	m	dm	cm	mm
	8	2,	7	3	5	

km = kilomètre
hm = hectomètre
dam = décamètre
m = mètre
dm = décimètre
cm = centimètre
mm = millimètre

Exemple : 82,735 dam = 8 273,5 dm.

Conversion d'aires

km^2	hm^2	dam^2	m^2	dm^2	cm^2	mm^2
	ha	a	ca			
			6,	7 8	2	
	4,	7 3	4 8			

m^2 = mètre carré
ha = hectare
a = are
ca = centiare

Attention, il y a deux chiffres par colonne.

Exemples : 6,782 m^2 = 67 820 cm^2;
4,7348 ha = 47 348 m^2.

Conversion de volumes

km^3	hm^3	dam^3	m^3	dm^3			cm^3			mm^3
				hL	daL	L	dL	cL	mL	
	8,	5 7 6								
						3	0	8		

m^3 = mètre cube

L = litre
hL = hectolitre
daL = décalitre
dL = décilitre
cL = centilitre
mL = millilitre

Attention, il y a trois chiffres par colonne.

Exemples : 8,576 hm^3 = 8 576 dam^3 ;
308 cL = 3,08 dm^3.

Tables de multiplication

1 x 1 = 1	2 x 1 = 2	3 x 1 = 3	4 x 1 = 4	5 x 1 = 5
1 x 2 = 2	2 x 2 = 4	3 x 2 = 6	4 x 2 = 8	5 x 2 = 10
1 x 3 = 3	2 x 3 = 6	3 x 3 = 9	4 x 3 = 12	5 x 3 = 15
1 x 4 = 4	2 x 4 = 8	3 x 4 = 12	4 x 4 = 16	5 x 4 = 20
1 x 5 = 5	2 x 5 = 10	3 x 5 = 15	4 x 5 = 20	5 x 5 = 25
1 x 6 = 6	2 x 6 = 12	3 x 6 = 18	4 x 6 = 24	5 x 6 = 30
1 x 7 = 7	2 x 7 = 14	3 x 7 = 21	4 x 7 = 28	5 x 7 = 35
1 x 8 = 8	2 x 8 = 16	3 x 8 = 24	4 x 8 = 32	5 x 8 = 40
1 x 9 = 9	2 x 9 = 18	3 x 9 = 27	4 x 9 = 36	5 x 9 = 45
1 x 10 = 10	2 x 10 = 20	3 x 10 = 30	4 x 10 = 40	5 x 10 = 50
6 x 1 = 6	7 x 1 = 7	8 x 1 = 8	9 x 1 = 9	10 x 1 = 10
6 x 2 = 12	7 x 2 = 14	8 x 2 = 16	9 x 2 = 18	10 x 2 = 20
6 x 3 = 18	7 x 3 = 21	8 x 3 = 24	9 x 3 = 27	10 x 3 = 30
6 x 4 = 24	7 x 4 = 28	8 x 4 = 32	9 x 4 = 36	10 x 4 = 40
6 x 5 = 30	7 x 5 = 35	8 x 5 = 40	9 x 5 = 45	10 x 5 = 50
6 x 6 = 36	7 x 6 = 42	8 x 6 = 48	9 x 6 = 54	10 x 6 = 60
6 x 7 = 42	7 x 7 = 49	8 x 7 = 56	9 x 7 = 63	10 x 7 = 70
6 x 8 = 48	7 x 8 = 56	8 x 8 = 64	9 x 8 = 72	10 x 8 = 80
6 x 9 = 54	7 x 9 = 63	8 x 9 = 72	9 x 9 = 81	10 x 9 = 90
6 x 10 = 60	7 x 10 = 70	8 x 10 = 80	9 x 10 = 90	10 x 10 = 100

Les chiffres romains

Nombre	Écriture en chiffres romains	Nombre	Écriture en chiffres romains
1	I	11	XI car 11 = 10 + 1
2	II car 2 = 1 + 1 I I en positif, le I vient se placer à droite du I	12	XII car 12 = 10 + 2
3	III car 3 = 1 + 1 + 1	13	XIII car 13 = 10 + 3
4	IV car 4 = 5 − 1 I V en négatif, le I vient se placer à gauche du V	14	XIV car 14 = 10 + 4
5	V	15	XV car 15 = 10 + 5
6	VI car 6 = 5 + 1	16	XVI car 16 = 10 + 6
7	VII car 7 = 5 + 2	17	XVII car 17 = 10 + 7
8	VIII car 8 = 5 + 3	18	XVIII car 18 = 10 + 8
9	IX car 9 = 10 − 1 I X	19	XIX car 19 = 10 + 9
10	X	20	XX car 20 = 10 + 10

Conjugaisons

	Indicatif			Conditionnel
	Présent	Passé composé	Plus-que-parfait	Présent
Être	je suis tu es il, elle est nous sommes vous êtes ils, elles sont	j'ai été tu as été il, elle a été nous avons été vous avez été ils, elles ont été	j'avais été tu avais été il, elle avait été nous avions été vous aviez été ils, elles avaient été	je serais tu serais il, elle serait nous serions vous seriez ils, elles seraient
Avoir	j'ai tu as il, elle a nous avons vous avez ils, elles ont	j'ai eu tu as eu il, elle a eu nous avons eu vous avez eu ils, elles ont eu	j'avais eu tu avais eu il, elle avait eu nous avions eu vous aviez eu ils, elles avaient eu	j'aurais tu aurais il, elle aurait nous aurions vous auriez ils, elles auraient
Chanter (1er groupe)	je chante tu chantes il, elle chante nous chantons vous chantez ils, elles chantent	j'ai chanté tu as chanté il, elle a chanté nous avons chanté vous avez chanté ils, elles ont chanté	j'avais chanté tu avais chanté il, elle avait chanté nous avions chanté vous aviez chanté ils, elles avaient chanté	je chanterais tu chanterais il, elle chanterait nous chanterions vous chanteriez ils, elles chanteraient
Finir (2e groupe)	je finis tu finis il, elle finit nous finissons vous finissez ils, elles finissent	j'ai fini tu as fini il, elle a fini nous avons fini vous avez fini ils, elles ont fini	j'avais fini tu avais fini il, elle avait fini nous avions fini vous aviez fini ils, elles avaient fini	je finirais tu finirais il, elle finirait nous finirions vous finiriez ils, elles finiraient
Aller	je vais tu vas il, elle va nous allons vous allez ils, elles vont	je suis allé(e) tu es allé(e) il est allé, elle est allée nous sommes allé(e)s vous êtes allé(e)s ils sont allés, elles sont allées	j'étais allé(e) tu étais allé(e) il était allé, elle était allée nous étions allé(e)s vous étiez allé(e)s ils étaient allés, elles étaient allées	j'irais tu irais il, elle irait nous irions vous iriez ils, elles iraient
Dire	je dis tu dis il, elle dit nous disons vous dites ils, elles disent	j'ai dit tu as dit il, elle a dit nous avons dit vous avez dit ils, elles ont dit	j'avais dit tu avais dit il, elle avait dit nous avions dit vous aviez dit ils, elles avaient dit	je dirais tu dirais il, elle dirait nous dirions vous diriez ils, elles diraient
Faire	je fais tu fais il, elle fait nous faisons vous faites ils, elles font	j'ai fait tu as fait il, elle a fait nous avons fait vous avez fait ils, elles ont fait	j'avais fait tu avais fait il, elle avait fait nous avions fait vous aviez fait ils, elles avaient fait	je ferais tu ferais il, elle ferait nous ferions vous feriez ils, elles feraient

Achevé d'imprimer en mars 2023 en Espagne par Macrolibros
Dépôt légal : mai 2023 - Édition 01

	Indicatif			Conditionnel
	Présent	Passé composé	Plus-que-parfait	Présent
Pouvoir	je peux tu peux il, elle peut nous pouvons vous pouvez ils, elles peuvent	j'ai pu tu as pu il, elle a pu nous avons pu vous avez pu ils, elles ont pu	j'avais pu tu avais pu il, elle avait pu nous avions pu vous aviez pu ils, elles avaient pu	je pourrais tu pourrais il, elle pourrait nous pourrions vous pourriez ils, elles pourraient
Partir	je pars tu pars il, elle part nous partons vous partez ils, elles partent	je suis parti(e) tu es parti(e) il est parti, elle est partie nous sommes parti(e)s vous êtes parti(e)s ils sont partis, elles sont parties	j'étais parti(e) tu étais parti(e) il était parti, elle était partie nous étions parti(e)s vous étiez parti(e)s ils étaient partis, elles étaient parties	je partirais tu partirais il, elle partirait nous partirions vous partiriez ils, elles partiraient
Prendre	je prends tu prends il, elle prend nous prenons vous prenez ils, elles prennent	j'ai pris tu as pris il, elle a pris nous avons pris vous avez pris ils, elles ont pris	j'avais pris tu avais pris il, elle avait pris nous avions pris vous aviez pris ils, elles avaient pris	je prendrais tu prendrais il, elle prendrait nous prendrions vous prendriez ils, elles prendraient
Venir	je viens tu viens il, elle vient nous venons vous venez ils, elles viennent	je suis venu(e) tu es venu(e) il est venu, elle est venue nous sommes venu(e)s vous êtes venu(e)s ils sont venus, elles sont venues	j'étais venu(e) tu étais venu(e) il était venu, elle était venue nous étions venu(e)s vous étiez venu(e)s ils étaient venus, elles étaient venues	je viendrais tu viendrais il, elle viendrait nous viendrions vous viendriez ils, elles viendraient
Vouloir	je veux tu veux il, elle veut nous voulons vous voulez ils, elles veulent	j'ai voulu tu as voulu il, elle a voulu nous avons voulu vous avez voulu ils, elles ont voulu	j'avais voulu tu avais voulu il, elle avait voulu nous avions voulu vous aviez voulu ils, elles avaient voulu	je voudrais tu voudrais il, elle voudrait nous voudrions vous voudriez ils, elles voudraient
Voir	je vois tu vois il, elle voit nous voyons vous voyez ils, elles voient	j'ai vu tu as vu il, elle a vu nous avons vu vous avez vu ils, elles ont vu	j'avais vu tu avais vu il, elle avait vu nous avions vu vous aviez vu ils, elles avaient vu	je verrais tu verrais il, elle verrait nous verrions vous verriez ils, elles verraient

AMÉRIQUE CENTRALE

1 JAMAÏQUE
2 HAÏTI
3 RÉPUBLIQUE DOMINICAINE
4 ANTIGUA ET BARBUDA
5 DOMINIQUE
6 SAINT-VINCENT ET LES GRENADINES
7 TRINITÉ-ET-TOBAGO

AFRIQUE

8 BURKINA FASO
9 GHANA
10 TOGO
11 BÉNIN
12 GUINÉE ÉQUATORIALE
13 DJIBOUTI
14 MALAWI
15 SWAZILAND
16 LESOTHO

EUROPE

17 DANEMARK
18 BELGIQUE
19 LUXEMBOURG
20 SUISSE
21 AUTRICHE
22 ESTONIE
23 LETTONIE
24 LITUANIE
25 RÉPUBLIQUE TCHÈQUE
26 SLOVAQUIE